Ullstein

ÜBER DAS BUCH:

Im Jahre 1978 mußte die Abteilung für Forschung und Entwicklung, eine handverlesene Elitetruppe im britischen Geheimdienst, gleich zwei schmerzliche Verluste verkraften. Erst starb Agentin Frances Fitzgibbon an einer Terroristenkugel, dann beendete ein Segelunfall auf hoher See Leben und Karriere von Philip Masson, dem designierten Leiter der Abteilung. Doch nun, runde zehn Jahre danach, taucht Massons Leiche plötzlich auf – fernab von jedem Gewässer unter einem alten Müllhaufen. Augenblicklich fällt ein böser Verdacht auf Dr. David Audley, der seinerzeit vom Ableben Massons profitiert hatte. Kein Wunder, daß sich die Presse nun auf Audley einschießt – allen voran Jenny Fielding, eine junge Journalistin, die auch aus privaten Gründen die Hatz auf Audley eröffnet. Audley allerdings, seinen Gegnern stets um zehn Züge voraus, hat vorgebaut.

DER AUTOR:

Der Engländer Anthony Price, Jahrgang 1928, war bis 1988 Herausgeber und Chefredakteur der renommierten *Oxford Times.* Für seine bislang achtzehn Kriminalromane um den Spionenjäger Dr. Audley wurde der gelernte Historiker mit den höchsten britischen Kriminalpreisen, dem *Gold* und dem *Silver Dagger*, ausgezeichnet.

Anthony Price

Wer zuletzt rächt . . .

Aus dem Englischen
von Malte Krutzsch

Ullstein

Kriminalroman
Ullstein Buch Nr. 10722
im Verlag Ullstein GmbH,
Frankfurt/M – Berlin
Titel der englischen
Originalausgabe:
A Prospect of Vengeance

Ungekürzte Ausgabe

Umschlaggestaltung:
Theodor Bayer-Eynck
Illustration:
Jean François Podevin/
The Image Bank

Printed in Germany 1993
Gesamtherstellung:
Ebner Ulm
ISBN 3 548 10722 2

Februar 1993
Gedruckt auf Papier
mit chlorfrei
gebleichtem Zellstoff

Vom selben Autor
in der Reihe
der Ullstein Bücher:

Labyrinth (10362)
Hinterhalt (10372)
Colonel Butlers Wolf (10402)
Oktobermänner (10407)
Umwege zum Ruhm (10413)
Geister von morgen (10419)
Aufmarsch der Esel (10425)
Kein Platz für Krieger (10431)
Das Vengeful-Komplott (10444)
Gunner Kelly (10458)
Spione am Kreuzweg (10470)
Unser Mann in Camelot (10486)
Unter Ungeheuern (10524)
Im Namen der Nation (10615)
Auf blutigem Boden (10625)

Die Deutsche Bibliothek –
CIP-Einheitsaufnahme

Price, Anthony:
Wer zuletzt rächt . . ./Anthony Price.
Aus dem Engl. von Malte Krutzsch. –
Ungekürzte Ausg. – Frankfurt/M; Berlin:
Ullstein, 1993
(Ullstein-Buch; Nr. 10722:
Kriminalroman)
Auch als: Ullstein-Buch; Nr. 10676
ISBN 3-548-10722-2
NE: GT

Für
Terry Page und David Proctor

PROLOG

Das Häuschen der alten Mrs. Griffin

Die Kinder hatten die verfallene Hütte der alten Mrs. Griffin gleich an jenem ersten Morgen damals entdeckt, und zwar von der einzigen Stelle im Bauernhaus, von der aus man sie durch die Bäume sehen konnte: einem kleinen, niedrigen Fenster, spinnwebverhangen und übersät mit toten Fliegen, auf halber Höhe der schmalen, gewundenen Hintertreppe zur Küche. Und danach waren sie nicht mehr zu halten gewesen.

Rachel und Laurence hatten natürlich schon davon gewußt. Der Mann vom Maklerbüro hatte erklärt, die Hütte sei im Grundstück inbegriffen, ein mehr oder minder unerwünschtes Anhängsel des Bauernhofs unterhalb vom Obstgarten, sie liege genau im Bereich der geplanten Autobahn und gehöre nicht zu den Feldern, die bereits an die angrenzenden Höfe verkauft worden seien. Zu der Zeit hatte das einigermaßen Rachels Neugier geweckt, so daß sie, als Laurence einen zweiten Rundgang durch ihr verwahrlostes (aber, wie sie damals dachten, nur vorübergehendes) neues Zuhause unternahm, selbst auf Erkundung ausging.

Ganz war sie dann doch nicht bis zu Mrs. Griffins Hütte gelangt. Aber sie hatte genug gesehen, denn was sie sah, hatte ihr auch im Schutz des hellen Tageslichts gar nicht gefallen. Ja, obwohl sie lange Zeit später behauptete, daß ihre Abneigung instinktiv oder intuitiv gewesen sei, war es doch auch etwas Stärkeres als bloße Abneigung gewesen: Es war in Wirklichkeit zuerst einmal ganz praktisches und mütterliches Sicherheitsdenken. Die Kinder waren ja noch klein, aber nicht so klein, daß es sie in ihrer Bewegungsfreiheit einschränkte. Sie waren vielmehr unternehmungslustig, und sie wußte aus bitterer Erfahrung, daß Melanie überallhin mitging, wohin Christopher sie führte; und nachdem Christopher den kleinen Ziegelschornstein und die Giebelwand erspäht hatte, die sich aus den moosigen Resten des eingefallenen Strohdachs erhoben, würde er irgendwie auch einen Weg durch das dichte Gewirr von Brombeeren, Dornsträuchern und mannshohen Brennesseln finden, die das Gärtchen der alten Mrs. Griffin erobert hatten und die ihr selbst den Zugang völlig versperrt, sie aber nicht daran gehindert hatten, den Teich zu sehen.

Den hatte sie abstoßend gefunden, sogar im Sonnenschein: abstoßend, weil sie ekelhaftes Zeug im Wasser sehen konnte – modrige Zweige und Pflanzen und einen alten Kochtopf, der mit Henkel und Stiel über die Wasseroberfläche ragte und von einer Wolke summender Insekten umschwirrt wurde; abstoßend auch, weil es dort, gemessen an dem Verkehrslärm, den sie als Stadtmensch kannte, zwar äußerst still war, aber doch irgendwie ohrenbetäubend durch das dumpfe Surren und Summen all der Insekten, die unaufhörlich um sie herum jagten und kämpften und starben und fraßen; und abstoßend schließlich auch, weil sie dieses ganze Treiben riechen konnte, den Wettkampf der Pflanzen und Insekten und unsichtbaren Tiere, ihr Siegen und Verlieren – ein faulig-süßer Geruch, wie sie ihn nie zuvor erlebt hatte, eine Welt entfernt von dem Kohlenmonoxyd und den Düften indischer Garküchen mit Straßenverkauf, die an heißen Abenden gelegentlich in ihre Londoner Wohnung gedrungen waren.

»Das ist eine schlimme Ecke da unten«, hatte sie anschließend zu Larry gesagt, als sie ihn in der Scheune neben dem Bauernhaus wiederfand, wo er zu den Lichtstreifen hoch oben hinaufstarrte.

»Nur ein oder zwei lose Dachpfannen, Dr. Groom«, meinte der Mann vom Maklerbüro gerade. »Der Bau an sich ist in bestem Zustand – das Gebälk und so weiter. Sie steht sogar, wie gesagt, mit unter Denkmalschutz – Klasse 3, wie das Haus. Spätes fünfzehntes Jahrhundert ... vielleicht auch frühes sechzehntes ... die Sachverständigen bei der Anhörung waren sich da nicht einig.« Hier hatte er Rachel rasch zugelächelt und damit ihr Erscheinen, wenn auch nicht ihre Worte, zur Kenntnis genommen. »Unter anderen Umständen würden wir eher an einen Scheunenumbau, an die Aufteilung des Grundstücks denken, als an ein paar lose Dachziegel. Es ist wirklich eine große Tragödie ... Sehen Sie den Hängebalken da oben? Fünfhundert Jahre hat er auf dem Buckel. Und –«

»Was ist schlimm, Schatz?« Larry hatte sich über die automatische Leier des Verkäufers hinweggesetzt.

»Das alte Griffin-Haus?« Der Immobilienmann reagierte prompt, indem er seinen Fehler mit einem zweiten Lächeln überspielte, das sie beide einschloß. »Furchtbar, nicht? Da wohnt natürlich schon seit Jahren keiner mehr. Aber es ist schon erstaunlich, wie schnell diese kleinen Häuser auseinanderfallen, wenn sie erst mal leerstehen. Und natürlich wollte nach dem Tod der alten Mrs. Griffin dort niemand mehr wohnen. Es liegt zu weit weg von der Hauptverkehrsstraße. Ja, Tatsache ist ... man kommt noch nicht mal von hier aus hin. Sie waren doch nicht direkt dort, nicht wahr, Mrs. Groom?« Er hatte sich zwar unterbrochen, aber nur so kurz, daß sie gerade den Mund öffnen konnte. »Es *gab* mal einen Fußweg von hier, durch den Obstgarten, glaube ich. Aber der ist jetzt völlig überwuchert ... Der eigentliche Zugang zu dem Häuschen – nicht, daß es jetzt noch eins wär', da ist nichts mehr zu retten ... der *eigentliche* Zugang ist ein Feldweg von dem Hügel dahinter, durch das Wäldchen dort. Aber der ist jetzt auch ziemlich zugewachsen.« Wieder ein Lächeln. »Wenn nicht die Autobahn käme, würde ich Ihnen empfehlen, die ganze Ruine in den Teich baggern zu lassen und die Bäume ringsum abzuholzen. Dann hätten Sie einen vorzüglichen Blick auf das Moor.« Noch ein Lächeln. »Aber dann würden wir auch das Vier- oder Fünffache des jetzigen Preises verlangen –

oder mehr, wenn die Scheune hier dazu käme.« Das Lächeln war aufrichtig traurig geworden ob dieser entschwundenen Möglichkeit. »Es ist, wie gesagt, eine Tragödie . . . die Autobahn.«

Rachel hatte ihn nicht beachtet. »Es riecht, als ob da etwas drin gestorben wäre.« Sie hatte die schlechte Neuigkeit einzig an Larry gerichtet. »Bestimmt gehen mir die Kinder in den Teich.«

Der Gesichtsausdruck ihres Mannes hatte sich daraufhin verhärtet. Und zu spät fiel ihr ein, daß er ja ein Junge vom Land war, und in dem Moment begriff sie, daß Widerstand sinnlos war.

»Nun, Schatz« – einen Augenblick lang hatte er den alten Balken über sich betrachtet, mit einer Mischung aus Liebe und Bitterkeit, da er ihm nur so kurze Zeit gehören sollte – »nun ja, die werden einfach tun müssen, was man ihnen sagt, und sich davon fernhalten. Gefährlicher als London an einem beliebigen Werktag kann es sowieso nicht sein.«

Das hatte es dann besiegelt, obwohl sie in ihrer Partnerschaft gleichberechtigt waren. Aber er hatte es ihr mit seinem schrägen Lächeln versüßt, dem sie nie widerstehen konnte. »Ich werde mit Chris reden, Schatz – sei unbesorgt. Und . . . während wir hier sind, kannst du dich ja nach einem anderen Haus umsehen, ohne Teich – hm?«

Aber mit einem fünfhundert Jahre alten Balken, hm? hatte sie liebevoll gedacht und verstanden, daß er sich endlich wieder zu Hause fühlte, wenn auch nur als Übergang, aber zumindest weg von dem verhaßten Asphaltdschungel in Highbury.

Doch seltsamerweise war es gar nicht so gekommen.

Das heißt, anfangs schon –

»Mami, Mami!« hatte Mel geschrien, als sie an jenem ersten Morgen von der Hintertreppe in die Küche kam. »Da unten in den Bäumen ist ein altes Häuschen –« Sie wies ungefähr in die verhängnisvolle Richtung.

»Was, Liebling?« Rachel hatte sich schwerhörig gestellt.

Larry blickte von seiner Vortagszeitung auf, die er im Trubel ihrer Ankunft noch nicht hatte lesen können. »Das ist das alte Griffin-Haus«, hatte er sachlich festgestellt, bereit, sein Versprechen einzulösen, als Chris atemlos hinter seiner Schwester auftauchte. »Es gehört zu unserem Anwesen. Ist aber bloß eine Ruine.« Er hatte wieder auf seine Zeitung geschaut. »Eine alte Dame namens Griffin hat zuletzt da gewohnt. Deshalb heißt es *das alte Griffin-Haus.*«

Chris hatte sich wortlos hingesetzt. Und da Chris schon damals gerne mit verdeckten Karten spielte, hieß das, daß Chris einen fertigen Plan hatte.

»War sie eine Hexe?« erkundigte sich Mel. »Es sieht aus wie ein Hexenhäuschen, Daddy – es ist . . . *iih*!«

Chris hatte die Wahl zwischen Cornflakes und Müsli betont unschuldig zelebriert. »Hexen gibt's doch gar nicht«, belehrte er seine Schwester. Dann hatte er sich für die Cornflakes entschieden. »Kann ich zwei gekochte Eier haben, Mutter?«

Rachel kannte ihren Sohn fast so gut wie ihren Mann. Also hatte sie auf seinen nächsten Zug gewartet.

Und Chris hatte damit gewartet bis zum zweiten Ei. »Ich glaube, ich gehe mal runter und seh' es mir an«, meinte er zu niemand Bestimmtem. »Ist das in Ordnung, Vater?«

»Was?« Melanie mit ihren sechs Jahren kannte keinen besonders gut, aber ihren Bruder kannte sie besser als sonst irgendwen. »Ich auch!«

Larry sah von seiner Zeitung auf. »Nicht nur du – wir alle, Chris.« Er grinste Rachel an, dann Melanie und schließlich Chris. »Nach dem Abwasch gehen wir zusammen raus und schauen uns das Häuschen der alten Mrs. Griffin an. Und dann stellen wir die Spielregeln auf. Okay?«

Und es war viel besser gelaufen, als Rachel erwartete, nachdem Larry all die Hindernisse mit einer wer weiß wo ergatterten fürchterlichen Waffe hinweggefegt hatte, die aussah, als wäre sie zuletzt von einem zornigen Sansculotten während der Französischen Revolution gehandhabt worden.

So hatten sie schließlich die morschen Trümmer des Hauses

der alten Mrs. Griffin erreicht. Das ganze Zubehör einer bescheidenen, längst vergangenen und Legende gewordenen Existenz war noch dagewesen, zwischen den Brennesseln, herabgefallenen Steinen und Balken und dem wuchernden Unkraut: zerbrochene Stühle und lädierte Möbel, die Reste eines riesigen eisernen Bettgestells; Steingutscherben, Flaschen und Flaschenscherben – überall Flaschen – und die rostigen Indizien von Dosenkost – Dosen jeder Form und Größe, vermischt mit den rostigen Sprungfedern eines antiken Sessels, der am Teichufer vermoderte.

»Was ist das?« Melanie hielt einen halben Nachttopf am Henkel hoch. »Ist das für Obstsalat?«

»Den nehme ich für mein Zimmer.« Chris, der Adleräugige, hielt einen Kerzenständer aus Zinn in der Hand. Aber dann hatte er seinen Vater angesehen. »Vater – laß uns jetzt umkehren.«

Larry schaute seinen Sohn an. »Was ist denn los?«

»Ich mag den Geruch hier nicht.« Chris wippte auf einem Stück Wellblech. »Es riecht wie . . . ich weiß nicht wie – nach Kanalisation vielleicht?«

»Iiih!« Melanie warf ihren Nachttopf in den Teich, wo er ölige Kreise im Wasser entstehen ließ, die Schwärme von Insekten aufstörten. *»Kanalisation!«*

»Kehren wir um«, hatte Chris seine Forderung wiederholt. »Hier ist es ekelhaft.«

»Ja«, stimmte Melanie bei. »Und . . . ich wette, sie war doch eine Hexe – die alte Mrs. Griffin!«

Also waren sie umgekehrt.

Und alles war gutgegangen – auch dann noch, als die Kinder schon weit und breit über das Moor streiften, um den Hügel und über den Hügel und weiter hinaus, zu Fuß und dann mit dem Fahrrad, als andere Zeiten kamen, und eine öffentliche Anhörung (und Regierung und Minister) war der anderen gefolgt, und die Jahre waren über das Moor hinweggezogen, über den Hügel und über das Tal, und Dr. Groom war in seinem Beruf aufgestiegen. Und Rachel war Mitglied im Frauenverein geworden und dann Schatzmeisterin und danach Geschäftsführerin. Und im siebten Jahr Präsidentin.

Und alle ihre Pläne hatten sich geändert, da die Autobahn einen anderen Verlauf genommen hatte und Underhill Farm erhalten blieb.

Bis zu dem Tag, als Chris – jetzt im Stimmbruch und nicht mehr im Schulchor, sondern in der Junioren-Rugbymannschaft, aber im Vorfeld seines Abiturs den Künsten zugeneigt – zu der Ausgrabungsstätte hinübergeradelt war, die den Weg freimachte für das neue Autobahnstück hinter dem Rand des Moors –

»Mutter – *Rachel* . . .« (Chris war sich nicht sicher, wie ein Typ seine Mutter anreden sollte: Manche Typen fanden Vornamen astrein, andere waren noch altmodisch) ». . . du kennst doch das alte Griffin-Haus . . .?«

Seit langem hatte Rachel aufgehört, sich über das alte Griffin-Haus Gedanken zu machen. Es war mehr oder minder, wo es immer gewesen war. Aber nach all den Jahren stellte es für sie kein Problem mehr dar. »Was ist damit, Schatz? Mit dem alten Griffin-Haus –?«

»Ich habe mit einem Kerl gesprochen – ein Cambridge-Typ von der Ausgrabung hinterm Hügel, wo sie das römisch-britische Dorf freilegen . . . die halten es für möglich, daß es da angelsächsische Grabstätten gibt . . .«

»Und, Liebling?« Rachel fing gerade erst an, sich an die harte Tatsache zu gewöhnen, daß ihr Sohn auf bestimmten Gebieten besser Bescheid wußte als sie – zum Beispiel in römisch-britischen und angelsächsischen Fragen sowie im Sport.

»Er war sehr interessant – was er gesagt hat, meine ich.«

Sie mußte sich davor hüten, ihn mit ihrer Dummheit zu reizen. »Über Archäologie?« Erst am Vortag war sie an den Ausgrabungen vorbeigefahren und hatte noch die schachbrettartige Methodik der laufenden Arbeit bewundert.

»Über Mülleute eigentlich.«

»Mülleute?« Jetzt mußte sie wirklich aufpassen. Also . . . kein Wort mehr.

»Die Müllabfuhr – Müllmänner.« Plötzlich war er ernst. »Weißt du, *wenn* mein Abitur klargeht ... und das ist noch sehr fraglich, geb' ich zu ... aber *wenn* es klargeht, und ich kriege einen Platz an einer anständigen Uni ... dann würde ich ganz gern Archäologie studieren. Was meinst du, was Dad davon hält?«

Rachel fühlte sich an zwei Fronten bestürmt. »Das mußt du ihn schon selber fragen. Und letztlich ist es deine Entscheidung. Solange du kein Müllmann werden willst ...«

Er blickte sie ernst an. »Müllmänner tragen allerhand Verantwortung.«

»Das kannst du laut sagen.« Nur zu oft mußte sie als Müll*frau* die Mülltonnen von der Küchentür zum Straßenrand befördern, und schon daran trug sie schwer genug. Aber wenigstens war er jetzt von dem heiklen Thema abgeschweift auf ein unverfängliches. Und bis sie Gelegenheit hatte, sich mit Larry zu bereden – mindestens aber zu verhindern, daß er einen groben Fehler beging –, konnte man gar nicht weit genug abschweifen. »Was hat das alles mit dem alten Griffin-Haus zu tun, Schatz? Weißt du, daß es noch mehr eingefallen ist, seit du zum Sommersemester weggefahren bist? Das kam durch den furchtbaren Sturm hier im Mai – bei dem uns auch der alte Pflaumenbaum im Garten umgefallen ist.«

»Ja, ich weiß. Ich habe es mir neulich angesehen.« Er strich sich die Haare aus den Augen und war seinem Vater wie aus dem Gesicht geschnitten. »Gestern erst.«

»So, Schatz?« Früher hätte sie sich wegen einer solchen Expedition Sorgen gemacht und es wäre eine grobe Verletzung der Spielregeln gewesen, doch gerade gegen diese Regel hatten die Kinder nie verstoßen. Aber jetzt war der Junge groß. Und jetzt interessierte es sie auch. »Wie kommst du denn dazu?«

Er starrte sie einen Augenblick an. »Müllmänner, Mutter – Rachel. Hab' ich doch gesagt – Müllmänner. Darum geht's.«

Rachel hörte, wie ihr Mann endlich vom Bad ins Schlafzimmer hinaufpolterte. Gleich würde er die Hintertreppe runterkommen, vorbei an dem kleinen Schießschartenfenster, von dem der stehengebliebene Schornstein des alten Griffin-Hauses gerade noch durch die Bäume zu sehen war. »Also das ist mir zu hoch, Schatz. Denn kein Müllmann ist jemals näher als eine halbe Meile an die Mülltonnen der alten Mrs. Griffin herangekommen, falls sie so was hatte – das steht fest.«

»*Eben,* Mutter.« Er sah sie ein wenig traurig an. »Das *steht* auch fest. Sie hatte keine – und *die* waren da nicht. Und genau *darum* geht es.«

Immer noch unerleuchtet, flüchtete sich Rachel in interessiertes (wenn auch nicht intelligentes) Schweigen.

Und ihr Schweigen brachte ihn schließlich zum Reden. »Es ist noch alles da. Man muß nur suchen.«

Das brachte sie zum Reden. »Was ist noch da?«

»Alles. Jedenfalls alles, was sie je kaputtgemacht oder weggeschmissen hat. Oder verloren.« Seine Stimme war plötzlich eifrig. »Weißt du noch, der alte Kerzenständer aus Zinn, den ich da vor Jahren aufgelesen habe? Der noch in meinem Zimmer steht?«

Da ging ihr ein Licht auf, ein wahres Feuerwerk, das seine ganzen Pläne dem Dunkel entriß. »Aber . . . das ist doch ein schreckliches Loch, Christopher – ein *abscheulicher* Ort –«

»Nein, Mutter. Es ist die Ruine eines alten Bauernhäuschens. Und wahrscheinlich hat es hier in der Gegend schon seit dem Mittelalter ein Bauernhaus gegeben. Und . . . vielleicht stand auf dem Griffin-Grundstück das ursprüngliche Bauernhaus, denn da ist ja ein Teich dabei – der Cambridge-Typ hält das für möglich. Jedenfalls gab's in der alten Zeit damals noch keine Müllabfuhr und keine Müllmänner, und es liegt weit vom Schuß – *deshalb ist noch alles da, verstehst du*?«

»Was denn alles?« Larry sprach von der Tür an der hinteren Treppe aus und bückte sich automatisch, um nicht gegen den Balken zu rennen, nach jahrelanger Übung beherrschte er das perfekt.

»Der ganze angehäufte Abfall der alten Mrs. Griffin, Schatz.« Rachel merkte, wie sie die Lippen zusammenpreßte. »Und dein Sohn möchte den ausbuddeln.«

»Nicht ›ausbuddeln‹, Mutter. Aus*graben.*« Christopher wandte sich an seinen Vater. »Archäologie dreht sich nicht nur um Römer und Angelsachsen – oder um Vorgeschichte und so weiter.

Sie befaßt sich mit allem, was früher war und unterm Erdboden ist. Oder auch an der Oberfläche wie – wie zum Beispiel die Industriearchäologie.«

»Es ist einfach ein scheußliches Loch«, schimpfte Rachel.

»Die Leute graben viktorianische Schutthalden aus. Und finden ziemlich wertvolle Sachen dabei«, konterte Christopher.

Zum Teufel mit dem »Cambridge-Typ«, dachte Rachel. »Und holen sich wahrscheinlich Tetanus.«

Dr. Laurence Groom betrachtete nacheinander seine Frau und seinen Sohn und kam, wie Rachel geahnt hatte, unvermeidlich zu dem Schluß des wissenschaftlich Tätigen. »Es klingt interessant.« Aber immerhin war er so nett, seine Frau mit einem Blick um Entschuldigung zu bitten. »Und ... ich wollte da schon immer mal aufräumen. Dieser Teich ist garantiert der Brutherd für unsere Stechmücken.« Dann lächelte er seinen Sohn an. »Ich bezweifle, daß wir damit ein neues Licht auf die Vergangenheit werfen, das die Fachleute durcheinanderbringt. Aber ich gebe zu, man kann nie wissen, was wir finden.«

Wie sich herausstellte, war das eine Untertreibung. Denn was die Vergangenheit und die Fachleute anging, irrte sich Dr. Laurence Groom total.

ERSTER TEIL

Ian Robinson
und
die Geister von '78

1

Ian wußte, daß jemand in seiner Wohnung war, sowie er die Tür öffnete. Und dann fast sofort (mit einer Mischung aus Erleichterung und Widerwillen, die Überraschung und Furcht verdrängte), daß es nicht irgend jemand war, sondern Reginald Buller. Einmal gerochen, war die Spezialzubereitung aus Kuhmist, altem Teerseil und wahrscheinlich verbotenen Substanzen, die Reg Buller rauchte, unvergeßlich.

Auf dem Weg zur Wohnzimmertür rümpfte er noch einmal die Nase und begriff, daß er es nicht allein wegen des Tabaks tat, sondern auch, weil er sich sagen mußte, daß Jenny ihn einwandfrei reingelegt hatte. Nicht nur gaben sie bereits gutes Geld aus, sondern bei ihrem Gespür für Knüller und bei dem Ruf des Tully-Buller-Gespanns, das dafür bekannt war, daß es Ergebnisse brachte, würde der Druck, Ernst zu machen, wohl unwiderstehlich sein. Noch während sie dem Anschein nach seine Bedenken teilte, hatte sie ihn wie üblich an die Wand genietet.

»Tag, Reg.« Er bemerkte mit einem Blick, daß Buller sich ein Bier aus dem Kühlschrank genommen hatte und damit beschäftigt war, die Manuskripte auf dem Tisch durchzusehen. »Sie haben das Schloß geknackt, ja?«

»Würde ich das tun?« Buller legte die Papiere ohne Eile zurück, aber nicht sehr ordentlich. »Im übrigen haben Sie ein hübsches Chubb-Schloß. Das ist mir zu hoch. Wenn's ans Einbrechen geht, bin ich der letzte Amateur.«

»Na, durchs Fenster geklettert sind Sie bestimmt nicht.« Reg Buller hatte etwas völlig Entwaffnendes an sich, wenn er es auch nie genau definieren konnte. Aber vielleicht gehörte das alles nur zum Handwerkszeug dieses Mannes. »Die Rückseite ist einbruchsicher, wie mir der hiesige Beamte für präventive Kriminalitätsbekämpfung glaubhaft versichert hat. Und die Vorderfront ist ein bißchen zu öffentlich an einem Sonntagmorgen. Davon abgesehen hält das die Glyzinie nicht aus – Sie haben Fett angesetzt, Reg.«

Buller schüttelte den Kopf. »Kein Fett – das ist Wohlstand. Wie die Schwedin zu mir sagte: ›Je mehr, je lieber.‹ Reiner Wohlstand, mein Alter.«

»Für mich sieht das eher nach reinem Biertrinken aus. Wie *sind* Sie denn reingekommen?«

»Ah . . .« Buller hob sein Bierglas. »Ich hoffte, Sie hätten nichts dagegen. Geht ja schon stark auf Mittag zu, und ich war durstig. Außerdem sind Sie immer mit dem guten Kölner Bier eingedeckt – das weiß ich noch vom letztenmal. Und . . . schließlich arbeite ich ja wieder für Sie.« Er trank. »Das ist mir immer ein Vergnügen.«

Das Bier oder die Arbeit? »Sie dürfen auch zwei haben. Ich trinke eins mit. Das heißt, wenn Sie mir gesagt haben, wie Sie reingekommen sind.«

»Dies ist das zweite. Aber ich vertrage auch drei – die sind ja klein . . . Ich habe meinen Schlüssel benutzt.«

»Ihren . . . *Schlüssel*?«

»Richtig. Sie hatten mir letztesmal einen geliehen, weil ich immer wieder hier was abladen mußte. Da hab' ich mir für alle Fälle einen nachmachen lassen.«

Ian sah sich in Richtung Küche bugsiert. »Für welchen Fall?«

»Falls ich noch mal vorbeikommen mußte. Zum Beispiel an

einem Regentag. Und heute regnet's, und ich wußte, daß Sie heute morgen in der Kirche sein würden wie immer . . . und . . . ich wollte Sie erwischen, bevor Mr. Tully eintrifft. Und der sagte 12 Uhr 30. Und . . .« Er warf Ian einen Seitenblick zu.

»Und?« Ian kannte diesen Blick von früher.

»Ich wollte mich vergewissern, daß die Luft rein ist.« Buller betrachtete einen Augenblick sein Bier. Trank dann ein wenig. Betrachtete den Rest mit Bedauern. »Was mir an Köln immer gefällt . . . natürlich abgesehen von den Kunstgalerien, den Museen und der ganzen Kultur . . . das Schöne da ist, daß sie dir jedesmal, wenn sich dein Glas bis auf den letzten Fingerbreit geleert hat, automatisch wieder ein volles hinstellen. Das würd' ich mal als eine sehr *höfliche* Sitte bezeichnen. Vorausgesetzt, man fährt nicht – denn die Polizei ist da ziemlich brutal, wenn man ein paar intus hat.«

Ian öffnete die Kühlschranktür. *»Ein Kölsch, Herr Buller?«* Er wartete unbehaglich, während eine weitere Flasche aus seinem rasch zur Neige gehenden Vorrat verschwand. »Was soll das heißen – *daß die Luft rein ist,* Reg?«

Buller trank. »Wissen Sie nicht, daß Sie beschattet werden? Aber nein, woher auch! Die Lady wäre vielleicht schlauer . . . aber Sie, Sie laufen einfach rum, ohne sich was dabei zu denken – ich kenne Sie!«

Ian dachte bitter an die »Lady« und ihre Instinkte. Aber er dachte nur einen Augenblick an sie. Dann begann er an sich selbst zu denken. »Ich werde beschattet?« Er legte mehr den Wunsch nach bloßer Bestätigung hinein als die Bestürzung, die er tatsächlich empfand.

»O ja.« Buller nickte. »Das heißt . . . ich war mir nicht *ganz* sicher. Aber ich habe auf dem Aushang vor der Kirche nachgesehen, wann Ihre Morgenmesse ist. Und dann habe ich mich vorsichtig umgeschaut . . . unter Benutzung einiger meiner tausend Masken, versteht sich . . . Und mir schien, Sie hatten einen vorm Haus und einen hinterm Haus, die bemüht waren, in ihrer Umgebung aufzugehen . . . Fast hätte ich sogar das nächste Revier angerufen und sie verpfiffen, um zu sehen, was passiert. Aber dann dachte ich, das können wir ja immer noch – denn ich hätte es anonym machen müssen, nicht? Aber Sie können das alte Mädchen, das unten wohnt, darum bitten. Dann können wir abwarten, ob die was unternehmen oder nicht, je nachdem. Aber unsere Verstrickung kommt nicht an den Tag, falls es etwas Offizielles ist.« Als er jetzt trank, trank er ex. »Wie ich vermute. Wär' aber doch schön, das gleich genau zu wissen. Wenn Sie bereit sind – wenn Sie soweit sind, ja?«

Jenny hatte recht gehabt. Aber trotzdem, es ging alles zu schnell. Was andererseits natürlich nur zeigte, *wie* recht sie hatte, verdammt! »Wie sicher sind Sie – bis jetzt?«

»Als Sie rauskamen, hat der Vordermann den hinteren verständigt. Als wäre er an so 'nen blöden Walkman angeschlossen – aber als Wechselsprechanlage . . . Die haben sich also unten an der Straßenecke getroffen. Da bin ich dann schnell rein.« Buller setzte sein Glas auf den Tisch. »Natürlich könnten sie Tiefendekkung gehabt haben. Dann hätte ich auffliegen können. Aber ich dachte, wenn die so 'ne Deckung haben, bin ich sowieso längst abgehakt – also was soll's?« Er grinste wieder. »Außerdem fing es an zu regnen, und ich hab' keinen Schirm«, er zuckte die Achseln – »und Ihre Biervorräte fielen mir auch ein. Und für Sonntagsarbeit nehme ich nichts. Erst ab Viertel nach zwölf. Zuzüglich Reisespesen. Sie . . . Sie fallen also jetzt noch unter meine Freizeit, die Uhr läuft nicht.«

Ians Gedanken waren beim Zuhören kalt und hart geworden, wie dickes Eis über bodenlosen arktischen Gewässern: So war es auch in Beirut gewesen, wo Jenny wie üblich die Lauferei erledigt hatte in der irrigen Annahme, das fundamentalistische Greifkommando zähle Frauen nicht mit (oder wenn doch, brächten sie die Taktlosigkeit nicht fertig, eine zu entführen), während er in dem Hotel festgesessen hatte.

»Jetzt sind sie wieder an Ort und Stelle und lassen sich vollregnen. Deshalb müssen Sie nachher noch mal raus mit Ihrer Lady und mit meinem Mr. Tully, um die abzulenken.« Buller nickte in sein Schweigen. »Schafft ihr bestimmt, wenn ihr zu dritt da rauskommt – *nein! Sehen Sie zum Donnerwetter jetzt nicht nach –!*« Buller glitt zur Seite, um ihm den Weg zu verstellen. »Bleiben wir hübsch ahnungslos, solange es geht, ja?«

Ians Kopf schwirrte von Fragen. »Was hat Sie ... mißtrauisch gemacht?« Es war ein unpassendes Wort, wenn man Buller kannte. Aber es klang angemessen vage.

»Ha!« In Ermangelung eines weiteren Biers zog Buller ein riesiges eisernes Feuerzeug hervor, um damit die gräßliche Mischung in seiner Pfeife anzustecken, die gängigen Zündverfahren zweifellos widerstand. »Sobald Mr. Tully den Namen Masson erwähnte, dachte ich: O weh! Nimm dich in acht, Reg!«

»Wieso?« Ian fiel ein, was Tully gesagt hatte, als er zum erstenmal den Namen Reginald Buller nannte: Was man auch tut, wohin man auch will, Buller ist schon halbwegs da, bevor man selber losgeht.

»Ich hab' da nie viel drauf gegeben – ein hoher Staatsbeamter, der auf See geblieben ist: ›Welch ein furchtbares Unglück!‹ ... da hab' ich nichts drauf gegeben, schon damals nicht.« Buller schüttelte den Kopf. »Ich dachte ... jetzt fängt das wieder an, dachte ich –« Ein übler Rauchschleier hüllte ihn vorübergehend ein, so daß er mit der Hand wedeln mußte, um ihn zu zerstreuen. »Ich dachte, *o weh!*«

»Über Philip Masson war doch aber nie etwas Nachteiliges bekannt, Reg.«

»Allerdings nicht. Und daß da weiter nichts kam, beruhigte mich auch bald.« Diesmal ein zustimmendes Nicken. »Aber als er dann wieder auftauchte ... meilenweit vom Meer entfernt und knochentrocken« – vom Kopfschütteln über ein Nicken zu neuerlichem Schütteln – »ja, was für ein Unglück war das denn?«

Genau das hatte Jenny wissen wollen. Jedenfalls war es das erste gewesen, was sie wissen wollte. »Sagen Sie's mir, Reg –?«

»Hmm ...« Irgendwie waren sie aus dem Eßzimmer hinausgeraten und vorbei an der Tür des Arbeitszimmers (wo Reginald Buller mit ziemlicher Sicherheit die ganzen »entstehenden Werke« begutachtet hatte) wieder ins Wohnzimmer; doch Reg versperrte für alle Fälle den Zugang zu dem herrlichen Erkerfenster.

»Nun?«

»Kein Schwanz sagt irgendwas. Und wo sie ihn ausgebuddelt haben, kommt man nicht hin.« Buller kratzte sich am Hinterkopf.

»Da ist auf beiden Seiten die Ortspolizei aufmarschiert und hält Wache. Etliche stehen an der hinteren Zufahrt, von der vorderen nicht zu reden ... Und es waren zwei Jugendliche, die die Leiche entdeckt haben. Aber an die kommt man auch nicht ran. Und die Eltern reden mit keinem.« Wieder ein Kopfschütteln. »Und ich mußte höllisch aufpassen, denn da haben ein, zwei Leute, die ich kenne, rumgeschnüffelt, Getränke spendiert – vom *Guardian* und vom *Mirror* ... und demnach vielleicht auch welche von den großen Sonntagsblättern. Und vom *Independent* eventuell ... Aber entscheidend ist, die Sache *stinkt* – mit Masson – da ist was faul.«

»Sie haben also nichts rausgekriegt –?« Dafür kannte er Reg Buller zu gut.

»Oh ...« Buller warf leicht gekränkt den Kopf zurück, »... da war so ein Barmädchen, das ich angequatscht hab', die jemand vom Büro des Coroners kannte. Und *die* sagte ... *der* hätte gesagt ... Masson sei dort *deponiert* worden. Und –«

»›Deponiert‹ –?«

»Vergraben.« Nicken. »In einem Loch.« Neuerliches Nicken. »Er ist nicht vom Himmel gefallen, nicht gestolpert und mit dem Kopf aufgeschlagen, noch hat er sich erschossen oder einen Herzanfall gekriegt.« Abschließendes Nicken. »Nach einigen Versionen der Geschichte ist da so ein Teich, und er lag *drin.* Gut ... dachte ich, er kann ja reingefallen sein – womöglich sogar reingesprungen ... Aber offenbar trifft das nicht zu. Denn die Kinder haben ihn *ausgebuddelt,* so scheint es.«

»Warum – *wie* ... haben sie denn das gemacht?« Beide Fragen drängten sich gleichermaßen auf.

»Weiß der Himmel! Aber sie haben anscheinend. Also ... hat ihn auch jemand vergraben. Also hat ihn vorher jemand umgebracht – meinte das Barmädchen. Und ich gab ihr 50 Pfund, damit sie's keinem anderen sagt. Wobei nicht auszuschließen ist, daß ich ihre Habgier geweckt habe, dann war's wohl rausgeworfen ... *Ihr* Geld, mein Alter – hm?«

Ian zuckte innerlich zurück vor Tullys Endabrechnung, wo dessen Mehrwertsteuer auf Reg Bullers Mehrwertsteuer draufgeschlagen würde, um alles noch komplizierter zu machen, selbst wenn sie die schließlich zurückerstattet bekämen; darum würden Jennys nette Steuerberater sich schon kümmern, auch wieder gegen Entgelt. Aber an so profane Dinge durfte er jetzt nicht denken. »Und das ist alles, was Sie rausgekriegt haben?«

Reg Buller sah beleidigt drein. »Das ist alles, was rauszuholen ich für ungefährlich hielt, so wie die Sache stank. Im übrigen dachte ich auch, ich hab' andere Fische zu braten, laut Anweisung. Oder vielmehr . . . nicht andere Fische – *noch einen* Fisch . . . außer Masson, meine ich . . .« Er brach ab.

»*Noch einen* . . . Fisch?«

»Tja . . . nicht direkt 'nen Fisch.« Buller zog kräftig an seiner Pfeife. »Schon eher einen Hai, wenn Sie mich fragen« – er stieß eine übelriechende Rauchwolke aus –, »wie in dem Film: Etwas, das man fangen will, aber am Ende muß man vielleicht zusehen, daß es einen selbst nicht fängt.« Wieder zog er an seiner Pfeife.

»Sie meinen diesen Audley? David Audley?« Ian erinnerte sich an Jennys ursprünglichen Vorschlag: Spät nachts war sie zu ihm gekommen – genau gesagt frühmorgens, nach einer ihrer durchsumpften High-Society-Nächte – und hatte ihn aus dem Bett geholt, als seine Lebensgeister auf dem Tiefpunkt waren –

»Schatz, ich glaube, ich bin da auf etwas wirklich sehr Interessantes gestoßen – hast du was zu trinken?« (Jenny mit leuchtenden Augen, selbst zu dieser unmöglichen Zeit, fröhlich mit ihrer Gesundheit aasend und auch jetzt nur ein wenig zerzaust, war nach der Arbeit zu einem Botschaftsempfang gegangen, danach zu einem ausgiebigen Dinner und schließlich auf ein Spielchen »in Ehren« in irgendeinem Höllenloch gelandet, doch Jenny hatte die Ausdauer eines Ackerpferdes und konnte es an Trinkfestigkeit seiner Erfahrung nach mit Reg Buller aufnehmen.)

»Jenny!« (Immerhin war er halbwegs präsentabel gewesen, das Gesicht schnell gewaschen, Haare rasch gebürstet, Bademantel sittsam und sorgsam verschnürt; nur Jenny wagte es, ihn mitten in der Nacht zu überfallen – dies war nicht das erste Mal, und jetzt war er halb auf solche Eventualitäten eingerichtet.) *»Um Himmels willen, Jen! Hatte das nicht Zeit bis morgen früh?«* (Aber streng genommen war es natürlich schon Morgen.) *»Du solltest*

jetzt nicht draußen rumlaufen – die Straßen sind nicht sicher. Ich ruf' dir ein Taxi –«

»Ich habe ein Taxi – es steht vor der Tür. Der gute Mann sagte, er wartet gern, Schatz – er war genau deiner Meinung.« (Von laufenden Taxametern einmal abgesehen, konnte Jenny jeden Mann für sich einspannen, wenn sie es darauf anlegte ...) *»Also ... nun gib mir schon den Drink. Oder muß ich ihn mir selber holen?«*

»Ich koch' dir einen Kaffee –«

»Sei doch kein Frosch, Ian, Darling! Aber eins vorweg ... hast du mal von einem Audley gehört?«

»Von wem?« (Wenn sie auf Alkohol bestand, würde er ihr etwas einschenken.)

»Audley. AUDLEY – *Audley? Vorname ›David‹ –?«*

»Nein.« (Da hatte er das Anzeichen erkannt: Diese Unschuldsaugen waren nicht alkoholglänzend, sondern erregt; ja womöglich hatte sie gar nichts getrunken seit ihrem plötzlichen Stoßen-auf-irgendwas, wann immer sich das ereignet hatte, und war für den ganzen Rest des Abends-bis-in-die-Nacht-bis-in-den-Morgen die kalte, harte, professionelle Jenny gewesen; deshalb brauchte sie jetzt einen Drink.)

»Nein. Aber von Philip Masson hast du vielleicht gehört?«

»Ja.« (Das war beleidigend gewesen – und zwar absichtlich! Aber jetzt hing er am Haken.) *»Und wer ist ... ›David Audley‹ dann?«*

»Mr. David Audley – ja. Oder um ihn bei seinem rechtmäßigen Titel zu nennen, *Doktor* David Audley.« Reg Buller schniefte, daß sich die Haare auf seiner Säufernase kräuselten. »Aber kein Mediziner ... ein Doktor der Philosophie ... Cambridge ›Ph. D.‹ – oder ›Dr. phil.‹, wie immer das nun heißt.« Die dicke, blau und rot geäderte Nase krauste sich noch einmal: Reg Buller hatte eine an Verachtung grenzende, gewaltige Abneigung gegen Oxbridge-Absolventen, die von bitteren Erfahrungen mit Whitehall und Westminster während seiner Zeit im Polizeidienst herrührte. »Bloß, ein Doktor der Philosophie auch wieder nicht – ein Doktor der Geschichte« – die Nase schien anzuschwellen, während sich ihr rundes Knollenende hob – »und zwar der Alten Geschichte.«

Aber Ian hatte seit Jennys unzeitigem Überfall dazugelernt. »Nein, Geschichte des Mittelalters, Reg.«

»Ach ja?« Buller nahm die Berichtigung als weiteren Beweis dafür, daß Verachtung am Platz war. »Sie haben ihn im *Who's Who* nachgeschlagen, was? Wieso hat er dann aber ein Buch über das *Lateinische* Königreich Jerusalem geschrieben? Denn für *meine* Begriffe ist ›lateinisch‹ verdammt alt – stimmt's?«

»Nein. Stimmt eben nicht. Das Lateinische Königreich Jerusalem bestand zufällig vom 11. bis zum 12. Jahrhundert. Nicht, daß das wichtig wäre.« Im Vergleich zu Philip Masson war es bestimmt nicht wichtig. Aber eine alte Leidenschaft für unverdrehte Tatsachen und für das Aussondern der goldenen Wahrheitskörnchen aus dem Gerede, den Gerüchten und dem Klatsch, den Jenny am laufenden Band lieferte, zwang ihn zu reagieren, bevor er sich bremsen konnte. Und dann mußte er Ordnung schaffen, die Prioritäten setzen. »Er ist ein Hai, Reg, ja?«

In Bullers Gesicht arbeitete es, als er vom Unwichtigen wieder zurückkam zu dem Wichtigen, das er vermutlich am zweiten Tag seines Fischebratens für Tully und Jenny aufgedeckt hatte. Und damit wandelte sich auch Ians Vorstellung, vom Bild verstaubter Handschriften in Universitätsbibliotheken hin zu jener schrecklichen dreieckigen Rückenflosse, die durch das Wasser pflügte und dann untertauchte, als der Killer verschwand, sich im Wasser überschlug und die messerscharfen Kiefer aufriß, um seine Beute zu schlagen.

»Er könnte einer sein. Vielleicht auch ... da er so ein Brocken ist – einsachtundachtzig, einsneunzig in Strümpfen ... und in seiner Jugend Rugby gespielt hat ... vielleicht auch einer von diesen größeren – schwarzweiß sind die, und schlau dazu ... keine Haie allerdings –?«

»Mörderwale?« Schwarz und Weiß waren die Farben des Totenkopfs – er holte die Erinnerung aus seinem Unterbewußtsein herauf –, nicht nur der Mörderwale oder der mordgierigen Elstern, die vor dem Fenster des Landhäuschens, wo er jedem neuen Buch den letzten Schliff gab, Singvögel würgten; Schwarz und Weiß waren die Farben all der berühmten Regimenter mit dem Totenkopfemblem, wie auch der Freibeuter – und von Audleys mittelalterlichen Templern in seinem Lateinischen Kreuzfahrer-Königreich; und die jungen Männer, die Jenny in ihren langen Nächten bis zum Gehtnichtmehr hofierten, trugen ja überhaupt die gleichen Unfarben, verdammt!

Aber sein Gedankengang war gestört worden: Er hatte die Klingel gehört, und Bullers Gesicht hatte sich verschlossen, als er sie hörte. Und er verfluchte sich dafür, daß er nicht schneller auf Bullers Warnung reagiert hatte, jetzt wo Tully da war – oder Jenny, oder Jenny und Tully zusammen – jetzt wo *irgend jemand* sich dafür interessierte, was sie vorhatten –

»*Verdammt!*« Mit einer unwilligen Kopfbewegung sah er Buller an. »Ich hätte ihnen absagen sollen, Reg. Wir hätten uns woanders treffen können.«

Buller schüttelte den Kopf. »Hätte nichts genützt. Wenn die Ihnen auf der Spur sind, sind sie auch denen auf der Spur . . . Nur auf meiner sind sie nicht.« Er grinste. »Und wenn doch, kann ich sie jederzeit abschütteln. Und was noch wichtiger ist . . . die würden das nicht mal merken. Die würden denken, sie hätten gepennt.« Das Grinsen wurde vertraulich. Dann verschwand es. »Mr. Tully und Ihre Lady haben den Bogen nicht raus – sie würden sich nur verraten. Es ist besser, man sagt es ihnen nicht gleich.«

»Ich muß es ihnen sagen, Reg.« Ian fühlte sich zunehmend unbehaglich, als er sprach. Denn war Tully auch vernünftig genug, um Angst zu bekommen, so würde die Neuigkeit bei Jenny nur bewirken, daß ihr Verdacht sich verstärkte und zur Gewißheit wurde.

»Warten Sie! Einen Moment noch« – Reg Buller stellte sich ihm erneut in den Weg –, »dieses ganze Geschwafel über Lateinische Königreiche und Haifische« – wieder ging die Klingel – »lassen Sie's läuten – *halt!*«

»Was?« Ian blieb stehen. »Was –«

»Hören Sie zu.« Buller stieß ihn fast zurück. »Sie haben mir Tips gegeben, hin und wieder . . . Und haben mich empfohlen – mir Kunden verschafft – *ich weiß* . . . Dafür bin ich Ihnen was schuldig – stimmt's?«

»Sie schulden mir gar nichts.«

»Okay. Wir sind also quitt, inklusive Steuer und Mehrwertsteuer.« Buller nickte. »Und in einer Minute verlange ich wieder meinen üblichen Tarif – okay . . . Verstehen Sie?« Er ignorierte das wütende Klingeln hinter sich. »Aber *noch* bin ich privat hier. Den Rat gibt's also gratis – klar? Und ganz im Vertrauen.«

Ian blickte ihn finster an. »Dann machen Sie schnell. Sonst denken die –«

»Dieser Audley –« überfuhr ihn Buller, »bei dem hab' ich so ein Gefühl im Bauch. Sie sollten sich vorsehen. Und lassen Sie sich von der Lady nicht in eine Richtung drängen, in die Sie nicht gehen wollen – diesmal nicht.« Er starrte Ian einen Augenblick an, dann warf er den Kopf zurück. »Und jetzt holen Sie sie rein – los!«

Ian sprintete nach der jetzt pausenlos gehenden Türklingel, die nur bedeuten konnte, daß draußen Jenny stand.

»Tut mir leid, Jen« – er erblickte Tully hinter ihr –, »Tag, John.«

»Das will ich meinen!« Sie nahm ihr Kopftuch ab und schüttelte ein Gewirr flüchtig gekämmter roter Haare. »Du siehst auch richtig schuldbewußt aus.« Sie musterte ihn kurz. »Ja, wenn ich dich nicht besser kennen würde, Ian Robinson – und nicht wüßte, daß wir Sonntag haben . . . es *ist* doch Sonntag, oder?« Sie schnupperte anerkennend Reg Bullers Tabak.

»Für mich schon.« Er musterte sie seinerseits. Ohne Make-up, aber mit dunklen Ringen unter den Augen erschien sie als eine merkwürdige Mischung aus Unschuld und Verdorbenheit. »Aber du siehst aus, als hättest du dein Wochenende bereits hinter dir, Miss Fielding-ffulke. Und es dich auch.«

»Sehr lustig.« Sie wandte sich an Tully. »Wie ich eben sagte . . . würde ich ihn nicht besser kennen, dann würde ich behaupten, er hat ein Mädchen im Schlafzimmer, das jetzt verzweifelt seinen Schlüpfer sucht. Aber –«

»Fehlanzeige.« Buller sprach vom Wohnzimmereingang aus. »Tut mir leid, Sie zu enttäuschen, Madam. Aber der einzige, der bei ihm ist, bin ich. Und ich suche lediglich Bier.«

»Reg!« Die vergangene Nacht schien von ihr abzufallen. »John sagte schon, Sie könnten hier sein – Sie hätten sich kurzfristig bereiterklärt, uns zu Hilfe zu kommen. Es ist schön, Sie wiederzusehen. Und . . . wir brauchen Sie wirklich.«

»Mit Vergnügen, Madam.« In Jennys Gegenwart flüchtete sich Buller stets in die geübte Unaufrichtigkeit seines längst vergangenen Wachtmeister-Ichs; aus irgendeinem Grund hatte ihr Charme ihn immer kaltgelassen, wie Ian sich von früher her erinnerte. Das war um so merkwürdiger, als in seinem Fall der Charme nicht bewußt entfaltet war, sie hatte wirklich Achtung vor seinem Können und obendrein eine große Schwäche für ihn. Und er selbst mußte diese unerwiderte Bewunderung jetzt berücksichtigen, wollte er Bullers Warnung richtig einschätzen.

»Sagen Sie um Gottes willen nicht dauernd ›Madam‹ zu mir, Reg!« Sie schnitt Buller ein Gesicht.

»Nein, Miss Fielding-ff –«

»Und *tun* Sie mir auch das nicht an.« Sie unterbrach ihn. »Wenn Ihnen ›Jenny‹ zu schwer fällt . . . ich kann ja nichts für die albernen Einfälle meiner Vorfahren . . . dann reicht mir auch ›Fielding‹. Okay?« Hinter dem sanften, fast flehenden Tonfall lag die stahlharte, ererbte Fielding-ffulke'sche Befehlshaberstimme, die Generationen von Bullers (und auch Robinsons) zum Springen gebracht hatte. »Okay. Also was haben Sie für uns über Philip Masson und David Audley?«

»Ich habe einen Bericht angefertigt, Miss Fielding.« Buller sah Tully an. »Einen schriftlichen.«

»Schon gut, Mr. Buller.« Makellos wie immer und selbstsicher mit seiner Winchester-College-Krawatte, sprang Tully dennoch nicht weniger flink. »Nur das Wesentliche jetzt mal.«

Jenny lenkte Ians Aufmerksamkeit auf sich. »Reg würde wahrscheinlich gern was trinken, Ian. Und ich ganz bestimmt. Die letzten Kirchenglocken, die ich hörte, haben zwölf geschlagen.«

»Nein.« Es ging nicht nur darum, daß die Robinsons den Fielding-ffulkes nicht mehr automatisch gehorchten, sondern auch darum, den Eindruck zu erwecken, daß Reg noch nicht lange bei ihm war. »Erst möchte ich hören, was Reg zu sagen hat. Bitte, Reg.«

»Gut, Mr. Robinson.« Reg spielte genau das richtige Maß an

Enttäuschung. »Masson ist ermordet worden – und Audley arbeitet für die Mantel-und-Degen-Brigade. Für unsere.«

»Aber Reg . . . das wissen wir doch alles.«

»Nein, Miss Fielding. Allenfalls wissen Sie über Dr. Audley Bescheid – das hat Ihnen vielleicht jemand erzählt. Es steht aber nirgends geschrieben. Offiziell sitzt er als vertraglich verpflichteter Staatsbeamter in irgendeinem Verbindungsausschuß – niemand scheint genau zu wissen, welchem – und berät diverse Ministerien bei Forschungsprojekten. Und was für welche das sind, weiß auch keiner genau. Stimmt's, Johnny?«

Tully nickte. »Mehr oder weniger.«

»Ja. Gut, ich kann Ihnen jetzt mit Bestimmtheit sagen, daß er für den Nachrichtendienst arbeitet.« Buller schwieg nur eine halbe Sekunde. »Und auch bei Masson bin ich sicher: Überall in Fleet Street – und bei Murdoch in Wapping – geht das Gerücht, er sei umgebracht worden. Aber die Polizei sagt nichts dergleichen, denen ist von oben der Mund gestopft worden. Glaubt mir, ich kenne die Anzeichen. Ich sage also nur, was die selbst sagen würden, wenn sie nicht die Klappe halten müßten.«

»Gerüchte gibt es wirklich genug«, sagte Tully. »Nach einer Version soll er ertrunken sein – sich ertränkt haben vielmehr.«

»O ja.« Buller nickte. »Ich behaupte ja nicht, daß sie gar nichts gesagt haben. Zuerst . . . zuerst hieß es, ›wahrscheinlich eine alte Grabstätte‹. Offenbar werden in der Gegend nämlich dauernd alte Knochen ausgegraben. Dann kam so ein Lokalhistörchen auf, daß es irgendein armer Kerl sein könnte, ein Vermißter aus den Schützengräben, der sich im Ersten Weltkrieg dort versteckt hielt. Und dann an Grippe starb – die grassierte damals in dem Ort. Seine Frau hat ihn also still und heimlich beerdigt – es ist sehr einsam dort, am Rand der Sümpfe, da hätte sie das leicht tun können, ohne daß es jemand gemerkt hätte. Aber dann kam eben der große Knall.«

»Mit der Identifizierung, meinen Sie?«

Buller grinste. »Jemand hat einen Bock geschossen, meine ich.«

»Was heißt denn das – ›einen Bock geschossen‹, Reg?« fragte Ian. »Die Polizei?«

»Nein, nicht die Polizei. Obgleich da in den ersten Stunden wohl etwas mehr herumgetrampelt worden ist, als die gern zugeben würden – ›Schauplatz abriegeln‹ ist die Vorschrift Nr. 1. Allerdings haben ja diese spielenden Kinder den Leichnam ausgebuddelt ... die hatten schon das Unterste zuoberst gekehrt.« Buller zuckte die Achseln. »Danach dürfte alles nach Schema F gegangen sein. Und sie dürften auch verdammt schnell gemerkt haben, daß es sich nicht um eine Leiche aus grauer Vorzeit handelte – spätestens an dem Punkt haben sie ihre Hebel wohl in Bewegung gesetzt. Vielleicht nicht alle Hebel, wie bei einer frischen Leiche, wo schnell geschaltet oft schon halb gewonnen ist ... aber die Gerichtsmediziner gehen an die Arbeit, die Akten werden überprüft – B14, Vermißtenfahndung ... Heilsarmee, Anonyme Alkoholiker – man hört sich um.« Noch ein Achselzucken. »Vermißte Personen gibt es Tausende. Da ist es immer schön, einen wiederzufinden.«

»Auch wenn er tot ist?« Jenny blickte ihn stirnrunzelnd an.

»Auch wenn er tot ist. Fragen Sie mal einen Bauern nach seinen vermißten Schafen: Er würde lieber eins tot wiederfinden als gar nicht – zumindest, wenn's schon lange fort ist. Dann weiß er wenigstens Bescheid. Und kann vielleicht was unternehmen. Und genauso muß die Polizei das sehen, um das Beste draus zu machen.« Er starrte sie einen Moment lang an. »›Vermißtensachen‹ sind eine ziemlich undankbare Aufgabe, glauben Sie mir. Und auch aufreibend, wenn man irgend so einem armen Ehepaar in den mittleren Jahren vielleicht mitteilen muß, daß ihre fünfzehnjährige Tochter – oder auch ihr Sohn heutzutage – wahrscheinlich auf den Strich geht und Geld auf die einfachste Art verdient.« Er schwieg noch einmal. »In ›Vermißtensachen‹ steckt eine Menge Kummer, Lady.«

Tully bewegte sich unruhig, fast als wäre er peinlich berührt von dieser Offenbarung eines sozialen Gewissens, wo keinerlei Gewissen sein sollte, nämlich bei Reginald Buller. »Wer hat denn nun den Bock geschossen, Mr. Buller?«

»Irgendein Staatsbeamter.« Bullers Gesicht hellte sich bei dem Gedanken auf. »Wahrscheinlich ein Kollege Ihres Dr. Audley, der auch sein Licht unter den Ausschußscheffel stellt.« Er hielt das Feuerzeug an seine Pfeife, überlegte es sich aber anders. »Vielleicht machte auch jemand Urlaub, wie Audley im Moment. Und irgendein armer kleiner Büroangestellter, der ihn vertreten mußte, kam mit seinen Eingängen nicht bis zum Wochenende durch. Und am Montag lag schon ein neuer Stoß Papier obendrauf. Dafür darf er jetzt gehen« – er warf einen Seitenblick auf Jenny – »oder sie, wo wir jetzt alle gleich sind.«

Jenny lächelte nur. »Die Identifizierung?«

»Genau. Anhand der Zähne höchstwahrscheinlich – die geben immer am meisten her.« Buller erwiderte das Lächeln. »Wenn Sie eine Leiche zu beseitigen haben, Miss Fielding . . . hier ein Tip: Schneiden Sie die Hände und den Kopf ab, zertrümmern Sie den Kiefer und werfen Sie die Einzelteile in verschiedene Mülltonnen, kurz bevor die Abfuhr kommt. Graben Sie für den Rest dann ein tiefes Loch, wo nicht damit zu rechnen ist, daß Kinder ihn ausbuddeln.« Während er sprach, verschwand das Lächeln völlig. »Aber egal, was ihnen die Identifizierung ermöglicht hat . . . und ich weiß nicht, ob es die Zähne waren . . . die Nachricht davon ist jedenfalls durchgesickert, bevor sie jemand unterdrücken konnte.« Er wandte sich Tully zu. »Und das rief die Zeitungen auf den Plan. Die Masson natürlich in *ihrer* Vermißtenkartei hatten. Und schon war der Teufel los.« Das Lächeln kehrte wieder, aber in dünnerer Form. »Reine Routine alles – die richtige Akte anfordern, oder den richtigen Computerausdruck. Nur in der falschen Reihenfolge diesmal.«

»Woher stammte denn dann mein Gerücht vom Ertrinken?« Tullys blasses Intellektuellengesicht war ausdruckslos. »Ich dachte, das sei von der Polizei gekommen?«

Buller nickte. »Ist es auch. Aber nicht offiziell. Es sollte aussehen wie ein ›Tip‹ von weiter unten – einem der Kripoleute, der angeblich einen der Lokalreporter ins Vertrauen gezogen hat. Aber es war natürlich alles andere.«

»Desinformation?« Da sie in den letzten Jahren häufig desinformiert worden war, kannte Jenny sich damit bestens aus.

»*Des*information – jawohl.« Buller schätzte genaues Zuspiel. »Könnte derselbe Büroangestellte gewesen sein und ein Versuch, den geschossenen Bock wieder gesundzuschaukeln, soweit es ihm möglich war. Oder ihr.« Halbes Lächeln, halbes Achselzukken. »Es gibt einen See dort . . . oder einen Teich, wie es heißt.«

»Sie haben das Terrain nicht gesehen?« Tully schürzte die Lippen. »Sich nicht selbst überzeugt?«

»Kein Gedanke.« Buller quittierte die angedeutete Mißbilligung mit leiser Verachtung. »Es wird rund um die Uhr überwacht – vom Special Branch aus London sowie von der Ortspolizei. Außerdem ist es verdammt abgelegen, und ich schnüffle doch da nicht herum und ziehe die Kameras auf mich. Das wäre schlecht fürs Geschäft.« Er suchte Ians Unterstützung. »Für das Ihre vielleicht?«

»Er wurde nicht im Teich gefunden – im See?« Ian erhob sich entgegenkommend. »Die Kinder haben ihn ausgegraben. Und . . . die ersten Gerüchte sprachen alle . . . von *Ausgraben*?« Die Erinnerung an das, was Buller gesagt hatte, als sie allein waren, machte es einfach.

»Genauso ist es, Mr. Robinson.« Buller nickte förmlich. »Die Urfassung der Geschichte war Tod durch Ertrinken – ›im Meer ertrunken‹. Danach hieß die erste Version, ›alte Gebeine‹ seien ausgegraben worden. Dann sickerte sein Name durch – und prompt war es wieder ›Tod durch Ertrinken‹. Aber endgültig ist das nicht.« Er schüttelte den Kopf. »Mag sein, wenn sie Zeit gehabt hätten, die Beweise zu manipulieren . . . oder wenigstens zu verwischen . . . dann wären sie vielleicht mit dem Ertrinken durchgekommen.« Er blickte von einem zum anderen. »Allerdings ist das gegenüber der Polizei, dem Coroner . . . und all den andern . . . gar nicht so einfach, das kann ich Ihnen versichern. Nur hätten sie zumindest noch mehr Zeit gewinnen können. Aber diesmal . . . ging das nicht.« Er endete bei Jenny. »Er wurde vergraben, Miss Fielding. Nicht sehr tief – nicht tief genug . . . Aber mit Sicherheit vergraben.« Einzelnes Nicken. »Und daß sie anfangs versucht haben, die Geschichte zu verdrehen . . . und daß der Ort und seine sämtlichen Bewohner jetzt zugeknöpft sind wie seinerzeit Greenham Common über die Osterfeiertage – all das bestätigt nur, daß irgendeine Vertuschung im Gang ist.« Diesmal kein Nicken, sondern ein listiges Gesicht. »O ja – die Geier sind los, wie zu erwarten war: Ich hab' ein paar Leute von früher wiedererkannt, die sich alle Mühe gaben, auf Spesenrechnung die Kneipen leerzutrinken. Und ein paar junge Hoffnungsträger waren auch da –«

»Und die haben vermutlich Sie erkannt?« Tully kniff erneut die Lippen zusammen. Dann schnupperte er. »Oder gerochen?«

Buller blickte enttäuscht drein. »Ich bitte Sie, Johnny – würde ich auch nur für einen unserer Kunden ohne Deckgeschichte arbeiten? Sie sollten mich besser kennen. Nicht bei so einer Sache, die durch die Zeitungen gegangen ist. Sie sind ja nicht der einzige Mensch mit Geruchssinn.«

Ian fing Jennys Blick auf und ihr Lächeln. Als Reg Buller das letzte Mal für sie tätig war, hatte er auch eine ›Tarnung‹ gehabt. Und die war so echt gewesen, daß er mit Freuden ein Zweithonorar und Zweitspesen dafür kassiert hatte. Doch während er sie beobachtete, merkte er, daß das Lächeln nur auf ihren Lippen war, nicht in ihren Augen. Und es verging schnell wieder.

»Ihre alten Bekannten, Reg ... wissen Sie, in welcher Richtung die suchen?« Es klang fast beiläufig.

»Ehrlich nicht, Lady. Ich war zu sehr damit beschäftigt, mich nicht weiter für ihre Angelegenheiten zu interessieren. So wie es aussieht, bezweifle ich aber, daß sie viel Brauchbares haben. Bis zur neuen gerichtlichen Untersuchung bekommen die nichts Handfestes. Und Sie können Gift darauf nehmen, daß die so lange wie möglich rausgeschoben wird.« Buller sah Tully schräg an. »Im Moment werden die Papiertiger sich noch darauf vorbereiten, indem sie die alten Ausschnitte über Masson ausgraben. Nehmen Sie sich also in acht, Johnny, falls Sie daran denken, bei Ihrem liebsten Zeitungsarchiv nachzufragen, ob Sie einen Blick auf ihn werfen dürfen. Denn die wissen, daß Sie früher schon für Ihre jetzigen Kunden gearbeitet haben.«

Tully faßte sich an die Krawatte. »Keine Sorge, Mr. Buller. Das ist alles schon erledigt.« Er blickte erst zu Jenny, dann zu Ian. »Ich habe ein recht ansehnliches Dossier über Philip Masson. Und Rückwirkungen gibt es da keine.«

Das würde sie ein Heidengeld kosten, dachte Ian. Tullys weitgehend computergespeicherte Kartei war für sich genommen schon verdammt gut (und entsprechend teuer im Zugriff), doch an die besseren Zeitungsarchive reichte sie nicht heran. Aber Zeitungsarchive waren auch nicht billig, soweit man sie überhaupt kaufen konnte. Oder ihre Assistenten. Oder wer sonst noch Zugang hatte. Darüber hinaus und von den Kosten abgesehen, wirkte Tully heute sehr sicher auf ihn: erfüllt von der Gewißheit, daß er – obwohl sie vertraglich nichts weiter als die rasche Erkundung einer Möglichkeit vereinbart hatten – mit Fielding und Robinson wieder voll im Geschäft war.

Ian musterte die beiden mit beruflichem Interesse: den gepflegten, sehr selbstbewußten Tully mit seiner Winchester-Krawatte und den zerknautschten, übelriechenden Buller, nicht minder ein Profi, wenn auch in seinem ganz eigenen Stil. Aber jetzt waren sie, obwohl Buller ihn heimlich gewarnt hatte, beide gleich erregt über die Aussicht auf Verdienst und Vergnügen.

»Ja.« Tully sah ihn an, und er merkte, daß sie ihn alle drei anschauten und wollten, daß er Begeisterung an den Tag legte. Sogar Buller wollte es jetzt auf einmal. »Ich glaube nicht, daß Sie sich im Moment über die Zeitungsfritzen allzuviel Sorgen machen müssen.«

»Wieso nicht?« In einer Position der Stärke konnte er es sich leisten, schwierig zu sein.

»Nun ... zunächst mal wegen des Zeitpunktes, möchte ich meinen.«

»Des Zeitpunktes?«

»Von Massons Tod. Es geschah ganz am Ende der Wilson-Callaghan-Ära, 1978. Den Tories allgemein – und unserer jetzigen verehrten Premierministerin im besonderen – läßt sich die Schuld also nicht in die Schuhe schieben. Falls was vertuscht wurde, meine ich ...« Er lächelte dünn. »Das mindert den Spaß an der Sache, könnte man sagen. Und ihre Dringlichkeit.«

In dieser Argumentation steckte ein Fehler, fand Ian: Vor-Thatcherianische Streiche im britischen Nachrichtendienst konnten nach dem *Spycatcher*-Eklat immer noch als »Destabilisierung« verpackt werden. Aber er wußte nicht genug über Philip Masson, um diese Möglichkeit zu enthüllen.

»Und keiner von denen ist bisher auf Audley gekommen.« Tully verneigte sich leicht zu Jenny hin. »Der Trumpf gehört noch Ihnen, Miss Fielding. Sie sind allen weit voraus.« Dann erinnerte er sich an Ian. »Wenn Sie Ernst machen wollen, meine ich.«

Ian war froh, daß er der Versuchung widerstanden hatte, Buller anzusehen, der immer noch mit beiden Backen fest auf der unerfreulichen Nachricht von den draußen wartenden Beobachtern saß, einer Neuigkeit, die die Seifenblase von Tullys Selbstzufriedenheit jäh platzen lassen würde. Doch das brachte ihn wiederum in eine akute Zwickmühle – denn *irgend jemand* hatte bereits mit ihnen gleichgezogen, wenn er ihnen nicht sogar voraus war, und das war ein verdammt triftiger Grund, sein Veto einzulegen und die Arbeit an ihrem gemeinsam geplanten Buch wiederaufzunehmen, das keine großen Probleme mit sich brachte, angemessenen (und sicheren) Gewinn verhieß und keinerlei an Beirut erinnernde Gefahren.

Dies also war der »Augenblick der Wahrheit«, mit dem Jenny ihn immer konfrontierte, wenn es nach der ersten Erkundung zu entscheiden galt, ob sie ein Projekt durchführen oder es aufgeben und sich etwas anderem zuwenden sollten. Nur daß dieses Projekt sich schon jetzt von all ihren früheren Ermittlungen unterschied, und zwar nicht allein durch die beiden Männer draußen im Regen – es war auch anders, weil es ihr persönlich etwas zu bedeuten schien, nicht bloß finanziell. Wenn er nun also nein sagte, würde sie ihm das nicht nur niemals verzeihen, sondern womöglich auf eigene Rechnung weitermachen, ohne seine schützende Präsenz –?

Das konnte er nicht zulassen, so sehr es auch seiner besseren Einsicht widersprach, nicht nach Beirut.

»Ich glaube, jetzt hole ich uns mal was zu trinken. Trockener Sherry für Sie, John?« Er brauchte Tully nicht anzusehen.

»Für mich Bier.« Reg Buller strahlte ihn an. »So eine kleine Flasche von dem deutschen? Haben Sie das da?«

Er brauchte auch sie nicht anzusehen: Für sie gab es ihren »Augenblick der Wahrheit«-Brauch. Alles, was er sah, war der Stapel Papiere, den er heute morgen aus dem Arbeitszimmer geholt und den Buller ein wenig durcheinandergebracht hatte. Nun würde die Zukunft der britischen Erziehung und Bildung also warten müssen, bis diese Geschichte aus der Vergangenheit der britischen Nachrichtendienste aufgeklärt war, dachte er traurig.

Alles stand griffbereit im Kühlschrank – John Tullys Manzanilla, Reg Bullers Kölsch und Jennys Flasche für feierliche Anlässe (auch wenn ihm nicht nach Feiern zumute war).

»Ach Ian, Schatz!« Sie fegte zur Tür herein, als der Korken gerade *plop* machte und der Champagner wüst die Gläser überschwemmte. »Danke, mein Lieber!«

»Freu dich nicht zu früh, Jen.« Er sah zu, wie das lächerlich überteuerte Zeug sich setzte. »Mir gefällt das immer noch nicht. Und ich glaube, wir könnten dabei Kopf und Kragen riskieren.«

»Natürlich, Schatz. Aber . . .«, sie beugte sich zu ihm, hatte beide Hände voll, hielt jedoch die Tür noch mit ihrer Schulter angelehnt, ». . . aber«, ihre Stimme sank zu einem Flüstern aus weit geöffnetem, deutlich artikulierendem Mund, als spräche sie zu einem tauben Lippenleser, »ich-habe-Zusagen-für-einfach-herrliche-Verträge . . . von . . . Clive Parsons . . . *und* Woodward – Richard Woodward?« Sie las in seinem Gesicht und nickte triumphierend.

Ian streckte den Arm aus, um die Tür ganz aufzustoßen, und wußte, daß dieses triumphierende Nicken wohl den Ausschlag gegeben hätte, wenn er wirklich noch unschlüssig gewesen wäre: Da Woodward bestimmte, welche Buchveröffentlichungen im Vorabdruck auf der Titelseite seiner gewichtigen Sonntagsbeilage erschienen, und da Parsons als Verleger über starken Einfluß in der amerikanischen Presse verfügte, hatten sie die nötigen Zutaten für einen weiteren Bestseller, bevor er noch ein Wort zu Papier gebracht hatte; und wenn Jennys selten irrende Nase für Sensationen sie nicht im Stich ließ, würden sie ein kleines Vermögen verdienen. Oder sogar ein großes. Und das war mehr, als man vom britischen Bildungswesen erwarten konnte.

»John – Reg«, sie erfaßte die beiden unangerührten Gläser auf einen Blick, »ich habe Ian gerade virtuos und gnadenlos bearbeitet« – sie hob ihr eigenes Glas –, »daher glaube ich, wir können jetzt mal trinken . . . ja, auf was?« Sie peilte Reg Buller an. »Auf Mord erst mal?«

Buller trank, ohne zu antworten, behielt seine Meinung für sich wie ein Infanterist sein Pulver.

Tully nahm einen Schluck Sherry, und nach dem Ausdruck in seinem Gesicht fand er ihn angenehm trocken, oder aber er dachte an sein Honorar. »Lieber auf Verrat, Miss Fielding. Vielleicht mit Mord in einer wichtigen Nebenrolle –?« Dann (wie zuvor) erinnerte er sich an Ian. »*Pro bono publico* natürlich . . . Aber nicht Masson interessiert hier in erster Linie, so interessant er unzweifelhaft ist . . . sogar sehr interessant, wenn ich das sagen darf.« Er schenkte Jenny sein dünnstes, trockenstes Sherry-Lächeln. »Sondern Audley ist derjenige, auf den es ankommt.«

»Weshalb sagen Sie das, John?« Jenny beobachtete ihn über ihr Glas hinweg.

»Stimmen Sie nicht zu?«

»Im Jahr '78–'79?« Sie nahm die Herausforderung gelassen an. »Wann immer das nun war . . . damals hatte Philip Masson mehr Einfluß als Audley – wenigstens mal potentiell.«

»So?« Er ließ ihren Stahl an seiner Klinge herabfahren. Entweder, sie hatten das eigens für ihn geübt, dachte Ian, oder sie plänkelten miteinander, um herauszufinden, wieviel der andere wußte. »Ich hätte gedacht, das wäre . . . zumindest fraglich.«

Jenny zuckte die Achseln und füllte ihr Glas nach: Da Tully jetzt zum üblichen Tarif ihr Angestellter war, war sie nicht geneigt, mit ihm Spielchen zu spielen, besagte die Geste. »Philip Masson ist tot, und Audley lebt.«

»Ein sehr treffendes Fazit.« Weil er ihr Signal empfangen hatte, stimmte Tully ihr zu. Weil er aber Tully war, konnte er der Versuchung nicht widerstehen, herablassend mit ihr zu reden. »Wie tot auch immer, in allen schauerlichen Einzelheiten, ist ohne Belang, jetzt wo Mr. Buller dazu Stellung genommen hat.« Er sah Buller kaum an. »Und von wem getötet – durch wessen Hand gestorben . . . das ist lediglich Polizeisache. Und ich halte es für unwahrscheinlich, daß die Polizei jemals ihre Handschellen dieser besonderen Hand anlegt . . . Und wenn sie es nicht kann, schaffen wir das auch nicht.« Er hatte jetzt nur Augen für Jenny, während er seine Grenzen aufzeigte. »Aber es wird ohnehin nicht Audley gewesen sein.«

»Wieso nicht?« Die Frage kam überraschenderweise von Buller – vielleicht, weil die Leere in seinem Glas ihn reizbar machte.

»Wieso nicht?« Diesmal richtete Tully seine ganze Aufmerksamkeit auf Buller. Und seine Wiederholung der Frage überraschte zwar weniger, klang aber ebenso gereizt. »Ich hoffe, Sie haben Ihre Weisungen nicht überschritten.«

»Ach! Meine Weisungen . . .« Buller sog leicht die Wangen ein und erwiderte Tullys prüfenden Blick wie ein Mann, der neben seinem Platz auch seine Rechte kennt. »Na, das würde ich nicht sagen, Johnny – nein.«

»Nein?« Tully lächelte plötzlich, beinahe besitzerhaft. Doch natürlich kannten die beiden einander, erinnerte sich Ian: Die Beziehung Tully–Buller reichte weit zurück, bis in die Zeit, als sie beide noch einen anderen Beruf ausübten. »Nun . . . was würden Sie denn sagen?«

Einen Augenblick drängte sich Ian der Verdacht auf, man wolle ihn als möglichen Kunden hier in den Genuß eines einstudierten Dialogs bringen, zu dem Bullers Vertraulichkeiten nur ein Vorspiel gewesen waren. Aber jetzt, wo er Jennys (und ihren) Haken eigentlich schon geschluckt hatte, war eine derartige Inszenierung wohl kaum nötig; und Bullers nachdenkliche Miene und sein sich hinziehendes Schweigen halfen ihm, sich an die Beobachter draußen im Regen zu erinnern.

»Wie lauteten denn Ihre Anweisungen, Mr. Buller –«, platzte Jenny heraus. »Ihre Anweisungen, Reg –?«

Buller hielt seine blutunterlaufenen Augen noch fünf stille Sekunden lang auf Tully gerichtet, ehe er sich ihr zuwandte, als hätte der Klang ihrer Stimme eine unermeßliche Entfernung überwinden müssen, bis er ihn erreichte. »Genau wie immer, Madam – Miss Fielding: Ich ziehe meinen Stiefel aus, dann meinen Socken . . . und ich halte meinen großen Zeh ins Wasser, um die Temperatur zu prüfen.« Er schenkte ihr sein Expolizistenlächeln, voll unechter Ermutigung. »Und natürlich tu' ich das alles hinter einem dichten Gebüsch, damit mir nicht irgendein Spaßvogel den Stiefel klaut, wenn ich mal weggehe. Aus Vorsicht sozusagen.«

»Ich verstehe.« Auch als Kundin war Jenny geduldig angesichts solcher Mauerei. »Und wie war das Wasser – in dem Teich, in dem Philip Masson nicht ertrunken ist . . . und den Sie selbst nicht gesehen haben, wie Sie sagten –?«

»Warm, Miss Fielding.« Buller nahm die scharfen Spitzen ihrer kleinen Krallen beifällig auf, als wäre er enttäuscht gewesen, wenn er keine Kratzer abbekommen hätte.

»Warm.« Jenny hatte schon härtere Kandidaten als Reg Buller erweicht. »Heißt das . . . warm und kühlt ab? Oder warm und wird heiß, Reg?«

Auch das gefiel Buller – wie sie seine Bilder übernahm. Doch das war dank einer besonderen Alchimie die Wirkung, die sie immer hatte, selbst auf den primitivsten erzkonservativen Mann, auf die eine oder andere Art, früher oder später. »Viel wärmer wird es da jetzt wohl nicht mehr. Es könnte einfach der Ort sein, wo er zum Schluß gelandet ist . . .« Er zuckte die Achseln. »Er hat da ja nicht gewohnt. Er muß da nicht mal gestorben sein.«

»Aber –?« Sie fing die Schwingung sofort auf.

»Irgend jemand hat ihn dort deponiert. Also kannte jemand die Ecke – davon darf man ausgehen.« Noch ein Achselzucken. »Nach all den Jahren . . . da ist es vielleicht schwer, das einzukreisen. Aber wenn ich Leiter der Sonderkommission wäre, würde ich warten, bis das auf dem Computer erscheint.« Nicken. »Denn es ist zwar nicht grad so weit von London, aber immer noch Land – flaches Land . . . War es zumindest damals. Und es ist erstaunlich, was für ein gutes Gedächtnis sie haben, die Leute vom Land. Wie ich schon sagte: Da war diese Geschichte von dem Soldaten, der im Krieg vermißt gemeldet wurde . . . Und *nicht* in Dr. David Audleys Krieg – oder in dem seines Vaters, denn das war derselbe – der Krieg von '39 bis '45. Sondern in dem davor, mit all den Schützengräben und dem Stacheldraht . . . *Das* nenne ich ein gutes Gedächtnis.«

»Das war doch eine Legende, keine Erinnerung, Reg –« begann Jenny, messerscharf wie immer, bremste sich dann aber. »Tja . . . und weiter –?«

»Das ist alles. Über Masson gibt's da meines Erachtens noch was zu holen. Aber im Augenblick kommen wir da unmöglich ran – nicht ohne die Einheimischen zu verärgern, ganz egal, wer sonst dort herumschnüffelt. Da sind einfach nicht genügend Büsche, hinter denen man sich verstecken und seinen Stiefel ablegen kann.«

»Ja. Verstehe ich.« In dem Punkt hatte sie, was sie wollte. »Aber . . . Sie waren mit Ihrem Zeh auch in . . . ich kann nicht sagen, ›in Audleys Wasser‹, ohne taktlos zu erscheinen, Reg . . . Sie haben aber doch den Stiefel auch für ihn ausgezogen – ja?«

»Das schon. Aber nicht den Zeh naß gemacht.«

»Wieso nicht?«

»Brauchte ich nicht.« Buller hielt inne. »Wollte ich auch nicht.« Er legte den Kopf ein wenig schräg. »Erinnern Sie sich an das Buch, das Sie und Mr. Robinson vor ein paar Jahren verfaßt haben, über die Vietnamgeschichte und so weiter?«

Jenny zog die Stirn in Falten. »*Das Vietnam-Vermächtnis?* Ja, Reg –?« Die Stirn glättete sich etwas. »Sie und John haben einen Teil der Lauferei für uns erledigt, klar. Sie waren auf dem Treffen von Chicago, zu dem ich nicht gehen konnte, und Sie haben den erstaunlichen Ledernackenmenschen aufgespürt, der diesen Einsatz in den Bergen leitete, draußen im Westen.«

»Stimmt genau. Die Grand Tetons. Die wollte ich schon immer mal sehen, seit ich sie in *Shane* gesehen hatte, als ich noch ein Junge war.« Das Auge blickte schräg zu Ian. »Hab' sie aber nicht zu Gesicht gekriegt! Dicke Wolken die ganze Zeit, wo ich dort war – entsinnen Sie sich, daß ich das erzählt hab'?«

»Ja, Reg.« Woran sich Ian hauptsächlich erinnerte, war Bullers Erklärung, daß ›Grand Tetons‹ ›Große Titten‹ bedeutete. »Aber was haben die . . . Grand Tetons mit Audley zu tun, Reg?«

»Nicht die Grand Tetons.« Die Andeutung eines Zwinkerns begleitete den Namen. »Nachdem ich mit Major Kasik fertig war, hatte ich ein, zwei Tage frei, also fuhr ich von Jackson Hole rauf nach Yellowstone, zu dem riesengroßen Nationalpark, wo all die Geysire aufspringen und dampfen. Und es war Herbst damals, mit merklich kühler Luft, als könnte es jeden Moment anfangen zu schneien . . . Und da sind überall diese kleinen Tümpel, kristallklar und frisch anzusehen, mit hübschen Farben – hellblau und grünblau . . . Im heißen Sommer kommen die einem vielleicht kühl vor, aber wenn's kälter ist, könnte man denken, sie wären gerade richtig, um sich die Finger dran zu wärmen – oder die Zehen.« Während er sprach, wandte Buller sich wieder zu Jenny. »Aber da würde schon etwas mehr passieren. Denn es ist siedend, brühsiedeheiß, das Wasser – einmal rein, und Sie sind gargekocht. Und da gibt es kein ›Autsch! Das werde ich nicht wieder tun!‹ und ›Nächstesmal bin ich gescheiter‹ und ›Jetzt will ich aber heim‹.« Er schoß einen Blick auf Tully ab. »Wenn Sie hinter Dr. David Audley her sind, dann gilt, wer A sagt, muß auch B sagen – und die Suppe auslöffeln, Lady.«

Einen Augenblick lang wollte niemand das Schweigen brechen, das auf diesen neuesten Unkenruf folgte, dessen wahren Grund, das wußte Ian, nur er und Reg Bullar kannten. Sollte er aber begründet sein, dann war, genau betrachtet, das einzig wirklich Merkwürdige daran, daß Buller trotz seines ausgeprägten Selbsterhaltungstriebs heute morgen zu dem Treffen gekommen war. Allerdings gab es, wenn er den Gedanken weiterführte, eine ganze Menge Widersprüchlichkeiten in Bullers Charakter und Lebenslauf.

Dann schenkte Jenny sich wieder nach. »Ian –?« Sie blickte nur kurz auf Tullys Glas, da sie wußte, es würde noch halbvoll sein, bevor sie zu Buller zurückkehrte. »Wollen Sie mir Angst einjagen, Reg?«

Buller hielt ihr sein leeres Glas hin. »Würde ich das tun, Miss Fielding?«

»Champagner, Reg? Auf Bier?« Aber sie goß trotzdem ein. »*Ja* – wenn Sie denken würden, es nützt was.«

»In der Not schleckt der Teufel Fliegen, Madam – sogar Schampus.« Die Knollennase kräuselte sich wieder. »Und folglich ... *nein* ... denn ich weiß, daß Sie bereits entschlossen sind.« Er trank noch einen Schluck und hickste. »Aber Sie haben für eine ›Erkundung‹ bezahlt, und die habe *ich* Ihnen geliefert.«

Bullers Betonung der ersten Person Einzahl – und niemand, nicht einmal John Tully, ja, nicht einmal Jenny, war eine einzigartigere erste Person – genügte Ian als Stichwort. »Wollen Sie damit sagen, daß wir schon aufgeflogen sind, Reg?«

»Was?« fuhr John Tully auf, so daß Ian schnell weitersprach. »Sie sagten, wir müßten die Suppe auslöffeln . . . die wir uns eingebrockt haben, Reg.« Er zog Bullers Aufmerksamkeit auf sich, weg von Tully. »Heißt das, daß uns schon jemand *draufgekommen* ist?«

Buller verbarg alle Dankbarkeit, die er empfinden mochte, hinter einem weiteren Schluck und einem weiteren Schluckauf. »Nun . . . vielleicht haben Sie ja eine Sache laufen, von der ich nichts weiß, Mr. Robinson – beispielsweise mit einer jungen Dame in Ihrem Schlafzimmer und einem eifersüchtigen Ehemann . . . wie man das von früher kennt.« Er grinste und nickte dann hinüber zu dem Manuskript auf dem Tisch. »Aber bei dem Buch, das Sie da schreiben . . . Ich kann mir nicht vorstellen, daß die Lehrergewerkschaft – oder das Kultusministerium und dieser Mr. Baker – daß die jemand anheuern, der Ihre Wohnung beobachtet, um zu sehen, wer kommt und wer geht, und das auch noch an einem nassen Sonntagmorgen.« Er verlängerte das Nikken zum Fenster hin, dem Fenster auf die Holly Row, wo zu einer solchen Zeit gemeinhin nur gebildete, betuchte oder sonstwie im Aufstieg begriffene Hampsteader Bürger zu sehen waren. »Aber irgend jemand beobachtet Sie jedenfalls.«

Es machte ihnen Ehre, daß niemand aufstand, um diese Information nachzuprüfen; zumindest standen weder Jenny noch John Tully auf – und dann begriff Ian, daß er, für den es sich gehörte, weniger professionell, aber genauso von der Neuigkeit erschüttert zu sein, jetzt aufstehen sollte –

»*Ian* –!« ermahnte Jenny ihn scharf. »*Nicht gucken!*«

Ian blieb stehen, fixierte erst sie, beinahe vorwurfsvoll, dann John Tully, beinahe wütend, und schließlich Reg selbst, mit einer Mischung von Gefühlen, die er nicht beherrschen, die aber nur Reg erraten konnte.

»Auf der Rückseite ist auch einer.« Reg ging vergnügt auf die ganze Verwirrung ein. »Die haben Sie hübsch in der Zange . . . es sei denn, Sie hätten noch einen anderen Ausgang, raus übers Dach, runter in Nachbars Garten – haben Sie den?«

»John –?« Jenny unterbrach Bullers Geschnatter energisch. »Sie sagten doch, niemand wäre über uns im Bild –?«

Tully starrte auf sie und dann glatt durch sie hindurch, während er die Möglichkeiten kalkulierte und versuchte, eine Wahrscheinlichkeit darunter auszumachen. Doch dann krauste er die Stirn. »Ich verstehe das nicht, Miss Fielding. Denn . . . ich weiß in der Tat ein bißchen – ein kleines bißchen – über Audley. Deshalb war ich verdammt vorsichtig mit ihm: Nur Leute, denen ich wirklich trauen kann, habe ich gefragt«, sein Gesicht verschloß sich um den Mund herum – »nur Leute, die mir etwas schuldig sind.«

»Also, ich war's nicht.« Buller wußte, daß er als nächster drankäme. »Es sei denn, jeder, der auch nur in die Nähe von Masson kommt, bringt sie in Bewegung – das würde es erklären. Aber ich war auch vorsichtig. Und hierher gefolgt sind sie mir ebenfalls nicht – verlassen Sie sich drauf, die waren schon hier: Ich habe *sie* entdeckt, nicht sie *mich* – darauf können Sie sich auch verlassen.«

Aber das war eine harte Nuß, fand Ian – den bekannten Buller gegenüber dem unbekannten Audley einzuschätzen. Denn sein Selbstvertrauen war nur einen Schritt entfernt von Hochmut. Und Hochmut war immer Zentimeter von Sturz und Fall entfernt, wenn man an Beirut dachte –

»Ich könnte es gewesen sein.« Jennys absolute Aufrichtigkeit war eine ihrer stärksten Seiten. »Ich habe erst neulich ein, zwei Fragen gestellt. Und ich kann mich nicht für jeden verbürgen, den ich gefragt habe –« Mit diesem Eingeständnis ging sie auf Tully zu, wodurch sie ihn nur noch fester an sich band. »Und dann kämen sie natürlich zu Ian . . . Vielleicht war ich es also, leider.«

»Nun, es spielt keine Rolle, wer es war, Miss Fielding.« Von aller Verantwortung für die Schlappe befreit, wurde Tully wieder zum loyalen Arbeitnehmer. »Die Frage ist . . . *wer weiß, was wir wollen*?« Er sah Buller an. »Doch nicht Fleet Street –?«

»Zum Teufel mit Fleet Street.« Buller guckte fast traurig. »Ich entsinne mich an einen Kerl vom alten *Star* . . . und an ein, zwei andere, von den großen Blättern . . . die uns inzwischen auf die Schliche gekommen wären, so wie wir drauflosgetappt sind . . . Aber die haben's jetzt alle mit Management und Neuer Technologie und den besseren Farbbeilagen. Oder mit den kleinen Zeitschriften ... und schreiben Bücher« – die Blutorangenaugen ruhten eine halbe Sekunde auf Ian – »zum Teufel mit Fleet Street.«

»Also wäre es was Amtliches –?« Tully war sich nicht ganz sicher.

»Sogar nach *Spycatcher* – Peter Wright?« Auch Jenny war sich nicht sicher.

Bullers Mundwinkel verzogen sich. »Es gibt immer noch ein paar Reporter, die ich schätze.« Er hielt sein Glas hoch. »Wenn einer von denen los wäre, würde ich mir Sorgen machen. Aber ich wäre auch froh.« Er drückte auf den Flaschenhals, als Jenny einschenkte, bis der Champagner überschäumte. »Hab' aber noch keinen davon gesehen bei unserem Jux.«

»Es ist also etwas Offizielles?« beharrte Tully geduldig.

»O ja.« Buller schniefte verächtlich. »Was wir da draußen im Nassen haben, sind Staatsbeamte. Die einzige Frage ist ... sind sie von uns oder sind es andere, so welche, die ihre Autos abstellen und ›diplomatische Immunität‹ beanspruchen können und sich um keinen Strafzettel zu kümmern brauchen – wie?«

Das hieß nun eher, das Beängstigende mit dem noch Beängstigenderen verbinden als das Absurde mit dem Lächerlichen, dachte Ian: Wovon auch immer das Wasser in seinem Yellowstone-Tümpel erhitzt wurde, es siedete bereits.

»Aber ... sicher sind wir jedenfalls nicht mehr.« Jenny eilte ihm voraus, wie sie es immer tat, und wie immer ermutigte das Ausmaß der Schwierigkeit und der Gefahr sie nur und trieb sie an weiterzumachen. »Ist es das, was Sie meinen, Reg?«

»Ja. Das meine ich wohl so ungefähr.« Buller warf Ian einen verspäteten schuldbewußten Blick zu. »Außer ... Sie könnten ja zusammen ein Buch über was anderes schreiben – zum Beispiel über Oberst Rabuka und die Fidschi-Inseln, nicht? Und Mr. Tully und ich könnten da rausfahren ... und Sie könnten's *Das Vermächtnis des Empire* nennen –? Und wir könnten ja vielleicht das französische Atomprogramm mit hineinnehmen, das Sie schon immer dokumentieren wollten, weil es noch keiner ordentlich besorgt hat – angefangen bei den Saharaversuchen seinerzeit, als sie diese Deutschen in den Raketenbau eingespannt hatten ...

wo sie nichts drüber sagen wollten.« Buller warf den Kopf zurück. »So oder so wären wir für ein paar Monate verdammt weit weg von hier, Miss Fielding. Und auch aus dem Regen raus.«

Jenny hatte das schon lange vorgehabt. Aber Ian war immer dagegen gewesen, weil er Angst vor den Franzosen hatte, und nach der Versenkung des Greenpeace-Schiffes hatten sie beide recht und unrecht gehabt; und das wußte auch Buller. Aber leider wußte er noch mehr – sowohl über Jenny wie über David Audley, dem Anschein nach.

»Ja. Das wäre sicher angenehm, Reg – Sie haben recht.« Sie lächelte ihn an. Doch dann lächelte sie Ian zu. »Aber . . . die Franzosen werden, glaub' ich, auf uns warten, Liebling. Und David Audley wartet offensichtlich nicht, oder –?«

Der Zeitraum, den sie ansetzte, würde ein mittelmäßiges Buch ergeben, dachte Ian – selbst wenn dabei ein saftiges Zeitungshonorar für den auszugsweisen Vorabdruck heraussprang, ein Riesenvorschuß und ein gutes Transatlantikgeschäft. Und wie sie ihn immer wieder erinnerte, hatten sie es ohnehin nur mit »kurzlebigen Sachthemen« zu tun.

»Möchten Sie nun also weitermachen – trotz Reg?« Tully war nicht feige: Entweder aus ehrlichen finanziellen Gründen (damit seine Kinder auf der Privatschule bleiben konnten und seine Frau bei ihrem gewohnten Lebensstandard) oder aus den edlen Gründen der Informations-, Publikations- und *Wissens*freiheit war John Tully ein unerschrockener Rechercheur. »In Ordnung, Miss Fielding – Mr. Robinson?«

»Nein.« Ian sah, wie sich der Boden vor ihm auftat. Brachte er es doch einfach nicht über sich (noch nicht ganz jedenfalls), rundheraus zuzugeben, daß, egal was John Tully sein mochte, Ian Robinson im Innersten kein Journalist mehr war, und seit jeher kein unerschrockener. Und natürlich wußten sie das alle (sie hatten gar nicht erst gefragt, ob *er* etwas getan haben könnte, das jemanden alarmiert hatte: Dafür kannten sie ihn zu gut, weiß Gott!)

»Was, Liebling –?« Jenny zwang sich zur Geduld. Vermutlich fiel ihr ein, daß sie ebensosehr auf ihn angewiesen war wie er auf sie – und zwar niemals mehr als jetzt, wo sie schnell arbeiten mußten, wollten sie der Meute vorausbleiben. Und das war der Haken dabei.

Aber er konnte seine Angst vor dem, was der Haken bedeutete, noch immer nicht zugeben – nicht offen. »Wir wissen nicht, wer sie sind.«

»Nein, Ian. Das wissen wir nicht.« Ihre Geduld wurde strapaziert. »Aber das spielt keine Rolle. Mr. Tully ... oder Mr. Buller ... werden sich schon darum kümmern.« Sie lächelte ihm beruhigend zu, wie einem Bären von sehr wenig Verstand, dessen besondere Fähigkeit sich darauf beschränkte, die verschiedenen Honigsorten, die sie ihm zuführte, zu würdigen. »Der springende Punkt ist, daß sie *da* sind, Liebling. Und *das* bedeutet ... wir haben wirklich was. Jetzt sollten wir uns alle die Rollschuhe anschnallen.«

Er hatte zu lange gezaudert. »Ich bin nicht sicher, ob ich meine Rollschuhe anziehen möchte, Jen. Es ist lange her, seit ... ich so was gemacht hab'. Ich bin ziemlich eingerostet.«

Sie konnte den aufblitzenden Funken von Verachtung nicht verbergen, von dem er gehofft hatte, er würde ihn nicht zu sehen bekommen. »Ian –« Dann erlosch der Funke, als ihr Beirut einfiel und sie die damalige Erfahrung nicht mit der jetzigen Beobachtung in Einklang bringen konnte. »Du hast doch nicht etwa *Angst* –?«

Tully hüstelte. »Mr. Robinson ist nicht viel ... rausgegangen in den letzten zwei, drei Jahren. Sie haben ihn ziemlich an seinen PC gefesselt.« Er trank kennerhaft seinen Sherry aus. »Und mit gutem Erfolg, wenn ich das sagen darf. Aber ... einrosten tut man nun mal.«

Das war eine erstaunliche Loyalität (oder männliche Solidarität, ebenso erstaunlich), die John Tully da bewies, dachte Ian. Es sei denn, er hatte einfach im Gegensatz zu allen anderen die Episode in Beirut nicht mißverstanden.

»Nein.« Reg Buller pirschte sich ans Fenster, auf die Seite, wo durch einen schmalen Spalt zwischen Rahmen und Vorhang ein Lichtstreifen zu sehen war. »Die Lady hat recht.« Er legte sein Auge an den Spalt, ohne den Vorhang zu berühren. »Er ist nämlich nicht dumm, verstehen Sie.« Er drehte sich wieder zu ihnen um, sah an Tully und Jenny vorbei und nickte Ian zu. »Willkommen im Club, Mr. Robinson.«

»Reg!« Jenny hörte sich beinah vorwurfsvoll an. »Sie haben doch keine Angst, oder?«

»Dieser Audley ... Dr. David Audley ...« Buller zog seine Pfeife aus der Tasche und betrachtete sie. Entschied sich dann erneut, sie doch nicht anzuzünden, und steckte sie wieder ein. »Mr. Tully hat auch recht: Er wird's nicht gewesen sein, der Masson eins über den Schädel gehauen hat – er ist langsam ein bißchen zu alt, um selber die Gruben zu schaufeln, wenn er sie braucht. *Falls* er sie braucht –«

»Wenn.« Jenny betonte das Wort kalt.

»Im Fall Masson wissen wir das nicht.« Buller schüttelte den Kopf. »Wir haben lediglich ein bißchen Klatsch, den Sie aufgeschnappt haben und der nicht für Ihre Ohren bestimmt war. Und Sie können sicher sein, daß es ein, zwei Leute gibt, die er verärgert hat und die ihm gern was anhängen würden, Miss Fielding.«

»Sie haben dennoch ›wenn‹ gesagt, Mr. Buller.«

»Allerdings.« Er musterte sie einen Moment lang. »Aber bevor ich damals raus in den Westen bin, um mir die Großen ... *Grand* ... Tetons anzusehen, sagten Sie zu mir: ›Seien Sie unvoreingenommen, Mr. Buller: Egal was die sagen, oder was sie getan haben, oder warum sie's getan haben ... oder was es *ihnen* angetan hat ... bleiben Sie unvoreingenommen, Mr. Buller‹, das haben *Sie* gesagt, als Sie mich in den Greyhoundbus verfrachtet haben.«

Jenny lächelte ihn süß an. »Wir mußten sparen damals, Mr. Buller. Und trotzdem haben Sie ›wenn‹ gesagt.«

Buller ließ ihr noch einen langen Blick zuteil werden. »Und Sie haben vielleicht mit jemandem gesprochen, der mit jemandem gesprochen hat, mit dem ich gesprochen habe.«

»Kann schon sein.« Das süße Lächeln verschwand. »Ich höre, Mr. Buller.«

Reg Buller seufzte und griff an die Tasche, in der sich seine Pfeife befand. »Keine Namen diesmal, Lady.« Dann nickte er. »Na schön. Es ist im Lauf der Jahre ein- oder zweimal zu Unerquicklichkeiten gekommen, in die Mr. David Audley verwickelt gewesen sein soll.«

»Nicht zu ›Unerquicklichkeiten‹, Mr. Buller.« Jenny war jetzt Miss Fielding-ffulke, mit all ihren Ahnen im Rücken. »Und nicht nur ›ein- oder zweimal‹. David Audley hat eine lange Latte von Todesfällen hinter sich, wie ich informiert bin – *zuverlässig* informiert bin.« Dann gab sie bewußt nach, da ihr einfiel, daß sie beide auf derselben Seite standen. »Kommen Sie, Reg – Sie haben die ganze Zeit versucht, uns das Fürchten zu lehren – sogar mit dem kochenden Wasser vom Yellowstone-Nationalpark! Reden Sie also jetzt keinen Scheiß.« Sie strich sich die ungekämmten Haare aus dem Gesicht. »Nach *meiner* Informationsquelle hatte er vor ein paar Jahren den Vorsitz über ein absolutes Blutbad, irgendwo in Südwestengland«, sie wechselte zu Tully – »stimmt's, John?«

»Möglicherweise.« Nicht zum erstenmal wurde Ian, als er John Tully ansah, an Clive Ponting erinnert, dessen Gesicht ebenfalls für sehr trockenen Sherry und für unangenehme Enthüllungen geschaffen war.

»Aber nichts im Jahre 1978 – auch '77 nicht. Und '78 war er fast das ganze Jahr in Washington, bis Anfang 1979.« Buller blickte unterstützungsuchend zu Tully. »Er hat eine Menge Freunde bei der CIA . . . darüber bin *ich* zuverlässig informiert – nich' wahr?« Dann registrierte er Tullys Gesichtsausdruck. »Und das liegt nicht daran, daß ich meine verfluchten ›Weisungen überschritten‹ hätte – ich hab' das zufällig gratis gekriegt.«

»Schon gut!« Jenny rief sie alle zur Ordnung. »Also . . . dann werde ich ihn jetzt mal übernehmen und die derzeitige Lage peilen.« Sie wandte sich an Tully und Buller gemeinsam, aber hauptsächlich an Tully. »John . . . ich wüßte nach Möglichkeit gern, wer das ist, der im Moment da draußen naß wird.« Sie kam zu Ian. »Und da du der Historiker unter uns bist, Schatz . . . und da Audley damals nichts Böses angestellt hat . . . meinst du, du kannst 1978 mal für uns ausgraben, Ian –? Und wenn du willst, kannst du zu deinem Schutz Mr. Buller mitnehmen.«

2

Die Möglichkeit, daß er verfolgt wurde, weckte in Ian das, was er für die klassischen Symptome der Paranoia hielt: ein Gefühl von ungewohnter Wichtigkeit, das an Hochmut grenzte (»Beschattet Robinson: Ihn muß man im Auge behalten!«), gemäßigt durch eine viel weniger angenehme Unruhe, die sich leicht zu einem Verfolgungswahn auswachsen konnte.

Natürlich war er früher schon verfolgt worden, fast mit Sicherheit. Aber das war in Beirut gewesen und zählte kaum, denn dort wurde jeder, der etwas darstellte, von irgendwem verfolgt, und es wäre eine Beleidigung gewesen, *nicht* verfolgt zu werden; wahrscheinlich war er denn auch von den Syrern verfolgt worden, die, um sie beide zu beschützen, andere und üblere Verfolger beschattet hatten, wie die kleineren Flöhe auf den größeren Flöhen auf dem sprichwörtlichen Hund und so weiter ad infinitum.

Nur hatte ihm die Möglichkeit damals nicht gerade behagt, und jetzt gefiel sie ihm auch nicht besser, zumal Reg Bullers herablassende und herab*setzende* weise Schlußworte ihm noch im Ohr klangen –

»Zwecklos, nach denen Ausschau zu halten, denn Sie werden sie nicht sehen – nicht wenn die den Rummel kennen. Schlau sein wollen und in die Schaufenster gucken bringt auch nix. Und was immer Sie tun, versuchen Sie nicht, die abzuschütteln – das ist Regel Nummer eins. Wenn Sie die loswerden müssen, dann muß das wie zufällig aussehen, es muß ganz sachte laufen. Und das inszenier' ich schon, ich kenn' da einen Taxifahrer, der deichselt das ... Und Ihre Aufgabe heute ist sowieso nur, die wegzulocken, damit ich rauskann. Sie spazieren also einfach rüber zur Wohnung der Lady und lunchen mit ihr wie jeden Sonntag, und heute abend um sieben rufen Sie mich an – von einem Münzfernsprecher aus. Okay?«

Nicht okay. Denn jetzt, wo die sonntäglichen Straßen vom Regen leergefegt waren und die sonntäglichen Kneipen gefüllt, war die Versuchung, an jeder Ecke über die Schulter zu schauen, wie ein Jucken im Gehirn. Und all die kleinen Antiquitätenläden, deren Auslagen ihn noch nie weiter interessiert hatten, schienen voll faszinierender Gegenstände zu sein ... die er sich nicht ansehen durfte für den Fall, daß irgend jemand denken könnte, er versuche oberschlau zu sein. Und weil da wahrscheinlich niemand war, kam er sich vor wie ein richtiger Armleuchter.

Allerdings ... wenn Reg Buller recht hatte ...

Er beschloß, sich darauf zu konzentrieren, teils, um das Jucken und die damit einhergehende drohende Paranoia zu vergessen, teils, weil Reg Buller meistens recht *hatte,* wenn es um so alltägliche Dinge ging. Was wiederum den Weg freimachte für die Betrachtung der wichtigeren Angelegenheiten, mit denen Jenny ihn bei ihrer Version des Sonntagsessens traktieren würde – *igitt*!

Denn auch Jenny hatte diesmal *recht* gehabt – und zwar in einer gar nicht alltäglichen Sache: Ihre kleinen, muschelförmigen Ohren (hochempfindliche Sinnesorgane, immer eingestellt auf Skandale und Indiskretionen, scharf wie die Diamanten, die sie gewöhnlich schmückten) hatten diesmal einen Knüller aufgefangen, wie das Echosignal auf einem hochmodernen Radarschirm, der weniger »Freund oder Feind?« als vielmehr »Gewinn oder Verlust?« unfehlbar registrierte –

»Was sagst du denn zu Masson?«

»Ein dickes Ding, meinst du?«

»Kein dickes Ding. Die Geschichte damals hab' ich nie geglaubt. Die war zu glatt.«

»Welche Geschichte? Die amtliche –? Oder ...?«

»Keine von beiden. Aber eins sag' ich dir: David Audley wird nicht begeistert sein.«

»David Audley? Du willst doch nicht behaupten –?«

»Ich behaupte gar nichts. Außer ... daß Leute, die ihm nicht passen, es irgendwie an sich haben, zu verschwinden. Und Masson war damals ein Spitzenkandidat ... weißt du noch?«

»Ja ... Aber du denkst doch wohl nicht –?«

»Nicht laut – nein! Aber ich denke ... wenn ich Audley wäre ... dann würde mir jetzt vielleicht die Bankettszene aus dem Stück einfallen, das die Schauspieler nicht gern beim Namen nennen – wie?«

»Bist du sicher, du hast das richtig verstanden, Jen –?«

»Jetzt spinn nicht, Ian. Natürlich hab' ich's richtig verstanden. Ich hab' ihnen doch zugehört.«

»Wem denn?«

»Den beiden Männern. Und frag mich nicht, wer sie waren, denn das weiß ich nicht – noch nicht.«

»Sie haben sich dir nicht vorgestellt?«

»Jetzt bist du schwer von Begriff. Die haben sich doch nicht mit mir unterhalten. Ich hab' sie reden hören. Und das Stück ist natürlich ›Macbeth‹ –«

»So? Also nicht ›Hamlet‹?«

»Nicht – was?«

»Du hast sie reden gehört. Aber ich kann mir nicht denken, daß sie dich nicht bemerkt haben. Denn du fällst ziemlich auf, Miss Fielding-ffulke. Also hast du dich vermutlich hinter irgendeinem Wandbehang versteckt, wie Polonius in ›Hamlet‹. Das ist alles.«

»Aha. Jetzt bist du oberschlau. Also bist du immerhin wach ... Nun, zu deiner Information, ich war tatsächlich halb hinter einem Wandbehang. Hinter einem Vorhang, um genau zu sein ... Und Victor Pollard und Nigel Gaitch haben mich mit geistlosem Palastklatsch über Charles und Di ergötzt, auf den ich wirklich nicht scharf war, obwohl sie dachten, der wäre genau mein Fall. Da hab' ich ihnen einfach nicht mehr zugehört ... Und genau an der Stelle muß eine akustische Besonderheit sein, durch die Nische und den Vorhang wohl – ich hab' keine Ahnung. Ich weiß nur, was ich gehört hab'. Und es ist ›Macbeth‹ – das Stück, über das die Schauspieler nicht reden. Und zwar die Bankettszene. Und wovon die handelt, weißt du doch, Ian?«

»Ja –«

»Von einem Mord, der schiefgelaufen ist, davon handelt sie nämlich –«

Also hatte Jenny vielleicht recht. Denn zweifellos war Jenny klug, und oft hatte sie ebensoviel Glück wie Verstand, eine unschlagbare Kombination.

Blieb aber immer noch der Experte für das ungenannte Schauspiel, dem es in der Nähe des Vorhangs auf dem Botschaftsempfang sowohl an Glück wie an Verschwiegenheit gemangelt hatte; auch er hörte sich klug an, vielleicht in boshafter Weise. Aber wie klug war sie nun eigentlich gewesen, diese beiläufige Anspielung auf Macbeth?

Nur klug und *allgemein*, mit Blick auf den von Macbeth gedungenen Mörder, der über den verpfuschten Mord Bericht erstattet –

– So ist er abgetan?
– Herr, seine Kehle
Ist durchgeschnitten; das tat ich für ihn.

Oder klug und *präzis*, ebenso auf Philip Masson wie auf Audley gemünzt, nachdem Banquos schauerlicher Geist die heitere Tischrunde aufgelöst hat –

– es war Gebrauch,
Daß, war das Hirn heraus, der Mann auch starb,
Und damit gut.
Doch heutzutage stehn sie wieder auf,
Mit zwanzig Todeswunden an den Köpfen
Und stoßen uns von unsern Stühlen

War es das?

War Banquo/Masson wiederauferstanden, damit Jenny Fielding und Ian Robinson David Audley von seinem Stuhl stießen –?

Nun ... Jenny Fieldings Schloß war jetzt direkt auf der anderen Seite der nassen Straße, und er hörte keine Schritte hinter sich, nur die Warnung seines alten Tutors vor vorgefaßten Meinungen und Ideen, die so gut paßten, daß man sie allzuleicht glaubte, ohne die Beschaffenheit des minderwertigen Materials zu prüfen.

Die Straße war jedenfalls sicher – so sicher wie die Vororte von Ostberlin an einem nassen Sonntag, ganz zu schweigen von Hampstead; und wahrscheinlich wurde er hier und jetzt genausowenig verfolgt wie damals dort – und Jenny konnte einfach zwei böse Staatsbeamtenzungen gehört haben, die fantasievollen Klatsch von sich gaben –

Er hüpfte die letzten paar Meter über die Straße und den glänzenden Bürgersteig in den Schutz des Wohnungseingangs, drückte die Klingel mit einem plötzlichen Gefühl der Leere und kam sich albern vor, weil er zugleich erleichtert und enttäuscht war. Denn wenn Jenny und Buller recht hatten, konnte es durchaus sein, daß man ihn nicht mal für beschattungswürdig hielt.

»Ja?« Die kühle, körperlose Stimme war hochmütigste Jenny.

»Ich bin's. Was dachtest du denn?« Er hörte seine eigene Stimme zu spät, als piepsigsten Ian.

»Bist du allein? Oder schon in gestrenger Haft, mit angelegten Handschellen und einer Kanone im Rücken?« Das war jetzt Bühnen-Jenny, die sich über all die Ausgeburten seiner Fantasie lustig machte.

»Um Himmels willen, Jen – laß mich rein!« Er mußte einfach protestieren. »Ich hab' patschnasse Füße, verdammt!« Es gelang ihm, das Piepsen in ein tiefes Knurren umzuwandeln.

Klick!

»Liebling – entschuldige – es tut mir ja so leid . . . Aber John Tully und der gute alte Reg bestanden darauf – entsinnst du dich?« Sie tätschelte ihn wie ein Kind, nachdem sie ihn von Regenmantel und Schirm befreit hatte. »John wollte natürlich mein Taxi nehmen. Und er meinte, wir hätten ohnehin nichts zu verlieren . . . Und Reg wollte ja, daß du die anderen weglotst, damit er tun kann, was er will.« Sie bürstete erfolglos an dem großen Vogelnestgestrüpp herum, zu dem sie ihre Haare aufgesteckt hatte, das aber nach allen Seiten auseinanderfiel. »Ich *liebe* Reg – du nicht auch, Ian?«

»Nein.« Er nahm einen ungewohnten Geruch wahr. Und der war ebensoweit von dem üblichen Geruch ihrer Wohnung entfernt wie das, was er für Reg Buller empfand, sich von Liebe unterschied. »Reg Buller kann man nicht lieben.« Er schnupperte noch einmal. »Hast du gekocht?«

»Kann man doch. Komm was trinken. Und außerdem ist er ein ganz gewiefter Bursche. Hast du seinen Bericht gelesen? Und ihn mitgebracht?«

»Ja.« Er mußte noch einmal schnuppern. »Ist es das, was ich glaube?«

»Wie? Na ja, ich weiß nicht, was du glaubst. Aber der Mann im Metzgerladen hat gesagt, es wäre sein allerbestes schottisches

Rindfleisch. Und er gab mir alle möglichen Ratschläge, was ich damit machen sollte – er schien ziemlich besorgt, ich könnte es nicht mit dem gebührenden Respekt behandeln. Fast hätte ich ihn gebeten, mitzukommen und es mir zu braten – nur hatte ich Angst, er könnte das Angebot annehmen.« Sie schenkte ihm ihr Scarlett-O'Hara-Lächeln. »Allerdings sagte er, es gehöre ein guter Burgunder dazu. Da ich aber weiß, daß du roten Bordeaux magst, hab' ich den anderen Mann, den im Weingeschäft, gefragt, der mir mein übliches Gesöff verkauft ... und er meinte, dieser hier wäre ganz in Ordnung« – sie riß eine Flasche von der Anrichte – »der hätte *Körper*, sagte er ... was mir ziemlich unheimlich klang ... Aber ich erinnere mich an den Namen – er muß wohl nach einem Iren benannt sein – ›O'Brian‹? Denn nichts an der Gegend da ist ›haut‹, die ist flach wie ein Brett. Aber es war einer von Daddys Lieblingstropfen, da kann er nicht verkehrt sein – oder?« Sie hielt sich die Flasche an die Nase. »Ich finde, er riecht ziemlich komisch – erinnert mich an Daddy eigentlich. Er hat mich immer an seinen Flaschen riechen lassen. Hier – schnupper mal! Taugt der was?«

Ian packte die Flasche mit der Hand. Er durfte nicht vergessen, daß er jetzt ziemlich sicher auf den Arm genommen wurde wie schon bessere Männer vor ihm und andere, die nach ihm kommen würden. Denn Daddy war eine Macht im Lande gewesen (und das gehörte zu Jennys Betriebskapital, und dank ihrer Allianz auch zu seinem). Und auch, weil sie seine liebste und einzige Tochter war und ein hinterlistiger Apfel vom selben Stamm.

Es war ein Haut-Brion, und er hatte noch kurze Hosen getragen, als der in den Trauben stand. »Der ist schon richtig, Jen. Er ... taugt was.«

»Oh – gut!« Sie wandte sich von ihm ab. »Ich muß das Rind von dem kleinen Mann mal aus dem Ofen holen – ich glaub', sonst kommt er noch und demonstriert vor der Haustür oder sucht mich heim, wenn er tot ist ... Und da wär' noch das Gemüse – aber das ist aus der Gefriertruhe, geht also flott ... Ich habe auch Yorkshire-Pudding gekocht, nach dem Rezept, das uns der Mann in Belgien gab – weißt du noch? Der uns sagte, daß die Leute in Yorkshire das völlig durcheinandergebracht haben, nach der Schlacht von Waterloo –? Aber du *mußt* mir etwas helfen, Ian –«

Er folgte ihr in Richtung des Geruchs, mit steifem Arm und starrer Schulter, als trüge er eine Flasche Château Nobel von der Nitroglyzerin-Genossenschaft, aus einem unsicheren Jahrgang –

Waterloo war allerdings treffend: Die Küche glich nichts so sehr wie dem Bauernhof von La Haye Sainte gegen Ende der Schlacht, nachdem die Franzosen ihn gestürmt und Wellingtons Truppen ihn mit dem Bajonett wieder zurückerobert hatten. Und ganz offenkundig war das Ex-Tiefkühlgemüse bereits schwer angeschlagen, und den belgischen Yorkshire-Pudding hatte das gleiche Schicksal ereilt wie die bedauernswerten belgischen Regimenter, die dem Feuer der napoleonischen Artillerie zu lange ausgesetzt waren –

»Jen! Laß uns das Fleisch essen –« Es war gerade genug Platz, um den Haut-Brion sicher auf dem Tisch abzustellen. Doch als er den Braten, der aussah wie das beste Stück eines Aberdeen Angus, dann vor ihr in Sicherheit brachte, begegnete er ihrem Blick. »Das alles meinetwegen, Jen –?«

»Nun ... du ißt doch nie richtig, oder? Lauter Imbißessen – *Plastik*essen – Essen zum Mitnehmen.« Sie sah auf den Braten hinunter und blickte wieder zu ihm auf. »Der Weg zum Herzen des Mannes führt angeblich durch den Magen, das ist alles.«

Sie wollte wirklich Audleys Skalp. Irgendeinen Skalp jedenfalls. Sie brauchte auf die eine oder andere Art mal wieder etwas Aufregung im Stil von Beirut. Und (was entscheidender war) sie hatte erwartet, er werde gegen die Unternehmung stimmen.

»Aber alles bloß Zeitverschwendung?« Da sie bereits bekommen hatte, was sie wollte, war sie rundum zufrieden, und der Ärger saß nicht tief. »Sollen wir das Ganze wegschmeißen und in die Kneipe an der Ecke gehen, Ian?«

»Kommt nicht in Frage!« Wie immer war der Schmerz auf seiner Seite, als er zum tausendsten Mal an den Unterschied zwischen ihren Bedürfnissen und seinen Wünschen erinnert wurde. »Ich lasse doch diesen Braten – und dein Gesöff da – nicht sausen. Hol das Tranchiermesser, Fielding-ffulke! Und deck den Tisch – na los!«

»Ja, Gebieter – sofort, Gebieter!« Wie immer war sie im Augenblick ihres Triumphes seine demütige und aufmerksame Dienerin, und niemals schöner. »Was sagst du denn nun zu David Audley? Ist das nicht allerhand?«

»Zum Teufel mit Audley.« Wie vorauszusehen, war ihr Tranchiermesser stumpf. »Seid ihr verfolgt worden?«

»Frag mich nicht, Liebling. Aber wenn Reg sagt, wir werden, dann bin ich sicher, wir wurden. Und – findest du das nicht lustig?«

»Nein. Ich find's nicht lustig ... Reicht dir das, Jen?«

»Nein.« Sie guckte ihm über die Schulter, und ihr Duft und der des Bratens weckten in ihm verschiedene fleischliche Gelüste gleichzeitig. »Nein, ich habe einen absoluten *Bärenhunger* ... und sieh dir nur mal das leckere Blut an! Gott, ich muß kochen lernen, glaub' ich – Abendkurse in *Cordon bleu* und so was – und *Nouvelle cuisine* – das genügt, Schatz. Was meinst du?«

Was er meinte, war, daß sie jetzt eine Schwerarbeiterportion Roastbeef auf dem Teller hatte, bei deren Anblick einem Nouvelle-cuisine-Chef ziemlich übel geworden wäre. »Was ich meine, Jen, ist, daß Verfolgtwerden mir angst macht. Und David Audley erschreckt mich ... wenn du schon fragst.« Er bot ihr den Teller an.

»Krieg' ich noch ein bißchen von dem ... Bratensaft?«

»Blut, meinst du?« Er nahm den Löffel entgegen, den sie ihm erwartungsvoll hinhielt. »Na, wenigstens hast du ja den richtigen Appetit.«

»Bitte?« Die Gefräßigkeit machte sie einen Augenblick taub. »Möchtest du was von dem Yorkshire-Pudding? Ich hab' Käse reingetan, wie's im Rezept steht.«

Ians Erinnerung an den Ausgang dieses Experiments ermöglichte ihm, sich aufs Fleischschneiden zu konzentrieren, während er sich ähnlich taub stellte.

»Was soll das heißen – ›den richtigen Appetit‹?« Sie hatte es doch gehört.

»Wer sich mit David Audley einläßt, kommt laut Reg Buller dabei um.« Er konnte sich ebensogut auch ihrer Gefräßigkeit anpassen: Was sie nicht hier und jetzt aßen, würde wahrscheinlich weggeworfen, und es wäre eine Sünde, dieses edle Tier zu vergeuden.

»Ah! Ich verstehe, was du meinst –« Sie räumte einen Teil des Tisches für sich und ihn frei, indem sie einfach alles holterdipolter in den Ausguß warf. »Und das gleiche haben eigentlich auch diese Freunde von Daddy, mit denen ich mich unterhalten hab', gesagt.«

»Und macht dir das keine Angst?« Er sah zu, wie sie Besteck aus einer Schublade kramte und Gläser aus einem Schrank. Das Steakbesteck war wunderschön antik, mit Porzellangriffen, angelaufen, aber sehr scharf, und die Gläser waren von der häßlichen, dicken Benzingutscheinsorte und nicht allzu sauber. Doch das kümmerte ihn jetzt nicht mehr.

»Ich wüßte nicht, warum.« Sie ließ ihn einschenken und hob dann ihr Glas in die Höhe. »Auf uns – und daß Verbrechen sich mal auszahlt!« Dann trank sie. »Hmm! Der ist wirklich gut – vertrau auf Daddy!« Dann fiel sie über ihren Braten her. »Hmmm! Der aber auch!« Sie grinste und schmatzte anerkennend. »Ich meine ... wenn du dir ansiehst, was Johnnie und Reg über ihn ausgegraben haben ... das ist doch alles ziemlich vage ... mehr Klatsch eigentlich ... Es gab gerichtliche Untersuchungen. Aber da kam immer irgendeine völlig plausible Geschichte raus – wie bei dem jungen Mann, der sich in die Luft gesprengt hat, in diesem Royalisten-und-Roundheads-Manöver –«

»Nachdem jemand anders bei einem anderen Manöver umgebracht worden war?« Die Notwendigkeit, sich auf das zu konzentrieren, was sie sagte, lenkte grausam von dem paradiesischen Fleisch und Wein ab. »Und dieser Fall ist nie abgeschlossen worden, sagt Reg.«

»Zu der Zeit war Audley aber nicht da –«

»Soviel man weiß. Aber beim zweiten Mal war er dabei –«

»Aber keineswegs in der Nähe der Explosion –« Dennoch nickte sie, als sie ihn unterbrach. »Ich gebe allerdings zu, seine Umgebung ist ziemlich unfallgefährdet ... Bloß mußte er noch nie als Zeuge aussagen oder etwas dergleichen.«

»Oder überhaupt irgend etwas.« Er schluckte und versagte sich für einen Augenblick das Essen und Trinken. »Und im vorletzten Jahr, als der russische General starb, der hier auf Besuch war – Tully sagt, das war kein Herzanfall; den hätte jemand erschossen.«

»Aber nicht Audley, Ian.« Jenny hörte zwar nicht auf zu essen, war jedoch irgendwie zum Advocatus Diaboli geworden. »Er ist ein Kopfarbeiter, kein Revolverheld. Für so etwas ist er zu alt.«

»Er steckte da aber irgendwo – der Ansicht war auch Tully –«

»Nein.«

Nach dieser glatten Widerrede wandte sich Ian wieder seinem Essen zu. Egal welchen Verbrechen Audley Vorschub geleistet oder nicht geleistet hatte, es gab keinen Grund, warum er sie verschlimmern sollte, indem er das Fleisch auf seinem Teller kalt werden ließ. Wenn Jenny glaubte, Audley sei unschuldig am Tod des russischen Generals, gut so. Und wenn er niemals ins Rampenlicht geraten war, auch gut. Denn ganz offensichtlich dachte Jenny, er hätte noch mehr auf dem Kerbholz.

»Nein.« Sie stieß ihren Teller weg und füllte dann ihr Glas nach, ganz Daddys Tochter.

»Nein?« Er schob ihr sein eigenes leeres Glas hin.

»Johnnie hat das nicht gedacht. *Ich* habe es ihm erzählt. Aber er ist der Sache dann nachgegangen, und er sagt, es gab da eine wüste Schießerei irgendwo in Südwestengland. Nur ist die sehr wirkungsvoll vertuscht worden. Und die Russen haben anscheinend geholfen, sie zu vertuschen.« Sie nickte ihm zu. »Und darin war Audley wahrscheinlich verwickelt.«

»Wahrscheinlich?« Jenny hatte eine gute Quelle – das war offensichtlich und auch nichts Neues: Jenny hatte mehr Informationsquellen als sie Dinner-zum-Mitnehmen verzehrt hatte (beziehungsweise teure Restaurantdinner). Aber entscheidend war, es würde leichter sein, einen zwei Jahre alten Skandal auszugraben, als einen neun Jahre alten. »Wahrscheinlich, Jen?«

»Vielleicht. Aber was soll's?« Sie zuckte die Achseln. »Wir sind hinter Audley-und-Philly-Masson her, nicht hinter Audley-und-General-Zarubin, Schatz.«

»Zarubin klingt aber vielversprechender.«

»Der Meinung bin ich nicht.« Sie kostete ihren Wein, als dächte sie wieder an Daddy. »Zarubin war bloß ein verdammter

Kosak, nach allem, was man hört – keiner von Gorbis Getreuen. Was wahrscheinlich auch die freundschaftliche Zusammenarbeit erklärt.« Dann schaute sie ihn an und dachte eindeutig nicht an Daddy. »Ich will nicht behaupten, daß das uninteressant ist. Und vielleicht finden wir irgendwann auch einen Platz dafür. Wenn wir nämlich erst mal anfangen, die Steine umzudrehen, kommt voraussichtlich alles mögliche Getier hervorgekreucht und rennt in Deckung – das ist das Schöne daran. Denn Audleys Geschichte reicht weit zurück. Viel weiter als bis zu dem armen Philip Masson. Gott allein weiß, was wir da zutage fördern.«

Jetzt war es der *arme* Philip Masson. Und vorhin war es ›Philly‹ gewesen. Aber das konnte warten. »Und dennoch hat keiner je von ihm gehört, Jen.«

»Von Audley?« Sie schüttelte den Kopf. »Das stimmt nicht ganz. Es ist sogar vollkommen *un*richtig: *Gehört* haben eine Menge Leute von ihm. Sehr viele Leute *kennen* ihn auch . . . und umgekehrt kennt er anscheinend eine Menge Leute. Sie wissen nur nicht, was er eigentlich macht.«

»Aber du glaubst, du weißt das?«

»Nein – noch nicht. Aber . . . es ist, als ob er sich oft im Hintergrund der Ereignisse befindet, soweit ich bisher feststellen kann. Wie bei einer Ansammlung von Leuten auf Gruppenfotos, wo du irgendwo hinten immer wieder das gleiche Gesicht siehst . . . Oder dir nicht ganz sicher bist, weil er immer derjenige ist, der halb von jemand anderem verdeckt wird – oder aber, er hat sich gerade in dem Moment bewegt, als der Fotograf auf den Auslöser drückte, und ist verwischt.« Sie zuckte die Achseln. »Reg hat ja gesagt, daß er Leute berät – in Ausschüssen und dergleichen. Aber niemals taucht sein Name auf.«

»Das trifft laut John Tully nicht zu. Er wird schon an einigen Stellen aufgeführt – zum Beispiel im *Who's Who.* Mit einem CBE-Orden Anfang der 70er Jahre. Und als Ehrenmitglied des King Richard's College.«

»Ach ja.« Sie war nicht im mindesten aus dem Konzept gebracht. »Aber das ist alles so vage – meinst du nicht? Ein ›Ressortleiter‹ zeitweise – im Innenministerium, nicht wahr? Dann ein Wechsel zum Verteidigungsministerium. Und die Bücher, die er schreibt ... Selbstverständlich hat das alles nichts mit dem zu tun, was er wirklich macht, mein Lieber – es ist lauter Hokuspokus. Der gute Reg hat's doch schon gesagt, oder? ›Mantel und Degen‹, ein Geheimer ist das. Nur wäre ›Degen und Mantel‹ vielleicht diesmal treffender.«

»Reg hat auch ›Forschung‹ gesagt.« In ihrer Stimme lag etwas, was er noch nie gehört hatte und jetzt nicht genau definieren konnte; eine Andeutung fast von leidenschaftlicher Heftigkeit, sogar von Böswilligkeit. Er wußte nur, daß er dagegen anreden mußte. »›Beratung und Forschung‹, war es nicht so? Und der Mann dürfte kurz vor der Pensionierung stehen, Jen, verdammt noch mal!« Aber das war nicht alles, was Reg gesagt hatte, erinnerte er sich. Und das schwächte seinen Widerstand gegen sie. »Falls man sich in seinem Beruf zur Ruhe setzt.«

»Eben. Und das ist auch interessant.« Ihre Stimme klang wieder wie sonst: Vielleicht hatte er sie sich nur eingebildet, diese Andeutung echter Erregung hinter der unersättlichen Neugier, die sie normalerweise rund um die Uhr antrieb, wobei ihr Engagement nichts anderem als der Wahrheit galt. »Und zwar besonders interessant für dich, Ian.«

»Für mich?« Jetzt würde er eins der Argumente zu hören bekommen, die sie zur Unterstützung des schottischen Bratens und des (ihr zweifellos durchaus bekannten) Château Haut-Brion vorgesehen hatte, falls er seine Zusage zurücknehmen wollte.

»M-hm.« Sie deutete auf den Haut-Brion. »Ich ahne nämlich, glaube ich, so ungefähr, was er macht.«

Das war wieder ihr Informant: eine Quelle, die sie nie auch nur als Quelle erwähnen würde, im Gegensatz zu Reg Bullers unbestimmtem »Ich kenn da so einen Kerl in der Fleet Street/ von der Kripo/ im Revier/ in der Kneipe/ vom Fach«, oder zu John Tullys berichtsüblichen Verweisen auf »Kontakt AB« und »Kontakt XY«, deren Personalien wohl alle irgendwo in einem kleinen schwarzen Buch standen.

»Nimm dir, Liebling – laß dich durch mich nicht stören. Ich habe mich schon reichlich bedient.«

»Das stimmt.« Es stimmte. Und wenn sie seine Frau gewesen wäre und er ihr Mann, hätte ihm das vielleicht Sorgen bereitet;

da sie ihm jedoch nie gehören würde (der altvertraute Speer, der sich in seinem Herzen drehte, aber niemals tödlich) und da sie sich, wieviel sie auch trank, nie zu ändern schien, höchstens noch aufblühte, hatte er kein Recht, sich zu sorgen.

»Ich hab' noch mehr – ich habe eine ganze Kiste gekauft, Schatz. Und der kleine Mann hat mir, wie er sagte, einen ›Kistenpreis‹ berechnet, unsere Flasche war also ganz gratis –«

»Jenny! Um Himmels willen –!« Er mußte aufstehen, um ihr den Weg zu ihrer Aladinshöhle zu versperren. »Setz dich hin und erzähl mir von Audley, komm, sei so lieb – *setz dich!*« Während er sie zurückhielt, dachte er ... *und das ist auch so etwas: Wenn's um Geld geht, hat sie keine blasse Ahnung!* »Erzähl's mir – ja?«

Sie setzte sich. »Ach ... wie stieselig du manchmal bist. Läßt du denn nie die Haare runter –?« Und bemühte sich passenderweise vergeblich, einige der losen Haare zu bergen, die ihr rings ins Gesicht fielen.

Er wartete, bis sie ihr Bestes getan hatte. »Audley?«

»Ja – na schön!« Sie gab die Bemühungen um ihre Frisur auf. »Da war so ein Mann, den Daddy kannte, eine *unglaublich* bedeutende Persönlichkeit ... ich meine, Daddy ist *bedeutend,* ja – er ist wie *Gott*« – sie sah sein Gesicht und versuchte sich aus dieser Blasphemie zu retten – »ich meine, er ist so *gütig,* obwohl er doch alles weiß ...« Sie brach ab und schnitt ihm eine Grimasse.

Da lag eine ihrer Schwierigkeiten – vielleicht die ganze Schwierigkeit: Gegen seine solche Konkurrenz kam niemand an. Und das war auch sein Problem. Aber nicht im Moment. »Ich glaube, ich komme nicht ganz mit, Jen. Dieser Mann ... das war Audley?«

»Guter Gott, nein. Er war ein Bekannter von Daddy, wie ich dir zu erklären versuche. Er ist inzwischen gestorben – aber ganz normal, glaube ich.«

Vielleicht hatte sie doch ein Glas zuviel getrunken. »Verstehe. Und bedeutend war er auch. Aber nicht so bedeutend wie dein Vater, nein?«

Sie blickte ihn stirnrunzelnd an. »Was?«

»Ich habe immer gelernt, daß es nur einen Gott gibt.« Es war seltsam, so leichthin zu reden, wo man doch meinte, was man sagte. »Also ... wie Sankt Petrus zum Beispiel? Oder auch Sankt Paulus – er war ziemlich bedeutend.«

Sie starrte ihn einen Moment lang an und schnitt ein Gesicht. »Sehr raffiniert.« Dann wurde das Gesicht ernst. »Vielleicht ein bißchen von beiden. Obwohl Daddy, wie ich mich erinnere, einfach ›Fred‹ zu ihm sagte. Als ich ihn kennenlernte.«

»›Fred‹?« Zumindest war es nicht eine ihrer uneingestandenen, namenlosen Informationsquellen. »Ich glaube nicht, daß es einen ›Sankt Fred‹ im Heiligenkalender gibt. Aber macht nichts ... Du hast diesen ›Fred‹ kennengelernt –« Es lag ihm auf der Zunge, sie zu fragen, was Fred mit Audley zu tun hatte. Aber dann sah er ihr direkt in die Augen und bremste sich gerade noch rechtzeitig, wußte er doch, daß er sich vor einer Minute erst geirrt hatte.

»So ist es.« Die Augen waren starr, aber nicht betrunken. »Ich war achtzehn – ich kam gerade aufs College. Und er hat mir Angst eingejagt.«

»Dir Angst eingejagt?« Es kam so unerwartet, daß er die Worte wiederholte. »Wieso?«

»Er hat mich ausgefragt. Nein – verhört hat er mich eher ... Was ich denke, was ich vorhabe ... in Oxford, nach Oxford ... Warum ich dächte, was ich dachte – warum ich tun wollte, was ... was ich mir vorgenommen hatte.« Sie starrte ihn an. »Er hat mich wirklich auseinandergenommen. Es war ziemlich beängstigend.«

Für sie war das auch ein ziemliches Eingeständnis. Denn es gab nicht viel, was Jenny Fielding-ffulke ängstigte. Jedenfalls nichts, was Hosen trug. Und da war noch etwas, das nicht paßte. »Dein Vater hat ihn nicht gehindert –?«

»Daddy kriegte einen Anruf. Er bat mich, solange seinen Gast zu unterhalten. Mami war auf einem ihrer Kränzchen.« Ihre Augen wurden etwas glasig, als blicke sie ihn nicht mehr an. Dann richteten sie sich wieder auf ihn. »Er war messerscharf – nicht verhört, eher seziert hat er mich: Ich kam mir vor wie ein elender Frosch im Biologieseminar.«

›Fred‹ hatte sich ihr auf jeden Fall eingeprägt. Und ein leiser Hauch ihrer ursprünglichen Angst übertrug sich durch die Jahre auf ihre Bilder.

»Als Daddy wiederkam ... sagte er – sagte *er*, nicht Daddy –:

›Wir haben höchst interessant miteinander geplaudert, Jennifer und ich.‹« Sie legte den Kopf ein wenig schräg. »Und dann hat der Schweinehund Daddy erzählt, was für eine kluge Tochter er gezeugt hätte, und ihn derart eingeseift, daß ich nicht gut hysterisch werden oder in Tränen ausbrechen konnte . . . Ja, er gab mir sogar seine Karte und sagte, wenn ich nach meiner Graduierung die Biochemie nicht weitermachen wollte, könnte ich jederzeit wegen einer Stelle zu ihm kommen. Und der arme alte Daddy hat regelrecht gestrahlt.« Sie schnaubte verächtlich. »Da konnte er lange warten!«

Das wurde mit jeder Sekunde interessanter – wie sie es versprochen hatte, wenn auch anders, als sie das gemeint hatte. »Und was hast du getan?«

»Ich konnte ja damals nichts sagen – oder meinst du etwa? Nicht zu Daddy – jedenfalls nicht ohne als Schwächling zu erscheinen.«

»Aber . . . was stand auf der Karte, Jen?«

»Gott – ich weiß es nicht! Ich bin aufs Klo und hab' mich ausgeheult – und die Karte zerrissen und weggespült.« Sie hielt plötzlich inne. »*Clinton* – das war der Name: *Frederick Joseph Clinton.*« Jetzt sah sie ihn an. »*Sir* Frederick Clinton –?«

Irgendwoher kam ihm das bekannt vor. Doch er konnte den Namen nicht unterbringen. Aber . . . so wie sie ihn ansah, erwartete sie, daß er ihn unterbrachte. »Clinton?«

»Ja.« Sie nickte. »Ich habe ihn in einem alten *Who's Who* gefunden, aber viel stand da nicht über ihn.« Sie trank die letzten Tropfen ihres Haut-Brion. »Er schied 1947 als Brigadekommandeur aus der Armee – Regiment wird keins genannt . . . Aber der Kriegsverdienstorden war von 1940, sagte Daddy. Das paßt also zu einem Buch, das er geschrieben hat – über Dünkirchen, wo wir vor den Deutschen weggelaufen sind und einen großen Sieg daraus gemacht haben.« Sie knallte fast ihr Glas hin. »Und geadelt worden ist er '58, als er angeblich ein ständiger Ichweißnichtwas im Innenministerium war – oder in einem der anderen Ministerien, die sie damals hatten, bevor das Verteidigungsministerium daraus wurde. Aber natürlich ist das genau wie bei Audley – lauter Hokuspokus.«

Dünkirchen, natürlich: Da war doch so ein ganz merkwürdiges Buch über Dünkirchen gewesen seinerzeit . . . mit allerlei unvollständigen Hinweisen auf die hohe Politik Großbritanniens und Deutschlands, die von den Militärhistorikern nicht für bare Münze genommen wurden; als Schüler hatte er für seinen Großvater (der das mitgemacht hatte) in einem Antiquariat in der Charing Cross Road ein Exemplar davon gekauft, weil es vom Autor mit einem großen Schnörkel signiert war (oder vielmehr, weil es spottbillig gewesen war). »*Das Wunder von Dünkirchen* – natürlich!«

»Was?« Wieder sah sie ihn stirnrunzelnd an.

»Das Buch, das er geschrieben hat – *Das Wunder von Dünkirchen,* Jen. Aber . . . wie hängt er mit Audley zusammen?«

»Audley?« Für einen Augenblick schien es, als ob der Name sie veranlaßte, *Frederick Joseph Clinton* zu degradieren. Dann konzentrierte sie sich auf ihn. »Wenn es stimmt, was man mir gesagt hat, war Audley sein liebstes Kind – sein Schüler und sein Schützling . . . Nur ging das anscheinend nicht ganz gut.« Das Stirnrunzeln kehrte zurück.

»Was meinst du damit?«

»Bin mir noch nicht ganz sicher.« Die Konzentration wurde geradezu beunruhigend. »Aber ich glaube, wir könnten – könnten – da an einer Sache sein, die für sich genommen ziemlich interessant ist, mal abgesehen von Dr. David Audley . . . obwohl der dazugehört . . . sogar voll dazugehört . . .«

Sie brach ab, und diesmal wartete er geduldig, da er diesen Gesichtsausdruck von früher kannte. Normalerweise war in ihrer seltsamen symbiotischen Partnerschaft sie diejenige, welche die neuen Informationen einbrachte, an die mit konventionellen Mitteln oder direktem Fragen nicht heranzukommen war, die sie sich aber an allen möglichen ausgefallenen und – für ihn – unerreichbaren Orten bei ebensolchen Leuten zu holen wußte; und seine Aufgabe bestand nicht nur darin, diesen Ertrag mit seinen eigenen Recherchen zu verbinden und marktfähig aufzubereiten, sondern auch die angelieferten Knochen zu knacken und das Mark herauszuziehen. Doch mitunter – zwar selten, aber manchmal – konnte sie sehr viel mehr leisten.

Sie sah ihn plötzlich an. »Es gibt eine ganze Menge Leute, die David Audley kennen – und auch über ihn *Bescheid* wissen . . . in gewisser Hinsicht. Und weißt du, was die sagen, Ian?«

Er wußte, was Reg Buller gesagt hatte. Aber das war vertraulich gewesen. »Nein –?«

Sie nickte. »Die sagen . . . ›Ach, der ist doch irgendwas beim Nachrichtendienst, nicht?‹ Oder einfach nur: ›Der alte David, Schatz? Bei einem von den MI-Sowiesos – saust immer runter zu diesen *schrecklich* geheimen Stellen in Cheltenham mit ihren vielen Initialen‹.« Sie schwieg und schloß die Augen. »›Aber er hat eine ganz entzückende Frau und Tochter – beide einfach *goldig*, Schatz. Wogegen er ein *Bär* von einem Mann ist – ein echter *Caliban* im Vergleich zu ihnen, weißt du?‹«

Das hörte sich eher nach einem von ›Mamis‹ Freunden an als nach einem von ›Daddys‹. Aber natürlich war es genau das, was sie gesagt hatten, wortwörtlich, aus dem Gedächtnis. Gib Jenny ein Notizbuch, und sie hätte entweder die Mine ihres Bleistifts zerbrochen oder sich mit einem leeren Kugelschreiber ausgerüstet; falls aber nicht, dann wäre sie außerstande gewesen, ihre eigene hoffnungslose Handschrift zu entziffern. Doch die Götter hatten ihr zum Ausgleich für diesen Mangel ein absolutes Gedächtnis für alles, was man ihr sagte, geschenkt, bis hin zur kleinsten Betonung.

Aber sic schaute ihn wieder an.

»Er stand in Verbindung mit diesem fürchterlichen Clinton.« Ihre Konzentration ließ nicht nach. »Soviel weiß ich. Und Clinton war beim Nachrichtendienst – in führender Position. Aber er war nie Direktor einer der großen Abteilungen – MI5, MI6 und so weiter. Denn wer *die* sind, weiß jeder . . . Trotzdem war er ein verdammt hohes Tier – eine Macht im Lande. Das steht auch fest.«

War das nun ›Daddy‹, der sich vor langer Zeit gegenüber seinem kleinen Liebling eine Indiskretion erlaubt hatte? Oder diese Quelle, unendlich viel indiskreter, und zwar aus einem anderen Grund? Aber er konnte sehen, daß noch mehr kam.

»Clinton bekam jedenfalls einen Nachfolger. *Butler* mit Namen. Vorname *James*, aber immer schon als ›Jack‹ bekannt. Ex-

Berufssoldat in irgendeinem kleinen Fußregiment. Und selbst da nicht allzu erfolgreich, denn bis er als Major auf die Offiziersliste kam, war er schon ziemlich alt. Dann wurde er zum Half-Colonel befördert und erhielt offenbar eine führende Position im Nachrichtendienst. Aber nicht im militärischen Nachrichtendienst: ›Einer von Fred Clintons Leuten‹ war er danach.« Ihr Gesicht schien beim Sprechen spitzer zu werden. »›Netter Kerl, aber ziemlich geistlos‹.« Noch spitzer. »Was immerhin ein unzuverlässiges Urteil sein könnte, da er gerade seinen Adelstitel bekommen hat – *Sir* Jack ist er jetzt . . . genau wie *Sir* Fred vor ihm.« Sie nickte weise. »Wie du immer sagst, Liebling – das *Muster,* die *Struktur*: ›Such nach dem Muster‹ . . . okay?«

Sie wollte einen Anstoß – vielleicht nur die Bestätigung, daß er ihr folgte? »Demnach ist er jetzt Audleys Boss –?«

»Ja. Aber Boss wovon?« Jetzt war sie wirklich da. »Also . . . erinnere dich mal, was der alte Reg gesagt hat – ›Forschung und Beratung‹. Und wenn Reg was läuten hört, dann liegt er meistens richtig, oder?«

Sie hatte ihn gebeten, sich zu erinnern. Also dachte er noch einmal daran, was Reg Buller gesagt hatte, als sie nicht dabei war. »Reg ist gut – ja.«

»Aber diesmal hat er's nicht ganz getroffen.« Einen Punkt holte sie immer gern. »Denn ich glaube, die amtliche Bezeichnung der Clinton-Butler-Organisation ist ›Forschung und *Entwicklung*‹. Obwohl das natürlich gar nichts bedeutet – es ist nur eine brauchbare Formel, die glatt runtergeht. Heutzutage hat ja jeder eine ›F&E‹-Abteilung – genau wie man ein ›Rechenzentrum‹ mit einem ›Systemplaner‹ hat, auch wenn man nur Bohnen in Dosen abfüllt – lauter Hokuspokus, Liebling.«

›Hokuspokus‹ mußte ein neues Wort in Jennys Zirkel sein. Nichtsdestoweniger begann er das Mark in dem aufgebrochenen Knochen zu riechen. »Was steckt denn dahinter?«

»Tja . . . ich bin mir keineswegs sicher, Liebling – wie ich dauernd sage.« Da sie ihn kannte, war sie noch entsprechend vorsichtig, trotz ihrer Gewißheiten. »Aber mal angenommen – nur mal *angenommen,* es gäbe neben all den kleinen alten geheimen Diensten, die wir durch ihre Initialen und Ziffern kennen und lieben . . . neben ihnen allen gäbe es noch einen anderen, von dem wir nicht wüßten, daß es ihn gibt. Wie so eine Art Parallelwelt aus der Science Fiction beinah –?« Sie blickte ihn schräg an. »Nicht besonders groß – eher klein eigentlich –? Aber geheimer und exklusiver –? Sagen wir . . . nur der Premierministerin verantwortlich – dem Kabinettsamt? Oder dem Joint Intelligence Committee? Oder –«

Sie fing an, ihn zu ängstigen. Sie ängstigte ihn. »Und was tut er?«

Sie zuckte die Achseln. »Was immer man ihm sagt. Was gerade anliegt – ich weiß es nicht . . . ich sag' dir ja, ich bin noch nicht ganz sicher . . . Frieden stiften? Vielleicht auch Unruhe stiften.« Sie pustete eine Haarsträhne weg, die ihr ins Gesicht gefallen war. »Denn . . . abgesehen davon, daß er sehr geheim ist, kommt es mir vor, als ob er in gewissen Kreisen nicht allzu beliebt wäre, was auch immer er ist – was auch immer er eigentlich tut«, sie ergriff die lose Strähne, versuchte sie wieder nach oben zu stopfen und löste dabei eine ganze Kaskade aus – »verdammt!«

Ian nahm die Ablenkung dankbar an. Diese letzte Enthüllung sagte ihm zumindest etwas über ihren Informanten. Sie fügte sich sogar mit dem zuerst von ihr belauschten Zwiegespräch zu einem vertrauten Muster zusammen. Bei jeder Recherche, jeder Untersuchung waren die Feinde des Untersuchungsgegenstands – oder wenn der Gegenstand irgendeine Organisation war, auch deren unzufriedene Mitglieder – die wichtigsten Informationsquellen. Und obgleich diese Quelle sich mehr nach einem Außenstehenden als nach einem Insider anhörte, war es doch kaum überraschend, daß die Clinton-Butler-Organisation ihre Feinde hatte, auch auf der »eigenen« Seite, ganz zu schweigen von ihren offiziellen und erklärten Gegenspielern.

»Nun?« Jenny ließ ihre Ruine von Vogelnest fahren. »Was hältst du von all dem, Ian?«

Ihren Gegenspielern! dachte er und starrte plötzlich mit jäher Besorgnis zum Fenster. Er hatte es irgendwie als selbstverständlich betrachtet, daß diese Beobachter (falls sie dort waren –?) vom Special Branch, wenn nicht von MI5 kamen. Aber womöglich waren sie – wer?

»Eben.« Sie grinste glücklich. »Es erklärt unsere plötzliche Beliebtheit, nicht wahr, Schatz?«

»Das war nicht das Wort, an das ich dachte.« Wenigstens hatte er seine Angst nicht verraten. »Hast du davon auch Woodward erzählt? Oder Parsons?«

Das Grinsen wurde schief. »Na hör mal, Schatz! Wie unser Reg sagen könnte: ›Würde ich das tun, Mr. Robinson?‹ Natürlich nicht.«

»Was hast du ihnen denn erzählt?«

Sie seufzte. »Was hab' ich denen gesagt? Nun, ich sagte zu Dick: ›Richard, mein Lieber . . . entsinnst du dich an diesen netten Staatsbeamten namens Philip Masson, der tragischerweise auf See geblieben ist, als er vor neun oder zehn Jahren von seiner Jacht fiel?‹ Und er sagte: ›Jenny, Liebes, das ist doch nicht etwa derselbe Kerl, dessen Leiche gerade irgendwo in einem Wald aufgetaucht ist, ohne seinen Rettungsring?‹« Sie lächelte. »Du siehst, ich war sehr vorsichtig.«

»Weiter, Jen.«

»Schon gut, schon gut! Ich sagte also: ›Doch, mein Lieber – derselbe, wegen dem all deine Jungs rotieren, weil sie nichts über ihn rauskriegen . . . Was hieltest du von den Vorabdruckrechten für unser Buch über den *wahren* Hergang, Schätzchen? Oder soll ich lieber zu Rupert Murdoch gehen?‹ Und das war der Moment, wo er an sein Scheckbuch faßte. Außerdem zahlt der gute Clive natürlich im voraus, wie gehabt.« Das unschuldige Gesicht verschwand. »Was sagst du denn nun dazu?«

Sie war viel zu selbstsicher. »Ich würde sagen, er verschwendet sein Geld. Und wir ebenfalls – und auch unsere Zeit.«

Sie krauste die Stirn. »Was soll das heißen?«

Das Schlimme war, er war ganz und gar nicht selbstsicher. »Wenn das stimmt, was du sagst . . . wenn es eine Clinton-Butler-Operation irgendeiner Art gibt auf der Ebene, die du andeutest . . . und wenn dieser Audley irgendwie in Massons Tod verwickelt war . . . Himmelherrgott, Jen! Das ist doch dann von vornherein tiefer begraben, als wir vermutlich schaufeln können –«

»Zum Teufel damit!« Sie schnauzte ihn an. »Wer sagt, daß wir das nicht können? Wer ist denn besser als wir – als du und ich?« Der Fielding-Busen schwoll zornig an und zeigte auf ihn. »Außerdem weißt du genau . . . wenn erst mal klar ist, daß es ein Geheimnis gibt, findet sich immer ein Weg, es aufzudecken –« Sie zügelte ihren Ärger, als sie sein Gesicht sah. »Wir haben das doch schon gebracht, Ian. Wir haben es in Beirut geschafft – oder?«

»Ja.« Und es war bezeichnend für sie, daß sie noch immer nicht begriff, an was für einem dünnen Faden da alles gehangen hatte – und wie sehr die Erinnerung daran ihn noch zittern ließ. Und wie sehr die gleiche Erinnerung sie eigentlich hätte ängstigen sollen. »Aber das hier ist anders.«

»Wie: anders?«

»Zunächst mal . . . weil man nicht zulassen wird, daß wir veröffentlichen. Selbst wenn Dick Woodward bereit ist, seinen Kopf hinzuhalten. Was er nicht sein wird.«

»Ach – nun komm!« Ihr Feuer loderte wieder auf. »Bloß wegen Peter Wright und so weiter . . . Wir haben doch die Geheimhaltungsvorschrift nicht unterschrieben – wir werden keine Geheimdokumente veröffentlichen – sofern uns keine in die Hände fallen wenigstens.« Sie lächelte ihn grimmig durch die Flammen an. »Die Peter-Wright-Sache hindert uns nicht: Er hat eher die Jagdzeit eröffnet, verstehst du das nicht, Ian?«

»Nein. Verstehe ich nicht. Es gibt immer noch das Gesetz, Jen –«

»Das Gesetz?« Sie hielt einen Augenblick inne. »Also ich weiß nicht . . . Aber darüber habe ich mit Simon Lovell gesprochen. Und er sagt, da steht jetzt noch die Anwendbarkeit zur Debatte – oder vielmehr die *Unanwendbarkeit,* wenn sie's mit Leuten wie uns zu tun haben: Er meint, daß der ›Erwerb‹ von Wissen nicht strafbar sein kann, sonst wären sie längst gegen andere Leute gerichtlich vorgegangen. Wenn wir also nur ein kleines bißchen achtgeben . . . und Simon nimmt jede Zeile, die du schreibst, unter die Lupe, das hat er versprochen . . . dann können wir uns weiß Gott eine Menge erlauben, weil's ›im öffentlichen Interesse‹ ist – *pro bono publico,* wie John Tully sagen würde.« Das grimmige Lächeln erschien wieder, ganz anders als ihr schadenfrohes Grinsen. »Audley klagt schon nicht. Das lassen die gar nicht zu – die treten nie für ihre Leute ein. Im Gegensatz zum KGB ... Aber wenn wir recht haben, wird er's sowieso nicht tun – oder?«

Sie waren wieder bei einem seiner früheren Gedanken angelangt. »Du kennst ihn –? Kennst du ihn, Jen?«

»Bin ihm mein Lebtag noch nicht begegnet, soviel ich weiß.« Sie legte die Stirn in Falten, als spule sie Erinnerungen ab. »Großer häßlicher Bursche anscheinend.« Die Stirn glättete sich. »Das erhöht das Vergnügen, Liebling.«

Für sie vielleicht: »Große häßliche Burschen« konnten nicht gut auf junge recherchierende Autorinnen losgehen – nicht ohne die schwerwiegendsten Konsequenzen. Aber diesmal, wo die Zeit so knapp war, brauchte sie ihren Ian als Mitstreiter in der vordersten Reihe. Und das war nicht beruhigend. »Warum bist du denn so versessen darauf, ihn festzunageln, Jen?«

»Bin ich nicht.« Kein Lächeln, kein Grinsen jetzt: Sie guckte so neutral wie die Schweiz. Dennoch war ein kaltes Glitzern in ihrem Blick, das er noch nie gesehen hatte. »Aber ich möchte wirklich, daß dieses Buch herauskommt.«

Habsucht konnte es doch wohl nicht sein. »Wir brauchen das Geld nicht, Jen. Nicht so dringend.«

»Das Geld?« Jäher Zorn löste die Kälte ab. »Sei nicht albern, Ian. Du bist derjenige, der Geld macht. Ich brauche keins – entsinnst du dich?«

Das war verletzend – und um so mehr, als es verletzen sollte. Und das sah Jenny eigentlich nicht ähnlich. »Entschuldige –«

Sie schloß einen Moment lang die Augen. »Ach was! Ich bin es, die sich entschuldigen müßte. Das war gemein. Und du bist auch nicht albern gewesen – du weißt nur einfach nicht Bescheid. Es war vor deiner Zeit – unserer Zeit.«

»Unserer Zeit?« Was es auch sein mochte, es hatte ihr weh getan. Und was immer sie nun wollte, er würde es für sie tun, erkannte er. »Was denn, Jen? 1978 –?«

»Korea.« Sie zauberte den Namen hervor wie ein Kaninchen aus dem Zylinder.

»Korea?« Eins ihrer möglichen künftigen Themen (das – jetzt, wo er sich den Namen wiederholen hörte – Jenny aufgebracht hatte) war das Phänomen Korea gewesen, als man wegen der Olympischen Spiele mit breiter Berichterstattung rechnen und nicht ausschließen konnte, daß politische Gewalt das Ereignis begleiten würde.

Jenny nickte. »Philip Masson war ein reizender Mann. Und außerdem war er Marinesoldat, vor langer Zeit in Korea.«

»Marine –«

»Im Krieg – im Koreakrieg.« Sie verlor anscheinend die Geduld mit ihm, obwohl sie eben erst eingeräumt hatte, daß er nicht wissen konnte, wovon sie sprach. »Philly Masson hat Daddy kilometerweit auf dem Rücken getragen, mitten im Winter, während die Chinesen unaufhörlich auf sie schossen. Daddy hätte ohne ihn nicht überlebt: Er wäre erfroren, bevor er an seinen Verletzungen gestorben wäre, falls ihn die Chinesen nicht erledigt hätten, sagte er. Philly hat ihm das Leben gerettet.« Sie sah ihn an. »Du könntest also sagen, er hat auch *mir* das Leben gerettet. Denn ich wäre nicht geboren worden, wenn er das nicht getan hätte. Und . . . er war mein Pate, Ian. Und ich habe ihn geliebt.«

3

Reg Buller war es, der den Finger darauf legte. Und er legte seinen Finger ganz buchstäblich darauf (und leicht angetrunken, so daß er ein wenig nuschelte), als er nach der projizierten Vergrößerung der auf Mikrofilm aufgenommenen Zeitungsseite stieß.

»Dasch ischesch! Aufgepascht, Ian, mein Alter! Dasch ischesch!«

Ian hatte bis dahin gut drei Stunden im Archiv damit verbracht, die Anatomie eines fast perfekten Mordes zu zergliedern, ohne aber jemals an das Opfer heranzukommen. Wenn nämlich eines sicher war am Tod von Philip Masson, dann, daß er sich am Abend des 17. und in der Nacht zum 18. November überhaupt nicht an Bord der *Jenny III* befunden hatte.

Doch ebenso sicher war, daß jemand, der seine Sache verstand, statt seiner auf der *Jenny III* gewesen war.

Der zuverlässige *Daily Telegraph* hatte seine Sache auch gut gemacht, indem er über die spätere gerichtliche Untersuchung ausführlich auf Seite 3 berichtete. Vielleicht hatte es an dem Tag keinen guten Mordprozeß als Seitenaufmacher gegeben. Oder irgendein cleverer Redakteur hatte darauf spekuliert, daß es wohl eine ganze Menge Segler unter den *Telegraph*-Lesern gab, die jede Zeile des Dreispalters studieren und immerzu denken würden, *das hätte ich sein können*!

Zeit: 15 Uhr 35, Sonnabend, 18. November; Wind auffrischend von Südwest; See mäßig bis grob –

Die Jacht *Jenny III* (kein Preis demjenigen, der rät, wie sie zu dem Namen kam) war zehn Meilen südlich der Needles treibend von einem Fischer entdeckt worden.

Natürlich war niemand an Bord gewesen, dennoch (oder deshalb) hatte der Fischer genau hingeschaut: Das Großsegel war dichtgeholt wie zum Segeln hart am Wind und gerefft; die Fock war gesetzt, hing aber lose herunter; die Fockschoten lagen an Deck, es fehlte der Bolzen am Schäkel; die Ruderpinne war mittschiffs festgezurrt; die Navigationslichter und die Instrumente waren eingeschaltet, doch die Batterie fast leer. Und das Schlauchboot war zusammengerollt und noch in seinem Behälter.

Er hatte vieles davon nicht verstanden, doch war es klarer geworden, als die Experten und die Freunde des Vermißten nach und nach ihre Aussagen und ihre Theorien hinzugefügt hatten.

Die *Jenny III* war offenbar Philip Massons ganzer Stolz gewesen (›Mr. Masson, ein hoher Beamter im Verteidigungsministerium und ehemaliger Offizier der Königlichen Marine, der in Korea das Militärverdienstkreuz erwarb‹ – bei einem früheren Marineangehörigen nahm es natürlich nicht wunder, daß er den Geruch der See in der Nase hatte).

Er hatte sie den Sommer über in Lymington liegen gehabt. Sie war ein altes Folkboat (Länge über alles 7,65 m, Wasserlinie 6,05 m, größte Breite 2,20 m, Verdrängung 2,16 t), gebaut in den fünfziger Jahren im traditionellen Stil und sehr robust. Wahrscheinlich hätte er sich etwas Besseres leisten können (so meinte jedenfalls Elwyn Rhys-Lewis, sein trauernder Freund und selbst ein Segler) –

»Aber sie gefiel ihm. Er segelte oft einhand, verstehen Sie, und hatte sie entsprechend ausrüsten lassen; alle Falleinen achtern zum Cockpit geführt, einen Niederholer an der Fock und ein System von Klampen, um die Pinne zu sichern, wenn er unter Deck gehen mußte. Aber sie war ein gutes Seeboot – allem gewachsen, was die See ihr antun konnte. Schließlich hat Blondie Hasler im ersten Einhandrennen auch ein Folkboat gefahren, anno 1960 –«

Elwyn Rhys-Lewis war ein guter Zeuge gewesen; vielleicht sogar ein bißchen zu gut in der Art, wie er das Bild aufbaute?

Also hatte er *Elwyn Rhys-Lewis* zur eventuellen weiteren Beachtung in seinem Notizbuch unterstrichen.

Aber dieser ›ganze Stolz‹ war jedenfalls in einwandfreiem Zustand gehalten worden – mit der tatkräftigen Unterstützung des alten George White drüben in Hanworthy. George war anscheinend ein Schiffbauer vom alten Schlag, und was er über Holzboote nicht wußte, war nicht wissenswert. So erklärte es sich, daß Philip Masson die *Jenny III* den Winter über immer in Poole auflegte, sagte Mr. Rhys-Lewis.

»Wir werden niemals genau wissen, was sich zugetragen hat. Aber dank der Zeugenaussagen, die wir gehört haben, ist eine recht gute Rekonstruktion dessen, was geschehen sein könnte, möglich«, hatte der Coroner schließlich zusammengefaßt.

»An jenem Freitagabend fuhr der Verblichene hinunter nach Lymington, denn sein Rover wurde auf dem Parkplatz gefunden.

Er muß geradewegs zu seiner Jacht gegangen sein, obgleich sich niemand erinnert, ihn gesehen zu haben. Wir haben jedoch gehört, daß er aus seiner Absicht, sie sobald wie möglich rüber nach Poole zu segeln, keinen Hehl gemacht hatte, zumal er wegen Arbeitsdrucks in London für die Saison schon etwas spät dran war.

Es ging, wie wir gehört haben, ein steifer Südwestwind an jenem Freitag, und eine Wetterverschlechterung war angesagt. Das waren zwar keine idealen Bedingungen, jedoch nichts, was er und sein Boot nicht bewältigen konnten. Auf jeden Fall hörte er wahrscheinlich den abendlichen Wetterbericht mit der Vorhersage eines über dem Atlantik entstehenden Tiefdruckgebiets, und er muß sich zu einer Nachtfahrt entschlossen haben.

In diesem Fall hat er sie wahrscheinlich mit Motorkraft von Lymington nach Hurst Point gefahren. Er mag auch (wie wir hörten) gesegelt sein, obwohl er dann die ganze Zeit hätte halsen müssen. Aber er wäre auf jeden Fall mit der Ebbe gegangen.« (Dieser Coroner hörte sich an, als wäre das nicht sein erstes Seeunglück gewesen, hatte Ian hier notiert.)

»Mr. Rhys-Lewis und Mr. White stimmen darin überein, daß er dann wohl die Segel gehißt hat, nicht ohne das Großsegel vorsichtshalber einzureffen. Sobald er um Hurst herum war, dürfte er über Steuerbordbug gefahren sein, um auf der küstenzugewandten Seite des Kanals die Shingles von Norden zu passieren. Bei südwestlichem Wind wird er zwei, drei Meilen gut vorangekommen sein und auf Backbordbug gewechselt haben, sobald er sicher war, an den Shingles vorbeizukommen.

An diesem Punkt, so steht zu vermuten, ging irgend etwas schief, und wir müssen versuchen, die Situation anhand der wenigen Anhalte, die wir haben, nachzuzeichnen.

Der Verblichene hatte höchstwahrscheinlich vor, auf einem südlichen Kurs auf See hinauszusteuern, nach den Shingles dann zu wenden und durch die Bucht von Poole zu segeln, bis er die Fahrrinne erreichte. Bis dahin wäre die Flut gekommen und er hätte freie Fahrt nach Poole hinein gehabt. Es wäre bald Tag geworden, so daß er genau pünktlich zur ersten Hafenöffnung an der Poole Bridge eingetroffen wäre. Da in Holes Bay ein Liegeplatz auf ihn wartete, hatte er wohl vorgehabt, am Cobbs Quay an

Land zu gehen, und wäre dann, wie schon früher bei solchen Gelegenheiten, mit dem Taxi zurück nach Lymington gefahren.

Aber all das hat er nie getan. Wir müssen vielmehr annehmen, daß, als er auf Backbordbug halste, wahrscheinlich irgendwo vor Barton in der Bucht von Christchurch, der Fockschotschäkel aufging. Es ist bezeichnend, daß das Boot mit flatternder Fock gefunden wurde, die Schoten an Deck lagen und der Sicherungsbolzen fort war.

Für einen erfahrenen Segler wäre das nur ein kleines Ärgernis gewesen. Er brauchte bloß einen Reserveschäkel zu suchen, aufs Vordeck zu klettern, um ihn festzumachen, dann konnte er ins Cockpit zurückkehren, die Schoten trimmen und weiterfahren.

Da er vielleicht etwas näher an der Küste lief, als ihm recht war, hätte er die Ruderpinne festgezurrt und wäre mit dem Großsegel allein aufs offene Meer zugefahren, während er den Schäkel aufstöberte und ihn an der Fock befestigte.

In diesem Moment hätte er auch die Vorsichtsmaßnahmen treffen müssen, die ihm eigentlich zur zweiten Natur geworden sein sollten –«

(Hier hatte der Coroner aufgehört, Segler zu sein und war ganz Coroner geworden, traurig, feierlich und klug-im-nachhinein. Aber der gute alte Elwyn Rhys-Lewis war in seiner Aussage überzeugender gewesen.)

(»Ja, natürlich hätte er eine Schwimmweste anlegen sollen oder einen Sicherheitsgurt – oder beides – ehe er aufs Vordeck ging. Aber es gibt Zeiten, da geht man einfach los und bringt es hinter sich . . . Und wie lange hätte er schon durchgehalten bei kalter See in einer Novembernacht – von Bord hängend und außerstande, zurückzuklettern? Ich erinnere mich an Jungs in der Marine, die nicht schwimmen lernen wollten – sie meinten, das verlängere nur den Todeskampf.«)

(Der Coroner hatte ihn an dieser Stelle zurechtgewiesen!)

(»Ja, Sir – das mag sein. Aber das Motto des Einhandseglers ist ›Gar nicht erst über Bord gehen‹, Sir.«)

Da war es also: An diesem Punkt hatten Elwyn Rhys-Lewis und der Coroner sich auf die Theorie von der »überraschenden Welle« geeinigt. Die Rhys-Lewis anschaulich als »das verdammte Gesetz der See« bezeichnete – »wenn Wind und Wellen dich in *dem einen* ungeschützten Augenblick erwischen, wo du ein flatterndes Segel zu greifen suchst – und dann bist du über Bord und allein, und dein Boot segelt ohne dich weiter –«

»Wir mögen zwar etwas verwundert sein, daß man die Leiche des Verblichenen bei der Suche am nächsten Tag nicht geborgen hat, oder daß sie niemals, wie andere, angeschwemmt wurde. Doch wir haben auch einen Gutachter vom Seenotrettungsdienst gehört, der aussagte, daß die Ebbe sie mehrere Meilen in die Bucht hineingetragen haben würde. Und wenn sie in den Needles-Kanal geraten ist, in das Fahrwasser, kann sie lange vor Tagesanbruch von einem großen Schiff gerammt worden sein.

Bevor ich also meinen Spruch verkünde, halte ich es für notwendiger denn je, hervorzuheben, daß man, wie erfahren man auch sein mag, zuallererst die nötigen und gebotenen Vorsichtsmaßnahmen zu ergreifen hat. Ein Zeuge sprach hier von dem, was er »das verdammte Gesetz der See« nannte. Aber –«

Das hatte dem *Telegraph*-Redakteur seine eindrucksvolle Schlagzeile geliefert: »›Das verdammte Gesetz‹ brachte Segler um.«

Aber das war ein »Gesetz der See« gewesen. Und ein ganz anderes Gesetz – ein »verdammtes Gesetz zu *Lande*« war es, das schließlich Philip Masson ans Licht befördert hatte, all die Jahre danach; und darauf hatte Reg Buller in seinem hübschen kleinen Bericht sich flink gestürzt:

»Warum haben sie ihn dort deponiert? Das ist eine gute Frage, denn

Leichen haben nun mal die Eigenart, wieder aufzutauchen. Die Gefängnisse Ihrer Majestät sind voll von Leuten, die darüber anders dachten. Aber so dumm waren diese Kumpels nicht, sie hatten einfach großes Pech. Denn die alte Ruine, wo sie ihn deponiert haben – und das hübsche alte Bauernhaus oben am Hang, aus dem die Kinder kamen – das alles sollte unter der neuen Autobahn verschwinden. Die Maschinen hätten sich also durch den Hügel gepflügt, das Erdreich auf die Ruine geschüttet und ihn dabei tief begraben. Wahrscheinlich wurden die Kumpels durch die Autobahnmorde angeregt, die ungefähr um diese Zeit ans Licht kamen: Ein Planierraupenfahrer brachte in seiner Freizeit Frauen um und pflügte sie am nächsten Morgen bei der Arbeit unter. Das lag ein, zwei Jahre zurück, war aber ein großes Gesprächsthema. Nur kippte dann die Regierung, und ein neuer Minister kam. Und auf dem Moor dort fand man eine Menge seltener Blumen, die sonst nirgends wuchsen. So wurde die Autobahn 1980 schließlich um ein paar Meilen verlegt, und dieser Abschnitt blieb verschont. Man nennt das wohl ›grüne Politik‹ heutzutage. Aber ich würde es ›Pech‹ nennen . . . für die Kumpels.«

Schon eher *sehr großes* Pech, hatte Ian hier im Geiste hinzugefügt. Denn sonst wäre Philip Massons angeblicher Tod durch Ertrinken perfekt gewesen. Es hatte keinen gefährlichen Leichentransport gegeben (immer eine riskante Sache; und vermutlich war Masson nahe der Stelle abgepaßt und ermordet worden, wo man ihn vergraben hatte, mitten im ländlichen Nirgendwo). Und dann hatte ein falscher Masson sein Auto übernommen und war in der hereinbrechenden Dämmerung an Bord der *Jenny III* geschlüpft, entweder mit einem zweiten Schlauchboot versehen, um an Land zu kommen, oder (in Anbetracht des Wetters) mit einem seiner Komplizen unmittelbar nördlich der Shingles verabredet.

Sonst aber . . . sonst war es nahezu perfekt inszeniert worden, ohne verräterische Leiche (Leichen bedeuteten ebenfalls immer ein Risiko, egal wie raffiniert zu Tode gebracht; und bei Philip Masson wäre die Autopsie sicher sehr gründlich gewesen); es war äußerst professionelle Arbeit – glaubhaft und genau in den Einzelheiten, aber nicht zu genau – einfach so, daß alles wirklich *normal* aussah.

Aus diesen drei Stunden ließ sich etwas machen; der Betrug

um Philip Massons Tod war ein gutes, ausführliches Kapitel wert – und sollte Elwyn Rhys-Lewis sich als der aufrichtige, treue Freund erweisen, der er zu sein schien (und nüchtern betrachtet wohl auch war), dann würde er weiteren guten Stoff liefern, wenn er sich die Haare darüber raufte, wie er in aller Unschuld den Mördern seines Freundes geholfen hatte. Das ließ sich also bestens an – es würde sogar einen fesselnden Kontrast ergeben . . . die *falsche* Untersuchung der Todesursache vor der richtigen –

Und dann hatte die Tür geknallt, und Reg Buller war hereingeschneit.

»Ich hab' meine verdammte Pfeife verloren.« Er klopfte all seine ausgebeulten Taschen ab und ignorierte das Schild »Rauchen verboten« ebenso wie das besorgte Herumstehen von Ians bevorzugter Archivassistentin, bis sie schließlich vor ihn trat. »Is' schon gut, Kind – ich wollte sie ja nich' rauchen. Ich wollte nur dran lutschen. Und . . . ich weiß, wie man den Apparat bedient – und hinterher den Film zurückspult. Keine Sorge, Kind.«

»Es ist alles in Ordnung, Miss Russell.« Ian fand zwar überhaupt nicht, daß »alles in Ordnung« war. Aber Reg Buller hatte am Nachmittag woanders an den Ereignissen des Jahres 1978 gearbeitet, und er wollte unbedingt wissen, was bei diesem letzten Vorstoß herausgekommen war. Und da Reg unter keinen Umständen auf ihn aufpassen sollte, mußte er auf Reg aufpassen. »Ich kenne diesen Herrn. Und ich verbürge mich für ihn, Miss Russell.«

Miss Russell warf ihm einen enttäuscht-ängstlichen Blick zu. »Daß er nur keinen Lärm macht, Mr. Robinson. Sie dürfen sich hier unterhalten« – jetzt roch sie Reg und fand es nicht beruhigend – »aber keinen Lärm bitte.«

»Kein Lärm!« Buller legte den Finger an die Lippen. »Wenn Sie hier Krach hören – dann ist er das, nicht ich. Glauben Sie mir!« Er warf beinah einen Stuhl um und sah ihm, anstatt ihn festzuhalten, tatenlos beim Wackeln zu, bevor er sich draufsetzte. »Kein Lärm!«

Da war Miss Russell geflohen. Und Reg Buller hatte sich um seine Angelegenheiten gekümmert und keinen Mucks mehr von sich gegeben, nachdem er kurz erklärt hatte, wo er gewesen war.

Aber jetzt schrappte sein Stuhl geräuschvoll zurück.

»Dasch ischesch. Aufgepascht, Ian, mein Alter! Dasch ischesch!«

Ian blickte von seinen Notizen hoch, aber nicht auf Buller, sondern an ihm vorbei, um sich zu vergewissern, daß Miss Russell (ganz zu schweigen von ihrem Chef) nicht in Hörweite dieses überlauten Ausspruchs war. Er war gut angesehen in dem Archiv, was bei all der Arbeit, die er wegen des vorzüglichen Bestandes an Zeitungs-Mikrofilmen hier erledigte, auch so sein mußte; und zur Not würde sein Ansehen die Brauereidünste überstehen, die Reg Buller ausatmete. Niemals aber würde es jene größte aller Todsünden überstehen – Lärm.

Buller lehnte sich zurück und starrte ihn an. »Na losch, *gucken* Schie mal –«

»Psst! Um Himmels willen, Reg!«

Buller blickte sich um. »Ist schon gut.« Das Nuscheln verschwand wie durch Zauberei, aber die Stimme war immer noch viel zu laut. »Da draußen ist keiner. Davon habe ich mich überzeugt. Wir sind sicher.«

»Keiner« hieß natürlich, daß Reg Buller Archivangestellte als Personen der Handlung ausschloß, und bis John Tully Antworten präsentierte, konnten sie nicht mehr verlangen. Aber er hatte hier zu hart für seine besonderen Vorrechte gearbeitet, um zuzulassen, daß Buller ihm die Tour vermasselte. »Ich habe *Sie* gemeint, Mensch« – er wies auf den anderen gedruckten Text an der Wand – »das bedeutet ›Keine Schluckspechte und keine Penner-die-aus-der-Kälte-kommen‹, Reg.«

»Es besteht kein Grund, ausfallend zu werden. Und unsachlich –« Buller rückte demonstrativ mit schwieligem Daumen und Zeigefinger seine obere Gaumenplatte zurecht. »Ich habe Schwierigkeiten mit den neuen Beißerchen. Und kalt ist es auch nicht. Und sollte ich an diesem schönen Montag etwas getrunken haben, so geschah das einzig in Ausübung meines Dienstes, wie ich Ihnen sorgfältig erklärt habe.« Seine Stimme sank dennoch von jubelndem Gesprächston zu einem durchdringenden Bühnengeflüster. »Sehen Sie sich das bloß mal an, Ian, mein Alter. Und danach akzeptiere ich vielleicht Ihre Entschuldigung.«

Ian machte sich auf eine Enttäuschung gefaßt, als er aufstand. Es war zwar immerhin möglich, daß er Buller unrecht getan hatte, aber unwahrscheinlich – zumindest, was das Trinken anging. Er erinnerte sich von früheren Gelegenheiten her, daß Regs »notwendige Auslagen für Kontaktpersonen«, die in seinem Spesenkonto nicht zu knapp vertreten waren, sich hauptsächlich auf Alkohol bezogen und weniger auf altmodische Schmiergelder (obwohl auch die vorkamen, sei es als hübsches rundes Vielfaches von 5 in Pfund Sterling, oder von 10 und 100 in ausländischen Währungen). Andererseits waren »Kontaktpersonen« – wenn nötig geschmierte, immer aber alkoholisierte »Kontaktpersonen« – der Grundstoff von Regs Modus operandi. Und in diesem Fall war es »ein Kerl aus der Fleet Street« gewesen, »der jetzt Redakteur bei *The People* ist – aber '78 war er noch 'n junger Reporter bei der *Northern Gazette*, und er arbeitet jetzt Schicht, damit seine Exfrau weiter ihre Gin Tonics hat«, und »ich mußte ihn im *Stab* abfüllen, um zu erreichen, daß er redet und hinterher nicht mehr weiß, wonach ich ihn gefragt habe«. Und wegen all dem war der deprimierende Eindruck entstanden, Reg könnte sich zunächst einmal auf Fielding und Robinsons Kosten amüsiert haben.

»Na schön, Reg –« Er dachte allerdings auch daran, daß Reg Ergebnisse brachte. Und daß Reg trotz seiner Warnungen (und ungeachtet der falschen Zähne und des Alkohols) offenbar über dieses Ergebnis erregt war. »Sehen wir's uns mal an.«

Buller rückte entgegenkommend zur Seite, um ihn auf die vergrößerte Projektion des Mikrofilmbandes unter der Sichtblende schauen zu lassen.

»Ich sehe rein gar nichts, Reg – das ist doch völlig unscharf.« Ihm kam der verrückte Gedanke, daß Buller, der ja bereits alles verschwommen sah, das Bild unscharf hatte einstellen müssen, um überhaupt etwas zu erkennen. Aber auch in der unscharfen Einstellung war die Hauptüberschrift gerade noch lesbar.

»Oh – pardon!« Reg korrigierte die Einstellung, zunächst zu

einem konturenlosen Hellgrau, dann zu deutlicher Lesbarkeit. »*Da* – ja?«

TOD EINES TOLLEN HUNDES, las Ian gehorsam noch einmal. Und war erneut angewidert von der plumpen Einfachheit der Botschaft in ihrer Boulevardzeitungsform, so blickfangend wahr sie auch gewesen sein mochte (er erinnerte sich auch, vor noch nicht einer Stunde auf demselben Apparat ähnliche Bekanntgaben des gleichen Ereignisses, in kleinerem Druck und nüchterneren Worten, in der *Times*, im *Guardian* und im *Daily Telegraph* gelesen zu haben; aber Reg hatte natürlich seine Lieblingszeitung ausgesucht).

»Und –?« Als er sich zu Buller umdrehte, bekam er den vollen Gestank von Regs Anteil an den »notwendigen Auslagen« mit.

»›Mad Dog O'Leary‹ –?« Aus nächster Nähe glichen Reg Bullers Augen nichts so sehr wie den zwei Hälften einer Blutorange. »Jesus! Zu der Zeit waren Sie wohl noch Student und haben demonstriert, weil Ihr Stipendium nicht fürs Bier langte! Wogegen sonst – Rhodesien? Oder etwa das verfluchte Watergate und den armen Tricky-Dickie –?«

»Watergate war nicht '78.« Nachdem er gerade die ganzen Zeitungen von damals durchgesehen hatte, fühlte sich Ian da jetzt sicher: Er konnte sogar Michael »Mad Dog« O'Leary in seinen kurzlebigen Horrorkontext einordnen. Und er gedachte nicht zuzugeben, wie wenig von dem Gelesenen ihm bekannt vorgekommen war, obwohl er jenen November doch miterlebt und vermutlich im Original gelesen hatte, was er und Reg Buller jetzt auf diesem Apparat nachlesen konnten. In Wahrheit hatte er bis auf die undeutliche Erinnerung, daß es die letzten Tage der Labourpartei, vor Thatcher, gewesen waren – mit angedrohten Bäckerstreiks, Schwesternstreiks und Automobilarbeiterstreiks – sehr wenig von jenem »Winter des Mißvergnügens« behalten, in dem »Mad Dog« O'Leary nur eine Horrorgeschichte unter vielen gewesen war. »Tatsache ist, ich fing gerade an, wegen meiner Abschlußprüfungen den Kopf zu verlieren, Reg. Ich entsinne mich aber, daß wir in Australien nicht besonders zurechtkamen.«

»Australien?«

»Im Kricket, Reg.« Da er wußte, daß Reg Buller jeglichen Sport verabscheute, hatte er das Gefühl, sich wieder irgendwie Geltung zu verschaffen. »Es war ziemlich deprimierend, wie ich mich erinnere.«

»Das können Sie laut sagen! Der ganze verdammte Winter war deprimierend –«

»Ich meinte das Kricket.« Ganz bewußt beschloß er, den Mann in seinen Schranken zu halten, indem er »Mad Dog« für den Augenblick überging. »Was hatte Ihr Typ von *The People* Ihnen denn zu erzählen?«

»Ha!« Buller leckte sich die Lippen, als wäre ihm soeben eingefallen, daß die Kneipen wieder aufhatten (sofern sie in Fleet Street je zumachten). »Er hatte gerade seinen Chef gesehen – Robert Maxwell persönlich – wie er von oben runterkam auf dem Weg zu seinem Hubschrauberstartplatz . . . Und er sieht sich um – Käpt'n Bob sieht sich um – und sagt: ›Ah! Die wahrscheinlich größte elektronische Nachrichtenzentrale in Europa!‹« Er grinste Ian an. »Was er anscheinend immer sagt. Und keiner nimmt überhaupt Notiz von ihm –« Das Grinsen gerann plötzlich, als er merkte, was gespielt wurde. »Sie erinnern sich also nicht an ›Mad Dog‹ O'Leary?«

»Aber selbstverständlich.« Ian bemühte sich um eine überlegene Tully-Miene. »Er hat versucht, bei irgendeiner Universitätsfeier in Yorkshire den Nordirlandminister in die Luft zu sprengen. Und dann haben sie ihn in die Enge getrieben und ihn erschossen. Na und?«

»Na und? *Na und* –?« Reg Buller spuckte ein wenig. Dann wies er auf die leuchtend projizierten Schlagzeilen. »Da steht doch alles, verdammt!«

Ian mußte die Worte noch einmal studieren –

Endlich in die Enge getrieben, an einem schönen, abgelegenen Ort in Yorkshire, starb »Mad Dog« O'Leary gestern nachmittag, wie er gelebt hat: in einem Kugelhagel –

Das einzig Merkwürdige daran schien ihm zu sein, daß der erste Satz für guten Sensationsjournalismus zu viele Worte einschließlich eines Nebensatzes enthielt.

Agenten des britischen Geheimdienstes, die von Spitzeln informiert worden waren, schossen ihn erbarmungslos zusammen. Doch er tötete ein unschuldiges Mädchen, bevor er starb – Auch daran war nichts merkwürdig. Bis auf einen weiteren Nebensatz jedenfalls. »Ich begreife nicht, was damit sein soll, Reg. Sagen Sie's mir –?«

»Herrgott, Mann!« Reg Buller ließ den Mikrofilm mit halsbrecherischer Geschwindigkeit zurücklaufen, stoppte ihn bei immer neuen faszinierenden Schlagzeilen – BROT: PANIKKÄUFE – BAUDARLEHENSSCHOCK ... und OLIVIA NEWTON-JOHN PACKT AUS – wobei er unentwegt fluchte. Dann hörte er auf zurückzuspulen und zu fluchen und stellte das Bild scharf. »Also bitte!«

Sie waren jetzt bei dem gescheiterten Bombenanschlag von der University of North Yorkshire, wo es dem Tollen Hund mißglückt war, den Nordirlandminister und mit ihm die halbe Dozentenschaft umzubringen, *»dank des selbstlosen Heldenmuts eines als Professor verkleideten Agenten des britischen Geheimdienstes in Barett und Talar.«*

»Und –?« Vermutlich war es derselbe Reporter – oder derselbe Überarbeiter und derselbe Redakteur, handelnd nach denselben Anweisungen eines Chefredakteurs oder Verlegers, der entweder entschieden hatte, daß der Sicherheitsdienst ein bißchen Reklame brauchte, oder erfolgreich in diesem Sinne beeinflußt worden war; so oder so sprach die wiederkehrende Floskel vom legendären »britischen Geheimdienst« mit ihren James-Bond-Beiklängen Bände. Denn niemand vor Ort hätte jemals diese Bezeichnung verwendet. Und jetzt, in der Ära nach Peter Wright, wäre das nicht »in« gewesen; höchstwahrscheinlich hätte man von »SAS-Scharfschützen« gesprochen, wenn nicht von der Antiterrorgruppe des Special Branch.

Buller schüttelte jedoch den Kopf. »Sie haben sich das nicht richtig angesehen – nein?«

»Die Zeitungen?« Er hatte verantwortungsbewußtere Berichte

über das gleiche Ereignis gelesen. »Im *Guardian* steht mehr, Reg –«

»Es geht um das hier. Das ist mein Mann, er war vor all den Großen da.« Buller schnitt ihm ein Gesicht. »Aber Sie vergessen auch, was ich Ihnen gestern sagte, bevor Johnny und die Lady uns gestört haben – und hinterher, als sie weg waren.«

Genaugenommen, als Buller sie *weggeschickt* hatte, dachte Ian: Jenny durch die Haustür, um den einen Beobachter abzuziehen, und anschließend John Tully durch den Hinterausgang, um seinen Kollegen fortzulocken. Nachdem Reg dann Brot mit Käse zu Mittag gegessen und eine Flasche *Père Patriarch* getrunken hatte (das Kölsch war alle), war Ian selbst in den Regen geschickt worden (»obwohl ich nicht glaube, daß die jemand auf Sie angesetzt haben, Sie tun ja nicht mehr so viel am scharfen Ende . . . Aber für alle Fälle mal –?«); und obwohl das beleidigend gewesen war, hatte er gehorcht; doch jetzt mußte er sich in Erinnerung rufen, was zwischen ihnen vorgegangen war, bevor er gehorcht hatte.

»Sie meinen, über David Audley, Reg?« Buller hatte mit einem »Kerl, den ich kenne« gesprochen, entsann er sich: Bei Reg Buller gab es eine unvermeidliche Reihe von »Kerls« aller Schattierungen, vom Manager zum Müllmann, vom Polizisten zum Journalisten, die ihm durchweg den einen oder anderen Gefallen schuldig zu sein schienen; doch in diesem Fall hatte es sich höchstwahrscheinlich (»keine Namen, klar?«) um einen seiner alten Spezis vom Special Branch gehandelt.

Buller nickte, nur halb besänftigt durch so eine simple korrekte Antwort. »Wie das schon aufgezogen ist: ›als Professor verkleidet‹, ja? Und ›Barett und Talar‹ – ? Wen würden sie wohl dafür aussuchen – der auch den Mumm hat, das kaltblütig zu tun?«

Es mußte da noch mehr geben, als Reg selbst oder seine Lieblingszeitung berichtet hatten. »Kaltblütig?«

Noch ein Nicken. »Jemand hat O'Learys Bombe aus dem Gebäude geschafft – der neuen Bibliothek, die da eingeweiht wurde, oder was auch immer . . . denn sie befürchteten, die Leute nicht rauszukriegen, bevor das Arschloch die Fernzündung betätigt.« Buller klopfte an den Abschnitt vom »selbstlosen Heldenmut«. »Wer war da besser geeignet als Audley? Einer von seinen

Kumpels leitete offenbar die Sicherheitsvorkehrungen. Und Audley ist der Professorentyp – er *sieht einfach so aus*. Würde die Rolle gar nicht *spielen* müssen. Weil er ja schon Gastmitglied dieses Oxforder College ist, verstehen Sie.« Buller blickte ihn von der Seite an. »Er brauchte auch keine Deckgeschichte für seine Anwesenheit . . . Und an Mumm fehlt's ihm nicht, sagt man.«

Das war alles hypothetisch, dachte Ian. Oder aber, Buller wußte mehr als er sagte. »Wer ist ›man‹, Reg?«

»Bekannter von mir.« Buller grinste.

»Der von *The People*?«

»Nein, der, von dem ich gestern erzählt habe – der mich darauf hinwies, wie raffiniert er sei – Audley . . . wissen Sie noch?«

Ian wußte noch, daß Buller typisch vage im Hinblick auf seine Audley-Quelle gewesen war. Doch im Moment war es wichtiger, die Grundlagen zu ermitteln, auf denen die Hypothese beruhte. Und die hatten anscheinend mehr mit seinem anderen Bekannten, dem *People*-Redakteur zu tun, als mit der Audley-Quelle.

»Was hat der Typ von der Zeitung Ihnen denn erzählt, Reg?«

Buller tippte sich an die Nase. »Er war dabei. Das hat er erzählt.«

Ian blickte auf die Geschichte von der Bombe in der Yorkshire-Universität herunter. Bei einer solchen Festlichkeit – einem normalen akademischen Ereignis, bis »Mad Dog« O'Leary ihm seine Aufmerksamkeit zuwandte – würden vielleicht ein, zwei Feuilletonkorrespondenten von den Londoner Blättern vertreten gewesen sein oder auch nicht, je nachdem, ob sie den Wink erhalten hatten, daß eine wichtige Rede gehalten werden sollte. Natürlich waren Reporter von allen Lokalzeitungen aus Yorkshire dort gewesen und hatten sämtliche Reden, ob wichtig oder nicht, mitgeschrieben und wohl auch die Namen aller lokalen Würdenträger notiert – das stand überall zu erwarten und ganz besonders in dieser Grafschaft mit ihrem leidenschaftlichen Regionalstolz. Und da Bullers Fleet-Street-Bekannter damals Reporter bei einer dieser Zeitungen war – welcher noch? Aber das spielte ohnehin kaum eine Rolle – war seine Anwesenheit bei der Feier wenig bemerkenswert. Weshalb also blickte Buller drein, als hätte er eine große Entdeckung gemacht?

Plötzlich ging ihm ein Licht auf. »Sie meinen . . . er war an dem *anderen* Ort – wo O'Leary erschossen wurde –?« *Mein Mann war vor all den Großen da,* hatte Reg gesagt. »Ihr Typ . . . der jetzt bei *The People* ist?«

»Ganz recht.« Buller starrte ihn an. »Er war in Thornervaulx.«

Es gab da also noch mehr. *»Und –?«* Er versuchte intelligent auszusehen.

»Ganz recht.« Ausnahmsweise ließ Buller sich täuschen. »Und *er* war da – *genau*!«

»*Er* –« Diesmal blendete das Licht schon. »*Audley* – sind Sie sicher –?«

»So gut wie. ›Großer häßlicher Typ – bißchen wie ein Boxer . . . oder ein Rugbyspieler. Gebrochene Nase – so in der Art‹. Ziemlich treffende Beschreibung eigentlich. Denn zufällig *hat* er sich die Nase beim Rugby gebrochen.«

»Ich dachte, Sie hätten gesagt, er sieht wie ein Professor aus.«

»Ja, wenn er den Mund aufmacht.« Buller berichtigte seine Beschreibung ohne Scham. »Glauben Sie mir ruhig, er ist es. Keine Frage.«

Und das bestätigte natürlich die Hypothese von der bombenbedrohten Universität durch die O'Leary-Verbindung. Der Sicherheitsdienst mußte den Tip bekommen haben, daß O'Leary vorhatte, den Nordirlandminister bei der Einweihung der neuen Bibliothek am Promotionstag zu ermorden. Sie hatten den Bombenanschlag vereitelt, doch das ging beinahe ins Auge. Und O'Leary selbst war ebenfalls davongekommen, nur daß es auch für ihn beinahe ins Auge ging: Wirklich entkommen war er wohl gar nicht – hatte er nur den inneren Ring durchbrochen –?

»Wie weit ist Thornervaulx von der Universität von Yorkshire entfernt, Reg?« Er konnte Thornervaulx nicht auf seiner geistigen Landkarte unterbringen: Es gehörte zu der berühmten Ballung verfallener Abteikirchen im Norden . . . Rievaulx, Jervaux, Byland, Fountains, Kirkstall und Thornervaulx; ursprünglich hatten sie alle in der Wildnis gelegen, und die meisten lagen heute noch dort, darunter zweifellos Thornervaulx.

»In der Luftlinie nicht weit. Aber man muß über die kleinen Straßen und das Tal hoch fahren, um hinzukommen.« Buller hatte die Fakten wie üblich parat. »Es ist nicht leicht zu finden.«

Auch das paßte. Wahrscheinlich hatte man O'Leary durch Straßensperren gezwungen, die Hauptverkehrswege zu verlassen, und ihn dann als das wilde Tier, das er war, in der Wildnis gestellt. »Und Ihr Mann war tatsächlich dabei.«

»Nicht bei der Schießerei.« Buller nickte trotzdem. »Aber nur Minuten entfernt – ja.«

Das war wiederum nicht unmöglich: Ein schlauer Lokalreporter (und Reg Bullers Verbindungsleute waren immer die schlauen) hatte seine Freunde bei der Polizei und stand sich oft so gut mit ihnen, daß er ihnen auf dem Fuß folgte. »Und er hat Audley dort gesehen – tatsächlich *gesehen*?«

»Er hat noch mehr gesehen.« Buller ließ den Film von der North-Yorkshire-Bombe wieder zu dem Feuergefecht in Thornervaulx vorlaufen, so daß er die letzten langen, gehetzten Stunden des Tollen Hundes auf zehn verschwommene Sekunden komprimierte. »Oder vielmehr, es gab Dinge, die er *nicht* gesehen hat, könnte man sagen.«

»Was soll das heißen – ›die er nicht gesehen hat‹?«

Buller stoppte den Mikrofilm und stellte mit entnervender Langsamkeit das Bild scharf, bis ihnen der TOD EINES TOLLEN HUNDES wieder ins Gesicht sprang. Dann erst wandte er sich Ian zu. »Es lief nicht so. So hat sich das nicht abgespielt.« Er schüttelte den Kopf. »Terry – wir wollen ihn ›Terry‹ nennen, denn so heißt er – Terry hat das so nicht geschrieben. Er hat ihnen die Story verkloppt – und zwar für ein kleines Vermögen. Weil er als einziger dabei war. Die anderen Versionen basieren also alle auf seiner – oder vielmehr auf dem, was aus seiner *gemacht* wurde . . . und natürlich auf den offiziellen Erklärungen.« Der breite Mund verzog sich zynisch. »Die nun zufällig genau übereinstimmen, verstehen Sie – die *offizielle* Erklärung . . . und seine *redigierte* Story.« Eine Augenbraue hob sich zur Unterstützung des Mundes. »Ist das deutlich genug für Sie?«

»Nur zu deutlich.« Irgend jemand hatte also den Chefredakteur beschwatzt, behauptete Reg. Aber das war, wie sie beide wußten, riskant. Denn entgegen der verbreiteten linken Meinung konnte der Presse das Zurückhalten von Nachrichten nicht befohlen werden. »Sind Sie sicher?«

»O ja.« Nicken. »Er hat die Story zweimal angeboten, der Terry. Zuerst seiner eigenen Zeitung – der *Northern Gazette*... und dann hat er sie umgeschrieben und *denen* verkloppt«, er tippte an die projizierte Titelseite, »– gegen ein Honorar in Höhe von zwei Monatslöhnen und das Versprechen, einen Job bei ihnen zu bekommen.« Buller schwieg. »Die Story aus Terrys Feder ging also getrennt an zwei Zeitungen . . . nur mit einigen kleinen Unterschieden. Und sie erschien *nicht* so, wie er sie geschrieben hat, sondern mit den gleichen Änderungen. Okay?«

»Ja.« Es war also nicht irgendein Überarbeiter oder ein Redakteur gewesen: Jemand hatte *zwei* Chefredakteure beschwatzt. Und das hieß, daß jemand wirklich sehr überzeugend gewesen war, auf höchster Ebene. Denn Chefredakteure ließen sich nicht annähernd so leicht überreden (oder einschüchtern oder erpressen), wie die Leute ebenfalls gern glaubten. »Was geschah denn wirklich, Reg?«

»Ah . . .« Endlich dort angekommen, wo er immer schon sein wollte, entspannte sich Buller. Und Ian, der im Lauf der Jahre das eine oder andere über Bühnenregie und Menschenführung gelernt hatte, begriff, was ihm jetzt wiederfuhr. Aber das zu wissen, war schon ein Viertel der Miete, wenn nicht die halbe.

»Ich hab' das alles gelesen.« Er deutete wegwerfend auf den Apparat. »Und ich hab' Durst. Kennen Sie eine gute Kneipe hier in der Gegend, Reg?«

»Hier?« Obwohl es eine beinahe beleidigend dumme Frage war, tat Buller, als dächte er kurz darüber nach. »Ich glaube . . . ja, ich *glaube* . . . gleich um die Ecke gibt es eine.« Er blickte sich in dem Zeitungs- und Zeitschriftenraum um, als wäre der vielleicht entsprechend ausgeschildert. »Gleich um die Ecke – ja. Meine ich mal.«

»Ja?« Es war an der Zeit, sich zu behaupten – auch wenn er tatsächlich Durst hatte. »Das wußten Sie doch ganz genau, Reg – also kommen Sie –«

»So . . . was geschah denn nun wirklich?« Während er durstig trank, mahnte er sich zur Vorsicht. Denn dies war Abbott-Bier, und mehr als zwei Halbe würden ihn in die Umlaufbahn um den Planeten schleudern, wogegen Reg davon nicht einmal abheben, geschweige denn Fluchtgeschwindigkeit aufnehmen würde. Und nach dem Gruß des Barmädchens zu urteilen, war Reg auch hier ein alter und geschätzter Kunde.

»Ahhh . . .« Der größte Teil davon war echte Befriedigung und Erleichterung, als Reg Buller die Hälfte seines Halben hinunterkippte: Das ferne Pfeifen der Dudelsäcke bei Lucknow, die ersten gesichteten Segel der entsetzenden Flotte, bevor sie bei der Belagerung von Londonderry die Hafensperre durchbrach, die donnernden Hufe der US-Kavallerie – all das und auch Mafeking, und Keats, wie er Chapmans *Homer* aufschlägt, und der stämmige Cortez, wie er zum erstenmal den Pazifik erblickt . . . all diese historische Erfahrung wurde neu durchlebt, wenn Reg Buller zur Kneipenöffnungszeit seine Kehle auftat. Doch war das nicht Regs Ende, damit fing er erst an.

»Es war natürlich Zufall.« Buller wischte sich mit dem Handrücken über den Mund.

»Zufall?« Nicht, daß der Mann jemals gelogen hätte, wenn er bezahlt wurde; er rückte lediglich immer häppchenweise mit der Wahrheit heraus, damit der Kunde nach mehr lechzte. Allerdings (und so wurde die Technik erträglich) war das Mehr in der Regel die Extrakosten wert.

»Ja. Denn . . . nachdem die Bombe an der Universität losgegangen war, wußten die nicht mehr, wo ihnen der Kopf stand. Und das lag nicht an diesem Kerl, der ein Freund von Audley war – Colonel Butler . . . Der war offenbar in Ordnung, auch wenn er ihnen im letzten Moment aufgedrängt wurde. Die Bullen mochten ihn alle – sagten, er sei überhaupt nicht wie die üblichen Sandhurst-Typen und die höheren Staatsbeamten mit Oxford und Cambridge im Rücken . . . ja, und wie die Mantel-und-Degen-Brigade sonst, die ihnen das Gefühl gibt, sie wären Bauern auf einer feinen Gesellschaft . . . Nein, *er* war höflich zu ihnen und fähig obendrein und verstand seine Sache. Aber er war erst in letzter Minute eingetroffen, um das Kommando zu übernehmen. Und sie hatten jede Menge neues Überwachungsgerät . . . modernste Technik . . . wovon die Hälfte ausfiel, verstehen Sie –?«

»Aber sie wußten, daß O'Leary da irgendwo steckte –?«

»*O ja!* Sie *wußten* es – jemand hatte O'Leary verraten, irgendwer aus den eigenen Reihen.« Nicken. »Gibt ja so viele verschiedene IRA-Ableger ... O'Leary war von der ›ILA‹ – *Irish Liberation Army* ... einer kurzlebigen Splittergruppe, die anscheinend keiner je ganz ausbaldowert hat. Aber nicht zu verwechseln mit der I*N*LA – der Irish *National* Liberation Army – verstehen Sie?«

Nach Beirut war das kaum was. Dennoch hatte er Jenny stets von den irischen Verwicklungen fortgelotst, wann immer die zur Sprache gekommen waren, und er hatte (wohl wegen der geteilten Treuepflichten ihrer Familie) nie Mühe damit gehabt. Der Himmel allein wußte, was sie nun von dieser Komplikation halten würde.

»Aber letztlich war er von der IRA, Reg?«

»Das weiß Gott allein. Wenn man weit hinauskommt, an den Rand, den Abgrund ... ahnt man nicht, mit wem man's eigentlich zu tun hat: Es könnten die wirklich hohen IRA-Jungs sein, die ihre dicken Autos vor ihren großen Häusern in Dublin stehen haben ... aber es könnten auch die Marxisten-Leninisten sein, die so rein denken – und eine Bombe in ein Waisenhaus werfen würden, wenn sie der Meinung wären, damit auf lange Sicht die Sache der Arbeiter zu fördern ... Oder es könnte die Mafia oder das KGB sein, die tun, was ihnen leichtfällt –« Buller zuckte die Achseln. »Wollen Sie wissen, wofür Michael O'Leary eingetreten ist, dann wäre es am besten, Sie fragen Colonel Butler – oder vielleicht David Audley. Verlassen Sie sich aber nicht auf das, was die Ihnen sagen. Also fragen Sie um Gottes willen nicht mich!« Grinsen. »Aber irgendwer hat ihn – O'Leary – jedenfalls verpfiffen. Ja.« Das Achselzucken und Grinsen ging über in Konzentration. »Der springende Punkt ist, O'Leary hat sein Ziel verfehlt – er erwischte lediglich ein halbes Dutzend Enten auf einem Ententeich, als die Bombe losging.« Echtes Grinsen. »Also zum Teufel mit ihm.«

»Aber er entkam.« Tief im Innern von Reg Buller, unter dem Zynismus, lag ein altmodisch patriotischer Kern wie ein Falkland-Faktor, der nach Jahren der Niederlage siegeshungrig war. »Oder nicht? Jedenfalls bis Thornervaulx.«

Buller schüttelte den Kopf. »Nein. Er kam glatt davon. Das war ein Profi, der O'Leary: Er hatte seinen Fluchtweg vorausgeplant – sie fanden keine Spur von ihm, keine Spur.« Kopfschütteln wurde zu Nicken. »Er war ein echter Profi.«

Irgend etwas stimmte da nicht – es roch verdächtig. »Was wollen Sie mir erzählen, Reg? Zuerst entkam er ... Aber sie schnappten ihn doch –«

»Nein. So hieß es nur in den Zeitungen.«

Und man sollte nie glauben, was in den Zeitungen steht.
Und das hatte Buller ihm ja schon gesagt. Mit den Fragen war es also vorbei: Jetzt würde er auf die Antworten warten.

Buller warf den Kopf zurück, akzeptierte sein Schweigen. »Zufall, wie gesagt ... Terry fuhr im Regen eine Straße lang ... Eigentlich wollte er diesen Vikar von der CND – Aktion für atomare Abrüstung – interviewen, den er kannte und der sich weigerte, am nächsten Tag den Gedenkgottesdienst abzuhalten. Denn es war ein Samstag – der 11. November. Und am nächsten Tag wollten alle ihren Gedenkgottesdienst, und Terry dachte, es gäbe vielleicht eine Demonstration gegen den Pfarrer und er könnte eine Story an die Fleet Street verhökern. Er nutzte also einfach seine Freizeit. Weil er an dem Samstagnachmittag nicht über ein Fußballspiel zu berichten hatte.«

Ian trank noch ein vorsichtiges Quantum. Es war jetzt Samstag, der 11. November 1978 ... ein regnerischer Nachmittag irgendwo in der Nähe von Thornervaulx Abbey in Yorkshire. Und das war immer noch eine Woche entfernt von Philip Massons letzter Reise, der Reise zu seinem flachen Grab tief im Süden jedenfalls.

»Er fuhr da also lang, ganz mit seinen eigenen Angelegenheiten beschäftigt« – Reg Buller leerte sein Glas und winkte damit dem Barmädchen, dessen Blick er auch sofort auf sich zog, was Ian nie gelang – »und er hörte eine Polizeisirene in der Ferne –« Das Glas senkte sich, aber nicht das Auge, das auf die straff gespannte schwarze Seide geheftet war und auf die BH-Körbchen Größe C, die die herrlichen, an weniger begünstigten Gästen vorbei auf sie zukommenden Brüste kaum bändigten. »Danke, Liebes. Und mein Freund auch, Liebes.« Buller umfing sie mitsamt dem überhängenden Busen, als sie sein leeres Glas wegfegte und durch ein volles ersetzte, das unausgetrunkene von Ian verächtlich stehenließ und wieder ging. »Und dann hörte er noch einen Alarm ... und da er Terry war – oder *Tel*, wie wir ihn immer nannten ... und aus der richtigen Schule kam ... wendete er sein Auto und fuhr ihnen nach.«

Das stimmte: Das war der Journalist alten Stils, von Reg Bullers Kaliber, der dem Klang der Polizeisirene und der Feuerwehrsirene folgte, wie die alten Seebären ihre Schiffe auf den Kanonendonner zugesteuert hatten, in der Hoffnung auf Blutvergießen.

»Natürlich war die Polizei das ganze Wochenende auf den Beinen gewesen, rührig wie die blauärschigen Fliegen auf der Jagd nach etwas Neuem von O'Leary.« Buller zuckte die Achseln. »Dabei nahmen sie an, daß er längst weg war – Liverpool, Glasgow oder Manchester ... Jedenfalls längst weg. Aber es gab immer eine Chance.«

Das *war* der alte Stil: Die besten Geschichten waren sehr oft immer noch die, die aus dem Nichts kamen. Der Trick bestand darin, so zu tun, als wären sie keine Überraschung und man hätte sie von Anfang an erwartet, früher oder später, da man ja den Finger am Puls des Geschehens hatte.

»Also folgte cr ihnen – die Straßen entlang über den Hügel, hinunter in den Thor Brook dort, über die schmale Brücke, wo man zurücksetzen muß, wenn man noch nicht in der Mitte ist und ein anderer Wagen sie gerade vor einem erreicht hat – es ist noch die alte, ursprüngliche Brücke, die die Mönche dort gebaut haben.«

Immer mehr trat das Bild zutage, als käme es aus dem Nebel und Regen des Jahres 1978 im dunkelsten und abgelegensten Nord-Yorkshire hervor, unter den tropfenden, überhängenden Bäumen im tiefen Tal von Thornervaulx Abbey, wo die Polizeisirenen anachronistisch heulten und Alarm schlugen, wie man es seit den Tagen der wilden schottischen Reiter dort nicht gehört hatte.

»So kam er jedenfalls mit der Polizei dort an.« Buller nickte. »Und da sie kaum vor ihm dort waren und nicht wußten, wer zum Teufel er war ... hielten sie ihn nicht gleich auf – als er sich durchdrängte.«

Auch das war der alte Stil: Aussehen, als ob man dazugehört – Zivilfahnder, Special Branch-Beamter, Arzt (ernste Miene, Tasche in der Hand, wenn eine Tasche greifbar ist) ... John Tully sah einfach immer wie er selbst aus und schwenkte eine eindrucksvoll geprägte Karte, die ihn als Grafen des Heiligen Römischen Reiches auswies; und das hatte ihm, zusammen mit seinem überlegenen Auftreten, Zugang zu allen möglichen unwahrscheinlichen Orten verschafft. Und was unwahrscheinliche Orte anging, war Thornervaulx Abbey –

Er hielt mitten im Gedanken inne, da er merkte, daß Buller ihn erwartungsvoll ansah, als sollte er etwas sagen, und gleichzeitig begriff, daß er dem falschen Gedankengang gefolgt war, aus der verkehrten Sicht – der Sicht von Bullers Terry. Und Buller hatte ihm natürlich alles über Terry erzählt, was er wissen mußte –

Und da war es einfach –

»Es war gar kein Hinterhalt – *natürlich nicht!*« Die Zeitungsberichte hoben alle hervor, daß O'Leary als der »Tolle Hund«, der er war, in die Enge getrieben worden sei: Regs Lieblingsblatt hatte die Wendung an den Anfang seines Nebensatzes gestellt, und zwei von den besseren Zeitungen hatten das Wort »Hinterhalt« in ihren Schlagzeilen benutzt. Aber Polizeiwagen kamen nicht mit von weitem heulenden Sirenen zu einem Hinterhalt. Sie wären längst dort gewesen oder in der Nähe, neutral und unauffällig versteckt.

»Richtig.« Buller sah ihn einen Augenblick schief an, hob dann Ians leeres Glas, damit das Barmädchen es sah, und wandte sich wieder zu ihm. »Oder vielmehr ... falsch.«

»Falsch?« Er deckte sein Bier mit der Hand ab, um zu verhindern, daß sie auf den falschen Gedanken kam.

»Ein Hinterhalt war es schon.« Buller langte über ihn weg, um sein Glas zum Nachfüllen zu übergeben. »Aber es war O'Leary, der im Hinterhalt lag, nicht Audleys Haufen.«

Diesmal war es stärker als eine Hypothese. Aber es handelte sich trotzdem nur um Indizien. »Was macht Sie so sicher?«

Buller wartete, bis er sein Glas wiederbekam. »Terry unterhielt sich dort mit jemand – es gibt zwei, drei Häuser bei den Ruinen. Eins davon gehörte dem Kustos . . . Ministerium für öffentliche Bauwerke oder National Trust oder was es damals war. Und der sagte, auf dem Parkplatz im Vorhof, wo die Reisebusse und die Ausflügler anhalten, hätte seit Mittag in voller Lebensgröße ein Polizeiauto gestanden – Blaulicht auf dem Dach, leuchtender orange und roter Streifen an der Seite. Und noch andere Fahrzeuge, die amtlich aussahen. Jedenfalls keine Touristenautos . . . abgesehen davon, daß es ein Novembertag war – der 11. November, um genau zu sein . . . Und deshalb war der alte Terry ja dort in der Gegend: um diesen Antiatomrüstungspfarrer zu interviewen, der die Britische Legion nicht in ihren militaristischen Praktiken bestärken wollte – ha!« Buller warf höhnisch den Kopf zurück. »Jedenfalls . . . es war ein nasser Novembersamstag – vorher hatte es regelrecht geschüttet, war aber bloß noch ein feines Nieseln, als Terry auf der Bildfläche erschien, unmittelbar hinter ein paar Polizeiwagen. Und an dem Wochenende fanden auch etliche große Heimspiele statt. Es zogen also keine Touristen herum, die die Angelegenheit kompliziert hätten.«

Das war eine von Bullers typischen Untertreibungen, nachdem er gerade unerhört kompliziert hatte, was vorher ein sonnenklarer Fall von Spionageabwehr und Antiterror-Einsatz zu sein schien.

»Bis auf das eine Mädchen, das umgebracht wurde.« All das machte den Tod des armen kleinen Dings noch ergreifender: Ihre Anwesenheit dort, am späten Nachmittag eines nassen Novembertages, war gegen die Wahrscheinlichkeit gewesen; und vielleicht war sie das einzige Angriffsziel, das O'Leary erblickt hatte, nachdem es ihm zum zweiten Mal hintereinander nicht gelungen war, sein eigentliches Ziel zu finden. Doch das warf eine viel wichtigere Frage auf. »Also, Reg, hinter wem war er denn her – O'Leary –?« Er blickte Buller stirnrunzelnd an, da sich auf die wichtigere Frage plötzlich eine Antwort bot, die gefährlich war, weil viel zu naheliegend und zu einfach.

»Ja.« Buller hatte daran auch schon gedacht und die gleichen Gefahren erkannt. »Wenn es Audley *war*, auf den er's abgesehen hatte – wenn Audley kurz vorher an der Universität *gewesen* ist . . .« Er legte den Kopf schräg. Reckte ihn dann vor, um an sein Bier zu kommen. Und wandte sich wieder Ian zu. »Ein bißchen zu simpel, was?«

Ian trank den letzten Rest seines Biers. Sie folgten hier ganz ihrer erprobten Technik: bei jeder Untersuchung mußte man irgendwo anfangen.

Manchmal war es leicht, und man fing am Anfang an. Aber meistens gab es keinen klaren Anfang: Je mehr man recherchierte, desto weiter ging der Anfang zurück in jenem ersten Monat des unbekümmert galoppierenden Ansturms auf das Thema. Und daraus ergab sich dann ihr Ansatz (normalerweise aus Jennys größerer Sammlung von Fakten, Gerüchten und Fiktionen . . . und seiner endgültigen Auslegung all dessen).

»Was meinen Sie, Reg?« Er durfte das Interesse des Mannes nicht abkühlen lassen.

»Weiß nich' . . .« Buller starrte in sein Glas hinunter. »Aber . . . wir könnten auch ohne diesen Masson . . . da was Gutes ham . . .«

»Was Gutes?«

»Ja. Un' dasse Wahrheit. Wir bearbeiten O'Leary . . . und vielleicht ergibt sich, daß O'Leary es auf Audley abgesehen hatte und Audley auf O'Leary – und das ist verdammt gut.« Wieder blickte er Ian schräg an. »Aber wenn wir Masson dazunehmen . . . O'Leary *gegen* Audley – das ist einfach. Aber Audley *gegen* Masson . . . das ist verflucht kompliziert, sage ich Ihnen.«

Plötzlich gab es keine Wahl, keine Alternative mehr: Immer und ewig das Leichte zu tun – sich mit dem Mädchen verabreden, das »ja« sagen würde, statt mit dem, das schon »nein« gesagt hatte – das lohnte sich nicht. »War Masson in die Tötung von O'Leary verwickelt?«

Buller schüttelte den Kopf. »Das weiß Gott allein.« Dann sah er Ian von der Seite an. »Vielleicht kann's der alte Johnny beantworten, wenn er wieder aus der Kälte kommt. Denn als diese Bombe losging und die Enten auf dem Ententeich umbrachte . . .

da war er einfach ein hoher Staatsbeamter, unser Masson. Danach drei Tage für O'Leary, und eine Woche für Masson ... und dann haben sie was gemeinsam, verstehen Sie?«

Da waren sie beide tot, verstand Ian. (Das war damals, abgesehen vom Ergebnis der viel später erfolgten gerichtlichen Untersuchung, nicht offenkundig gewesen. Doch es hatte auch die ganze Sache hier in Gang gebracht.)

Er suchte nach weiteren Einwänden, indem er die gegenüber Jenny gewohnte Rolle des Advocatus Diaboli einnahm. »Gemeinsam mit dem Mädchen –« Er durchforschte sein Gedächtnis nach ihrem Namen aus den Zeitungsberichten. »Sandra –? Marilyn –?«

»Marilyn.« Buller setzte sein leeres Glas auf den Tisch. Dann blickte er beunruhigend direkt zu Ian auf und forderte ihn heraus. »Sie wissen, warum ich mit Thornervaulx angefangen habe – und mit der Bombe, die die Enten umgebracht hat –?«

Kein Drücken vor dieser Herausforderung. »Der Zeitpunkt.« Sie kannten beide die Regeln. »Irgendwo müssen wir ja anfangen.«

Die Herausforderung blieb, wie ein hingeschleuderter Fehdehandschuh, den er übersehen hatte. »Der Kerl, mit dem ich zuerst sprach, über Audley – *der* sagte: ›Achten Sie auf alles, was nicht so ganz paßt – alles, was irgendwie ungewöhnlich ist und keine ganz einfache Erklärung hat ... Und dann schauen Sie sich das noch mal genau an ... wenn Sie hinter Audley her sind. Er paßt nämlich auch nicht‹.«

Die Herausforderung war immer noch da. »Inwiefern paßt Audley nicht – in Thornervaulx?«

Bullers Mundwinkel verzog sich. »Thornervaulx paßt nicht – es liegt hinter dem Mond.«

»Aber er war dort.«

»Ja. Und ein oder zwei andere, an die sich Terry erinnert.« Der Mund straffte sich. »Und Marilyn.«

Jetzt wurde das arme Mädchen selbst zur Herausforderung. »Marilyn –?«

»›*Marilyn Francis*‹ – ›Stenotypistin‹.« Buller nickte. »Schmächtiges kleines Mädchen – Terry hat sie tatsächlich gesehen, auf der

Bahre ausgestreckt wie eine ertrunkene kleine Ratte, als sie sie in den Krankenwagen schoben.« Noch ein Nicken. »Das war kurz bevor sie kapierten, wer er war – und ihn fast verdroschen hätten, einer von ihnen . . . und dann wollten sie ihn festnehmen, aber die hohen Tiere kamen und warfen ihn raus.«

Ian wartete.

»Marilyn Francis.« Buller wiederholte den Namen.

Ian wartete.

»So eine Person gibt es nicht«, sagte Reg Buller.

4

Ian war mit sich zufrieden, als er den Kirchhof verließ: zuallererst zufrieden, weil er nicht beschattet wurde (falls er jemals beschattet worden war); zweitens aber auch zufrieden in beruflicher Hinsicht, weil es genau wie in alten Zeiten war. Er fühlte den Wind in seinen Haaren und den Regen im Gesicht; und er hatte eben doch noch nicht alles verlernt, wenn es darauf ankam (oder jedenfalls war es nicht nur Jenny, die sowohl Glück wie auch Verstand hatte!).

Allerdings, wenn er ehrlich zu sich war (und das konnte er sich jetzt leisten bei all dem Vollbadluxus der Gewißheit), dann mußte er Reg Buller das Seine geben: Reg hatte nicht nur »Marilyn Francis« eingekreist, sondern schwere Ermittlungsarbeit und Schuhsohlen in seine Eingebung investiert, um schließlich die *British-American Electronics* zu präsentieren.

Seltsam aber (dachte er), *daß es von allen Fabriken der British-American ausgerechnet ihr »Forschungs- und Entwicklungs«-Zentrum war, das vor all den Jahren »Marilyn Francis« aus dem Nichts als Zeitsekretärin angeworben hatte: seltsam . . . oder jetzt vielleicht doch nicht mehr so seltsam –?*

Nicht so seltsam. Und nicht aus dem Nichts – oder doch nicht ganz aus dem Nichts, sowenig es zunächst half, daß Reg die Agentur aufgespürt hatte, die den Bedarf der Rickmansworther Niederlassung der Brit-Am an Aushilfskräften deckte. (Reg hatte sich dazu als der aggressive Manager einer anderen Agentur ausgegeben und seine eigenen »qualifizierten jungen Schreibkräfte – wir sind Ihrer örtlichen Stellenvermittlung als nichtsexistisches, nichtrassistisches Unternehmen bekannt« – zu konkurrenzfähigen Tarifen angeboten, und nachdem Reg dann hinter den Namen von Brit-Ams bevorzugter Agentur gekommen war, hatte er deren Personalchefin irgendwie dazu verleitet, daß sie ihn ihre Unterlagen einsehen ließ ...).

Das war in mehr als einer Hinsicht eine Sackgasse gewesen: Hätte sie je existiert (was nicht der Fall war), so wäre »Marilyn Francis« eben schon lange tot und deshalb vernünftigerweise aus dem getilgt worden, was einst die Agenturbücher waren und jetzt der Agenturcomputer. Doch in jedem Fall wurde das mehr als aufgewogen durch Regs unverschämtes (wenn auch verdientes) Glück bei der Entdeckung des einzigen Zeitungshinweises auf »das tote Mädchen, das bei einer Elektronikfirma in Rickmansworth, Hertfordshire angestellt war«; bezeichnenderweise war dieser Hinweis nur einmal erschienen *(»Irgend jemand hatte nicht kapiert – irgendein Polyp vielleicht, der am Anfang in ihre Tasche geschaut hatte und es nicht besser wußte ... Sehen Sie, wie daraus später einfach eine ›Londoner Bürohilfe im Urlaub‹ wird? Ich wette, sie sind ihm gewaltig aufs Dach gestiegen, dem armen Sack!«).* Und das hatte für Reg genügt (obwohl jeder von dort aus hätte weitermachen können, Zeit vorausgesetzt; Reg war nur eben besonders auf Draht und auch schneller im Schalten), und während er noch dabei gewesen war, sich an den Gedanken zu gewöhnen, daß er selber an die Front müßte und Informationen ausgraben, anstatt in seinem Elfenbeinturm zu sitzen und alles zusammenzufügen, hatte Reg wie selbstverständlich das Kommando übernommen –

»Diese gerichtliche Untersuchung oben in Yorkshire muß verdammt knifflig gewesen sein – Identitätsnachweis, die ganze

Schreibarbeit und die Beschaffung der Papiere für die Freigabe der Leiche nach der Obduktion – jemand hat ja die Frau mitgenommen, und jemand hat sie beerdigt. Also hat sich *irgend jemand* höchstwahrscheinlich als nächster Angehöriger ausgegeben ... Das wäre das einfachste gewesen, wenn die Polizei eingeweiht war und den Weg geebnet hat, anstatt peinliche Fragen zu stellen ... Coroner sind nicht ganz ohne – die können die Puppen tanzen lassen, wenn sie Lust dazu haben ... Aber die Ortspolizei, *der* hätte die Sache nicht geschmeckt, wenn sie so abgelaufen ist. Und das ging ja auch bei Philip Masson schief, als man ihn fand ... Aber in Thornervaulx oben waren die hohen Tiere bereits zur Stelle – Audley und seine Freunde – daher konnten sie von Anfang an den Ton angeben –«

Wieder einmal das Muster, die Struktur. Aber die Geschichte wiederholte sich nicht in Philip Massons Fall: In Philip Massons Fall war zu schnell zu viel enthüllt worden, als er schließlich wieder auftauchte; im Fall »Marilyn Francis« dagegen ... sie war, wenn man von Audleys Anwesenheit auf dem Schlachtfeld absah, dem Anschein nach nur eine arme, unschuldige Zuschauerin gewesen, und aller Aufmerksamkeit hatte sich auf »Mad Dog« O'Leary konzentriert –

»Was meinen Sie denn, wer sie wirklich war, Reg?«

»Noch nicht zu sagen, mein Alter. Aber es gibt drei Möglichkeiten. Zum Beispiel könnte sie genau das gewesen sein, was sie zu sein schien: ein kleiner Niemand – sagen wir, ein Mädchen, das vor Jahren von zu Hause ausgerissen war und sich eine andere Identität zugelegt hatte, um sich ihre Lieben vom Hals zu halten. Da aber kein Bild von ihr in den Zeitungen erschien, hat sich keiner gemeldet. Bleibt also ... sie war entweder mit Audley da ... oder sie war mit O'Leary da – und vielleicht war er gar nicht derjenige, der sie erschossen hat. Oder eben doch: Vielleicht dachte er, sie hätte ihn verpfiffen, anstatt ihn wie geplant zu seinem Opfer zu führen. Aber es ist noch früh am Tag –«

Noch früh am Tag, wahrhaftig! Gestern um diese Zeit hatten sie nichts weiter gewußt, als daß »Marilyn Francis« und Michael »Mag Dog« O'Leary am 11. November 1978 quasi (wenn nicht tatsächlich) im Beisein David Audleys getötet worden waren und daß Philip Masson noch keine Woche danach gestorben war; und daß sie, ob diese Tode nun miteinander zusammenhingen oder nicht, irgendwo mit ihrem Teil der Ermittlungen ansetzen mußten –

»Wenn es Ihnen also egal ist, Ian, mein Alter, dann werde ich, sobald ich mich noch mal ein bißchen mit dem guten Terry unterhalten und ein paar Namen und Kontakte im Norden von ihm bekommen habe . . . und sobald hier noch ein, zwei Dinge überprüft sind . . . mal einen kleinen Ausflug nach Yorkshire unternehmen und sehen, ob sie diese ›Marilyn Francis‹ vielleicht auch nicht tiefer verscharrt haben als Philip Masson. Wäre ja möglich, daß es für sie ein bißchen *zu* einfach war. In dem Fall könnten sie hier und da etwas nachlässig gewesen sein. Und was Sie betrifft, Mr. Robinson, *Sir* . . . wie wär's, wenn Sie loszögen und sich mal mit British-American Electronics in Rickmansworth unterhielten? Also ich dachte mir, Sie könnten ein Anwalt sein oder irgend so etwas Juristisches, der ›Marilyn Francis‹ ausfindig zu machen sucht, um ihr eine Erbschaft zu übergeben. Könnten Sie die nicht blenden mit dem ganzen Rechtspflegerjargon, den Sie vom College her kennen? So haben Sie das früher, in den alten Zeiten, immer gemacht, sagte die Lady mir –?«

Noch zu zeitig, wahrhaftig! Und wahrhaftig hatte er mehr als halb geargwöhnt, daß Reg kaum die Hoffnung hegte, es werde etwas ans Tageslicht kommen durch seinen Besuch bei der British-American (die verständlicherweise »nach den Grundsätzen unseres Hauses« nicht bereit war, Fragen zu ehemaligen Mitarbeitern am Telefon zu erörtern). Aber, um gerecht zu sein, Reg konnte auch gedacht haben, daß eine an sich nutzlose Expedition in Londons nähere Umgebung immerhin dazu dienen würde, lange nicht praktizierte rabiate Ermittlungstechniken jener »alten Zeiten« wieder einzuüben und ihn auf härtere Prüfungen vorzubereiten.

Doch dann war es so früh am Tag ganz plötzlich interessant geworden.

»Mr. Robinson –?«

»Von Fielding-ffulke, Robinson, Mrs. Simmonds.« An ihrer Tür hatte die Aufschrift »Mrs. Beryl Simmonds, Personalverwaltung« geprangt, und so war er endlich zu der richtigen Person bei der British-American vorgedrungen. Er hoffte nur, daß seine alte, schön geprägte Karte *(Ian D. Robinson, L1.B [Bristol],* und darunter *»Fielding-ffulke, Robinson«* mit einer nach Anwalt klingenden Geschäftsadresse in der Chancery Lane) wieder ihren Zauber wirken würde. »Ich habe von meinem Büro aus angerufen, Mrs. Simmonds. Es ist sehr freundlich von Ihnen, mir Ihre Zeit zu opfern.« Er rückte die kleine Goldrandbrille zurecht, die ihn, wie Jenny fand, so lächerlich jung aussehen ließ, daß er einfach das sein mußte, als was er sich ausgab. »Wie ich Ihnen schon erklärte, forsche ich nach jemandem, der einmal bei Ihnen angestellt war.«

»Ja.« Stirnrunzeln fiel Mrs. Simmonds leicht: Die Jahre hatten ihre Stirn zu dauernder Mißbilligung zerkerbt. »Ich hatte erwartet, Sie würden schreiben, Mr. Robinson. Das ist der übliche Weg bei solchen Erkundigungen.«

»Ja, ich weiß.« Ein instinktives Gefühl in seinem Innern widersprach plötzlich dem ersten Augenschein: Sie runzelte die Stirn, aber sie wollte sie nicht runzeln. Vielleicht hatte sie einen Neffen oder gar einen Sohn, der Jurist war; vielleicht hatte sie auch einfach eine Schwäche für junge Männer, die im Leben ihren Weg zu machen suchten. Was auch immer es war, der Instinkt flüsterte *harte Schale, weicher Kern,* und so faßte er noch einmal an seine Brille und schenkte ihr die Andeutung eines, wie er hoffte, entwaffnenden Lächelns. »Ich versuche . . . die Sache etwas abzukürzen, Mrs. Simmonds. Verstehen Sie, ich habe einen sehr anspruchsvollen Klienten aus Übersee. Und . . . ich habe auch einen anspruchsvollen Seniorpartner. Daher bin ich ziemlich auf Ihre Hilfe angewiesen – streng vertraulich, versteht sich. Und natürlich erhalten Sie ein Bestätigungsschreiben von mir: Ich sehe ein, daß ein Unternehmen in solchen Angelegenheiten Grundsätze haben muß.« Er ließ das angedeutete Lächeln für einen Augenblick erstarken und vertrieb es dann mit einem todernstfreundlichen Gesichtsausdruck.

»Ich verstehe.« Sie hielt das Stirnrunzeln jetzt nur noch mit beträchtlicher Mühe aufrecht. »Und über welchen unserer ehemaligen Mitarbeiter möchten Sie sich erkundigen, Mr. Robinson? Wann war er hier angestellt?«

»Vor ungefähr zehn Jahren –« Noch ehe er bemerkte, wie ihre Miene sich wieder verhärtete, fiel ihm ein, daß sie, wenn sie irgendeine Schwäche für junge Männer hegte, wahrscheinlich das Gegenteil für die jungen Frauen empfand, die ihnen nachstellten. Und das veranlaßte ihn, seinen folgenden Worten eine Spur Zweifel und Verlegenheit beizumischen. »Meine Nachfrage gilt einer gewissen Miss Francis, Mrs. Simmonds. Miss – hm – Miss Marilyn Francis –« Würde sie sich an die Zeitungen von 1978 erinnern?

Die Härte wurde zu Granit. »Aber . . . Miss Francis ist . . . verstorben, Mr. Robinson.«

Verstorben? Doch wohl eher *tot – und bloß gut, daß wir die los sind!* schrie sein Instinkt ihn diesmal an. Sie wußte mehr als er und mehr, als die Zeitungen geschrieben hatten. »Ja. Das ist mir auch bekannt.« Er versuchte anklingen zu lassen, daß er ebenfalls eine Menge mehr wußte, wobei er gleichzeitig betete, sie möchte ihn nicht fragen, warum er, wenn er doch so vieles wußte, noch mehr wissen wollte.

»Warum möchten Sie etwas über sie erfahren?«

Er hatte nicht wirklich erwartet, daß sein Gebet erhört würde. »Ich hoffte, Sie würden die Frage nicht stellen. Denn ehrlich gesagt, ich darf sie nicht beantworten. Ich . . . *kann* aber sagen . . . daß ich für Offenheit dankbar wäre – und ich werde sie, soweit ich dazu in der Lage bin, respektieren.« All die alten Verhaltensregeln kamen wieder hoch. »Deshalb verspreche ich, daß nichts, was Sie hier sagen, auf Sie zurückgeführt werden wird, Mrs.

Simmonds. Ich möchte einfach über Miss Francis Bescheid wissen – sonst nichts.«

Sie saß auf Nadeln. Also war jetzt der Augenblick, für eine hoffentlich gute Sache zu lügen. »Ich habe vor Ihnen schon mit anderen gesprochen.« Was er jetzt sagte, durfte keinesfalls nach Drohung klingen. »Es tut mir leid, daß ich mich so geheimnisvoll anhöre, aber ich muß vertrauliche Mitteilungen respektieren, und ich *respektiere* sie. Es ist nur, daß ich eine zuverlässige Bestätigung dessen brauche, was ich bereits vermute.« Als er diese Schmeichelei von sich gab, verzog er das Gesicht vor jugendlicher Verlegenheit.

»Ja.« Sie schürzte die Lippen. »Sie sind sich bewußt, Mr. Robinson, daß Marilyn – Miss Francis – eine Aushilfe war . . . Das heißt, eine *Zeit*sekretärin, von einer Agentur vermittelt. Ich habe sie nicht eingestellt.«

»Selbstverständlich.« Er beschloß, sich nicht zur Rückkehr seiner alten Fähigkeiten zu gratulieren: Obgleich sie ihn mochte und ihm glaubte, ging es ihr doch eher darum, sich von der Einstellung dieser Marilyn Francis reinzuwaschen. »Aber Sie erinnern sich an sie –«

»Allerdings.« Die geschürzten Lippen schlossen sich fest.

Marilyn Francis hatte bleibenden Eindruck gemacht. Ja, auch wenn man voraussetzte, daß Mrs. Beryl Simmonds das Gedächtnis einer guten Personalchefin besaß . . . hatte Marilyn Francis einen sehr bleibenden Eindruck hinterlassen. »Sie war unfähig, ja –?«

Naserümpfen. »Im Gegenteil. Miss Francis war sogar ausgesprochen fähig.«

Autsch! dachte Ian. Für einen Mann, der alles über Marilyn Francis wußte, war das ein Fehler – auch wenn man berücksichtigte, daß Tante Beryl sich scheuen würde, schlecht von den Toten zu reden, womit er hätte rechnen sollen. Doch die Regel lautete, aus seinen Fehlern Kapital zu schlagen. »Tja . . . da überraschen Sie mich etwas, Mrs. Simmonds. Aber ich bin überaus dankbar, daß Sie mich korrigieren –«

»Als Sekretärin war sie fähig.« Sie hatte ihre Pflicht getan. Aber jetzt wollte sie nicht, daß er sie falsch verstand. »Ihre Kurzschrift war ausgezeichnet – sie muß über 140 Wörter in der Minute geschafft haben. Sogar bei Dr. Cavendish, der auf keinen Rücksicht nahm ... Das war, bevor wir ganz auf Diktiergeräte umgestiegen sind, Sie verstehen – und als wir noch altmodische Schreibmaschinen hatten ... Aber auch im Tippen war sie ausgezeichnet – ganz tadellos.« Der Pflicht war doch noch nicht genügt, deutete das Nicken an. »Und im Ablegen. Überhaupt in ihrer Schreibarbeit: sie war gut geschult ... und sie war ... eine intelligente junge Frau – dessen bin ich sicher. Ihr Auftreten allerdings ...« Die Erinnerung schien sie fast schmerzhaft zu berühren. »Ich gebe den Schulen die Schuld: sie richten viel an. Die Grammar Schools sind abgeschafft, die Kinder verwildern – besonders die Mädchen. Und zwar gerade Mädchen wie Miss Francis.« Nicken. »Sie beherrschen heutzutage nicht einmal die Orthographie. Da wir jetzt automatische Rechtschreibprüfung haben, brauchen sie das natürlich auch nicht.« Naserümpfen. »*Parallel, spontan, Spontaneität, Standard, Versandart* – und die Amerikanismen, die wir berücksichtigen müssen: ›-er‹ statt ›-or‹, ein S statt zwei S ... Aber Miss Francis konnte rechtschreiben, das will ich ihr zugestehen. Bis auf diese gräßlichen Amerikanismen. Und auch da genügte ihr ein einmaliger Hinweis, wenn Dr. Cavendish nach Amerika schrieb ... Nein, als Sekretärin war sie völlig kompetent. Ihr Benehmen aber – und ihre äußere Erscheinung ... die waren einfach unerhört.«

»Ja?« Ians Mut war zusehends gesunken, während sie ihm ihren Vortrag hielt: Die Mängel der armen kleinen Marilyn waren persönlicher und moralischer Art, und sie war, durch welche unwahrscheinliche Ereigniskette auch immer, offenbar als unschuldige Zuschauerin in Thornervaulx gewesen. So war die Expedition hier wirklich nutzlos.

»Es war so tragisch – wie sie starb. Das fanden wir alle.« Merkwürdigerweise war sie auf seiner Wellenlänge. »Aber die Wahrheit ist ... und ich wäre eine Heuchlerin, wenn ich das verschweigen würde ... sie war ziemlich *mannstoll,* die Marilyn.«

Er wollte jetzt nur noch weg, zurück nach London. »Ja –?«

»Alles, was Hosen trug.« Nicken: Pflicht erfüllt, jetzt die Wahrheit. »Gebadet in dem widerwärtigsten Parfüm ... enge

Röcke und durchscheinende Blusen – ich redete mit ihr wegen der Blusen. Aber natürlich gab es auch Leute, die sie bestärkt haben, genau wie sie sich im Gemeinschaftsraum dauernd die *Sun* und den *Star* ansehen, auch jetzt noch.« Äußerstes Mißfallen. »Dr. Page und Dr. Garfield – Dr. Page ist jetzt in Cambridge ... und Dr. Garfield ist in Amerika ... *die* fanden sie ganz wundervoll. Und sogar der schreckliche Dr. Harrison, der im Gefängnis gelandet ist –« Sie biß sich jäh auf die Lippe, hielt aber zu spät ein.

»Dr. H –?« Er begann den Namen unwillkürlich zu wiederholen, noch innerhalb seiner Rolle, denn ehrliche Neugier war vollkommen in Ordnung. Doch dann verband sich der in seinem Gedächtnis widerhallende Name mit der British-American in ihrem eigentlichen Kontext; und in dem Augenblick wußte er, daß er mit Marilyn Francis noch nicht fertig war – und auch, daß er sich ebenfalls zu spät gefangen hatte, denn Mrs. Simmonds zeigte bereits ihre Überraschung. So mußte er sich jetzt aus seinem Selbstverrat herauswinden. »Harrison? Harrison –?« Lieber so tun, als wäre man erst halb da, mit gefalteter Stirn. Und dann Verlegenheit spielen. *»Harrison –?«*

»Er hatte nichts mit Miss Francis zu tun.« Mit zwei unseligen Namen konfrontiert, entschied sich Mrs. Simmonds, den anstößigeren nicht zu wiederholen. »Sein ... was mit ihm passiert ist ... das war lange nach ihrer Zeit bei uns.«

Er ließ seine Stirnfalten tiefer werden. War es wirklich so lange danach gewesen? Marilyn Francis war im November 1978 getötet worden – zu Beginn seines letzten Jahres an der Universität. Und der Fall Harrison ...? Aber wann immer das gewesen sein mochte, jetzt war es Zeit für Verlegenheit. »Ach! *Der* Dr. Harrison – natürlich.« Überraschte Verlegenheit. »Aber ... klar, Sie arbeiten ja viel fürs Verteidigungsministerium – natürlich!« Was war es noch, was der ›schreckliche‹ Dr. Harrison verraten hatte? Das Steuersystem des Barracuda-Torpedos, nicht wahr? Aber jetzt mußte er ihr mal aus der Patsche helfen. »Nein ... nein, *natürlich*, Mrs. Simmonds.« Lächeln. »Sie hätten einer Zeitsekretärin doch nichts von Ihrer Geheimarbeit zur Abschrift gegeben – egal wie gut sie tippen konnte!« Während er das mitfühlend-verständnisvolle Lächeln in die Breite zog, spürte er, wie sein Puls sich beschleunigte. Es *war* der berühmte Barracuda gewesen. Und zwar nicht sehr lange danach, eher Wochen als Monate. Aber inzwischen durfte ihm Mrs. Simmonds nicht entgleiten. »Ich wollte ja auch gar nichts über ihn wissen – den Doktor Soundso ... Aber ... Miss Francis hatte eine – hm – eine Schwäche für das männliche Geschlecht, sagten Sie, Mrs. Simmonds.« Sie entglitt ihm sogar rapide. »Hatte sie eigentlich einen Freund?«

»Ich habe nicht die leiseste Ahnung von Miss Francis' Privatleben.« Sie unterbrach den Augenkontakt und ergriff aufs Geratewohl einen der Aktenordner auf ihrem Schreibtisch. Das war ein sicheres Zeichen seiner bevorstehenden Entlassung.

Verflucht! »Aber ... gibt es jemanden, der das wissen könnte?« Schon weg: sie war ihm entglitten, verdammt! Jetzt mußte er also improvisieren. »Wir glauben, sie hatte möglicherweise ... einen Verlobten in dieser Gegend, Mrs. Simmonds.«

Die Augen kehrten zu ihm zurück, ausdruckslos wie Kieselsteine. »Ich sagte schon, ich habe keine Kenntnis von ihrem Privatleben, Mr. Robinson. Und da sie seit zehn Jahren tot ist, wüßte ich wirklich nicht, wozu es gut sein sollte, Tratsch über sie zu verbreiten.«

Gott! Der alte Drachen *wußte* etwas! Also war jetzt der Augenblick gekommen für die äußerste Waffe in dieser taktischen Improvisation. »Mrs. Simmonds –«

Sie begann aufzustehen, den Ordner in der Hand. »Mehr Zeit kann ich wirklich nicht erübrigen. Tut mir leid.«

»Mrs. Simmonds«, er rührte sich nicht, »... jetzt muß ich Ihnen ein Geheimnis verraten –«

Sie hielt inne. Geheimnisverrat ließ die Leute meistens innehalten.

»Wir glauben ... wir *glauben* ... es hat wohl auch ein Kind gegeben.« Diesmal unterbrach er den Augenkontakt, um seine Brille zurechtzurücken. Und das gab ihm Zeit, Geschlecht und Aussehen des Fantasiekindes festzulegen. »Einen kleinen Jungen. Blonde Haare, blaue Augen ... Er müßte jetzt ungefähr zehn Jahre alt sein. Und sein Onkel, der sehr ... wohlhabend ist . . . und kinderlos . . . möchte diesen kleinen Jungen gern finden.«

Der ausdruckslose Blick durchbohrte ihn, und einen Moment lang befürchtete er, auf ein Szenario verfallen zu sein, das sie bei Mills und Boon öfter gelesen haben mußte, als Reg Buller »dasselbe noch mal« zu seinem Lieblingsbarmädchen gesagt hatte. Nachdem er aber so weit gegangen war, blieb ihm nur die Möglichkeit, noch tiefer in den Bereich des Melodrams vorzudringen: Wenn nicht mit Mills und Boon, dann vielleicht mit einem Hauch von *Jane Eyre* . . . bloß daß Marilyn sich nicht besonders nach Jane anhörte. Vielleicht war der hypothetische Verlobte also besser geeignet, das Herz von Mrs. Simmonds zu erweichen und sie von der Fährte abzubringen.

»Eigentlich ist es der Vater, den wir ausfindig zu machen suchen, Mrs. Simmonds. Weil wir glauben, daß er sich um das Kind gekümmert hat. Denn . . . Miss Francis war anscheinend nicht allzu . . . mütterlich –?« Er sah sie fragend an.

»Nein.« Sie blinzelte ihn an. »*Das* überrascht mich nicht.« Dann seufzte sie. »Leider führen wir keine Akten über unsere Zeitsekretärinnen, Mr. Robinson – jedenfalls keine, die so weit zurückreichen. Und Miss Francis ist ja bei der schrecklichen Geschichte im Norden ums Leben gekommen, mit diesem IRA-Mörder – davon haben wir gelesen. Und es war ein furchtbarer Schock. Aber deswegen erinnere ich mich so gut an sie, obgleich es etwas ist, das man gern vergessen möchte.«

Wenn es eine Akte gegeben hätte, so deutete sie damit an, wäre sie aussortiert worden. Also hatte es wahrscheinlich eine gegeben. Und sie hatte sie aussortiert.

Sie blinzelte ihn wieder an. »Wie ich mich entsinne, Mr. Robinson, hat sie im November bei uns aufgehört, kurz vor dem Heldengedenktag. Und daran erinnere ich mich, weil ich mit ihr im selben Büro beschäftigt war: Ich arbeitete damals als Sekretärin für Dr. Garfield, und sie vertrat Dr. Cavendishs Sekretärin, die in Urlaub war.«

Er bemerkte, wie ihre Lippen sich bei der Erinnerung zusammenpreßten. Und es war »Tratsch«, was er wollte. »Ja.«

»Ja.« Leichtes Naserümpfen. »Ich weiß das noch, weil . . . als der Mensch vorbeikam, der die Mohnblüten von der Britischen Legion verkauft, bestand sie darauf, daß er ihr ihre Mohnblüte an die Bluse heftete. Was ... ziemlich unschicklich war. Aber auch ganz typisch.«

Tratsch. »Typisch, Mrs. Simmonds?« Er legte treuherzig den Kopf schräg und vergaß bewußt Mrs. Simmonds frühere Anspielung auf Marilyns Blusen.

Halbes Naserümpfen, halbes Seufzen. »Es war eine Vorliebe von Miss Francis, möglichst wenig anzuziehen. Ich konnte nie begreifen, daß sie sich keine Lungenentzündung holte.«

Ian öffnete den Mund. »Oh ...«

»Sie verließ uns kurz darauf. Sie erhielt einen dringenden Telefonanruf ... anscheinend war ihre Mutter krank geworden. Deshalb verließ sie uns sofort. Und *daran* erinnere ich mich auch noch, weil es Mitte der Woche war und ich ihr aus der Portokasse für die Heimfahrt fünf Pfund Vorschuß auf ihren Lohn gab. Die habe ich natürlich nie wiedergesehen – wenngleich ihr das unter den Umständen wohl kaum vorzuwerfen ist ... Was sie aber ein paar Tage später in Yorkshire machte, werde ich nie erfahren – ich dachte, sie wäre in London zu Hause.«

»Aber Sie wissen nicht, wo?« Sein Instinkt sagte ihm: Sie wußte es nicht, aber irgend etwas war ihr eingefallen. »Ist sie jeden Tag nach Hause gependelt?« Das wäre von Rickmansworth aus recht einfach gewesen. Aber London war groß.

»Nein.« Sie schüttelte den Kopf. »Ich glaube, sie hatte hier irgendwo ein Zimmer.« Leichtes Stirnrunzeln. »Sie hatte nie etwas gegen Überstunden, das will ich ihr zugute halten. Es kann aber auch daran gelegen haben, daß sie sich bei Dr. Cavendish einzuschmeicheln versuchte, falls Miss Ballard nicht wiederkam. Und sie sprang auch bei jedem anderen ein – Dr. Page, Dr. Garfield oder – oder sonst jemandem.«

Wie Dr. Harrison vielleicht?

»Sie sagte, sie brauche das Geld, da seien die Überstunden nützlich.« Mrs. Simmonds eilte weiter. »Doch sie war eine neugierige junge Frau, machte sich immer an die Männer ran, versuchte sich hineinzudrängen, wo sie nichts verloren hatte –« Sie klappte jäh den Mund zu, als hätte sie sich selbst gehört. »Aber da sehen Sie's: Jetzt bin ich unfreundlich, nicht wahr –« Sie unterbrach sich wieder.

»Nein.« Vielleicht hatte sie seinen Gesichtsausdruck mißdeutet. Aber er mußte um jeden Preis verhindern, daß sie ihm noch einmal entglitt. »Nein. Sie sind nur ehrlich, Mrs. Simmonds. Und dafür achte ich Sie. Denn . . . nicht viele Menschen sind ehrlich.«

Sie starrte ihn an. »Ehrlich?« Das Wort schien ihr weh zu tun.

»Ja.« Wenn er sie jetzt halten konnte, wo sie wehrlos war, würde sie ihm alles geben, was sie hatte. »Dank Ihnen verstehe ich jetzt viel besser, was andere gesagt haben. Und was sie nicht gesagt haben.«

»Wirklich?« Der Schmerz zeigte sich wieder. »Ich weiß nicht recht.«

»Was . . . wissen Sie nicht?«

»Vielleicht hätte ich mir mehr Mühe geben sollen, sie zu verstehen. Nach dem, was Sie mir erzählt haben.« Sie schaute einen Augenblick von ihm weg. »Es ist lange her . . .«

»Ja. Das stimmt.« Er wartete.

»Und doch . . . von allen Zeitsekretärinnen, die wir hatten, erinnere ich mich so gut an sie – so gut!« Sie schaute wieder weg. »Besser als an jede andere, wissen Sie.«

War das verwunderlich? Einmal abgesehen von Marilyns durchsichtigen Blusen konnten nicht viele Zeitsekretärinnen der Mrs. Simmonds von der IRA erschossen worden sein. Wahrscheinlich war es aber eher so, daß die liebevolle Mutter/liebe Tante in ihrem Innern sie jetzt mit dem Bild einer Marilyn peinigte, die lange Überstunden abriß, nicht um die Männer einzuwickeln, sondern um das blonde, blauäugige Baby zu ernähren, das er erfunden hatte. Und das wiederum gab ihm nicht gerade das Gefühl, ein großartiger Mensch zu sein.

Sie blickte ihn an. »Tief im Innern, glaube ich, war sie traurig.«

»Traurig?« Darauf war er nicht gefaßt.

»Ja. Und ein bißchen verzweifelt vielleicht . . . Aber das kann ich jetzt natürlich verstehen.« Sie nickte weise. »Viele dieser jungen Frauen verpfuschen ihr Leben entsetzlich. Frühe Heirat, ungewollte Kinder – genau wie Marilyn . . . Wir versuchen naturgemäß, ihnen zu helfen. Und manche von ihnen meistern das alles ohne Schwierigkeit – ganz erstaunlich widerstandsfähig sind sie ... Es ist, als hätten sie niemals etwas anderes erwartet.«

»Ja?« Er bezähmte seine Ungeduld. »Wollen Sie damit sagen ... Marilyn war nicht widerstandsfähig?«

Sie dachte einen Moment lang darüber nach. »Vielleicht will ich das ... ja. Einige von den Intelligentesten haben die größten Probleme – diejenigen, die begreifen, daß alles hätte anders laufen können: das sind die Traurigen.« Noch ein weises Nikken. »Sie finden nicht gut, was aus ihnen geworden ist, deshalb tun sie, als wären sie jemand anders. Und jetzt, wo ich über Marilyn nachdenke ... ja, da bin ich sicher, daß sie nicht wirklich so war. Sie hat nur eine Rolle gespielt –« Sie blinzelte plötzlich. »Aber das bringt Sie nicht weiter, was?«

»Im Gegenteil –«

»Nein.« Sie setzte sich steil auf. »Was Miss Francis betrifft, Mr. Robinson, so wenden Sie sich, glaube ich, am besten mal an einen gewissen Gary Redwood.«

»Gary –« Als er den albernen Vornamen wiederholte, schienen ihre Lippen schmaler zu werden. »Ein Freund?«

»Nein.« Ihr Gesichtsausdruck verwarf die Frage schon, bevor sie darauf antwortete. »Was immer Gary für sie gewesen sein mag, das war er ganz bestimmt nicht.« Sie wandte sich unvermittelt von ihm ab und starrte auf zwei stählerne Aktenschränke, die in einem sonst auf Computer umgestellten Büro merkwürdig fehl am Platz wirkten.

»Wer ist er?« Es beunruhigte ihn auf seltsame Weise, daß sie nicht aufstand, um etwas in den Schränken nachzusehen, sondern sie bloß anstarrte, als hätte sie deren gesamten Inhalt schon auf Diskette in ihrem Gedächtnisspeicher.

»*War,* soweit es unser Unternehmen betrifft, Mr. Robinson. Ja.« Sie wandte sich wieder zu ihm. »Er *war* unser Botenjunge, als Miss Francis bei uns war ... und noch kurze Zeit danach. Gary Redwood – seine Mutter, eine hochanständige Frau, war in unserer Kantine beschäftigt. Sie wohnten in Albion Street, nahe der Eisenbahnlinie. Aber dort werden Sie ihn nicht finden.« Sie sah auf ihre Uhr. »Wenn er weiterhin der Polizei einen Schritt vorausgeblieben ist, dürften Sie ihn auf Messiters Holzplatz finden, Mr.Robinson –«

»Redwood –?« Er wölbte die Hände um den Mund, um seinen Ruf auf den Mann an der kreischenden Kreissäge zu lenken.

»Hä?« Der Mann klopfte an seine Gehörschutzkapseln.

Das war nicht Gary Redwood, er war ein Dutzend Jahre zu alt: Auch jetzt würde der einstige Brit-Am-Botenjunge erst Mitte der Zwanzig sein. *»Gary Redwood?«* Ians Stimme schnappte über.

Ein ungleichmäßiges Stück Mahagoni fiel von der Säge ab. Der Mann hob es auf und wies damit auf eine Treppe, bevor er es zur Seite warf.

Ian ließ den Lärm hinter sich zurück, als er die Treppe hinaufstieg. Er war immer noch nicht sicher, was er eigentlich machte; zumindest nicht, ob es wirklich etwas zu tun hatte mit dem, was Philip Masson zugestoßen war. Denn die Verbindung zwischen Marilyn Francis und Philip Masson war kaum mehr als eine dünne Reihe von Novembertagen, Anfang November, mit David Audley in der Mitte. Dr. Harrison von der British-American war ins Gefängnis gesperrt worden wegen der Weitergabe von Hitech-Geheimnissen an eine von Rußlands osteuropäischen Kolonien – Ungarn, nicht wahr? Oder Bulgarien? Und Marilyn Francis hatte Brit-Am (und Dr. Harrrison) am 7. November 1978 verlassen, um vier Tage später, im Beisein Dr. Audleys, eine Verabredung mit »Mad Dog« O'Learys Kugel (oder irgend jemandes Kugel) einzuhalten; und wie die Dinge gegenwärtig standen, spielte Audley den Macbeth gegenüber Philip Massons Banquo, seinem Opfer, sofern Jenny mehr als ein Gerücht gehört hatte. Aber es lag eine volle Woche zwischen diesen beiden Todesfällen, und eine Woche war nicht nur in der Politik viel Zeit.

»Mr. Redwood?« Nur eine Person war auf dem Holzspeicher, also mußte es Gary sein. Und als der Mann sich von dem Bretterstapel, den er aufschichtete, zu ihm umdrehte, wurde die Identifizierung bestätigt: das durch Akne verwüstete Gesicht und die stämmige Statur entsprachen Mrs. Simmonds Beschreibung von 1978 aufs Haar.

»Jaha?« Gary richtete sich, zwischen den Brettern balancierend, auf.

»Ich glaube, Sie können mir vielleicht helfen, Mr. Redwood.« Er begegnete Garys leerem Blick mit einem ermunternden Lächeln. »Sie haben mal bei British Electronics weiter unten an der Straße gearbeitet, nicht wahr?«

»Jaha –« Einen Sekundenbruchteil, nachdem er zu antworten begonnen hatte, änderte sich Garys Miene vom Ausdruckslosen zum Vorsichtigen, als hinke sein Verstand der Zunge nach. ». . . Wer sagt das?«

Mrs. Simmonds Name durfte jetzt nicht fallen, entschied Ian. Und er wußte ohnehin ja einen viel besseren Namen, um Gary aufzutauen. »Sie hatten eine Freundin dort –« Während er sprach, klangen ihm Mrs. Simmonds Abschiedsworte im Kopf: *›Sie ließ sich von ihnen anquatschen – sogar von einem häßlichen kleinen Scheusal wie Gary. Damals fand ich das widerlich. Doch vielleicht hatte ich unrecht: vielleicht war sie einfach nur nett zu ihm‹*; aber jetzt, wo er Gary narbig und leibhaftig vor sich sah, paßten beide Urteile nicht ganz. ». . . Eine Miss Francis – Miss Marilyn Francis, Mr. Redwood –?«

Eine Reihe verschiedener Gefühle zuckte über das Mondkratergesicht und endete in einer finsteren Grimasse. »Wer hat Ihnen das erzählt? Die alte Giftspritze Simmonds etwa?« Gary sprach mit überraschend klarer wie auch bitterer Stimme. »Glauben Sie kein Wort von dem, was die sagt – kapiert?«

Es wäre ein Fehler, Gary zu unterschätzen. »Sie sagte nur, Sie seien ein guter Bekannter von Miss Francis gewesen, Mr. Redwood.«

Gary schüttelte den Kopf wie über eine ganz besonders dumme Äußerung. »Über Miss Francis – Marilyn . . . die meine ich. Sie dürfen nicht glauben, was die alte Schachtel über sie gesagt hat – kapiert?« Sein Mundwinkel verzog sich nach oben. »Was sie über mich gesagt hat, zählt nicht. Wen juckt denn das schon, he?«

Im Jahre 1978 hatte es einen kleinen ungeklärten Fehlbetrag zwischen Mrs. Beryl Simmonds und Mr. Gary Redwood gegeben. Aber wen juckte das schon? Was zählte, war, daß Marilyn

Francis auch hier bleibenden Eindruck gemacht hatte. »Aber ... Miss Francis *war* doch wohl eine Freundin von Ihnen?«

»Jaha –« Gary schwieg plötzlich. »Nein. Ich habe nur mit ihr geredet – sonst nichts.« Er sah an Ian vorbei, den Holzspeicher hinunter. »Sie war Klasse – ein richtig tolles kleines Ding! Verdammte IRA – *elende Dreckschweine!*« Er kam zu Ian zurück. »Ich war noch ein Junge damals. Erster Job nach der Schule und so ... Aber sie war Klasse – die Miss Francis.« Er sprach den Namen der Klassefrau fast geziert aus. »Warum wollen Sie was über sie wissen?«

Ian war auf die Frage vorbereitet. »Nicht aus schlechten Gründen, Mr. Redwood. Ich bin bloß Anwaltsgehilfe, und wir müssen da ein Testament überprüfen – nächste Verwandte und so weiter. Und gerichtliche Bestätigung und Erbschaftssteuer und was sonst dazugehört –« Er gab Gary ein kameradschaftliches Schulterzucken von Verlierer zu Verlierer. »Ich erledige nur die Schwerarbeit für meinen Boss ...« Wahrscheinlich konnte Gary eine Testamentsbestätigung nicht von einem Loch in der Straße unterscheiden. Aber es würde auf alle Fälle nichts schaden, ihn abzulenken. »Sie scheint ein anständiges Mädchen gewesen zu sein – die Miss Francis?«

»Das war sie.« Er sah wieder an Ian vorbei, aber nur für eine Sekunde.

»Und auch hübsch.« Ian folgte Garys Blick, und seine Augen kamen auf einer Ausgabe der *Sun* zu ruhen, die zusammengefaltet auf einem Blouson neben dem Holzstoß lag. »Wie die Fotos auf Seite drei –?« Er deutete auf die Zeitung.

»Was?« Gary blickte ihn argwöhnisch an. »Wie –? Nein, nicht so. Da wird wieder das alte Ekel gegeifert haben – machte sie ja immer. Sie hat sich nur schick angezogen, die Marilyn – Miss Francis. Aber sie war eine Dame. Mehr Dame als die alte Mrs. Simmonds. Und auch nicht hochnäsig, wie manche es sind ... Sie hat mit einem geredet – sich wirklich unterhalten – anstatt einen wie Dreck zu behandeln, verstehen Sie?«

Ian war sich nicht ganz sicher, ob er verstand. Es lag nicht allein daran, daß Mrs. Simmonds und Garys Ansichten über Miss Francis auseinandergingen, das war vorauszusehen. Irgend etwas fehlte ihm hier. Aber er nickte trotzdem ermutigend.

»Und sie war klug.« Gary nickte zurück. »Sie kannte sich aus.«

»Womit denn?«

»Ach . . . ich hab mich mit ihr immer über den Alten Westen unterhalten . . .« Gary brach ab.

»Den alten – was?«

»Westen.« Garys Augen blitzten bei der Erinnerung auf. »Cowboys und Indianer . . . und die US-Kavallerie – General Custer . . . Das ist mein Hobby irgendwie – ich lese alle Bücher darüber . . . Und sie kannte sich damit aus – wußte zum Beispiel, wer Major Reno war – ich brauchte ihr nicht zu erklären, daß man ihm die Schuld an Custers Untergang gegeben hat – sie wußte Bescheid. Wir haben uns mal länger drüber unterhalten, als sie mir half, die Post im Büro herumzutragen. Was sie ja auch nicht tun mußte . . . Es ging darum, ob die Sioux mehr Pfeil und Bogen als Winchesters und Remingtons benutzt haben – sie war nicht der Meinung, daß sie viele Gewehre hatten.« Er nickte heftig. »Und sie hatte wahrscheinlich recht, wissen Sie – gibt ein neues Buch, hab' ich mir erst vorige Woche aus der Bücherei geholt, da steht das drin . . . Sie war klug, sage ich Ihnen.«

So war es bei Gary doch nicht nur die durchsichtige Bluse gewesen – oder das Wasserstoffblond und die roten Nägel. Es waren General Custer und Major Reno (wer zum Teufel das nun auch gewesen sein mochte!). Aber –

»Und sie kannte sich mit Waffen aus.« Noch ein entschiedenes Nicken, bei dem eine Haartolle über die strahlenden Augen fiel. »Verstand mehr davon als jedes Mädchen, das mir je begegnet ist – Repetiergewehre und Double-Action-Revolver . . . Und einmal unterhielten wir uns über den Rückstoßlader, den die Armee hatte. Sie meinte sogar, ich solle zur Armee gehen – ich gäb' einen guten Soldaten ab, wo ich doch mit Waffen so Bescheid wüßte –« Garys Wasserspeierzüge verzerrten sich plötzlich.

Kluge kleine Marilyn, hatte Ian gerade gedacht. Mrs. Simmonds hatte es gesagt, und Gary hatte es gesagt – darin waren sie sich einig. Und er dachte es selbst: *Kluge, kluge Miss Francis!*

Doch Gary starrte ihn an. »Sie sind aber nicht Soldat geworden –«

Gary straffte sich. »Weil ich Plattfüße hab' – deshalb!« Er blickte furchtbar finster. »War auf der Rekrutierungsstelle – bin an dem Tag hin, als es in der Zeitung stand ... Ausgerechnet Plattfüße hab' ich. Zu dumm!«

Ian merkte, daß er den finsteren Blick erwiderte. »In ... welcher Zeitung?«

»In der da.« Gary gestikulierte nach der *Sun.* »Stand ja in allen – daß die IRA sie erschossen hat. Himmel! Denen hätt' ich was geschossen, wenn ich dienstfähig gewesen und nach Irland gekommen wäre, das sag' ich Ihnen – sie einfach so umzubringen; diese Scheißkerle!«

Glückliches Ulster! Ians Gedanken schweiften für einen Augenblick von der *klugen Miss Francis* ab. Aber jetzt würde Gary ihm alles erzählen.

»Sie hatte mal von Irland gesprochen – schon komisch.« Garys Augen strahlten immer noch in Erinnerung an Marilyn Francis. »Und zwar, als wir uns über die Armee unterhielten – darüber, daß ich vielleicht Soldat werden könnte ... Sie meinte, das wäre ein besserer Job als Botengänge und die Post verteilen und so weiter bei der Brit-Am. ›Hier hast du keine Zukunft, Gary‹, sagte sie. ›Aber in Ulster könntest du dich nützlich machen, den Frieden aufrechterhalten und Leute beschützen. Und die bringen dir wahrscheinlich auch ein Handwerk bei – und schießen üben kannst du da umsonst!« Eine breite Schulter hob sich resigniert. »Sie wußte nichts von meinen Plattfüßen ... Aber wenn, dann hätte es ihr leid getan – sie war ... in Ordnung, sag ich Ihnen –« Er unterbrach sich plötzlich wieder. Aber diesmal war ihm Ian eingefallen, nicht Miss Francis. »Was wollen Sie denn überhaupt – mit Ihren Fragen?«

Mills und Boon kamen erneut zu Hilfe, wie die US-Kavallerie in Garys Altem Westen, mit romantisch schmetternden Trompeten: Gary, der Marilyn Francis so zugetan war, würde Mills und Boon ebenfalls nicht widerstehen können.

»Nun, Mr. Redwood, die Sache ist die –« Er blickte sich in dem leeren Speicher um und kam dann vorsichtig über die wackligen Bretter näher, so daß er seine Stimme vertraulich senken konnte. »Miss Francis hatte ein Kind – einen kleinen Jungen . . . Und den versuche ich ausfindig zu machen, damit wir ihm etwas Geld, das ihm zusteht, übergeben können – eine Erbschaft von seinem Onkel.«

»Was?« Gary runzelte die Stirn. »Ich wußte gar nicht –«

Ian hob die Hand. »Es war sehr geheim – Sie dürfen es keinem erzählen, Mr. Redwood.« Eigentlich, wenn man sich's recht überlegte, war es ebensosehr Charles Dickens wie Mills und Boon. Aber Dickens erfüllte auch den Zweck. »Es gibt Leute, die nicht möchten, daß ich Miss Francis' kleinen Jungen finde, Mr. Redwood. Denn dann bekämen die das Geld, verstehen Sie – hm?« Er warf Gary einen listigen Blick zu.

»Ja –?« Gary kontrollierte selbst den Holzspeicher, jedoch mit größerer Sorgfalt, bevor er sich Ian wieder zuwandte. »Was wollen Sie wissen?« Dann krauste er die Stirn. »Es ist zwar lange her . . . Aber –?«

»Hatte sie einen Freund?« Dummerweise hatte Gary es genau getroffen: 1978 war lange her. Und überhaupt konnte dies alles Zeitverschwendung sein. Aber . . . irgendwie war Marilyn Francis jetzt aus eigenem Recht wieder am Leben; und er wollte mehr über sie erfahren, ganz unabhängig von David Audley und Philip Masson, von Jenny und Reg Buller und John Tully. »Gab es irgend jemanden, der sie besuchte – irgendwen, an den Sie sich erinnern können –?«

»Nein . . . doch« – Garys Stirn faltete sich in angestrengter Konzentration – »da war ein Kerl, mit dem sah ich sie mal eines Abends auf der Straße, ein Stück unterhalb von Brit-Am . . . Ich kam gerade vorbei, und sie sah mich nicht . . . Ich dachte erst, er hätte sie angequatscht.«

»Hatte er aber nicht –?«

»Nein. Sie gab ihm nämlich etwas – ein Kuvert, ein Päckchen oder was Ähnliches.« Die Stirnfalten wurden tiefer. »Gutaussehender Kerl in einem Triumph . . . Aber sie konnte ihn nicht leiden – das merkte ich schon« – er kam der nächsten Frage zuvor –

»weil sie ihm 'nen Korb gab, zusammen mit dem Päckchen, was immer das war, und gleich weiterging, ohne sich umzudrehen, und ihn einfach stehen ließ – nicht wahr?« Sein Gesicht hellte sich bei der Erinnerung auf. »Das war also jedenfalls mal kein Freund von ihr.«

»Nein.« Sie mußte arg in Bedrängnis gewesen sein, daß sie ein solches Risiko eingegangen war, so nah bei Brit-Am. »Aber ... hatte sie denn keine Bekannten, Gary?«

»Nee, sie war doch nur auf Zeit da. Deshalb kannte sie keinen, verstehen Sie?« Gary zuckte die Achseln. »Jeden Abend ... ging sie einfach heim auf ihre Bude.«

Ian beherrschte sich. »Ihre ... Bude?«

»Jaha.« Gary tat die Frage ab. »Ihre Bude. Bei der alten Mrs. Smith.«

Die alte Mrs. Smith! Ian schwelgte in der Erinnerung an Garys »alte Mrs. Smith«, als er zum Ende der niedrigen Mauer kam, die den Kirchhof vom Dorfanger von Lower Buckland trennte.

Er blieb im Schatten der riesigen alten Eibe an der Ecke stehen und betrachtete die Szene. Es war eine reine Vorsichtsmaßnahme und eine unnötige obendrein: *Wenn* zuvor ein Auto hinter ihm gewesen war, hatte er es an einer der drei aufeinanderfolgenden Straßenbaustellen am Rand von Rickmansworth bestimmt abgehängt. Und es bedurfte immer noch einer Willensanstrengung – fast einer Zurückstellung des Vernunftglaubens –, um Reg Bullers Warnung zu akzeptieren. Also war jetzt, wo er merkte, daß er sich in selbstzufriedenem Erfolg sonnte, der Augenblick gekommen, sich vor Leichtsinn und zu großem Optimismus zu hüten und doppelt sicherzugehen, bevor er ein Telefon suchte –

»Mrs. S –« In dem Moment, als er die große, geschminkte, blaugetönte Erscheinung in der Tür erblickte und sie mit der Inschrift auf dem handgemalten Schild verband (PENSION ELSTREE – Eigentümerin: Mrs. Basil Champeney-Smythe), korrigierte Ian die Frage: »– Mrs. Champeney-Smythe?«

»Hnja.« Die blaugetönte Erscheinung blickte aus der großen Höhe, die durch zwei Stufen und ihre eigenen zusätzlichen Zentimeter entstand, auf ihn herab. »Ich bin Mrs. *Basil* Champeney-Smythe – hnja.«

»Robinson, Mrs. Champeney-Smythe –« Er hatte irgendwie ein unscheinbares Fremdenheim in einer Seitenstraße erwartet, nicht dieses vierstöckige edwardianische Schmückstück aus gelbem Backstein mit seiner betagten vornehmen Wirtin (Dame Edith Evans in der Rolle Lady Bracknells, lebensecht). Aber einfach Mr. Robinson war jetzt jedenfalls nicht gut genug. »Ian Drury Robinson von Fielding-ffulke, Robinson, Mrs. Champeney-Smythe – Fielding-ffulke, Robinson in der Chancery Lane –?« Er sagte den Text seiner Karte auf, während er sie ihr darbot, als erwartete er, jeder müsse ihn aus den Rechtskolumnen der *Times* kennen.

Mrs. Basil Champeney-Smythe (alias »die alte Mrs. Smith«) nahm die Karte mit einer Knochenhand entgegen, indem sie mit der anderen Kralle ein von einer Goldkette hängendes Monokel an ihr Auge hob. Und . . . *das wird jetzt nicht so einfach,* dachte Ian in Anbetracht seiner verschiedenen Szenarios: Wie zum Teufel paßte Marilyn Francis, sei es als blonder Vamp, sei es als Expertin für General Custers letztes Gefecht, mit *Bunbury* zusammen?

»Hnja?« Sie gab die Karte zurück und rümpfte die Nase über den ausgeprägten Currygeruch, der von einem indischen Restaurant-mit-Straßenverkauf direkt hinter ihnen auf der anderen Straßenseite ausging.

Ian beschloß, die Geruchswahrnehmung zu bestätigen, indem er seinerseits die Nase krauszog. »Wenn Sie ein paar Minuten Ihrer Zeit für mich erübrigen könnten, Mrs. Champeney-Smythe – in einer Sache, die Sie nur sehr indirekt betrifft« – das war wichtig, erinnerte er sich: Normale Sterbliche fühlten sich von fremden Anwälten auf ihrer Türschwelle stets bedroht – »ja, im juristischen Sinn betrifft es Sie eigentlich überhaupt nicht . . . Aber Sie könnten für einen meiner Klienten eine große Hilfe sein. Darf . . . dürfte ich also vielleicht einen Moment eintreten –?« Er schnupperte noch einmal und blickte bewußt über seine Schulter auf die Quelle des störenden Aromas, das eben jetzt durch ihre offene Vordertür hereinwehen mußte.

Sie betrachtete ihn kurz durch ihr Augenglas, und er war froh, daß er seinen besten anthrazitgrauen, nadelgestreiften Fielding-ffulke, Robinson-Anzug und die Clubkrawatte der Universität von Bristol ausgewählt hatte. Dann trat sie zurück und eröffnete ihm einen Durchschlupf in das dunkle Innere. »Hnja . . .«

Das war die erste Hürde. Er entsann sich noch gut, wie er vor Jahren, in den alten Zeiten, mal versucht hatte, an dem Pförtner eines kleineren Oxforder College vorbeizukommen, um den Rektor wegen eines angeblichen Sex-und-Drogen-Skandals für die *Daily Mail* zu interviewen, was der treue College-Pförtner verhinderte mit den Worten: *»Verpiß dich bloß! Deine Sorte kennen wir!«* (Und dabei hatte er auch bei dieser Gelegenheit einen ordentlichen Anzug und seine Bristol-Krawatte getragen.)

Die Dunkelheit lichtete sich allmählich, und der Currygeruch wurde zurückgedrängt von einer Mischung aus Möbel- und Linolpolitur, Mrs. Champeney-Smythes Gesichtspuder und der Steak-und-Nierchen-Pastete mit Kohl, die vermutlich vor nicht allzulanger Zeit den Gästen der Pension Elstree zu Mittag serviert worden war.

»Wenn Sie bitte die Stiege hinaufgehen wollen.« Mrs. Champeney-Smythe wies ihm den Weg, drängte sich dann aber vor ihn, nachdem sie die indische Invasion ausgesperrt hatte.

Ian folgte ihr pflichtbewußt die Treppe hinauf und über den Flur in das offensichtlich beste Zimmer des Hauses; finanziell war sie demnach nicht völlig am Boden, da sie es als ihr privates Wohnzimmer nutzte.

Und die hohen Fenster ließen das Licht herein, so daß er augenblicklich Mrs. Champeney-Smythes lebenslange Ansammlung von Denkwürdigkeiten und Nippsachen überschauen konnte, die mit Bedacht um ihn herum auf Beistelltischen und Wandbrettern, Bücherborden und Fensterbänken angeordnet waren: silbergerahmte Fotos und kleine Kästchen und Messingzeug und Briefbeschwerer und zahllose bedeutungslose Gegenstände, die ihr so viel bedeuteten.

Die Fotos verrieten immer am meisten und am schnellsten: keine Kinder, nackt auf Teppichen, oder gehemmt in Schlips und Kragen und Partykleidern, oder mit Talaren herausgeputzt für den Schulabschluß; nur ein ungemein gutaussehender Mann, wieder und wieder in sorgfältig ausgeleuchteten Situationen porträtiert, immer makellos und kühl und einmal mit einer Zigarette in der Hand, lässiges Profil, vorbeiziehende Rauchringe, in einer Noel-Coward-Pose.

»Sie erinnern sich vielleicht an meinen verstorbenen Mann.« Mrs. Champeney-Smythe beobachtete sein Interesse mit Genugtuung, als er sich über die Zigarettenreklame beugte. »Das ist mein Lieblingsbild – Gabby Pascal hat's mir geschenkt. Aber er zog Arthurs Lieblingsfoto immer vor«, sie zeigte, »dieses da ... es wurde für *Der dunkle Fremde* aufgenommen ... Basil hatte da nur einen kleinen Part. Aber dafür den besten Text, meinte Arthur – J. Arthur Rank natürlich.«

»Basil Champeney als Harry de Vere« las Ian pflichtbewußt. Er fand sich also in die Zeit des späten vorkriegs- und frühen nachkriegsbritischen Kinos versetzt; nicht ins Jahr 1978, sondern mehr als vierzig Jahre – vielleicht sogar ein halbes Jahrhundert – zurück!

»Ja!« log er begeistert. »Ja – natürlich!«

»Was Sie nicht sagen!« Sie blickte ihn plötzlich stirnrunzelnd an, als hätte sie seine Begeisterung durchschaut bis auf den unehrlichen Grund. »Aber war das nicht ... vor Ihrer Geburt, Mr. Robertson –?«

»Robinson.« Er lächelte sie verzweifelt an und suchte Zeit zu gewinnen, indem er seine Brille wieder hervorholte und durch sie im Zimmer umherblickte. »Ja. Aber es war die Glanzzeit des britischen Kinos, Mrs.Champeney-Smythe –« Er sah sie jetzt deutlicher: die antiken Reste vergangener Pracht, geplündert und verwittert von den Jahren wie der Parthenon; aber auch wenn sie kein altes Bluebell Girl war, das Maß für die vorderste Reihe der Tanzrevue hatte sie allemal. So brauchte er sich jetzt nur an die Liste jener alten Filme zu erinnern und das Beste zu hoffen. »*Das Privatleben Heinrichs VIII.* ... und *Wie es kommen wird* und *Rembrandt*« – er zermarterte sich das Hirn zwischen Gabriel Pascal und Alexander Korda und J. Arthur Rank – »und *Die vier Federn* mit Ralph Richardson ... und *Pygmalion* ... und nach dem Krieg – ich habe viele von diesen Filmen jetzt auf Video,

Mrs.Champeney-Smythe: das war die *Glanz*zeit –« Er beugte sich zu Basils Foto wie zu einem Schrein vor. »Ich hätte nie gedacht ... *Der dunkle Fremde* – natürlich!« Er lehnte sich zurück, nickte ihr zu und hatte schreckliche Angst, sie könnte ihn weiter befragen. »Aber – ich bin Ihnen lästig«, er mußte um jeden Preis weg von der Glanzzeit des britischen Kinos, »verstehen Sie, es geht um einen Ihrer ehemaligen ... Gäste ... eine junge Dame –«

»Eine junge Dame?« Sie hatte in ihrem Lieblingssessel Platz genommen, neben dem Tisch, auf dem die *Radio Times* und die *TV Times* und ihr Exemplar der *Daily Mail* lagen. »Welche junge Dame, Mr. Robertson?«

Er rückte anwaltsmäßig seine Brille zurecht. »Es war vor einigen Jahren – neun oder zehn vielleicht ... eine Miss Francis, Mrs. Champeney-Smythe – Miss Marilyn Francis –?«

Wieder blickte sie ihn stirnrunzelnd an. Und in dieser Sekunde warf er aus einem instinktiven Gefühl heraus alle geplanten Erklärungen über Bord. Und setzte nichts an ihre Stelle.

Die Stirn glättete sich ein wenig. »Ich erinnere mich an Miss Francis – hnja ...«

Hnja: Sie erinnerten sich alle an Miss Francis. Und vermutlich hatte Mrs. Champeney-Smythe Marilyns Aussehen einst genausosehr mißbilligt wie Mrs. Simmonds ... Oder bei ihren eigenen Revue-Erinnerungen vielleicht doch nicht so sehr? Mrs. Champeney-Smythe hatte zu ihrer Zeit bestimmt andere bunte Schmetterlinge und Motten um Flammen herumschwirren sehen; da war Marilyn Francis möglicherweise nicht ganz so böse aufgefallen.

»Hnja –« Andere Gedanken drängten sich ein: Mrs. Champeney-Smythe hatte auch 1978 ihre *Daily Mail* gelesen, und die Erinnerung an ihre Lektüre, die sie all die Jahre bestürzt schaudernd mit ihren anderen Mietern geteilt haben mußte, spiegelte sich jetzt auf ihrem Gesicht. »Ja, Mr. Robertson. Ich entsinne mich an Miss Francis.«

Ein sanftes Lächeln war angezeigt. »Sie hätten nicht zufällig noch eine Nachsendeadresse – wenn Ihre Unterlagen so weit zurückreichen –?«

»Nein, Mr. Robertson.« Sie spielte an dem Modeschmuck, dessen Schnüre die Goldkette des Monokels begleiteten, und wartete darauf, daß er weitersprach.

Sie wartete bewußt ab, entschied Ian. Sie mußte gut siebzig Jahre alt sein (bei all der Schminke und dem Puder war das schwer zu sagen; nach allem, was er wußte, konnte sie auch näher an den Achtzig sein; ein Relikt aus den zwanziger Jahren sogar!). Aber genau wie bei Gary wäre es ein Fehler, sie zu unterschätzen; und er hatte bereits den elementaren Fehler begangen, zwei Fragen miteinander zu verbinden, so daß er jetzt nicht wußte, auf welche von beiden sich das ›Nein‹ bezog. »Ihre Unterlagen gehen nicht so weit?«

»Meine Unterlagen reichen bis Juni 1960 zurück, als mein Mann und ich nach unserem Ausscheiden aus dem Beruf diesen Besitz erworben haben, Mr. Robertson.«

»Dann hat sie keine Adresse hinterlassen?« beschloß er, ihre Antwort auszulegen. »Ist das nicht ungewöhnlich – keine Adresse zu haben?«

»Nicht, wenn man keine Adresse hat. Miss Francis verließ einen Ort, wo sie in Untermiete wohnte, und kam zu mir. Das ist alles.«

Es war nicht alles. Sie erinnerte sich sehr gut an Marilyn Francis – so gut, daß sie, auch wenn Marilyn schon neun Jahre tot war, nicht jedem Hinz oder Kunz . . . oder Robertson, von Fielding-ffulke, Robertson . . . gleich Auskunft geben würde. »Hat sie keine Post bekommen?« Er entsann sich, was Mrs. Simmonds über Marilyns hastige Abreise mitten in der Woche gesagt hatte, bei der sie fünf Pfund aus der Portokasse mitnahm. Aber vielleicht hatte sie nur bis zuletzt ihre Rolle gespielt. »Nachdem sie von hier fort ist, meine ich –?«

»Miss Francis hat keine Post bekommen.«

Nun, das klang glaubwürdig, sowenig es auch hergab. Wenn das aber so weiterging, würde er den ganzen Tag hier sitzen und hinterher kaum klüger sein. Also mußte er mehr Druck machen. »Aber sie hatte Besucher, Mrs. Champeney-Smythe.« Er formulierte das als Feststellung, nicht als Frage. »Es gab einen Freund, glaube ich?«

»Es gab keinen Freund.« Sie wies seinen Trick beinahe verächtlich zurück. »Und es gab keine Besucher.«

Sie starrten einander an wie ebenbürtige Duellanten.

»Es fällt mir schwer, das zu glauben, Mrs.Champeney-Smythe.« Er legte eine Spur von Gereiztheit in seine Stimme.

»Dann . . . müssen Sie glauben, was Ihnen gefällt, Mr. Robertson.« Sie parierte den ersten Stoß mühelos.

»Aber sie war doch eine attraktive junge Frau.« Darin hatten Mrs. Simmonds und Gary, jeder auf seine Art, übereingestimmt.

»Das war sie, hnja.« Eine Andeutung von Mißfallen: Mrs. Champeney-Smythe neigte da mehr in Richtung Mrs. Simmonds, da sie sich nicht für General Custer und Schußwaffen oder für den Eintritt in die britische Armee interessierte. Aber sie ließ sich immer noch nicht aus der Reserve locken.

Noch ein Stoß also. »Sie hat Sie recht plötzlich verlassen, glaube ich –?« Einmal im Angriff, mußte er auch vorrücken. »Das wird natürlich kurz vor ihrem so tragischen Tod gewesen sein . . . Und davon haben Sie sicher in der Zeitung gelesen –?«

Die Maske riß nicht auf. Aber diesmal empfing er nur ein kaum merkliches Nicken, und kein *»hnja«*. Doch dahinter verbarg sich Schmerz, entschied er.

Plötzlich sah er eine Lücke in ihrer Abwehr – oder wenn keine Lücke, so doch wenigstens die ganz schwache, unwahrscheinliche Hoffnung auf eine. »Kam sie noch mal zu Ihnen, um sich zu verabschieden?«

Überhaupt keine Reaktion.

Warten – oder nachfassen? Ging es gut, konnte er viel gewinnen, ging es schief, hatte er viel verloren. Andererseits wußte er, auch wenn die Maske noch immer keinen Sprung bekam, daß sie dahinter alt und schwach war, und er war jung und stark. »Sie kam nicht noch mal zu Ihnen – nein?« *Und es hatte keine Nachsendeadresse existiert: das hatte sie schon zugegeben! Und wie viele Koffer und sonstiges klägliche Handgepäck stand wohl oben auf dem Dachboden – oder unten im Keller –, zurückgelassen von anderen Gästen, die buchstäblich bei Nacht und Nebel ausgezogen waren, statt ihre Mietrückstände zu bezahlen? Habseligkeiten, die entweder dort oben voller Spinnweben hingen oder dort unten modrig-grün wurden vor Feuchtigkeit –?* »Ihre Sachen sind also noch hier?«

Sie blickte von ihm weg, auf einen nippesübersäten Tisch, den Basil Champeney (ohne das plebejische »Smythe«) von einem weiteren Silberrahmen aus regierte. Aber er konnte nichts darauf entdecken, was auch nur irgend von Interesse war – ein hölzerner Aschenbecher mit einer geschnitzten Maus; ein blöde grinsender Messingfrosch; ein plumper, rautenförmiger Panzer aus dem Ersten Weltkrieg aus Seebadsouvenir-Porzellan (der auf jeder Auktion wahrscheinlich eine hübsche Summe erzielt hätte!); ein abscheuliches Glasobjekt von der Insel Murano . . . auf keinem dieser Dinge stand »Marilyn Francis« geschrieben. Und dann kehrten die verblaßten Augen (die vermutlich einmal die kobaltblauen einer Naiven gewesen waren) zu ihm zurück.

»Sagen Sie mir, Mr. Robertson . . . worum geht es eigentlich?«

Er hatte gewonnen. Oder besser, wenn er jetzt vorsichtig und behutsam war, konnte er gewinnen. »Ich bin mit einer Erbschaft befaßt, Mrs. Champeney-Smythe«, er griff an seine Brille, als wäre er etwas verlegen, »– mit so einer vertrackten Familiengeschichte, die sich noch Jahre hinziehen könnte . . . wobei der größte Teil des Geldes für Anwaltshonorare und die anderen Kosten draufginge. Aber, nun ja, darin sehe ich eigentlich nicht den Zweck meines Berufs, verstehen Sie –?« Er schenkte ihr seinen unschuldigsten Blick, von dem Jenny immer sagte, er bringe fast ihr Herz zum Schmelzen. Nur stellte er jetzt, wo er mit sämtlichen Widersprüchen Marilyn Francis' konfrontiert war, zu seiner Verwunderung fest, daß er nicht mehr bloß schauspielerte, auch inmitten dieses komplizierten Lügengewebes nicht. Denn wäre er Anwalt gewesen und die kluge kleine Marilyn hätte einen blauäugigen Mills-und-Boon-Sprößling gehabt, würde er jetzt wirklich für dessen Erbe gekämpft haben. »Verstehen Sie –?«

Sie furchte derart die Brauen, daß die Make-up-Schicht auf ihrer Stirn Sprünge bekam. »Nein.«

Er war ebenso überrascht wie enttäuscht. Es hatte nämlich nicht den Anschein, daß sie seinen Appell zurückwies. »Nein?«

»Ihr Bruder hat alle ihre Sachen ... hinterher abgeholt, Mr. Robertson.«

»Ihr –?« *Verdammt!* Damit hätte er rechnen müssen. »Ihr Bruder?«

Sie schüttelte den Kopf. »Sie rief mich selbstverständlich an ... aber das war am nächsten Tag, nachdem sie nicht von der Arbeit heimgekommen war. Sie sagte, wie leid es ihr tue ... Sie rief mich sonst immer an, wenn sie länger arbeitete, oder wenn sie weg mußte – sie war stets rücksichtsvoll ... Denn sie wußte, daß ich mich um sie sorgte, wenn sie ausblieb ... Aber in dem Fall – das letzte Mal, als sie wegfuhr – hat sie nicht angerufen. Erst am nächsten Tag, sehr spät –« Sie starrte ihn an und dann durch ihn hindurch. Dann wieder auf ihn. »So ein *reizendes* Mädchen war sie – wie sehr der Anschein auch dagegen sprach –« Ihr starrer Blick fixierte ihn Zustimmung heischend. »*So* intelligent, so *rücksichtsvoll* ... Sie wußte, daß ich mir Sorgen machte. Besonders abends, wenn es dunkel war.«

Die Vorstellung von Marilyn im Dunkeln rüttelte ihn auf. Denn Gary hatte sich ebenfalls um seine liebe Miss Francis gesorgt, wenn sie länger arbeitete. Er war ihr eines späten Oktoberabends, als Nebel herrschte, sogar einmal den ganzen Weg bis hierher gefolgt, um sicherzugehen, daß sie gut nach Hause kam: Daher hatte Gary von der »alten Mrs. Smith« gewußt.

»Sie rief Sie an –? Am nächsten Tag?« Sie hatten sie beide geliebt: auf ganz verschiedene Weise *hatten sie sie beide geliebt.*

»Ja.« Sie nickte. »Nach ihrem Dinner – oder, wenn sie spät kam, nach ihrem Abendbrot, das sie oft mit mir in diesem Zimmer einnahm ... danach blieb sie häufig noch, und wir unterhielten uns ... Über ihren Arbeitstag etwa. Oder über das, was in den Neun-Uhr-Nachrichten kam oder in der Zeitung stand – sie war immer sehr gut informiert über das Tagesgeschehen ... Und dann lasen wir in unseren Büchern, bis es Zeit war zum Schlafengehen –« Sie wandte den Kopf nach oben. »Ihr Zimmer war direkt unter dem Dach und eigentlich nicht besonders gemütlich – jedenfalls zum Lesen nicht. Deshalb blieb sie oft hier bei mir.

Und wir tranken eine Tasse Kakao zusammen – so viel besser als Kaffee oder Tee, die ja Aufputschmittel sind.«

Nachdem er zuerst nichts bekommen hatte, bekam er jetzt beinahe zuviel. Oder anders gesagt ... Kakao und Lesen vor dem Schlafengehen vertrugen sich ebensoschlecht mit durchsichtigen Blusen und »allem, was Hosen anhat« wie mit Indianern und den neuen Gewehren der Armee. Doch es gab etwas viel Wichtigeres als all dies. »Sie hatte einen Bruder –? Er hat ihre Sachen abgeholt, sagten Sie.«

Ihre Maske straffte sich. »Das war ein dummer Zufall.«

»Wieso ... dummer Zufall?«

»Er kam, als ich nicht zu Hause war, Mr. Robertson.«

»Als ...?« Aber von Zufall konnte natürlich keine Rede sein: Es war völlig klar, daß Marilyns »Bruder« diesen Moment abgepaßt hatte.

»Als ich nicht zu Hause war. Sie sagte, er würde vorbeikommen« – die Maske wurde sanfter – »und daß sie mich irgendwann noch mal besuchen käme. Aber sie hatte diese neue Stelle im Norden gefunden – nicht auf Zeit, sondern eine Dauerstellung, mit Ruhegeld *und* Aufstiegsmöglichkeiten, verstehen Sie –«

Ian nickte. Es hatte kein Ruhegeld gegeben und keinen Aufstieg. Aber es war zweifellos im Norden gewesen. Und es war auch von Dauer. Aber in diesen letzten Stunden ihres Lebens hatte Marilyn Francis sich in der Art, wie sie ihre Angelegenheiten ordnete, sehr professionell verhalten.

»Mein Mädchen – meine *Haushälterin* – war hier.« Mrs. Champeney-Smythe berichtigte sich. »Ihr Bruder räumte alles aus ... Und natürlich hatte sie – Miss Francis – bis zum Monatsende vorausbezahlt ... darauf bestand sie immer, obwohl es ganz unnötig war –« Sie schwieg plötzlich, als sie Ians langes Gesicht sah.

Sackgasse! dachte Ian. Gerade als er geglaubt hatte, am Ziel zu sein. Aber ... es war schon früher passiert, und es würde wieder passieren. Und vielleicht brachte ja Reg Buller noch etwas aus dem Norden mit, wo jemand unvorsichtig gewesen sein konnte – jedenfalls wußte er jetzt ja, daß Unvorsichtigkeiten möglich waren in bezug auf die echte Marilyn Francis, die weder in den Personenstandsakten des Somerset House existierte noch irgendwo sonst außer hier, in der Pension Elstree, und in den melancholischen Erinnerungen von Gary und seiner »alten Mrs. Smith«.

»Tja . . .« Er lächelte sie traurig an und setzte sich in seinem Sessel gerade. Wenn man verlor, dann mit Würde. Und auf alle Fälle hatte er nicht ganz verloren. »Nun, ich bin Ihnen überaus dankbar, Mrs. Champeney-Smythe – für Ihre Zeit und Ihre Hilfe.« Aus einem Impuls heraus beschloß er im Aufstehen, ihr mehr zu geben. »Es freut mich . . . daß Marilyn Francis eine so glückliche Zeit hatte . . . bevor es zu der Tragödie kam.«

Sie starrte ihn wortlos an, als hätte sie ihn nicht gehört. Dann wandte sie sich ab und blickte wieder auf den Tisch mit seiner durcheinandergewürfelten Andenkensammlung.

Er hüstelte höflich. »Mrs. Champeney-Smythe –?«

Sie zeigte mit dem Finger. »Da ist etwas. Behalten können Sie es nicht. Aber Sie dürfen es sich ansehen, Mr. Robertson. Die sind noch von ihr.«

Er schaute sich alles an, obwohl er sich bereits geschlagen gab: Holzmaus oder Messingfrosch? Porzellanpanzer oder spindeldürres Glaspferd (ohne Schwanz)? Alte Ginger-Ale-Flasche mit Werbung für »Burbank«, einen »führenden Apotheker« in Oxford. Falls Marilyn nicht eine Botschaft in der Flasche hinterlegt hatte, war das alles Unsinn. Aber er mußte ihr ihren Willen lassen. »Welchen Gegenstand meinen Sie?«

»Nicht auf dem Tisch« – ihr dünner Finger stieß gereizt danach – »im Bücherschrank, Mr. Robertson, im Bücherschrank.«

Tatsächlich stand hinter dem Tisch ein Bücherschrank, dessen exakt ausgerichteter Inhalt mit zur Raumdekoration gehörte: Sie hatte die ganze Zeit darauf, nicht auf die Nippsachen geblickt.

»Welche Bücher, Mrs. Champeney-Smythe?« *Wir lasen in unseren Büchern, bis es Zeit zum Schlafengehen war,* fiel ihm ein. Was für eine Literatur hatte Marilyn Francis also wohl bevorzugt?

»Dort am Ende – am Ende!« Es schien sie zu ärgern, daß man ihn dirigieren mußte.

Da waren eine mehrbändige Dickens-Ausgabe (die nicht aussah, als wäre sie je aufgeschlagen worden) und eine Reihe kleinformatiger New-University-Society-Klassiker mit rotem und goldenem Einband – und eine Fülle von eher gelesenen, verblaßt gelben Bänden der Reprint Society, die Basil Champeney-Smythe sicher gesammelt hatte und die gewöhnlich in den Regalen vieler hundert Antiquariate prangten ... *Das Gewand, Die schwarze Narzisse,* Bryant und Pepys, Churchills *Meine Jugendjahre* ... Doch er wußte nicht einmal, welches Regal, welches Ende: Sollte er nach *Das Leben General Custers* suchen –? Oder gar nach einer *Geschichte des Repetiergewehrs*?

»Die Märchenbücher – ich sagte es Ihnen doch – dort, am Ende!«

»Die ...?« *Was –?* Dann erblickte er sie – das eine alt, mit festem Einband, das andere neu, ein Taschenbuch –

Der Elfenglaube in keltischen Ländern von W. Y. Evans Wentz –

Wer hatte je von »W. Y. Evans Wentz« gehört, um Himmels willen! Nun ... offenbar die Oxford University Press schon mal! Und ein Penguin-Buch – *Das Lexikon der Elfen, Feen, Wichtelmännchen, Kobolde und anderer übernatürlicher Wesen,* von Katherine Briggs –

Er schlug das Penguin-Buch auf. Das Datum stimmte jedenfalls: zuerst erschienen 1976 und als Taschenbuch 1977 ... Und auf dem Vorsatzblatt »F.F. 78« – aber wer zum Teufel war »F.F.« –?

Er blickte fragend zu Mrs. Champeney-Smythe, dann wieder auf das Lexikon der Elfen, das sich in seinen Händen an der Stelle geöffnet hatte, wo das Paperback vom Lesen aus dem Leim gegangen war, auf Seite 175 – *»Fin Bheara«* war unterstrichen.

Er spürte eine kalte Hand auf seinem Rücken: Fin Bheara, *alias* Finvarra war anscheinend nicht nur ein Elfenkönig von Ulster, dem alten Tummelplatz von »Mad Dog« O'Leary, sondern möglicherweise König der Toten (und mithin Empfänger vieler Kunden des »Tollen Hundes« –?) –

Diese alberne Abschweifung seiner Gedanken ärgerte ihn. »Wer ist ›F.F.‹, Mrs. Champeney-Smythe?«

»Sie schauen in das falsche Buch, Mr. Robertson.« Sie schloß die Augen, während sie sprach.

Das Taschenbuch fiel fast in seinen Händen auseinander, als

er unbeholfen mit Marilyn Francis' einzigem bekannten Eigentum jonglierte, um die dicke, gebundene Oxford-Ausgabe nach oben zu bringen.

»Für Robbie in Liebe – Frances – 16. 7. 72«

»Wer ...?« Er bemerkte, daß da außer einer Widmung noch etwas war, ein zusammengefalteter Zettel.

Es war eine Buchhändlerrechnung mit einem Namen und einer Anschrift –

Er blickte ein letztes Mal zurück auf den Friedhof von Lower Buckland, wo die zweite Leiche seines künftigen Buches lag. Doch im Gegensatz zu Jennys liebenswertem, heldenhaftem Philip Masson würde die für ihn selbst so liebenswerte, heldenhafte Marilyn Francis zumindest nicht in ihrer Ruhe gestört werden. Denn sie war ordnungsgemäß begraben –

FRANCES
seine geliebte Frau
1948–1978

– und zwar an der Seite von

ROBERT GAUVAIN FITZGIBBON
Captain des 39. (Royal Ulster) Lancer-Regiments
1946–1974

Unterdessen war der Dorfanger immer noch so wohltuend menschenleer wie bei seiner Ankunft. Vielleicht lag es einfach daran, daß es die unbestimmte Zeit des frühen Abends war, und an den tiefhängenden, regenschweren Wolken, die die Bäume beiderseits des Tals berührten, so daß die Bewohner in ihren Häusern blieben. Aber er hätte genausogut in Fin Bhearas Land sein können, in dem Hauptmann Fitzgibbon und Frau jetzt von Rechts wegen wohnten. Denn die einzigen lebenden Seelen, die er bisher gesehen hatte, waren die alte Dorfladenbesitzerin-plus-Postmeisterin (die aussah, als stünde sie schon mit einem Bein in Fins Reich, auch wenn sie ihm nützliche Informationen gegeben hatte) und (ganz zufällig, aber noch nützlicher; und eine gewisse

Verbindung zu Fins Geschäften konnte man ihm auch unterstellen) der Dorfgeistliche. Aber die Leere hatte auch etwas Beruhigendes.

Jetzt fand er sich also wieder zurecht: Er hatte sein Auto vorsichtshalber hinter *dieser* Biegung abgestellt, für alle Fälle. Demnach mußte das Postamt in der kleinen Straße gleich links von ihm liegen. Und dort sollte eine Telefonzelle in der Nähe sein –

Er hatte Glück gehabt heute, das mußte er zugeben. Glück mit dem Start, den Reg ihm verschafft hatte, indem er ihn nach Rickmansworth schickte . . . und Glück in gewisser Hinsicht auch *in* Rickmansworth, bei jedem seiner drei Gespräche. Allerdings war das Glück nicht so unberechenbar wie die meisten Leute sich einbildeten; ziemlich oft war es der gerechte Lohn für aufgewandte Mühen – der Herr half denen, die sich selber halfen. Doch diese Straßenbauarbeiten waren reiner Zufall gewesen; und den Priester hätte er ohnehin als nächsten aufgesucht. Daß er ihn dann mitten auf dem Friedhof traf, hatte ihm zweifellos Zeit erspart, aber –

Und da war auch die Telefonzelle. Er hätte sie gleich beim erstenmal registrieren sollen. Und weil heute sein Glückstag war, würde sie jetzt nicht mutwillig zerstört sein. (Aber in Orten wie Lower Buckland wurden Telefone sowieso nicht mutwillig beschädigt.)

(Die Spur von Mrs. Frances Fitzgibbon zurückzuverfolgen dürfte nicht allzu schwer sein, wenigstens nicht bis zu einem gewissen Punkt: Das gehörte zu den Sachen, die John Tully und Reg Buller mit ihrer breitgefächerten Erfahrung gut und schnell erledigten.)

Er war kaum eine halbe Stunde zu spät dran mit seinem Anruf bei Jenny, was für ihre Verhältnisse gar nichts war. Sie würde also noch zu Hause sein (und heute hatte er ja sowieso Glück).

Es war nicht beschädigt. Und er hatte reichlich Kleingeld –

(Die Spur Captain Robert Gauvain Fitzgibbons vom 39. Lancer-Regiment würde sich noch leichter zurückverfolgen lassen: Captain Fitzgibbons Leben und Tod würden in öffentlichen und militärischen Akten dokumentiert sein. Nicht, daß er in diesem Zusammenhang mehr als ein bis zwei beiläufige Erwähnungen wert war oder vielleicht eine Fußnote, falls seine Familie sich als interessant erwies; oder –)

»Hallo? Wer ist da?«

Das war Jenny, heil und gesund und unzweifelhaft: Jenny meldete sich am Telefon nie mit Namen und Nummer. »Ian, Jenny –«

»Gott sei Dank! Wo bist du?«

»Was? Ich bin in –«

»Nein!« Sie unterbrach ihn. »Nicht antworten! Aber zu Hause – in deiner Wohnung – bist du doch nicht, Ian –?«

»Nein. Was zum Teufel ist los, Jen?« Er hatte sie noch nie so aufgeregt sprechen gehört. Und das überraschte und ängstigte ihn in sehr rascher Folge. »Jenny –«

»Sei still, Ian. Sag gar nichts. Sag mir nicht, wo du bist oder was du tust. Hör mir bloß zu.«

Er machte den Mund auf, dann dachte er daran, was sie gerade gesagt hatte. Aber seine Angst war stärker. »Geht's dir gut, Jenny?«

»Still. Wir haben keine Zeit. Verschwinde dort – wo immer du bist – und fahr dahin, wo der Mann die Suppe runtergeschmissen hat . . . Entsinnst du dich? Und sieh zu, daß dir keiner folgt. Falls man dir folgt, fahr zu meinem Vater und rühr dich da nicht weg. Ich ruf' dich dann dort an. Okay?«

Zwar bemühte er sich, das alles zu verdauen, während sie ihn damit traktierte, aber es war zuviel, und er erstickte daran. Jetzt war er einfach erschrocken – nach Beiruter Art erschrocken. Vielleicht sogar noch erschrockener, da er nicht wußte, was ihn in Lower Buckland oder sie in London erschrecken sollte.

»Okay. Ich brauche eine Stunde, Jen.« Er schätzte die Fahrtzeit von Lower Buckland zum Restaurant von Abdul dem Verdammten so gut ab, wie er konnte. Doch dabei durfte er es nicht belassen. »Was ist passiert, Jen? Du mußt es mir sagen. Dann fahre ich.«

Eine minimale Pause entstand. »Reg Buller ist tot, Ian. Und ich kann . . . seinen Freund nicht erreichen – der meldet sich nicht. Ich könnte mir denken, daß die Polizei da ist.« Wieder ein Herzschlag lang Pause. »Paß auf dich auf, Ian – um Gottes willen paß auf dich auf!«

Die Verbindung brach ab.

5

Unter Streß kam es vor, daß alles um ihn herum zu existieren aufhörte – sogar er selbst schien körperlos zu sein –, und Wirklichkeit war nur noch, was in seinem Kopf vorging.

Jenny war nichts passiert, sagte ihm sein Verstand. *Wäre ihr etwas passiert, hätte sie nicht so gesprochen: Das eine Mal in Beirut, als sie sich in fremder Gewalt befunden hatte, hatte sie sich ruhig und nüchtern, beinahe zuversichtlich angehört. Diesmal war sie frei gewesen, doch weder ruhig noch gut beisammen und alles andere als zuversichtlich – keinesfalls zuversichtlich, daß ihre Leitung sicher war –*

Es kam ihm zum Bewußtsein, daß er immer noch in der Telefonzelle in Lower Buckland war, in der kleinen Straße unterhalb des Dorfangers, und er starrte blind auf die Bedienungsanweisung, den Hörer noch in der Hand. Und seine Hand war schweißnaß –

O Gott! Er schloß die Augen bei der Lästerung. *Reg Buller!*

Er hängte den Hörer ein und ermahnte sich, die Welt so zu nehmen, wie sie jetzt um ihn herum in Lower Buckland und darüber hinaus war. Jenny war in ihrer Wohnung, und obgleich sie eine Heidenangst hatte (und trotz ihrer Heidenangst hatte sie ganz bewußt auf seinen Anruf gewartet . . . entweder, weil sie ihn brauchte, oder weil sie ihn warnen wollte – es konnte eins von beiden oder beides sein) . . . Obgleich sie Angst gehabt hatte, glaubte sie noch an die Möglichkeit, zu Abdul dem Verdammten flüchten zu können, wo ihrer Meinung nach beide außer Gefahr sein würden – wo man dem kleinen Mr. Malik unzweifelhaft trauen konnte: Das sprach mehr für ihre derzeitige Sicherheit als alles, was sie sonst gesagt hatte.

Draußen war nichts zu sehen. Und nichts schloß in der Welt, wie sie jetzt war, für immer Reg Buller mit ein: Reg Buller mit seiner widerlichen Pfeife und seinem Alkoholproblem, seiner Knollennase und seiner Doppelvillahälfte in der Vorstadt war vom *Immer wieder* ins *Nie wieder* abgewandert.

Bei diesem Gedanken stieß er die Tür auf und trat aus der Zelle heraus, mit Reg Buller im Rücken. Denn Reg hätte für solche unnützen Gefühlsregungen nichts übrig gehabt, und er konnte sie sich jetzt auch nicht erlauben.

Die Straße war leer.

Natürlich ist die Scheißstraße leer, hätte Reg Buller gesagt. *Rein in die Kiste und fahren Sie los, wie die Lady sagte – in Ordnung?*

Aber es war nicht in Ordnung. Denn Reg Buller war schlau gewesen, aber nicht schlau genug. Reg hatte vor allen anderen Gefahr gewittert. Aber jetzt war Reg tot, obwohl er schlau gewesen war.

Und ihm blieb nur das Auto, so klug (oder so glücklich) er sich auch vor wenigen Minuten noch geschätzt hatte: Vielleicht hatte er gerade genug Verstand (oder Glück) gehabt . . . Aber Lower Buckland war eindeutig mitten im Nahverkehrs-Hinterland, mit einem Bus die Woche, wenn überhaupt. Wollte er also nicht zu Fuß gehen, mußte er sich ans Steuer setzen –

Es war jetzt anders, dieses Lower Buckland, als er die leere Straße hinauf zum Dorfanger wanderte; es war in Wirklichkeit Fin Bhearas Reich, wie erinnerlich aus Mrs. Frances Fitzgibbons – jetzt Mrs. Champeney-Smythes – *Elfenlexikon:* Wenn man selbst noch lebte, waren alle Leute, denen man dort begegnete, bereits tot. Und jetzt wünschte er, er hätte das nicht gelesen –

Und doch war das weniger *nicht in Ordnung* als vielmehr einfach lächerlich: Er hatte einen langen Tag hinter sich, und hätte er nicht solche Angst verspürt, wäre er hundemüde gewesen nach all der ungewohnten Lauferei und Fragerei, vom Fahren ganz zu schweigen; und da der Tag – der Abend, die Nacht – offensichtlich jetzt noch lange nicht vorbei war, mußte er seine unbegründeten Befürchtungen zunächst einmal abkühlen lassen, seine Kräfte mobilisieren und sehen, daß er weiterkam.

Außerdem war der Dorfanger jetzt nicht mehr verlassen. Eine Frau mit zwei Kindern und Hund im Schlepptau schob drüben auf der anderen Seite einen Kinderwagen. Und ein Auto – zwei Autos – zwei reizende, normale Autos mit Fahrern und anderen

Insassen fuhren direkt an ihm vorbei. Und Fin Bheara war sicher nicht der König, der sein Schattenreich mit Kinderwagen, Kindern, Hunden und vollbesetzten Autos bevölkerte.

Er bog in den kurzen Durchgang zu der Parallelstraße ein, in der sein Wagen stand, und beschimpfte sich fast wegen seiner überbordenden Fantasie. Dann zögerte er einen Augenblick, bevor er kehrtmachte und quer über die breite Rasenfläche des Dorfangers auf die große alte Eibe, wo er vorhin stehengeblieben war, und auf den Friedhof und die Kirche dahinter zustrebte –

Gott! Da hatte ein Mann an seinem Wagen gestanden und probiert, ob die Tür abgeschlossen war. Und bei seinem kurzen Zögern hatte der Mann aufgeschaut, und ihre Blicke waren sich aus fünfzig Metern begegnet; doch der Mann hatte die Hand nicht weggenommen, er hatte ihn weiter angestarrt –! Gott –!

Er beschleunigte seinen Schritt, bis er fast schon lief, wußte nicht wohin, nur daß er Abstand bringen wollte zwischen sich und den Mann, seinen Beschatter – seinen Beschatter, der ihn eingeholt hatte, um sein Verfolger zu werden –? Oder, nach Reg Buller, etwas noch Schlimmeres –?

Gott! So viel Grips, so viel Glück hatte er doch nicht gehabt! Dumm war er gewesen – dumm, weil er auf der Spur von Marilyn Francis einfach hierhergetapert war, ohne die Lage gründlich zu bedenken ... dumm, weil er sich vorgemacht hatte, er sei clever ... und dumm vor allem in seiner Reaktion gerade eben – diese verhängnisvolle halbe Sekunde, die er gezögert hatte, um dann nicht etwa zu schreien wie ein ehrlicher Mensch, sondern sich selbst wie ein Dieb zu verhalten und damit alles zu verraten – verflucht, verdammt und zugenäht –! So dumm! So dumm!

Doch die Eibe rückte mit jeder Sekunde näher, und mit den Selbstvorwürfen verschlimmerte er seine Dummheit nur. Denn wenn er dort ankam, mußte er wissen, was er als nächstes tun, wohin er als nächstes *gehen* würde; der Karte zufolge führten nämlich nur zwei Straßen aus Lower Buckland heraus, und beide lagen jetzt hinter ihm, auf der falschen Seite des Dorfangers, womöglich mit Fin Bheara dazwischen. Und vor ihm ... vor ihm war wieder die Friedhofsmauer –

Verdammt! Alle Einwohner von Fin Bhearas Reich würden ihn dort erwarten, der alte Reg Buller würde Marilyn Francis über die Schulter grinsen!

Und jetzt war er da. Und er mußte aufhören, diesen Fin-Bheara-Quatsch zu denken, bevor ihn das zu einem hilflosen Jammerlappen machte: kurz, er mußte sich einfach umdrehen und seinen Verfolgern entgegentreten. Weil ... weil – um Himmels willen! – er stand doch jetzt nicht auf irgendeinem Beiruter Ruinenfeld wie letztes Mal: Hier gab es keine halbzertrümmerten Mietskasernen voll verschleierter Frauen und schießwütiger, mit Kalaschnikows bewaffneter Banditen aus einem halben Dutzend verschiedener Milizen: Hier waren elegante georgianisch-bis-frühviktorianische Wohnhäuser um ihn herum, auf den drei anderen Seiten des Angers, wo elegante Börsenmakler-Handelsbanker-High-Tech-Yuppiefrauen (mit kleinen Jungen und Mädchen, die hinter ihrem Rücken Computerspiele spielten) allmählich schon den Tisch fürs Abendbrot deckten (und sich dabei die BBC/ITV-Vorabendnachrichten im Küchenfernseher anschauten), denn bald würden ihre Männer aus dem hochrentablen, hochriskanten Kampf heimkehren – Scheiße!

(Scheiße? Das würde Jenny sagen. Aber Jenny war dabei, sich aus ihrer Wohnung zu stehlen; und er hatte eine Verabredung mit ihr bei Abdul dem Verdammten, die er einhalten mußte – sonst blieb nur ihr Vater –)

Er war jetzt genau unter der Eibe, wie vor wenigen Minuten schon einmal, zu der Zeit, als er sich noch klug und glücklich geschätzt hatte. Doch es war ebensosehr die fatale Aussicht, sich »Daddy« erklären zu müssen, wie seine akute Verzweiflung, was ihn zu guter Letzt veranlaßte, sich umzudrehen –

Mist! Er hatte den Abstand auf die volle Breite des Dorfangers vergrößert, aber jetzt waren die zu zweit!

Vom Regen war er jetzt in die Traufe geraten bei seinem eigenen hochrentablen Kampf, der unversehens auch hochriskant geworden war: Das nächste georgianische Haus lag drüben links, hinter dem Mauervorsprung, mit seiner gestutzten Buchsbaumhecke, seiner Stechpalme und dem großen silbernen Volvo Kombi der Frau seines Besitzers davor; aber konnte er wirklich an die Tür klopfen und sagen: *»Entschuldigen Sie, Madam ... aber* *mein Name ist Robinson – Ian Robinson von Fielding-ffulke, Robinson . . . Und ich stelle bloß Recherchen an über Mrs. Frances Fitzgibbon, die hier mal auf der gegenüberliegenden Seite des Angers, in Gardener's Cottage, gewohnt hat – die Witwe von Captain Fitzgibbon – Sie erinnern sich vielleicht an sie –? Nur . . . da sind so zwei Männer auf der anderen Wiesenseite – der eine trägt ein kariertes Sportsakko und ist groß . . . und der andere ist klein und dick, in einem grauen Anzug . . . Ich halte es für möglich, daß die mir gefolgt sind. Und jetzt halte ich es für möglich, daß sie mich töten wollen – Ich weiß, das klingt albern, aber sie haben vielleicht gerade meinen Mitarbeiter umgebracht, Mr. Reginald Buller – ehemals Londoner Stadtpolizei . . . Meinen Sie also, ich könnte mal Ihr Telefon benutzen – oder Ihre Toilette –? Oder dürfte ich mich bitte in einer Ihrer Dachstuben verkriechen? Würden Sie mir Zuflucht gewähren –?«*

Einer von ihnen bewegte sich nach links, um den Anger herum. Und der kleine Dicke kam über den Rasen auf ihn zumarschiert –

Zuflucht –?

Er kannte jemanden in Lower Buckland: Der alte Priester in seiner langen schwarzen Soutane – der Vikar? der Pfarrer? – hatte doch mit ihm gesprochen. Und die Kirche war direkt hinter ihm, und das Pfarrhaus – Gemeindehaus? – war ein Stück weiter weg, durch den Kirchhof: Er hatte es flüchtig auf der Rückseite gesehen – und der Priester selbst hatte am Ende ihrer Begegnung darauf gezeigt, nachdem er sich in liebevollen Worten über die Fitzgibbons unter ihrem Stein auf seinem Kirchhof geäußert hatte –

Jetzt, wo Karo Sakko und Grauer Anzug sich ihm zielbewußt näherten, berührte der Gedanke, an fremde Türen zu klopfen und Schutz zu suchen, ihn nicht mehr peinlich: Nicht mehr, ob er sich albern vorkam, war die Frage, sondern *welche Tür –?* Und Karo Sakko entschied das für ihn, indem er auf den silbernen Volvo zutrabte und somit die Tür dahinter ausschloß (die sich ohnehin vielleicht nicht schnell genug geöffnet hätte). Aber Grauer Anzug (der aus der Nähe gesehen gar nicht so klein und dick, sondern bedrohlich kräftig und stämmig war) hatte bereits das äußerste Ende der Friedhofsmauer erreicht, nicht weit von dem überdachten Tor.

Ian tauchte unter den überhängenden Eibenzweigen durch

und schwang sich mit einer Behendigk - t, die ihn selbst überraschte, auf die Mauer – es war, als w ißten seine Arme und Beine, sobald sie von der Unschlüssigkeit des Gehirns befreit waren, verdammt gut, was zu tun war, wenn es um körperliche Selbsterhaltung ging –

Er landete ungeschickt auf einem Haufen Grasmahd, doch die Arme brachten ihn ins Gleichgewicht, und die kräftig austretenden Beine katapultierten ihn sofort im Höchsttempo weiter zwischen die Grabsteine. Gleichzeitig ermahnte ihn allerdings sein Verstand, daß er vielleicht gerade jetzt Fehler auf Fehler türmte: Draußen, am Rand des Dorfangers, war er wenigstens noch in der Öffentlichkeit gewesen; in den Häusern auf den anderen Seiten konnten Zuschauer sein, die sehen wollten, was als nächstes geschah. Aber hier, zwischen den Steinen – *Richard Glover, 1810–1894 – Edmund Chapman, 1785–1847 – Martha Chapman, 1821–1867 – William Thomas Eden, 1712–1790* – hier konnte womöglich *Ian Drury Robinson* enden – *1958–1987* – ohne daß es jemand merkte: Vielleicht hatten Karo Sakko und Grauer Anzug ihn sogar ganz bewußt hierher getrieben – *Gott!*

Er wich einem alten, verwitterten Grabstein aus, kam rutschend zum Stehen und stützte sich auf der Kreuzblume ab, deren rauhe Oberfläche ihm die Hand aufschürfte –

Ein grinsender, von gelbgrauer Flechte überzogener Totenkopf verspottete ihn: *George Wellbeloved, geliebter Mann* –

Sie waren jetzt beide fast schon auf dem Friedhof, es konnte also keine Rede davon sein, daß er sich die Verfolgungsjagd bloß eingebildet hatte: Er war ihr Ziel, was immer sie letztlich wollten, und bei der Zuversicht, mit der sie halb eilig, halb gemütlich zu Werke gingen, würde er nicht abwarten, bis er herausfand, was sie in diesem allzu einsamen Friedhof auf dem Herzen hatten.

Er riß sich von George Wellbeloveds Grabstein los, fuhr im weichen, grob gemähten Gras auf dem Absatz herum, tat drei Schritte. Und blieb stehen.

Er saß fest –

Er schwankte, begann sich halb zu drehen. Und hielt dann in der Drehung inne, als ihr Zweck belanglos wurde: Was hinter ihm war, wußte er, denn er hatte es eben erst abgeschätzt. Jetzt wußte er auch, was vor ihm war – und begriff, weshalb Karo Sakko und Grauer Anzug so zuversichtlich gewesen waren.

Er war gefangen – festgenagelt wie der Schmetterling eines Sammlers: nicht verfolgt, sondern gefangen, ohne jede Fluchtmöglichkeit.

Zu Karo Sakko und Grauem Anzug fügte er *Kampfjacke* hinzu: ein dritter Stil natürlich, damit kein gleichförmiges Äußeres erkennbar war unter den Beschattern, die er hätte bemerken können, wenn er wachsamer gewesen wäre – wenn er sich nicht so klug und so glücklich geschätzt hätte. Oder . . . oder wenn er den armen alten Reg ernster genommen hätte, vielleicht –?

Aber jetzt war er jedenfalls gefangen. Endgültiger und offensichtlicher gefangen als vorher, und ganz unbestreitbar. Denn während Karo Sakko und Grauer Anzug ihre Waffen versteckt hielten, trug Kampfjacke seine Waffe offen – offen, wenn auch lässig in der Armbeuge. Allerdings war in Lower Buckland, an einem nassen Septemberabend, eine Jagdflinte so gut wie eine Kalaschnikow und leichter zu erklären.

Er richtete sich auf und fügte sich in das Unvermeidliche, noch während er bemüht war, es als etwas zurückzuweisen, das im wirklichen Leben mit normalen Menschen nicht passierte.

Oder . . . nicht mit Ian Robinson –?

Oder . . . nicht mit Reg Buller?

Auch Kampfjacke richtete sich auf. Doch als er das tat, langte seine freie linke Hand hoch, um die Flinte festzuhalten, während seine lässige Rechte zurückglitt und der Zeigefinger sich an den Abzug legte.

»Hallo!« Kampfjacke lächelte ihn an, als der bisher sicher nach vorn abwärts gerichtete Doppellauf in Schußposition schwenkte, bereit für die Tontaube, das Kaninchen oder welche Beute nun eben winkte – welches Wild auch immer: Gefieder-und-zwei-Beine, Pelz-und-vier-Beine – oder *Haut-und-Ian-Robinson* –

Diesmal ließen seine Beine ihn im Stich: Er wollte, daß sie rannten, doch seine Knie hatten das Handtuch geworfen, und er konnte lediglich noch verhindern, daß sie nachgaben und er ins Gras sank.

»Mr. Ian Robinson, nehme ich an –?« Die Flinte hob sich. Und Kampfjacke lächelte psychopathisch, mit Genuß –

Es würde ein Unfall sein: eins von diesen tragischen Jagdunglücken –

Ian schloß die Augen. Ein furchtbarer Schlag würde kommen. Und danach dann ... was immer danach kam: wahrscheinlich Schmerz, bis die Nervenkanäle versagten. Aber das würde bei einem Flintenschuß aus fünf Metern nicht lange dauern. Und danach ... *alles?* Oder ... *nichts?*

Nichts geschah.

Oder blieb für ihn etwa in seiner letzten Sekunde die Zeit stehen?

Nein, die Zeit stand nicht still: Vor diesem letzten Gedanken hatte er nichts als pure, seine ganze Brust ausfüllende Angst empfunden. Aber dann wurde ihm klar, daß er, als er die Augen schloß, tief eingeatmet hatte und jetzt die Luft nicht mehr anhalten konnte: Das war das Unbehagen, das ihn erfüllte –

Er atmete aus, schlug zugleich wieder die Augen auf und stellte fest, daß niemand mehr vor ihm stand: Da waren nur die Grün- und Grautöne des Friedhofs, ein wenig verschwommen erst, dann deutliche Konturen annehmend, als er sich den Schweiß aus den Augen zwinkerte.

Er war dumm gewesen, dachte er schon. Und dann löste die Verwirrung in seinem Kopf sich wie der Schweiß, in einem weiteren Augenblick, als ihm einfiel, daß der Mann mit dem Gewehr ihn beim Namen genannt hatte.

Er drehte sich unbeholfen um und griff haltsuchend nach dem nächsten Grabstein, da seine Beine wieder unter ihm wegzuknikken drohten, so daß er leicht wankte.

Kampfjacke war noch auf dem Friedhof, jetzt aber weit hinter ihm an der Mauer, und spähte halbwegs zwischen Eibe und Tor auf den Anger hinaus, das Gewehr noch im Anschlag. Im Moment schien er an Ian ganz uninteressiert.

Aber ... *»Mr. Ian Robinson, nehme ich an?«* stand zwischen ihnen, bestätigte die Anwesenheit des Mannes, schloß einen Zufall aus – und rief Ians sämtliche Befürchtungen wieder als lärmendes, chaotisches Getümmel in seinen Kopf zurück: Der Mann war real, und seine Flinte war real. Und nicht weniger real waren die anderen Männer gewesen – Karo Sakko und Grauer Anzug – aber wo waren denn die jetzt –?

Kampfjacke drehte sich unvermittelt zu ihm herum und winkte ihn zu sich.

Die Einladung duldete keinen Widerspruch. Wenn es einen Augenblick gegeben hatte, loszulaufen und davonzurennen, war er jetzt vorbei. Und seine weichen Knie wiesen den Gedanken an sich ja schon als lächerlich zurück, ganz abgesehen von der Flinte in den Händen des Mannes.

Das grob geschnittene Friedhofsgras war weich und federnd unter seinen Füßen, und ein anderer Querschnitt durch die Gedenksteine zu Ehren längst verstorbener Bewohner von Lower Buckland umgab ihn. Doch er hatte jetzt nur Augen für Kampfjacke, als er sich dem Mann näherte.

Kampfjacke lächelte nicht mehr (und hatte vielleicht nie gelächelt: Vielleicht war dieses Lächeln ein Werk seiner Einbildung gewesen?).

»Ich glaube, sie sind weg.« Kampfjacke nickte ihm zu, überblickte noch einmal prüfend den Dorfanger und kehrte zu ihm zurück.

»Sie sind weg?« Die belegte Stimme, mit der Ian die Worte wiederholte, verriet ihn. Aber . . . Kampfjacke war in den Vierzigern, um das festzuhalten: Anfang Vierzig, aber etwas abgehärmt; braunes Haar, kurz, aber gut geschnitten; braune Augen, ebenmäßige Gesichtszüge . . . der Typ Mann, dem, wäre er zehn Jahre älter gewesen und erst einmal ein wenig angegraut, Jenny einen zweiten Blick gegönnt hätte (älteren, nicht jüngeren Männern galt Jennys Vorliebe –) –

(Philip Masson vielleicht? Ist es das, Jenny? Ist es das?)

Der Gedanke an Jenny weckte in ihm den Wunsch, auf die Uhr zu sehen. Aber das durfte er nicht!

»Haben Sie den Wagen nicht gehört?« Kampfjacke musterte ihn ebenso eingehend.

»Nein.« Es war immerhin möglich, daß dieser Mann ihm das Leben gerettet hatte. Sollte er das aber getan haben, hatte er nur Befehle befolgt, genau wie der syrische Major in Beirut. Und jetzt kam es auf Jenny an – und auf Jennys Befehle. Also hieß es, kühlen Kopf bewahren und nicht zulassen, daß alberne Gefühlsduselei den Notwendigkeiten in die Quere kam. »Wer sind Sie?«

»Mein Name ist Mitchell. Paul Mitchell –« Mitchell-Paul-Mitchell warf noch einen Blick über die Kirchhofsmauer: Was immer und *wer immer* Mitchell-Paul-Mitchell sein mochte ... er war ein vorsichtiger Mann. »Paul *Lefevre* Mitchell. Vor fast genau dreihundert Jahren ist einer meiner hugenottisch-protestantischen Vorfahren aus dem Frankreich Ludwigs XIV. nach England geflohen ... und vor gerade ein bis zwei Minuten wünschte ich mir eher, er hätte es nicht getan, Mr. Robinson. Aber jetzt wird es, glaub' ich, auch für uns Zeit zu gehen.«

Das war auf seltsame Weise interessant. Denn vor einigen Jahren (und nachdem Jenny die Idee abgelehnt hatte, zugunsten des marktfähigeren Nahen Ostens), hatte er seinen Verlegern ein Buch zu diesem Jubiläum der Protestantenvertreibung König Ludwigs vorgeschlagen, die Großbritannien die *Bank of England* und Laurence Olivier beschert hatte und Paul Revere den Vereinigten Staaten.

Doch das alles war jetzt geradezu lächerlich unwichtig: Wichtig war ... er mußte zum Tandoori-Restaurant von Abdul dem Verdammten. Und zu Jenny.

Wichtig war aber auch, daß er nicht zu ungeduldig wirken durfte – so verzweifelt er auch war. Deshalb mußte er die bedeutsamere zweite Äußerung zugunsten der ersten ignorieren. »Sie wünschten, er wäre nicht geflohen, Mr. Mitchell? Wieso das denn?«

Mitchell zog eine Augenbraue hoch. »Sie haben die Ruhe weg, was!« Dann kehrte eine Andeutung jenes ursprünglichen Nichtlächelns zurück. »Andererseits, in Beirut hatten Sie *wirklich* die Ruhe weg, nicht? Als Ihre Freundin gekidnappt wurde und Sie ihre Freilassung aushandelten –? Das war kaltblütig – ja!«

Mitchell war vom Nachrichtendienst, nicht vom Special Branch: Es konnte MI5 sein (MI6 kam kaum in Frage), aber eins von beiden war es, wenn er so viel wußte ... obschon er sich, was die Kaltblütigkeit anging, kläglich geirrt hatte. Aber er brauchte die Illusion nicht zu zerstören. »So –?«

»Ich fragte mich, warum Sie nicht so schnell wie möglich in Deckung gegangen sind!« Mitchell nickte. »Aber ... Sie waren natürlich nicht überrascht, oder?«

Er mußte weg von dieser totalen Fehldeutung der Ereignisse. »Sie scheinen eine Menge über mich zu wissen, Mr. Mitchell.«

»Ich weiß alles über Sie, Mr. Robinson: Miss Fielding-ffulke stellt die Fragen, hat die Verbindungen und handelt die Geschäftsbedingungen aus ... und Sie sondern die Schafe von den Böcken, die sie Ihnen bringt, und schreiben dann die Bücher. Sie sind das Hirn, und sie ist die starke Hand, so ungewöhnlich das auch klingen mag.« Mitchell warf noch einen Blick über die Kirchhofsmauer. »Gehen wir also?«

Mit Mitchell an seiner Seite war er körperlich außer Gefahr; diese Flinte, wenn nicht Mitchell selbst, machte das deutlich. Also mußte er jetzt, wo dieser *Mitchell-Paul-Mitchell* zum Plaudern aufgelegt war, Jenny vergessen und alles herausholen, was er konnte, solange es ging ... egal, wie sich ihm noch der Magen drehte. »Wenn ich ›das Hirn‹ bin, Mr. Mitchell ... dann wäre ich Ihnen verbunden, wenn Sie mir sagen würden, was los ist –?«

Mitchell legte den Kopf schräg. »Wollen Sie mir schwierig kommen? Nach dem, was gerade passiert ist?« Wieder blickte er zum Dorfanger. »Ich glaube, sie sind weg ... Fordern wir aber unser Glück nicht heraus – nein?«

Weil Mitchell nicht zufrieden war, begann Ian sich unbehaglich zu fühlen. »Aber ich weiß immer noch nicht, wer Sie sind, Mr. Mitchell – so wenig, wie ich weiß, wer eigentlich die anderen waren.«

»Aber Sie sind vor ihnen ausgerissen?« Mitchells Mund verzog sich. »Mir scheint, Sie sind doch schwierig –«

»Bin ich nicht –« Er war tatsächlich nicht schwierig: für den Augenblick konnte er zumindest teilweise ehrlich sein. »Wer waren sie?«

Mitchell starrte ihn einen Moment lang an, als ließe er sich von dieser teilweisen Ehrlichkeit täuschen. »Sie kennen ihn nicht? Nun ... das könnte sogar stimmen! Trotzdem ... sind Sie wie ein Kaninchen über den Anger geflitzt –?« Der Augenblick der Leichtgläubigkeit löste sich in Argwohn auf. »Ach – kommen Sie, Mr. Robinson! Ich habe Ihretwegen gerade Schlimmes durchgemacht: da sollten Sie weiß Gott keine dummen Spielchen mit mir treiben!« Er hob die Flinte bedeutungsvoll an seine Brust – dann klappte er sie auf und streckte sie Ian hin. »Sehen Sie?«

Was Ian sah, war, daß das Gesicht des Mannes aus der Fassung geriet, als er das Gewehr zur Prüfung darbot, und daß sein Mund sich bitter verzog.

»Leer.« Mitchell schob das Gewehr näher. »Sehen Sie!«

Ian mußte es sich anschauen.

»Okay?« Mitchell schloß die Flinte wieder. »Pater John – Pater John, den Sie gesprochen haben ... er *lieh* mir sein Gewehr. Aber er konnte keine Patronen dafür finden – nicht auf die Schnelle, meinte er – haha!«

Das war es in der Tat, was Ian gesehen hatte: Die Kammern des Jagdgewehrs waren genau wie die beiden Mündungen, die er auf sich gerichtet wähnte, leere schwarze Kreise gewesen –

Mitchell nickte. »Ich habe Ihretwegen gerade mit einem ungeladenen Gewehr auf Paddy MacManus gezielt, Mr. Robinson. Und das bedeutet, Sie schulden mir mehr, als Sie jemals zurückzahlen können: Ich habe Ihnen eins Ihrer neun Leben erkauft – aber jetzt sind wir *beide* um eins von unseren neun Leben ärmer – okay?«

Die leere Flinte gab Ian den Rest. Er wußte zwar nicht, wer zum Teufel Paddy MacManus sein mochte; aber *Mitchell-Paul-Mitchell* wußte es – und dieses Lächeln, wenn's denn eins gewesen war, mußte das Lächeln des syrischen Majors am Treffpunkt gewesen sein, auf Angst gepappte Zuversicht, als sie schließlich den Wagen verlassen hatten, obwohl sie immer noch nicht wußten, ob es ein Treffen oder ein Hinterhalt war –

Er folgte Kampfjacke zu dem überdachten Tor.

»Mein Wagen steht gegenüber dem Anger, Mr. Mitchell –« begann er. Sollte es aber so leicht sein?

»Wir nehmen nicht Ihren Wagen.« Mitchell deutete auf den Volvo. »Sie kommen mit mir.«

Er folgte immer noch Kampfjacke-Mitchell-Paul-Mitchell. Doch sein Rover Vitesse war ebensosehr sein ganzer Stolz wie seinerzeit das Folkboat *Jenny III* für Philip Masson. »Was wird denn aus meinem Auto –?«

»Ich lasse es abholen. Wenn die Ihnen hierher gefolgt sind, dann haben sie's verwanzt. Also werden wir es für Sie *ent*wanzen – keine Sorge!« Mitchell schloß zerstreut seinen großen silbernen Volvo auf. »Und wir fahren in der anderen Richtung raus – für alle Fälle.«

Sie waren ihm hierher gefolgt. Tatsächlich waren *sie* und auch *Mitchell-Paul-Mitchell* ihm hierher nachgefahren, wo er sich doch für so klug gehalten hatte.

»Wie sind Sie mir denn gefolgt?« Er wußte noch immer nicht recht, wer *Mitchell-Paul-Mitchell* war. Aber es schien nicht die Zeit für eine Auseinandersetzung.

»Das war einfach.« Der Volvo fuhr sanft an. »Zumindest nach Rickmansworth war es einfach.« Der Volvo umrundete das friedliche Rasenviereck. »Die Strecke hier ist länger . . . aber wir nehmen für alle Fälle mal den Umweg, denke ich.«

Sie passierten die Seitenstraße mit dem Postamt und dann die Seitenstraße, in der sein sich selbst überlassener ganzer Stolz abgestellt war. Dann beschleunigten sie.

»Was hat Pater John zu Ihnen gesagt, als Sie ihn auf dem Kirchhof trafen?« kam Mitchell seiner nächsten Frage zuvor, während sie die andere Seite des friedlichen Tals von Lower Buckland hinaufzuklettern begannen, in dem gerade niemand umgebracht worden war.

»Pater John« mußte der alte Priester sein, dem er begegnet war und den zu treffen er sich so glücklich geschätzt hatte: »Pater John« in seiner langen schwarzen Soutane, anglikanische Hochkirche und alt – alter Pater John und alte schwarze Soutane, wie er gedacht hatte . . . Aber jetzt mußte er an Pater John als Teil des Blendwerks von *Mrs. Frances Fitzgibbon* denken, von dem *Mitchell-Paul-Mitchell* ein anderer Teil war.

»Kann ich Ihnen behilflich sein?« (Der alte Priester war aus dem Nichts aufgetaucht.)

»Sir?« (Er war überrascht worden, als er sich das Fitzgibbon-

Grab ansah, und er hatte es sich übermäßig lange angeschaut bei all den anderen Gräbern, die es ringsum zu sehen gab.)

»Suchen Sie nach jemand Bestimmtem?« (Pater John hatte dem Stein der Fitzgibbons ein kleines Nicken geschenkt – fast einen Segen.)

(Das hatte ihn erschüttert. Er hatte *Captain Robert Gauvain* ausgestrichen und sich auf Frances, dessen geliebte *Frau*, konzentriert; auf *Frances, geliebte Frau* – ehedem *Marilyn*, geliebte ›Klassefrau‹ von Gary Redwood ... und vielleicht die lang verlorene, nie geborene Tochter von Mrs. Champeney-Smythe – aber wer in Wirklichkeit? Nun, was immer sie auch gewesen war, Marilyn/Frances hatte ihn fast überwältigt in dem Augenblick, als er ihren Namen auf ihrem Grabstein gesehen hatte.)

(Und diese verräterische Konzentration auf Marilyn/Frances hatte er schnell bleiben lassen, als Pater John ihn ansah.) *»Der, den ich suchte, war Captain Fitzgibbon, Sir.«* (Da hatte ihm Satan auf die Sprünge geholfen.) *»Er war in meinem Regiment, Sir.«*

(Pater John hatte daraufhin verständnisvoll genickt. *»Ah ja ... Robbie Fitzgibbon war ein Prachtkerl! Der Kühnste der Kühnen ... und ein guter Kricketspieler.«* (Das größte Lob!)

»Kannten Sie seine Frau, Sir?« (Die Gretchenfrage.)

»Frances? Ja –«

Er bekam ein letztes Mal flüchtig die Kirche tief unten zu sehen, und das rief ihm den Gesichtsausdruck des alten Priesters in Erinnerung, mit dem bereits alles gesagt war, noch ehe Pater John bestätigte, was er selbst schon wußte. Aber es war nicht der Zeitpunkt, auf mehr zu dringen, hatte er entschieden.

Oder war es so, daß er einfach keine Lust mehr gehabt hatte, sich selber noch weiter lügen zu hören? Nicht, was Mrs. Frances Fitzgibbon betraf –?

Der Wagen hüpfte über ein Schlagloch, als sie das Tal hinter sich ließen.

»Es war einfach, mir zu folgen?« Er wußte so viel über Frances

– und doch wußte er eigentlich nichts. Aber jetzt kam es auf diesen Mitchell an. »Nach Rickmansworth? Wieso denn?«

»Als Sie aus dem Haus dieser alten Frau kamen – aus dieser Pension ... haben Sie ausgesehen wie die Katze, die den Milchtopf entdeckt hat, Mr. Robinson.« Mitchell warf ihm kurz einen finsteren Blick zu. »Da wußte ich also, wo Sie hinwollten. Aber woher zum Teufel wußte sie, wohin sie Sie schicken mußte? Frances – Mrs. Fitzgibbon ... hat es ihr bestimmt nicht gesagt. Und ich habe diese Wohnung selber ausgeräumt, für alle Fälle.« Wieder blickte er Ian finster an, doch diesmal mit der ganzen unterschwelligen Arroganz eines Mannes, der es nicht gewohnt ist, Fehler zu machen.

»Sie waren also der ›Bruder‹.« Es tat gut, diese Arroganz anzupieksen. Und es tat auch gut, wenn alles so nahtlos zusammenpaßte: Mitchell war schon früher in Lower Buckland gewesen – und zwar oft, wenn er von dem alten Priester ein Jagdgewehr leihen konnte. Aber ... warum tat der Gedanke weh, daß Mitchell Frances Fitzgibbon so gut gekannt hatte, daß ihr Vorname ihm zuerst einfiel? »Aber ... wer sind Sie, Mr. Mitchell? Und was sind Sie?« Das einzige, was er tun konnte, um diesen unerklärlichen Schmerz zu lindern, war, daß er an seinem eigenen kleinen Geheimnis zäh festhielt. »Und warum sind Sie mir gefolgt?«

Mitchell, der schweigend fuhr, blickte immer noch finster.

Eine weitere Frage fiel Ian ein, etwas verspätet in Anbetracht ihrer Wichtigkeit. »Wohin fahren wir?«

Diesmal grinste der Mann. »Zu Miss Fielding-ffulke – richtig?«

Das war ein übles Stück Logik. »Was soll ich denn da?«

»Ach kommen Sie, Mr. Robinson! Sie haben ihr doch eine Menge zu erzählen. Und sie hat wahrscheinlich Ihnen eine Menge zu erzählen. Neben dem, was die Herren Tully und Buller ans Licht gebracht haben.« Das Grinsen verschwand. »Und jetzt müssen wir beide ziemlich dringend zu ihr, oder sind Sie anderer Meinung?«

Der Mann wußte nichts von Reg Buller. Wie war es dann aber möglich –?

»Kommen Sie, Mensch!« Mitchell verlor ein wenig die Ruhe.

»Ihre Freunde vorhin – die sind zwar schnell weg, als sie mich gesehen haben. Aber das lag nur daran, daß ich unerwartet kam, und MacManus kann das Unerwartete nicht leiden – nicht, wenn es ein auf ihn gerichtetes Gewehr ist. Er wollte keine Schießerei, er wurde nur für Sie bezahlt, Mr. Robinson. Aber ... er verschwindet nicht für immer: er will noch sein Geld. Oder ... wenn nicht er, dann wird jemand anders dasein.«

Im Grunde war es einfach: Kampfjacke war das Unerwartete für Karo Sakko und Grauen Anzug gewesen. Aber Karo Sakko und Grauer Anzug waren auch das Unerwartete für Kampfjacke gewesen: Die geborgte Flinte, die *leere* geborgte Flinte – sagte alles. *Gott!*

»Was sind Sie, Mr. Mitchell? Special Branch? Oder Sicherheit?« Ian sah ein Autobahnschild auftauchen, das ihnen London oder »den Westen« zur Wahl stellte.

»Ich bin der Mann, der Ihretwegen gerade eines seiner neun Leben verloren hat, Mr. Ian Robinson.« Mitchell kramte in seiner Tasche. »Wohin? London, nehme ich an?«

Weiter weg in der zunehmenden Dunkelheit sah Ian unzählige rasende Scheinwerfer auf der M 25. Wohin?

»Es könnte natürlich eine Fälschung sein.« Mitchell wartete, während Ian die Ausweismappe studierte. Sie sagte ihm nicht viel mehr, als er bereits erraten hatte, und er hatte schon ähnliche gesehen. »Allerdings ... wenn es eine wäre, könnten Sie schon tot sein, Mr. Robinson. Denn mit all den schlauen Fragen, die Sie über Philip Masson und David Audley gestellt haben, scheinen Sie und Ihre Partnerin den Teufel persönlich beschworen zu haben. Nur sieht es aus, als ob der Teufel hinter Ihnen her ist statt hinter David, nicht wahr?«

Sie näherten sich der Gabelung.

»London – ja«, sagte Ian.

6

Ian konnte nie das Labyrinth von Islington durchqueren, ohne an das Monopoly-Spiel zu denken, das er zu seinem achten Geburtstag bekommen hatte, und an seinen Vater, dessen Geschenk es war: Dad war (unter vielem anderen) verrückt in bezug auf Ortsnamen, und *Islington* war Ians allererster Kauf gewesen, nachdem die Würfel sein kleines Silberauto dorthin befördert hatten –

›Der Engel, Islington‹ – kauf's dir, Junge! Kauf's dir! Obwohl es heutzutage, fürchte ich, nicht mehr viele Engel in Islington gibt . . . Nein – es wird einmal das ›Tūn‹ der ›Eslingas‹ gewesen sein . . . der Stamm eines kleineren nordsächsischen Häuptlings mit Namen ›Esla‹ . . . Komisch ist das: Wir haben ›Essex‹ für die Ostsachsen, ›Sussex‹ für die Südsachsen und ›Wessex‹ für die größten – die Westsachsen. Und sogar ›Middlesex‹ für die Mittelsachen. Aber kein ›Nossex‹, was? Vielleicht waren die Angeln dort – ›Engel‹ womöglich –?« (Darüber hatte Dad einen Augenblick nachgedacht, dann war er vom Spieltisch aufgestanden und in sein Arbeitszimmer gegangen, um »das einmal nachzuschlagen«, wie es seine zermürbende Gewohnheit war; und Mum hatte gerufen: *»Eddie! Komm zurück! Wir spielen doch – du bist jetzt dran!«* und Ian dabei verzagt angesehen; und Dad hatte von weither und ohne jede Reue zurückgerufen: *»Nur ein Minütchen, Schatz! Muß das erst nachsehen. Denn Wissen ist Macht, und Macht ist Wissen – man soll immer ein gutes Beispiel geben – nur ein Minütchen, Schatz!«*; und nach einer ganzen Ewigkeit von fünf Minuten war er dann kopfschüttelnd wieder zu ihr und Ian an den Tisch gekommen, wie er es meistens tat.) *»Keine Engel in Islington, soweit ich feststellen kann. Aber jede Menge vom Gegenteil – böse Männer im Pentonville-Gefängnis und liederliche Frauen in Holloway Road, mein Junge . . . Und offen gesagt, das Polytechnikum würde ich kaum höher einschätzen – ich nehme an, da patrouilliert die Polizei abends auch paarweise . . . Aber kauf es dir, Ian –«*

Und eine traurigsüße Erinnerung an Mum und Dad schloß sich daran an: Sie hatten nie seine schicke Wohnung in Hampstead gesehen oder seinen Vitesse (der noch in Lower Buckland stand). Doch Dad hätte sich auf jeden Fall mehr für seine Fachbibliothek begeistert, und Mum hätte sich schrecklich gefreut, Lady Fielding-ffulke und die Ehrenwerte Jennifer kennenzulernen, so sehr sie sie auch eingeschüchtert haben würden.

Jetzt aber – *jetzt* . . . wünschte er, Daddy hätte recht gehabt und zahlreiche Gespanne von großen, massigen Streifenpolizisten hätten an jeder Straßenecke Kniebeugen vollführt, als Paul Mitchell den silbernen Volvo in die willkommene Parklücke vor dem Tandoori-Restaurant Abduls des Verdammten bugsierte.

Jetzt aber – *jetzt* . . . mußte er Kampfjacke vertrauen – genau wie Kampfjacke sich darauf verließ, daß er sich nicht bei nächster Gelegenheit in das regengepeitschte Dämmerlicht verdrückte, statt ihn in die Lücke zu weisen.

»Geht's so –?« Mitchell streckte den Kopf zum Fenster raus.

»Halben Meter haben sie noch – links einschlagen – gut!« Hier waren Leute, die er sehen konnte – im Unterschied zu Lower Buckland, wo er keine gesehen hatte, auch wenn sie dort gewesen waren; aber er mußte sich auf Mitchells Vertrauen in ihre Sicherheit verlassen, genau wie Mitchell sich auf ihn verließ. »Halt!«

»Puh!« Mitchell schloß den Wagen ab und schaltete die Alarmanlage ein. »Verdammt dicker Brummer!« Er grinste Ian an. »Nicht meiner, verstehen Sie? Aber herrlich unauffällig im Einzugsgebiet – *alle* Frauen haben so einen, um die Kinder zur Schule zu bringen und die Hunde, wohin die Hunde eben sollen.« Er sah sich um, blickte scheinbar beiläufig die Straße rauf und runter. »Ah! Da ist eine Telefonzelle! Wenn sie unbeschädigt ist, rufe ich gerade mein Büro an. Sie gehen schon rein, Ian – machen Sie Johannes den Täufer für mich bei Ihrer Ladyschaft – okay?« Die blaue Neonreklame, die Abduls Tandoori-Leckereien anpries, ließ sein Gesicht satanisch leuchten. »Erzählen Sie es wie in Ihren Büchern, ohne Schnörkel – so, wie es gewesen ist, okay?«

Er wollte Paul Mitchell nicht sympathisch finden, sosehr sie auch Mrs. Frances Fitzgibbon gemeinsam zu haben schienen. Aber irgend etwas an dem Mann sprach ihn an; etwas, das er zwar nicht einordnen konnte, das ihn aber trotz ihrer gegensätzlichen Interessen erreichte. Und es war nicht nur, daß Mitchell ihm das Leben gerettet hatte – nein, ganz und gar nicht, denn das war seine dienstliche Pflicht gewesen, deshalb zählte es nicht. Aber . . . da war noch etwas –

»Die haben Telefon, Mr. Mitchell.« Er wies auf Abduls Restaurant.

»M-hm?« Die Straße wurde noch einmal von oben bis unten gemustert. »Sagen Sie ›Paul‹ zu mir, und ich nenne Sie ›Ian‹ – denken Sie dran?« Mitchell wandte sich wieder zu ihm. »Wenn man sich mit Vornamen anredet, kann man harte Wahrheiten austauschen, ohne sich gegenseitig zu beleidigen, finde ich immer. ›Verpiß dich, Paul‹ ist doch so viel freundlicher als ›Nein, Mr. Mitchell‹ – wie?« Die dunkelblauen Lippen kräuselten sich dämonisch. »Okay, Ian?«

Der Currygeruch rief ihm zu lebhaft die Straße vor der Pension von Mrs. Champeney-Smythe in Erinnerung, als daß er das teuflische Grinsen hätte erwidern können. Und Mitchell wartete seine Zustimmung ohnehin nicht ab.

Dann verschlang ihn der Geruch, als er die Tür öffnete.

Und da war auch schon der kleine Mr. Malik, der ihm mit seinem ansteckenden Humor zulächelte und dabei auf den Ballen seiner Füße wippte wie ein erwartungsvoller Boxer.

»Mister Robinson – diesmal haben Sie aber verdammt was Böses angestellt, glaube ich!« Mr. Malik nickte zu einer Gruppe von weißbejackten Kellnern hinüber, aus der sich die zwei kräftigsten augenblicklich lösten. »Aber seien Sie unbesorgt. Mein kleiner Bruder und mein Cousin werden sich draußen mal verdammt gut umsehen – verdammt sichergehen, daß da keiner herumschnüffelt, nicht wahr?«

Die beiden Kellner schälten sich bereits aus ihren weißen Jakken, und Mr. Maliks bildhübsche Schwester langte unter ihre Registrierkasse, um zwei dunkle Windjacken hervorzuholen. Als Mr. Malik sein Geschäft in dieser rauhen Gegend eröffnet hatte, war es zu mehreren Episoden von »verdammtem Ärger« gekommen, wie Ian noch wußte. Aber Mr. Malik hatte seine Probleme unter Umgehung der offiziellen Ordnungskräfte auf eine Weise angepackt, die von den Einheimischen verstanden und anerkannt wurde. Daher war alles friedlich in Cody Street.

»Nein, Mr. Malik –!« Der Gedanke, daß Paul Mitchell ein letztesmal draußen herumschnuppern und dabei auf den grinsenden, einsfünfundachtzig großen »kleinen Bruder« treffen könnte, durchzuckte ihn, als der kleine Bruder einen Totschläger in seinen Ärmel gleiten ließ. »Nein!«

»O doch, Mr. Robinson!« Mr. Malik hob Schweigen gebietend die Hand. »Miss Jenny sagt, wir sollen verdammt gute Vorsichtsmaßnahmen treffen – das sind ihre Anweisungen, Mr. Robinson.« Er leitete die Handbewegung weiter zu seinem Such-und-Zerstörtrupp. »Los!«

»Nein. Ich habe einen Freund da draußen – in der Telefonzelle auf der anderen Straßenseite, Mr. Malik –« Verzweifelt sprang Ian zum Ausgang, um ihn zu versperren. Wenn Jenny Anweisungen erteilte, parierten die Männer ja immer. Aber diese beiden sahen aus wie Männer, die bisher einen langweiligen Tag gehabt hatten.

»Ein Freund?« Mr. Malik schien überrascht, daß Ian Freunde hatte. Er schnippte jedoch mit den Fingern, und der Einsatztrupp erstarrte. »Aber . . . wir haben doch Telefon, Mr. Robinson. Und Miss Jenny sagt, wir sollen uns umsehen.«

»Ja.« Jenny hatte wirklich große Angst bekommen, wenn sie solche Anweisungen gab. Andererseits hatte sie verdammt recht damit und allen Grund, Angst zu bekommen! »Mein Freund wollte sich Ihnen nicht aufdrängen. Ist das Telefon intakt da draußen?«

»Intakt?« Mr. Malik richtete sich zu seinen vollen einsfünfundsechzig auf. »Mr. Robinson . . . wir haben keinen Ärger in Cody Street . . . keinen verdammten Ärger, Sir.« Er nickte seinem kleinen Bruder zu. »Wenn Mr. Robinsons Freund fertig telefoniert hat, bringt ihr ihn rein. Und dann seht ihr euch, wie ich schon sagte, verdammt gut um – okay?« Er ließ seine kältestarre Miene absoluter Herrschaft in die ursprüngliche Freundlichkeit zurückgleiten, als er sich wieder Ian zuwandte. »Jetzt bringe ich Sie zu Miss Jenny, Sir – bitte sehr.«

Ian folgte dem kleinen Mann durch das ganze Taj Mahal, zwischen Tischen hindurch, die schon um diese Zeit voll besetzt waren mit Leuten, die Mr. Malik grüßten und die er seinerseits mit gleicher Wertschätzung grüßte, bis sie die durch einen Vorhang abgeteilte Treppe am Ende erreichten.

Mr. Malik hielt ihm den Vorhang auf. Berührte ihn dann aber am Arm, bevor er weitergehen konnte.

»Lauter Stammgäste heute abend, Mr. Robinson – solche, die mir bekannt sind, verstehen Sie?« Er sah zu Ian auf und tippte sich an die Nase. »Okay?«

»Ja –?« Das Schlimme war, er verstand nur zu gut.

»Ja. Keine Fremden da draußen.« Nicken. »Und . . . jeder verdammte Tisch besetzt heute abend – bis Miss Jenny geht.« Er grinste plötzlich. »Ausgenommen Stammgäste, die meine Schwester kennt – nur die werden bedient.« Das Grinsen verschwand. »Wissen Sie noch – der Abend, als die verdammte Suppe überschwappte –?«

»Ja.« Das war ein Abend, den man nicht so leicht vergaß: Es war die Krönung – um ein Haar der Skandal – der ersten Woche des Taj Mahal gewesen, als der lärmende Trunkenbold den Kellner angerempelt hatte und die Suppe verschüttet wurde, worauf der Betrunkene sich anschickte, dem Kellner eine griffbereite Flasche Selters über den Schädel zu ziehen und der kleine Mr. Malik (noch nicht alias Abdul der Verdammte) sich dem Angreifer in den Weg stellte; und Jenny hatte Intervention verlangt –

»Tu doch was!« (Jenny empört, Ian verängstigt.)

»Was – ich?« (Ian entgeistert zu ihr . . . denn der Betrunkene war groß und ihr Tisch mit unangerührtem Essen beladen.)

»Willste Ärger –?« (Betrunkener zu Mr. Malik, hocherfreut.)

»Du machst verdammten Ärger!« (Mr. Malik, peinlich unerschrocken.)

»Ian!« (Jenny, jetzt über ihn empört.)

»Hallo, Sie –« (Ian entsetzt, aber resigniert,) »– nun mal langsam, alle miteinander!«

»Wer hat denn dich *gefragt?«* (Betrunkener zu Ian; dann mit erhobener Flasche zu jedermann.) *»Will sonst noch einer Ärger –?«*

»Ja.« (Jenny, ungerührt und reizend, die Aufmerksamkeit aller auf sich ziehend, als sie sich hinter dem Tisch hervorzwängte, um die Bühnenmitte einzunehmen.) *»Ich – wenn Sie meinen, ich sei klein genug?«*

Aber Mr. Malik grinste ihn an. »Kein Problem heute abend, Mr. Robinson – keine verdammte Suppe, nein?« Das Grinsen riß fast sein Gesicht entzwei. »Gehen Sie zu Miss Jenny – die zweite Tür links, der Shah-Jahan-Raum. Ich bringe dann möglichst bald Ihren Freund rauf. Und keine verdammten Fremden.«

Ian erwiderte das Grinsen so gut er konnte, während er versuchte, nicht daran zu denken, was passieren würde, wenn Mitchells Zuversicht unangebracht war und Abduls Gefolgsleute auf den Stoßtrupp von heute nachmittag trafen.

»Vielen Dank, Mr. Malik.« Es ließ ihn, während er das falsche Grinsen über seine Schulter hinweg aufrecht erhielt, verzagen, daß nach diesem Nachmittag, diesem Abend seiner Einbildungskraft keine Grenzen gesetzt waren. Allerdings stellte er fest, daß seine Fähigkeit, sich Sorgen zu machen, begrenzt war.

Der Shah-Jahan-Raum, einer der speziellen privaten Eßsalons, lag linkerhand . . . neben dem Mumtaz-Mahal-Raum – Mumtaz, für die das Wunderwerk des echten Taj Mahal geschaffen worden war und die jetzt auf so seltsame Weise in zahllosen Restaurants und Schnellgaststätten gefeiert wurde, nachdem die Mogulherrscher und ihre britischen Bezwinger längst in die Historie entschwunden waren.

»Jenny!« Der Raum war irritierend parfümiert und düster nach dem vergleichsweise hellen Halbdunkel des Flurs und dem vorherrschenden Currygeruch, der ihm die Treppe hinauf gefolgt war. »Jenny –?«

»Na endlich! Du hast dir ganz schön Zeit gelassen, muß ich sagen!«

»Ja – tut mir leid, Jen.« Wie sie hinter den seidenen Vorhängen hervorkam, hätte sie eigentlich entsprechend gekleidet sein müssen, Edelsteine und entblößter Bauch; aber wie sie nun einmal war, paßte ihr Tonfall zu dem alten Pullover und den Jeans. »Ich wurde aufgehalten.«

»Aufgehalten? Du sagtest, eine Stunde, Herrgott noch mal!« Sie zog unbeholfen an ihrer Zigarette und drückte sie aus, ergriff dann das Glas neben dem Aschenbecher und trank es leer. Daß Jenny trank, war nichts Ungewöhnliches, aber daß sie rauchte, war demoralisierend. »Was hat dich aufgehalten, um Gottes willen? Ich habe mich irrsinnig gesorgt.«

»Wer – nicht was.« Manchmal hatte er Lust, sie zu ohrfeigen, und wäre die Lage nicht so ernst gewesen, hätte es jetzt soweit sein können. Da außerdem Mitchell gesagt hatte, er werde bald kommen, war für gegenseitige Beschuldigungen keine Zeit. »Was ist mit Reg Buller passiert?«

»Er ist tot – ich sagte es dir schon.« Sie trat mit ihrem Glas an die gut ausgestattete Bar in der mit einem Baldachin überdachten Nische. »Und wir haben ihn umgebracht.« Sie goß das Glas voll. »Oder um ganz genau zu sein, *ich* habe ihn umgebracht.« Sie hob die Flasche. »Unehre, wem Unehre gebührt. Trink was, Ian. Ich sagte ja, wir hätten einen Knüller hier, und du kannst nicht behaupten, ich hätte mich geirrt. Jetzt können wir die ganze Schote sogar dem alten Reg widmen – zum Entzücken der Kritiker: *›Dulce et decorum est pro Jennifer Fielding mori‹* – was hältst du davon?«

Sie war nicht mehr verängstigt – oder falls sie es überhaupt gewesen war, so war sie es im Moment nicht. Wenn sie sich aber Mut angetrunken hatte und sich selber leid tat, saßen sie jetzt, wo Mitchell kommen würde, erst recht in der Tinte.

»Sei unbesorgt – das ist das harmloseste Gesöff, das Abdul führt, so gut wie alkoholfrei.« Sie konnte in dem gedämpften Licht kaum seinen Gesichtsausdruck gesehen haben, aber sie wußte immer sein Schweigen zu deuten. »Und ich habe es mit Sprudel verdünnt. Ich bin also nicht besoffen, Ian-Schatz – oder wie sagte der alte Reg immer, wenn er auf Tour war –? ›Maßlos‹, ja? Nein, *›unmäßig‹* – ich bin nicht *unmäßig* . . . siehst du?« Sie stieß ihm die Flasche hin. »Kaum angebrochen.«

Sie hatte Angst – natürlich hatte sie Angst. Und er ja auch, aber darüber hinaus – und weniger verzeihlich – war er dumm gewesen . . .

»Es ist schon gut, Jenny.« Er nahm ihr die Flasche ab und legte die Arme um sie wie unter Geschwistern, dachte *wie unter Geschwistern – und zum erstenmal seit Beirut ... doch das war anders gewesen: das war geteilte Erleichterung damals, nicht geteilte Furcht!* »Ist schon gut, Jen.«

Sie hielt ihn fester. »Ach Ian – nichts ist gut – alles ist schlimm! Was hab' ich getan – um Gottes willen, was hab' ich getan?«

»Du hast gar nichts getan.« Entscheidend war, was sie jetzt tun würden. Und da Jenny nun so völlig aus der Rolle fiel, wurde ihm klar, wie sehr er sich normalerweise darauf verließ, daß sie diese Frage beantwortete. Also mußte er ihr erst einmal den Kopf zurechtsetzen – und zwar schnell. »Was auch immer passiert ist, Reg war genauso scharf auf die Sache wie du – das ist todsicher«, – er schnitt der Wand hinter ihr eine Grimasse, als er seine taktlose Bemerkung hörte und sprach rasch weiter – »und ebenso war es John Tully«, er löste sich behutsam von ihr: Sosehr er auch etwas über Reg Buller zu erfahren wünschte, das mußte warten (und Tully war jetzt ohnehin wichtiger!). »Wo ist John, Jenny? Konntest du ihn inzwischen erreichen?«

»Nein.« Sie sah ihn verdutzt an. »Nein, noch nicht. Und ... das geht doch auch nicht, meine ich.«

Schon wieder dumm: Sie hatte davon gesprochen, daß die Polizei am Telefon gewesen sei, und er hatte automatisch angenommen, daß sie von einem toten Reg Buller zu einem lebenden John Tully vorgedrungen war, und hatte das in der Hast des Geschehens dann komplett vergessen.

»Aber, Ian –«

»Nein.« Auch John Tully war jetzt nicht das Wichtigste.

»Hör zu, Jen: Es kommt gleich jemand zu uns – hierher –«, er bemühte sich, während er sprach, mit einem Ohr zu lauschen, ob er nicht über dem Klang seiner Stimme und über dem fernen Gesumme, das aus dem Restaurant heraufdrang, Mitchell auf der Treppe hörte, »– der mit uns reden will.«

»Jemand?« Ihre Augen weiteten sich momentlang und wurden dann eng. »Wer –?«

»Hör doch zu. Ich war heute in Rickmansworth, um dem

Mädchen nachzugehen, das im Norden oben umgebracht wurde, kurz bevor Masson verschwand –«

»Ja, ich weiß. John sagte mir, daß du und Reg irgendeiner nebulösen Spur nachjagt.« Sie nickte. »Marilyn-Soundso.«

»Es war keine nebulöse Spur.«

»Francis. Marilyn Francis.« Das Nicken wurde verächtlich. »Eine Tippse.«

»Audley war dabei, als sie ums Leben kam.« Sie war ärgerlich über ihn, weil er aus eigenem Antrieb gehandelt hatte, doch war er jetzt auch über sie verärgert: weil sie sich voreilig verschlossen hatte (was ihr nicht ähnlich sah) . . . aber auch wegen ihrer Geringschätzung für Frances Fitzgibbon. »Ich dachte, wir wären hinter Audley her – stimmt's?«

»Stimmt.« Irgendwie brachte sie es fertig, von unten her auf ihn herabzusehen. »Aber nach Johns Auskunft gestern – und John ist keiner nebulösen Spur gefolgt – kam Audley erst am Tag, als sie den IRA-Mann erschossen haben, aus den Staaten zurück. Und wir interessieren uns für Audley und Philip Masson, nicht für Audley und Marilyn Dingsda, oder Marilyn Monroe oder sonst eine Marilyn. Du kannst sie ja als Fußnote mit reinbringen, wenn du willst – eins von Audleys Feldarbeitsopfern . . . aber Philip Masson war ein hohes Tier und hatte nichts mit Feldarbeit zu tun: Philly wäre Audleys neuer Chef geworden, wenn – ja *wenn* er am Leben geblieben wäre.« Sie brachte noch ein erstaunliches Paradox zustande, ähnlich dem physisch unmöglichen Blick von unten auf ihn herab: ihr Zorn machte sie fast unansehnlich. »Aber nicht für lange. Denn wahrscheinlich hätte er Audley ziemlich schnell vor die Tür gesetzt, unser Philly . . . Vielleicht mit einem Ordensband und einem Lehrstuhl an irgendeinem College in Cambridge als Trostpflaster . . . Aber vielleicht nicht mal das.« Die Häßlichkeit verschwand. »Aber Philly ist eben gestorben.«

War das ein Knarren auf der Treppe –?

»Und Reg Buller auch, Jenny.« Beinahe hätte sie seine Zuversicht geschwächt mit ihrem Hinweis auf die wesentlichen Erkenntnisse, die von Tully/Fielding gefahrlos gesammelt worden waren, während er so gefährlich in Rickmansworth und Lower

Buckland herumgeplänkelt hatte. Doch der Geist von Reg Buller schüttelte den Kopf über ihn – *und es war Blut auf Regs Gesicht . . . und das Geräusch war auf der Treppe gewesen.* »Und ich glaube, um ein Haar hätte es mich heute nachmittag auch erwischt; außerdem –«

»Was –?« Da sie durch nichts abgelenkt wurde, hatte sie jedes Wort mitbekommen, nachdem er sie mit *Reg Buller* unter der Gürtellinie getroffen hatte.

Er lauschte angestrengt in die plötzliche unnatürliche Stille: Selbst die Töpfe und Pfannen in der rührigen Küche unter ihnen schienen nicht mehr zu klappern, und das ganze alte *Eslingastūn* von Dad schien vorübergehend verstummt.

»Zwei Männer waren hinter mir her, Jen. Zumindest kam es mir so vor –«

Poch-poch – das leise doppelte Klopfen an der Tür unterbrach ihn entschieden. Und dann, als hätte es die Stille aufgehoben, fingen die Töpfe wieder an zu klappern, und draußen wechselte ein Autofahrer ungeschickt den Gang und brachte den Motor auf Touren. Aber Jenny wandte sich bereits dem ersten Geräusch zu.

Verdammt! dachte Ian. »Und da hat dieser Mann mir wahrscheinlich das Leben gerettet – *kommen Sie rein, Mr. Mitchell!*«

In den langgezogenen Sekunden, in denen sich die Tür öffnete, wandte Jenny sich wieder zu ihm, einen wütenden Ausdruck im Gesicht, den er froh war, nicht deutlich sehen zu können.

»Hallo! Ian –?« Mitchell sah Ian zuerst und lächelte ihn zögernd an, betrachtete dann immer noch lächelnd Jenny und drehte sich kurz herum. »Schönen Dank, meine Herren – für Ihre Hilfe . . .« Das Lächeln wirkte etwas matt, als er es wieder Ian zukehrte. »Ich wäre Ihnen verbunden, wenn Sie der indischen Armee hier draußen sagen würden, daß ich gut Freund bin. Die fangen nämlich an, mir angst zu machen.« Er stieß die Tür weiter auf, so daß Mr. Maliks furchterregender Bruder neben ihm sichtbar wurde und der ebenso beängstigende Cousin auf der anderen Seite.

Ian nickte ihnen zu. »Vielen Dank, meine Herren.«

Mr. Maliks Bruder stand still. »Falls Sie irgend etwas wünschen, Sir – klingeln Sie einfach.«

»Puh!« Mitchell schloß die Tür mit sichtlicher Erleichterung. »Die hatten vor der Telefonzelle auf mich gewartet. Ich dachte, sie wollten mich überfallen. Dann nannte der eine Ihren Namen ... Er sah aber trotzdem aus, als würde er mich lieber platthauen – auch nachdem ich ihm gesagt hatte, ich sei ein Freund von Ihnen.«

»Und sind Sie ein Freund von uns?« Jenny hatte zwar ihr Glas wieder, der kalten Feindseligkeit ihres Tons nach aber noch nicht ihre Fassung. »Mr. Mitchell, ja –?«

»Wie bitte?« Mitchell lächelte sie unbehaglich an. »Miss Fielding-ffulke, vermute ich?«

»Schlicht ›Fielding‹ genügt, Mr. Mitchell.«

»Von ›schlicht‹ keine Spur, Miss Fielding. Und meine Freunde sagen Paul zu mir. Denn das ist mein Name.«

»Wirklich? Und wir sind Freunde?«

»Das möchte ich meinen, ja. Ich bin zweifellos *Ihr* Freund, Miss Fielding. Und Sie können Freunde bestimmt gebrauchen.« Mitchell lächelte nicht mehr.

»Aber ich habe bereits Freunde, Mr. Mitchell. Jede Menge. Und sogar an hohen Stellen.«

»Ah ... ja.« Während Jenny selbstbewußter geworden und ihr Ärger abgeklungen war, schien es bei Mitchell irgendwie umgekehrt zu sein. »Aber jetzt brauchen Sie vielleicht einen an niedriger Stelle – glauben Sie nicht?«

»Womit Sie sich meinen, Mr. Mitchell?«

»Womit ich mich meine, Miss Fielding.« Mitchell warf Ian einen etwas verwirrten Blick zu.

»Aber ich kenne Sie doch gar nicht, Mr. Mitchell. Ich weiß nicht, wer Sie sind. Und ich weiß nicht, was Sie tun.«

Mitchells Kopf neigte sich ein wenig, wie vor Müdigkeit. »Ach, kommen Sie, Miss Fielding – ich weiß, ich war nur fünf Minuten weg. Aber ich kann mir nicht denken, daß Sie mit Ian hier die Speisekarte erörtert haben. Oder das Wetter. Oder Ihre zuletzt bezogenen Tantiemen. Oder ... schon Ihren Vorschuß auf das nächste Buch, das Sie zu schreiben planen.«

»Woher wissen Sie denn, daß wir ein Buch planen?« Jenny war klar, daß sie Oberwasser hatte.

»Ist das nicht Ihr Beruf?« Umgekehrt schien Mitchell zu glauben, er gerate ins Hintertreffen. »Sie wühlen im Schmutz ... oder sollte ich sagen, Sie sieben Gold –?«

Zum erstenmal lächelte Jenny Mitchell an. Aber keineswegs süß. »Wird denn Gold nicht da gefunden – im Schmutz? Aber wir machen den Schmutz nicht, Mr. Mitchell. Das tun Leute wie Sie. Wir *finden* lediglich das Gold –« Dann machte sie eine schroffe Handbewegung. »Aber ich bin die Metaphern leid ... Um auf Ihre Frage zu antworten, Mr. Gutfreund-Mitchell – *ja,* wir schreiben wieder ein Buch. Weil das unser Beruf ist. Na und?«

»Wenn Sie nicht jemand daran hindert.«

»Uns hindert? Wer soll uns daran hindern?« Jenny schien sich zu freuen, daß er ihren Fehdehandschuh so rasch aufgehoben hatte (und Ian registrierte, wie die Metaphern sich vom Goldschürfen zum Einzelkampf verlagerten: Das mußte ihr natürlich gefallen!) »Sie nicht – Sie sind ja ein Freund von uns, wie Sie sagten.«

»Ich nicht, nein.« Mitchell nickte zu Ian hin. »Er ist der Schreiber, nicht wahr? Und heute nachmittag hätte um ein Haar jemand ›Ende‹ unter sein Buch geschrieben, Miss Fielding. Fragen Sie ihn, wenn Sie mir nicht glauben.«

»Verstehe.« Sie sah Ian nicht mal an. »Möchten Sie was trinken, Mr. Mitchell?«

»Danke.« Mitchell entspannte sich nicht. »Ich möchte was trinken – ja.« Er sah zu, wie sie freigebig von Mr. Maliks Gesöff einschenkte.

»Sie sind also nur hier, um uns Angst einzujagen – ist es das?« Sie schob ihm das Glas hin, wobei sie wie üblich etwas verschüttete.

»Tu ich das denn?« Mitchell trank durstig, schluckte und verzog das Gesicht. »Ich finde eigentlich, Sie sollten Angst haben.«

»Aber Sie haben nichts dagegen, daß wir schreiben? Und veröffentlichen –?«

Mitchell erwog die Frage und den Wein in einem, und keins

von beidem schien nach seinem Geschmack zu sein. »Es kommt wohl ganz darauf an, was Sie schreiben.« Er trank aber trotzdem.

»Gewöhnlich halten wir uns an die Wahrheit, Mr. Mitchell. Unsere Anwälte finden es dann weniger kompliziert, uns zu vertreten.« Jenny sah zu, wie der Mann erneut trank. »Und wir bemühen uns, nicht zu sparsam damit umzugehen.«

»Dann haben Sie ja Glück, daß Sie sie in so reichem Maße entdecken. Mir selbst erscheint sie immer etwas ungreifbar.«

»Wie Gold?« Ihre gespielte Unschuld war durchsichtig. »Noch ein Glas?«

»Manchmal wie Katzengold, Miss Fielding. Und auch das echte kann ... da wir wieder in Bildern sprechen ... genau wie Halbwissen gefährlich sein.« Er nickte zu Ian hin, als er sein Glas ansetzte. »Was Ian Ihnen doch bestimmt erzählt hat – danke ... Es fällt mir schwer zu glauben, daß Sie Miss Fielding nicht von Ihren Erlebnissen heute nachmittag berichtet haben.« Dann blickte er leicht stirnrunzelnd über sein Glas hinweg zu Jenny. »Oder hatte sie etwa noch traumatischere Abenteuer –?«

Ian merkte, wie er selbst die Stirn runzelte. Der Mann klopfte ungeniert auf den Busch. Aber er benahm sich immer noch, als ob er nichts von Reg Buller wüßte. Also ... wen zum Teufel hatte er von der Zelle draußen angerufen, der es ebenfalls nicht wußte? Konnte der Nachrichtendienst wirklich so uninformiert sein – so durch und durch unfähig –?

»Wir sprachen nur ganz kurz darüber.« Die Stimme in seinem Kopf, die die naheliegende Antwort gab, schien lauter als seine eigene Stimme.

»Ja. Zu kurz.« Jenny schloß sich ihm rasch an. »Vielleicht würden Sie also einmal näher ausführen, was Ian gesagt hat, Mr. Mitchell. Als Freund?«

»Ah ...« Mitchell quittierte den auf ihn umgedrehten Spieß mit einem leisen Lächeln. »Was haben Sie ihr denn erzählt, Ian? Hätte ja keinen Sinn, die ... Wahrheit zu wiederholen, nicht?«

»Er meinte, Sie hätten ihm vielleicht das Leben gerettet, das ist alles.« Jenny weigerte sich, ihren Vorteil aufzugeben.

»Alles?« Mitchell hörte sich ein wenig gequält an. »Mir erscheint das ziemlich viel.«

»Er war eben nicht sicher, ob Sie es getan haben. Vielleicht ist es nicht die Wahrheit?«

»O doch – ich hab's getan. Und zwar ziemlich heldenhaft, wie ich fand. Mancher würde vielleicht aber auch sagen ... idiotisch?« Er schüttelte den Kopf über Ian. »Sie haben ihr nicht von Pater Johns Flinte erzählt –?«

»Hat er nicht.« Immerhin widerstand Jenny diesem unwiderstehlichen Köder. Wurde dann aber schwach. »Es waren zwei Männer –?«

»Ach? Er hat also doch mehr gesagt!« Aber dann wurde Mitchell seinerseits schwach. »Eigentlich waren es drei –«

»Drei?« Da niemand ihm zu trinken angeboten hatte, war Ian auf die Nische zugestrebt. Doch die Zahl ließ ihn abrupt stehenbleiben.

»Drei, mich eingeschlossen.« Mitchell brachte sein Nicken von Ian zurück zu Jenny. »Wir sind ihm alle gefolgt. Aber ich war ...« Er zuckte die Achseln.

»Der Schlaueste?« Jenny führte ihr Messer mit einem süß fragenden Lächeln ein.

»Zweifellos – und zum Glück.« Mitchell dachte einen Augenblick ernst über die Frage nach, ehe er weitersprach. »Aber ich wollte eigentlich sagen, ›besser informiert‹. Deshalb kam ich vor allen anderen von Rickmansworth nach Lower Buckland. Es gibt da eine kleine Abkürzung –«

»Weshalb sind Sie ihm gefolgt?« Weitere Köder waren damit verschwendet.

Mitchell krauste die Stirn. »Na – um zu sehen, wo er hin wollte, Miss Fielding. Weshalb sonst sollte ich ihn beschatten?« Dann schüttelte er den Kopf. »Entschuldigung –«

»Entschuldigung?« Jenny war im Begriff gewesen, ihn anzufahren. »Wofür?«

»Doch. Es war eine blöde Antwort.« Er lächelte sie halb an. »Warum hat das Huhn die Straße überquert?‹ – ›Um auf die andere Seite zu kommen‹ ... Aber wir sind über die kindischen Silvesterscherze hinaus, glaube ich. Und ... das Huhn hatte natürlich noch andere Gründe.« Mitchell zog das Lächeln schief nach unten. »Der Scherz ging allerdings auf Kosten des Huhns, Miss

Fielding: Ich hatte keine Ahnung, wie gefährlich die Straße sein würde. Und das ist die Wahrheit, ob Sie's glauben oder nicht.« Dann hob er sein leeres Glas. »Könnte ich bitte was Vernünftiges zu trinken haben? Einen Whisky zum Beispiel?«

Jenny starrte den Mann momentlang an, fast als sähe sie ihn zum erstenmal richtig, bevor sie das Glas nahm und zu der Nische ging. Und Ian merkte, wie er in dem Moment ebenfalls deutlicher wahrnahm, was er zuvor schon flüchtig erfaßt hatte: daß auch Mitchell, wer immer und was immer er sein mochte, aus Fleisch und Blut war und kein Übermensch; und daß sie in Lower Buckland beide gleich unerwartet zwischen Leben und Tod geschwebt hatten. Und das war keineswegs ein Scherz.

»Jenny meinte wohl ... wie sind Sie auf unsere Spur gekommen?« Das war eine faire Frage, mit einer nützlichen Antwort – falls Mitchell so töricht war, sie zu geben. Aber nach diesem Nachmittag und nach dem, was er gerade gedacht hatte, fühlte er sich Mitchell auch verpflichtet.

»Hat sie das gemeint?«

»Was?« Jenny blickte mißtrauisch von einem zum anderen, als sie ihm ein neues Glas reichte.

»Danke.« Mitchell trank etwas von seinem Whisky. »Nun, wenn ich darauf mit einer alten Weisheit antworten darf ... ›*Wer mit dem Teufel speist, braucht einen langen Löffel*‹ – stimmt das so? Ich weiß nicht mehr, wo es her ist. Aber Ihr Löffel war anscheinend nicht lang genug.«

Jenny baute sich vor ihm auf. »Was soll das heißen, Mr. Mitchell?«

Mitchell betrachtete sie einen Moment. »Damit meine ich ... zumindest glaube ich, daß ich damit meine ... wenn Sie bestimmte Fragen stellen ... *bestimmten* Leuten, über *andere* Leute –?« Er lenkte seine eigene Frage zu Ian hinüber. »Dann liegt es nahe, daß irgend jemand anfängt, Fragen über *Sie* zu stellen – glauben Sie nicht?« Jetzt lächelte er Jenny an. »Und wir möchten selbstverständlich nicht, daß Ihnen etwas zustößt.«

Die eckigen Schultern hoben sich, als Jenny tief Luft holte.

»Wir sprechen doch von Philip Masson – und von David Audley, versteht sich.« Nachdem er ihr einen Ölzweig angeboten hatte, schlug die Ehrenwerte Miss Jennifer Fielding-ffulke Mitchell damit ins Gesicht. »Oder handelt es sich jetzt auch wieder um einen Silvesterscherz?«

Ian sah Mitchell zusammenfahren, als der Zweig ihn peitschte – genau wie der syrische Major zusammengezuckt war, als er Dankbarkeit erwartet hatte und statt dessen ihre spitze Zunge zu spüren bekam; der einzige Unterschied war, daß der Major ihr das Leben gerettet hatte, Mitchell dagegen hatte nur *seines* gerettet –

»Jenny! Herrgott noch mal!« Er sah, wie Mitchell sich wieder fing. Das löschte aber nicht die Erinnerung an Major Asads Pilgerfahrt von Unglauben zu Bitterkeit, die ihre Kameradschaft schließlich in Verachtung verkehrt hatte. *»Jenny –«*

»Nein, Ian.« Jenny schüttelte eigensinnig den Kopf. »Sei nicht blöd. Er fängt doch an, uns Scheiß zu erzählen.«

»Tu ich nicht.« Mitchells Kinn straffte sich. »Sie fragten mich, weshalb ich Ian gefolgt sei. Ich bin ihm gefolgt, weil *Sie* Fragen gestellt hatten – und Sie hatten eine zuviel gestellt, an die falsche Person. Und über die falsche Person.«

»Nämlich Audley?«

»Das rief dann mich auf den Plan. Nämlich bei Ian hier. Glücklicherweise.« Mitchell überging die letzte Frage. »Denn wie es aussieht, haben Sie mit Ihren Fragen noch jemand anders aufgescheucht – jemanden, der eigentlich nicht will, daß *überhaupt* Fragen gestellt werden.« Er starrte sie einen langen Augenblick an. »Ich weiß nicht, was Sie heute gemacht haben, Miss Fielding. Aber wenn man von unserem Erlebnis ausgeht, haben Sie jedenfalls verdammt Glück gehabt. Weil Sie noch am Leben sind.«

Jenny befeuchtete ihre Oberlippe, und im Lichtschein sah Ian, daß über der Lippe Schweißperlen standen. Da sie von Reg Buller wußte, war das auch begreiflich: Ob Mitchell sich darüber klar war oder nicht, seine letzten Worte hatten sie empfindlich getroffen.

Dann wehrte sie den Schlag ab. »Diese beiden anderen Männer, die dir gefolgt sind, Ian« – aber ihr Interesse galt nicht ihm: sie sah Mitchell an – »kennen Sie die?«

»Einen von ihnen.« Mitchell warf Ian einen finsteren Blick zu.

»Gott! Sie haben ihr wirklich nicht viel erzählt, was?« Er schüttelte den Kopf. »Ja, Miss Fielding – Jenny: Ich kannte den einen, von früher. Und insofern haben wir alle Glück gehabt, und Ian und ich vielleicht am meisten. Denn Paddy MacManus war ein harter Mann, als ich ihn kannte ... Oder, um genau zu sein, als ich von ihm *hörte* drüben in Dublin, Ende der siebziger Jahre. Ein wirklich *knallharter* Mann – sogar den Jungs selber zu hart, denen schließlich Zweifel kamen, für wen er eigentlich arbeitete.« Er holte Atem. »Sehen Sie, wenn man sich einen Tiger hält, muß man den regelmäßig füttern, weil er hungrig wird ... Und wenn er Menschen frißt und auf den Geschmack kommt ... dann ist das in Ordnung, solange Sie in einer Phase sind, in der Morden angesagt ist, denn so lange können Sie ihn füttern. Wollen Sie sich aber rar machen – sei es aus politischen Gründen, sei es aus finanziellen Gründen, oder auch nur zwecks Imagepflege in Amerika ... dann haben Sie da ein Problem –« Mitchell öffnete den Mund, um weiterzureden, schloß ihn dann aber. »Hmm ... also sagen wir's mal so: Wenn der Briefträger die Einfahrt heraufkommt, bringt er Briefe. Und wenn *Sie* anfangen, Fragen zu stellen, dann haben Sie vor, ein Buch zu schreiben – oder für die Zeitungen zu schreiben ... oder beides.« Wieder ein Atemzug. »Aber wenn Sie Paddy MacManus mitten im Nirgendwo mit großen Schritten auf sich zukommen sehen ... dann schreibt der kein Buch. Und er bringt auch nicht die Post. Genügt das?«

Jenny atmete aus, als hätte sie die Luft angehalten. »Er arbeitet für –? Die IRA?«

»Nein. Wenigstens nicht *mehr.*« Mitchell schüttelte fast bedauernd den Kopf. »Er hat sich selbständig gemacht: Er ist jetzt ein reiner Profikiller – das weiß ich ... Ich bin ziemlich raus aus der Szene, insofern ich jemals drin war.« Er zuckte die Achseln. »Ich bin eher so was wie Ian hier – ein Schreiber. Für andere Leute die Blumen arrangieren, das tu ich jetzt meistens.« Er wandte sich an Ian. »Ein oft unterbewerteter Job, um nicht zu sagen glanzlos. Aber sehr notwendig. Und dazu angenehm sicher.«

»Verstehe.« Jenny reagierte schnell, wie um jeden Gedanken an schriftstellerische Solidarität zu unterbinden. »Sie arbeiten jetzt also für *Forschung und Entwicklung*?«

Die unerwartete Frage erwischte Schreiber Mitchell kalt, mitten in dem Versuch, Ian falsche freundschaftliche Sympathie zu verkaufen, und fror sein Lächeln ein. »Wie bitte, Miss Fielding? Ich arbeite für –?«

»Jack Butler.« Da sie die gewünschte Wirkung erzielt hatte, erstrahlte Jenny ihrerseits in unschuldiger Freundlichkeit. »Sir James . . . aber immer *Jack*, nicht wahr?« Sogar ein süßes Lächeln jetzt. »Warum haben Sie denn das nicht gleich gesagt, Paul? Es hätte alles so vereinfacht!«

Paul Mitchells verzweifelt aufrechterhaltenes Lächeln gemahnte Ian daran, auf seinen eigenen Gesichtsausdruck zu achten. Doch keiner von beiden sah ihn an, sie waren ganz miteinander beschäftigt.

»So ein reizender Mann!« Jen war jetzt ganz die Ehrenwerte Jennifer, Krallen in Samt verpackt. »Einer vom alten Schlag, sagt mein Vater immer – und was für bezaubernde Töchter er hat . . . Welche ist es noch, die bei Lovett, Black und Porter ist – Daddys ganz *entzückenden* Anwälten –? Ist das Sally? Oder Diana – oder Jane?«

Im Wagen hatte Mitchell sich gefragt, was sie wohl getrieben hatte, während sie ihre eigenen Abenteuer bestanden – und auch Ian hatte es sich gefragt; und später, auf der quälend langsamen Fahrt durch den Londoner Abendverkehr, hatte der eine wie der andere sich erst recht Sorgen darüber gemacht. Aber jetzt wußten sie es beide.

»Jack Butler war natürlich in Korea.« Sie nickte wissend. »Daddy ist ihm nie begegnet – nicht *dort* . . . erst viel später, als er aus Zypern zurückkam.« Das fortgesetzte Nicken wurde verschwörerisch. »Aber er sagt – Daddy sagt –, daß sein Militärverdienstkreuz auf dem Fluß da – wo war das noch? Aber . . . egal wo es war . . . Daddy sagt, es hätte jedenfalls ein Viktoriakreuz sein müssen.« Sie verwandelte das Nicken in ein Kopfschütteln und drehte sich kopfschüttelnd zu Ian. »Nur weil Jack dabei nicht gefallen ist, haben sie ihm das *Militär*kreuz verliehen, sagt Daddy.« Sie wandte sich wieder Mitchell zu. »Aber das werden Sie natürlich wissen, da Sie ja für ihn arbeiten.«

Jetzt hatte sie den armen Teufel auf ihrer Röstgabel, dachte

Ian. Sir Jack Butler war seinerzeit vielleicht nicht ganz so heldenmütig gewesen, ebensowenig wie er, gestern noch so geistlos, heute »reizend« sein mochte (auch waren seine Töchter vielleicht nicht unbedingt »bezaubernd« und diese Rechtsberater nichts weniger als »entzückend«). Ließ man aber all ihre vorsätzlichen Übertreibungen weg, so blieb Mitchell doch auf die Fakten gespießt, von denen er wissen mußte, daß sie zutrafen, und auf die bestehende Möglichkeit, daß ihr Vater Butler kannte, wenn auch nicht sie selbst.

»Tu ich das?« Mitchell war das Wrack seines ursprünglichen Lächelns endlich losgeworden. »Tu ich das?«

»Und damit ist deine Frage im Grunde natürlich beantwortet, Liebling.« Jenny nickte kurz zu Ian hin. »Jack würde nicht wollen, daß irgend etwas Schlimmes . . .« Sie brach ab und wandte sich wieder an Mitchell. »Allerdings beantwortet es sie nicht ganz . . . oder?«

Anstelle des Lächelns stand Vorsicht in Mitchells Gesicht geschrieben. »Nein?«

»Hmm . . .« Jenny musterte ihn nachdenklich. »Ihr seid ja alle ziemlich ungreifbar und geheimnisvoll bei F & E . . . Aber dafür werdet ihr natürlich auch bezahlt, deshalb ist daran eigentlich nichts auszusetzen, was? Findet jedenfalls Daddy.« Sie lächelte Mitchell an, während sie die Röstgabel drehte, da er auf einer Seite schon hübsch knusprig war. »Ich wollte eigentlich mit Oliver reden, verstehen Sie – Jacks Nummer zwei . . . sagte ich dir das nicht, Ian, Liebling – Oliver St. John Latimer?«

»*Ahh* –« Da sein Mund bereits offenstand, brachte Ian keinen anderen Laut heraus, bevor sie wieder Mitchell anging.

»Aber der einzige Mensch mit Beziehungen zu F & E, den ich auftreiben konnte, war Willy Arkenshaw. Und das war eher Glück als Organisation – stellen Sie sich vor, wir trafen uns bei Harrods in der Süßwarenabteilung, wo sie ein kleines Geburtstagsgeschenk für Oliver kaufte!« Mit jeder Sekunde schlüpfte sie mehr in ihr meistgehaßtes Selbst (*»Die Ehrenwerte Jennifer Fielding-ffulke, namhafte Autorin, im Gespräch mit Mr. Ian Robinson und Mr. Paul Mitchell«*, wie *The Tatler* sie betiteln könnte). »Und Willy ist ja eigentlich nur eine Sympathisantin . . . Weißt du noch, Tom Arkenshaw, Ian, Liebling – der '85 so ein Schatz gewesen ist –?«

»Ja.« Diesmal war Ian für sie bereit: Schon die bloße Erwähnung des Namens Arkenshaw, der einprägsamer kaum sein konnte, hatte ihn aufhorchen lassen. Und auch der Anlaß selbst war denkwürdig gewesen, da Sir Thomas Arkenshaw, Baronet, wie der Zorn Gottes auf die festungsgleiche Botschaft in Beirut herabgefahren war: Sir Thomas hatte den ersten Kontakt zu Major Asad hergestellt . . . *Sir Thomas, meinte der Major, hatte eine entscheidende Rolle gespielt bei Jennys Rettung, nicht so sehr, indem er sie vor einem Schicksal-schlimmer-als-der-Tod bewahrte, sondern vor dem Tod selbst, dem einzig wirklich schlimmen Schicksal!* »Aber – er war bei F&E –?« Die Frage schien sich aufzudrängen.

»Nein, Liebling – *damals* noch nicht.« Sie fuhr beinah anklagend zu Mitchell herum. »Jack hat Tom doch gerade erst angeworben, nicht wahr, Paul –?«

»Was?« Mitchell war nicht annähernd so bereit. »Tom –?«

»Ach kommen Sie! Jetzt bin ich an der Reihe!« Jenny hatte genug mit Namen um sich geworfen (die wahrscheinlich das einzige waren, was sie hatte, aber sie hielt das offenbar für ausreichend). »Ich wette, Sie waren auf Willys Hochzeit – stimmt's, Paul?«

»So?« Plötzlich war Mitchell sicher. »Aber Sie waren nicht da.«

»Nein. Wir waren zu der Zeit zufällig beide außer Landes.« Die Schärfe der Antwort verriet, was unausgesprochen blieb; und das hatte weniger mit rein *Fielding-ffulke*schem Snobismus zu tun als mit *Jenny Fieldings* gewohnter Methode, die verlangte, daß sie bei solchen Anlässen, wo nützliche alte Kontakte aufgefrischt und künftige Kontakte geknüpft werden konnten, zugegen war und gesehen wurde. »Aber . . . kümmern wir uns nicht um Tom. Denn Willy Arkenshaw – Willy *Groot,* wie sie hieß – Willy und ich kennen uns eine *Ewigkeit,* mein Lieber. Wir waren zusammen auf dem *Pensionat* der berühmten Madame de la Bruyère, der Genfer Drachendame, vor mehr Jahren, als eine von uns heute zugeben würde.«

Mitchell zog den Kopf ein unter diesem neuerlichen Namenshagel – zu *Jack* und *Oliver* jetzt *Tom* und *Willy* und *Madame de la*

Bruyère. Doch dann blickte er rebellisch zu Ian. »Ja ... Sie dürften Tom Arkenshaw wohl auch kennen! Aus dem Libanon, nehme ich an?«

Das war wieder so ein besorgniserregendes Anzeichen für die Inkompetenz der britischen Nachrichtendienste, dachte Ian: Mitchells Hausarbeiten hatten zwar Beirut umfaßt, aber sie waren nur halb gemacht, wenn Tom Arkenshaw jetzt für F & E arbeitete und nicht nach seinen Erinnerungen an Fielding-ffulke und Robinson gefragt worden war. Und dieses sträfliche Versäumnis störte ihn bei seinen eigenen Bemühungen, Gesichter mit Namen zu verbinden: *Tom* hatte er gut genug in Erinnerung (obschon nicht so gut wie Major Asad); aber *Jack* und *Oliver* – und *Willy* (wenn er zu ihrer Hochzeit mit Sir Thomas eingeladen worden war, so hörte er das zum erstenmal!) – die waren Schall und Rauch ... im Gegensatz zu Mrs. Simmonds und Gary Redwood, Mrs. Champeney-Smythe und Pater John –

»Ja, Beirut.« Er hörte seine Zustimmung als Knurren herauskommen und bemühte sich vergebens, jenem anderen Namen ein Gesicht zu geben, einer Person, die er nie gesehen hatte und nie leibhaftig sehen würde: *Mrs. Frances Fitzgibbon alias »Marilyn Francis«, Mitchell? Ihre Kollegin, die in Rickmansworth unvorsichtig war – und vielleicht auch in Thornervaulx? Geben Sie mir ein Gesicht für sie, Mitchell: Erzählen Sie mir mal von ihr!*

»Ian –?« Mitchell sah ihn plötzlich stirnrunzelnd an.

»Was ist los?«

»Mr. Mitchell –« Auch Jenny runzelte die Stirn.

»Miss Fielding – verzeihen Sie –«, Mitchell unterbrach sie, ohne sie anzusehen, »Ian –? Was ist los?«

»Nichts.« Er blinzelte Mitchell an und kam sich albern vor: Dieser allzulange Tag mit seinem Übermaß an Information – wiederbelebte Erfahrung und Erlebnisse ... neue Gesichter und Auskünfte – dieser lange Tag begann ihm Streiche zu spielen, strapazierte seine Fantasie; und auf leeren Magen machte der Geruch der kräftigen Currygerichte des kleinen Mr. Malik ihn schwindlig.

»Nein.« Mitchell demütigte ihn noch weiter, indem er sich besorgt gab, was er gegenüber Jenny bisher nicht getan hatte. »Sie schauen aus, als hätten Sie ein Gespenst gesehen.« Was er dann sagte, war schlimmer als besorgt: es war verständnisvoll: »Aber Beirut muß wohl ziemlich heikel gewesen sein.« Er richtete den nächsten Satz an Jenny: »Da haben Sie beide aber auch ein Wahnsinnsglück gehabt.«

»*Nein* –« Ian war um so ärgerlicher, als er nicht schneller reagiert hatte. Es gab andere Gespenster – *neuere* Gespenster – als Mrs. Frances Fitzgibbon: Selbst Jennys Philly Masson war eine Woche jünger, und Reg Buller war erst so kürzlich gestorben, daß er wahrscheinlich noch gar nicht wußte, wie man die Lebenden richtig heimsuchte. (Oder Reg würde jetzt jedenfalls zu sehr damit beschäftigt sein, in seinen hundert Lieblingskneipen umzugehen, um ein letztes Mal noch Bier zu schnuppern und seinen liebsten Barmädchen Schauer übers Rückgrat zu jagen, während sie, an dem so oft von ihm gestützten Tresen lehnend, entsetzt die Schlagzeilen der Abendzeitung lasen –)

»Was?« Jenny hörte sich gereizt an: Jenny glaubte nicht an Geister.

Er sah Mitchell in die Augen. »Audley, Mr. Mitchell – Audley?«

Jeglicher Ausdruck wich aus dem Gesicht des Mannes; es war, als sähe man eine große Welle, die jede Fußspur im Sand fortspülte und ihn glatt zurückließ.

»Wenn Sie für F & E arbeiten, Mr. Mitchell – *Paul* . . .« Was dem einen recht war, war dem anderen billig. Also lächelte er Mitchell an. »Wenn Sie hier sind, um uns zu helfen – wenn wir *Freunde* brauchen . . . dann erzählen Sie uns von David Audley.«

Mitchell zog die Stirn in Falten. »Pardon –?«

»Nein.« Jenny streckte die Hand aus und berührte Mitchell fast. »Ian meint nicht . . . daß Sie uns von ihm *erzählen* sollen.« Sie berührte statt dessen Ian und grub ihm ihre Finger in den Arm – kleine, spitze Finger. »Denn . . . das können Sie ja wirklich nicht, denke ich.«

Mitchell setzte sich um. »Nein . . . Das kann ich wirklich nicht.« Er betrachtete sie beide.

»Schon weil er jetzt ja gar nicht in England ist.« Jenny fügte ihre völlig unlogische Feststellung an, als wolle sie Ian damit erklären, was Mitchell gerade gesagt hatte. »Er ist im Augenblick mit Frau und Tochter in Urlaub, Ian, Liebling –« Dann schenkte sie Mitchell ihr strahlendstes Lächeln. »Spanien, wenn ich nicht irre –?«

Wieder spülte eine Welle über Mitchells Gesicht. »Spanien?«

»Von Parador zu Parador!« Sie nickte, als hätte er alles zugegeben. »Fuenterrabia, Santo Domingo de la Calzada ... was kam dann? Benavente, oder? Und jetzt das Enrique II in Ciudad Rodrigo?« Sie lenkte das Nicken auf Ian. »Paradors, Liebling – weißt du noch, die reizenden alten staatseigenen Hotels, die die Spanier haben?« Zurück zu Mitchell. »Paradors, Dr. Mitchell – stimmt's?«

Mitchell starrte Jenny einen Moment lang an und schien sich zu entspannen, während Ian begriff, daß er gerade einem ebenso seltenen wie unglücklichen Ereignis beigewohnt hatte: *Jenny wußte verdammt gut, wer Paul Mitchell war – hatte es von dem Moment an gewußt, als erstmals sein Name fiel, wenn nicht bereits, als sein Gesicht in der Tür erschien; und soeben hatte sie eine Dummheit gemacht und ihren Vorteil frühzeitig mit »Dr.« Mitchell verspielt.*

»Einen Augenblick mal.« Es war lange her, seit sie so zusammengearbeitet hatten. Aber die alten Regeln galten noch, und sie verlangten, daß er jetzt für Ablenkung sorgte. »Jenny – wieso bin ich eigentlich der einzige, der nichts zu trinken hat?«

»Ach Liebling, *entschuldige*!« Sie ging sofort zerknirscht darauf ein – dabei hätte sie normalerweise auf so ein Genörgel mit Verachtung reagiert. »Du magst doch Mr. Maliks echtes britisch-deutsches Pils, nicht wahr –?«

»Ja.« Als sie sich abwandte, sah er bewußt Mitchell an. Doch der Mann starrte mit schamloser Berechnung auf Jennys Rücken. Er hatte also lediglich ein wenig Zeit für sie herausgeholt, sonst nichts. Doch die Scharade mußte durchgehalten werden. »Sie haben gut lachen.«

»Ich lache nicht, mein Lieber.« Mitchell verschmähte sein Spiel. »Ich dachte gerade ... daß Ihre Mitarbeiterin fleißig war ... während wir beide uns am scharfen Ende rumgeschlagen haben, wie?«

»Hier, Schatz!« Sie kam schnell wieder zu ihm – zu schnell, so daß der Schaum des schlecht eingeschenkten Biers über den Glasrand schwappte. »Ein *Ersatz*pils!«

»Fleißig« war eine Untertreibung, fand Ian, hin- und hergerissen zwischen Bewunderung dafür, daß sie es irgendwie geschafft hatte, Audley *und* Mitchell zu recherchieren – und zwar an einem Arbeitstag, in den auch die Reg-Buller-Katastrophe fiel – und Ärger darüber, daß sie den Teil mit Mitchell unnötig verpatzt hatte. »Danke.« Alles in allem war die Bewunderung stärker.

»Staatliche spanische Hotels meinten Sie, Jenny?« Mitchell bleckte die Zähne.

»Ja.« Sie bleckte die ihren. »David Audley ist also vorerst aus dem Land geflüchtet, was? Aber hat er sich abgesetzt? Oder wurde er geschubst? Das ist die erste Frage, Paul.« Sie legte den Kopf schräg, so daß ihre Haare aufgingen. »Aber darauf antworten Sie natürlich nicht – können Sie nicht antworten. Weil das ein Geheimnis ist, ja? Ein Amtsgeheimnis. Ganz im Sinne des Gesetzes. Andererseits fällt *alles* unter dieses Gesetz.« Jetzt lächelte sie wieder. »Und sogar *jeder*! Wir alle – und auch der kleine Mr. Malik unten – wir alle sind jetzt ein einziges großes Amtsgeheimnis, nicht wahr? Und das nur . . . um den *schlimmen* Dr. David Audley zu schützen! Der das größte Amtsgeheimnis überhaupt ist.« Sie hielt inne. »Aber jetzt ist er sowohl unser kleines wie auch unser großes Geheimnis – stimmt's?«

Während sie sprach und die Herausforderung steigerte, war Ian unwillkürlich dazu übergegangen, Mitchell zu beobachten. Und Mitchell beobachtete sie jetzt, wo er gewarnt war, sehr sorgfältig.

»Er hat Ansichtskarten geschickt, ja?« Er schnitt ihr eine Grimasse. Aber dann krauste er die Stirn. »An Willy – ? Unsinn . . . Willy wäre nicht so dumm, Ihnen das zu erzählen.« Ihre ganzen letzten Finten und spitzen Drohungen überging er auf der Suche nach einer Erklärung für ihr detailliertes Wissen. »Also kann es nur – Mrs. Clarke sein, natürlich!« Mitchell nickte bei sich. »Und sie stellt sie auf ihren Kaminsims, zwischen die reizenden alten Becher über ihrem Küchenherd –?« Er nickte. »Wo sie jeder sehen kann . . . und er schickt sie ihr, weil sie die liebt – weil er *sie* liebt.« Wieder ein Nicken. Aber er dachte nur laut, weil er wollte, daß sie seine Gedanken hörte; ganz bewußt. »Oder waren sie von Cathy –?« Er unterbrach sich plötzlich. »Aber Sie sind in aller Frühe da runter. Und Sie haben sich an Mrs. Clarke herangemacht« – Mitchells Mund verzog sich – »und Sie sind hübsch, und Sie sind schlau . . . und Clarke ist natürlich schon alt.« Sein Gesichtsausdruck wurde härter. »Es gab eine Zeit, da wären Sie nicht durch diese Tür gekommen, Miss Fielding-ffulke; sie hätte Ihnen ein paar mit dem Nudelholz verpaßt, das weiß ich!« Dann entspannte er sich wieder, nachdem er sich momentlang verraten hatte . . . und vielleicht diesmal nicht ganz so bewußt. »Also . . . es waren die Ansichtskarten, ja –? Fuenterrabia – Santo Domingo de la Calzada, Benavente, Ciudad Rodrigo?« Die Gewißheit des Mannes wuchs, während er den Trommelwirbel der Namen wiederholte. »Sie sind *wirklich* gut! Denn . . . das ist ganz schön raffiniert – mit nichts als einer Reihe Ansichtskarten . . . und der armen alten Clarkie.«

Jenny lächelte Ian an. »Dr. Audley hat so eine hochbetagte Wirtschafterin, Schatz . . . seine alte Amme ist das, glaube ich . . . Und sie ist einfach goldig.« Sie trug das Lächeln weiter. »Seien Sie unbesorgt, Dr. Mitchell, ich habe ihr nicht gesagt, daß ihr ›lieber Mr. David‹ ein Mörder ist – es wäre zu grausam gewesen.«

»Und es wäre auch falsch gewesen, Miss Fielding.«

»Falsch?« Ihre Lippe kräuselte sich. »Er ist kein Mörder? Aber natürlich!«

»Natürlich.« Er nickte und betrachtete sie dann einen Augenblick lang. »Fangen Sie Ihre Bücher immer mit vorgefaßten Meinungen über die Guten und die Bösen an?« Dann zuckte er die Achseln. »Was soll's! Ich nehme an, das ist das Wesen des Enthüllungsjournalismus heutzutage: Verderbt euch eine gute Story nicht mit unbequemen Fakten, Menschenskind! ›Ich taufe diesen Fastnachtskarren *Pressefreiheit* und diesen Goldesel *Das Recht auf Wissen.* Und Gott segne sie und alle, die mit ihnen ziehen und sich's, danke, gut gehen lassen, während sie die Bösen zerschmettern und die Stolzen erniedrigen‹, ja?«

»Das ist nicht wahr«, entgegnete Ian heftig. »So gehen wir nicht vor.« Dennoch mochte er Jenny nicht ansehen. »Ist Audley kein –«

»*Wenn* er keiner ist«, unterbrach Jenny ihn schnell, aber ruhig, »dann war er in seiner langen Laufbahn doch wohl ganz erstaunlich anfällig für Unfälle. Oder vielmehr . . . andere Leute in seinem Umkreis waren es, würden Sie das nicht auch sagen, Dr. Mitchell?«

Mitchell sah auf seine Uhr. »Was ich sagen würde, Miss Fielding-ffulke, ist, daß ich . . . nachdem wir uns jetzt endlich kennengelernt haben . . . heute abend noch anderes zu tun habe. Ich muß Sie also leider vorübergehend verlassen.«

»Vorübergehend?« Ihr rascher Atemzug strafte ihre Ruhe Lügen. »Aber . . . Sie fingen gerade an, interessant zu werden, Dr. Mitchell.« Das wiederholte *Dr.* Mitchell, entsprechend dem *Dr.* Audley, war ein weiteres Anzeichen.

»Ich bin immer interessant, Miss Fielding-ffulke. Was ich aber sagen wollte . . . es ist meine Pflicht, Sie zu beschützen, damit Sie mich zur gegebenen Zeit im Druckwerk verleumden können – falls Sie einen Verleger finden – falls –?« Diesmal war es Mitchells Lippe, die sich kräuselte. »Nein, den haben Sie natürlich schon – nach Peter Wright ist das nicht anders zu erwarten. Zumal bei Ihrer Latte von heldenhaften und verantwortungsbewußten Enthüllungsberichten –« er schloß Ian in das erbitterte Lob ein – »dumm von mir . . . ja!« Die Lippen strafften und glätteten sich. »Aber hier können Sie nicht bleiben, wollte ich sagen. Sie brauchen ein sicheres Haus – ein sehr sicheres Haus, nachdem Paddy MacManus auf der Bildfläche erschienen ist, schätze ich.« Diesmal verhielt er bei Ian. »Denn er muß sich, wie ich Ihnen schon sagte, sein Geld noch verdienen.«

»Paddy –?« Karo Sakkos Name blieb Ian plötzlich wie ein Kloß im Hals stecken, als er sich Karo Sakko irgendwo da draußen, im zunehmenden Dunkel einer Londoner Nacht vorstellte. Also schluckte er den Kloß hinunter. »Immer noch –?«

»Sie tun gut daran, das zu glauben.« Mitchell nickte. »Es ist wie bei Ihren Büchern, Ian: 50 Prozent Vorschuß bei Vertragsabschluß – kriegen Sie die? Und den Rest dann bei Erscheinen?« Er hielt inne, um die Begriffe wirken zu lassen. »Was in Ihrem Fall das Erscheinen Ihres Nachrufs wäre. Und Nichterfüllung unterschriebener Verträge ist schlecht fürs Geschäft – richtig?«

Ian sah Jenny an und ertappte sie dabei, wie sie die Luft einzog.

»Wir sind hier sicher, Mr. Mitchell.« Sie atmete mit den Worten aus.

»Sie sind nirgends sicher, Miss Fielding-ffulke.« Mitchells Stimme schnarrte bei der Antwort. »Anscheinend begreifen Sie nicht, daß Sie jetzt in der Oberliga sind, Miss Fielding-ffulke: Sie haben es nicht bloß mit dem verknöcherten alten britischen Geheimdienst zu tun – nicht mit Typen wie mir, die sich derart vorm eigenen Schatten fürchten, falls der aus der Reihe tanzt, daß sie ohne jeden Schutz loszittern und sich Waffen vom Gemeindepfarrer ausleihen müssen.« Mitchell wandte sich zu Ian. »Himmelherrgott, Mann: Angenommen mal, Pater John hätte sich die Flinte nicht selbst geliehen, um die Tauben abzuknallen, die auf die Glocken in seinem Kirchturm kacken –? Daß er die Patronen nicht fand, damit ich bloß keinen erschieße, auch in Notwehr nicht – Schwamm drüber . . .« Seine Mundwinkel verzogen sich. »Ja, wo zum Teufel wären Sie dann jetzt?« Er schüttelte den Kopf. »Denn unter keinen Umständen wäre ich da rausgegangen, hätte mit dem Finger auf den Schweinehund gezielt und *›Peng-peng‹*! gesagt –« Mitchell hob beim Sprechen die Hand und kniff die Augen zusammen, als er den Finger vorstreckte. »Denn auf die Art und Weise bringt man sich um, ein für allemal.« Dann blickte er wieder auf. »Sie sind in der Oberliga. Und der erste Fehler, den man in dieser Liga macht, ist, daß man sich für klüger als die Gegenseite hält. Und das ist der einzige Fehler, den man macht.«

Ian hatte mitbekommen, daß Jenny, während Mitchell sprach, immer wieder Luft geholt hatte, um ihn zu unterbrechen; doch zuerst konnte sie kein Wort anbringen, und dann fiel sie völlig raus, da Mitchell sich nicht auf sie, sondern auf ihn konzentrierte, weil er nach ihrem gemeinsamen Erlebnis in Lower Buckland für seine Botschaft empfänglicher war.

»Aber warum *wir*, Dr. Mitchell?« Sie nutzte den ersten Augenblick allgemeinen Schweigens. »Wenn Sie nicht versuchen, uns zu hindern . . .«, da schwang immer noch Zweifel mit, sie traute ihm auch jetzt noch nicht ganz, ». . . wer dann?«

»Wer?« Mitchell wandte ihr seine volle Aufmerksamkeit zu. »Ich wollte, ich wüßte das, Miss Fielding-ffulke!« Er schüttelte den Kopf. »Ich kann Ihnen versichern, Sie waren einfach furchtbar lästig in den letzten achtundvierzig Stunden ... mit Ihrer ganzen Fragerei an den falschen Stellen –«

»Über Audley – David Audley –?«

»Vergessen Sie Audley!« Mitchell schüttelte den Kopf. »*Philip Masson* – meinen Sie nicht vielleicht, daß wir über *ihn* auch Fragen gestellt haben? Seitdem er aufgetaucht ist –?«

Sie starrte ihn trotzig an. »Nur wenn Sie die Antworten nicht schon kennen ... was *ihn* betrifft –?«

Mitchell starrte einen Augenblick zurück. Dann sah er wieder auf seine Uhr. Dann sah er wieder auf sie. »Miss Fielding-ffulke – *Jenny* ...?«

»Na schön.« Sie nickte. »Erzählen Sie mir von Philip Masson.«

Plötzlich kam sich Ian vor wie eine Fliege an der Wand, von beiden ignoriert. Sie stellten jetzt ihre Bedingungen und hörten auf, einander etwas vorzumachen; und was immer Mitchell sich davon versprach, Jenny selbst war gebührend erregt darüber, daß sich ein Insider bereitfand, mit ihr zu handeln.

»Wir kennen die Antworten nicht.« Auch Mitchell holte tief Luft. »Wir hatten nicht mit Massons Auftauchen gerechnet. Aber ... als er auftauchte ... nahmen wir nicht an, daß Audley was damit zu tun hätte« – er schüttelte langsam den Kopf – »denn das ist nicht sein Stil ... Und er hat ja auch nicht die Mittel dafür –«

»Die Amerikaner?« Sie legte den Kopf schräg, als sie ihm ins Wort fiel. »Oder die Israelis –? Mit beiden gibt er sich doch Küßchen, schon Gott weiß wie lange! Seit Suez –? Oder seit dem Siebentagekrieg zumindest: War er da nicht Mittelsmann? Als die CIA das State Department hinterging –?«

Mitchells Mund stand offen. »Mein Gott! Das war doch lange vor meiner Zeit!« Die Lippen schlossen sich fest. »Mit wem haben Sie bloß gesprochen? Das ist doch – Himmel noch mal!« Er blickte sie stirnrunzelnd an.

»Alte Geschichte? Mittelalterliche?« Sie hielt inne. »Oder Neuere Geschichte – Neuere *Geheim*geschichte?«

Ian wußte genau, was sie machte: Wenn der Mann hier war, um einen Handel einzugehen, sollte er sich nicht über die Stärke ihrer Position täuschen, die er zu schwächen versucht hatte, indem er die Gefahr hervorhob, in der sie schwebten. Jetzt war also sie am Zug.

»Sie sagten es ja schon, Paul.« Er nickte wie zu einem Gleichgestellten. »Sie war fleißig.« Und diese Stichelei von Mitchell gegen den »Enthüllungsjournalismus« durfte nicht unbeantwortet bleiben: Sie gehörte ein für allemal vom Tisch. »Das ist der einzige Weg für uns ›Enthüllungsschreiber‹, zu unserem Geld zu kommen – wir müssen es durch Fleiß verdienen. Und weil wir selbständig sind, *sind* wir fleißig: Das versteht Mrs. Thatcher unter ›Privatunternehmen‹. Und die Betonung ist auf beide Worthälften gleich verteilt. Daher können wir es uns nicht leisten, unsere kostbare Zeit zu vergeuden.«

Mitchell warf ihm einen nicht gerade freundlichen Blick zu. Aber das war immerhin besser, als der Einrichtung des Shah-Jahan-Privat-Eßsalons zugerechnet zu werden.

»Heute haben Sie Ihre Zeit vergeudet.« Mitchell machte ein Gesicht wie jemand, der nicht da hinwollte, wo er gelandet ist. »Und meine auch.«

»Hat er das?« Jenny griff wieder zu ihrer Privatflasche. »Und trotzdem ... da war doch dieser Mann – der Mann mit dem Mordauftrag. Und jetzt sind wir nicht einmal hier sicher?« Sie setzte die Flasche an ihr Glas. »Nicht mal hier?«

»Sie sind nirgends sicher. Nicht, wenn MacManus hinter Ihnen her ist –«

»›Die Oberliga‹ – ja! Sie sagen es ja dauernd.« Obwohl sie sich alle Mühe gab, klirrte Glas auf Glas. »Und doch wissen Sie nicht, warum –?« Es gelang ihr schließlich, den Wein einzugießen. »Sie wissen nur, daß David Audley im Jahre 1978 nichts mit Philly Massons Tod zu tun hatte?«

»Ja.« Mitchell schaute ihr beim Trinken zu. »Und – nein, ich weiß nicht, warum. Sonst wüßte ich auch eher, was als nächstes zu tun ist. So weiß ich lediglich, daß ich sehr viel klarer werde denken können, wenn ich mich nicht um Sie beide zu sorgen brauche.« Er blickte von ihr zu Ian und dann wieder zu ihr. »Wenigstens mal für ein paar Tage?« Tiefer Atemzug. »In Ihrem eigenen Interesse, wenn nicht in meinem –« Fast bittend sah er

Ian an. »Herrgott noch mal, Mensch ... MacManus ist nicht bloß irgend so ein Name im Register eines Buches, er ist *real.* Und er hat *Ihren* Namen in *seinem* kleinen Buch, das er im Kopf führt – Ihren Namen, *bis er ihn ausstreicht*!« Zurück zu Jenny. »Vielleicht hat er ›*Die Ehrenwerte Miss Jennifer Fielding-ffulke*‹ noch nicht drinstehen. Aber auf Ians Kopf muß ein Batzen Gold ausgesetzt sein. Weil MacManus ein schweres Risiko eingeht, um es zu verdienen, das kann ich Ihnen versichern. Er wird nämlich ... gesucht, Herrgott noch mal! Ein halbes Dutzend Haftbefehle laufen gegen ihn – in jedem zweiten Land Europas, einschließlich Irland. Also sind Sie jetzt beide nicht mehr sicher.«

Das Geschirr unten klapperte immer noch. Und Paul Mitchell mochte ein guter Schauspieler sein – wahrscheinlich war er ein guter Schauspieler. Aber Ian wußte (wie in Beirut), daß er selbst im Grunde eine Schreiberseele war, kein Mann der Tat. Und Jenny schaute ihn an.

»Ich glaube, das nennt man ›Schutzhaft‹, Liebling.« Sie lächelte ihn an. »Aber wir können es als Teil der üppigen Tapisserie betrachten, die das Leben webt – eine der Gefahren des ›Enthüllungsjournalismus‹ in einer freien Gesellschaft?« Sie kehrte Mitchell das Lächeln zu. »Und nachher in unserem Buch wird es recht gut aussehen, nicht? Wie der Geheimdienst den Bürger schützt – den furchtlosen Schriftsteller? Den furchtlosen *unbequemen* Schriftsteller –? Wir könnten ein Vermögen an Ihrer Sorge um unsere Sicherheit verdienen, Dr. Mitchell. Und vielleicht befördert man Sie –? Ich könnte mit Daddy reden ... und Daddy kann ein Wort bei der Premierministerin einlegen.« Nachdem sie das Messer angesetzt hatte, mußte sie es gleich noch drehen. Doch dann tat sie, als kehre sie zu Ian zurück. »›Schutzhaft‹, wenn nicht ›hinter Schloß und Riegel‹. Sollen wir brave Bürger sein ... sei es auch nur ›für ein paar Tage wenigstens‹ – und in unserem ›eigenen‹ Interesse –?« Dann verdarb sie es, indem sie seine Zustimmung nicht abwartete. »Na schön, Paul! Also ... was möchten Sie, daß wir tun?«

Einen Moment lang dachte Ian, sie wäre zu weit gegangen. Denn wer Jenny kannte, hätte ihr, wenn sie so schnippisch war, keinen Millimeter über den Weg getraut. Doch Mitchell kannte sie eben nicht. Mitchell wußte nur, daß sie sich hätte fürchten sollen, wie er es beabsichtigt hatte, und wiegte sich folglich in der Illusion, sie verberge ihre Ängste hinter ihrem Geplänkel.

»Sie bleiben vorläufig hier.« Mitchell war unendlich erleichtert über ihre Kapitulation, so daß er Ian beleidigte, indem er ihn nicht einmal ansah.

»Sie meinen . . . wir sind *doch* außer Gefahr bei Mr. Malik?« Sie war jetzt so selbstsicher, daß sie Mitchell unbarmherzig piekte.

»Hier ist Ihr geheimer Treffpunkt, nicht wahr?« Mitchell blieb entspannt. »Niemand weiß von Mr. . . . Malik –?« Zum zweitenmal kostete Mitchell von seinem noch kaum angerührten Whisky.

»Ja.« Plötzlich war sie nicht mehr ganz so sicher.

»Ja. Nun . . . wir haben dafür einen speziellen Ausdruck, nämlich ›Bildchen machen‹.« Mitchell nickte und nippte erneut an seinem Glas. »Das heißt, glauben, was man glauben möchte.« Er hätte gern einen größeren Schluck getrunken, widerstand aber der Versuchung und sah statt dessen auf seine Uhr. »Sie haben also . . . vielleicht noch ein bis zwei Stunden, bestenfalls.« Er blickte von der Uhr auf. »Aber lassen Sie das jetzt meine Sorge sein. Und wenn ich zurückkomme . . . dann können wir vielleicht was aushandeln – okay?« Er wandte sich bereits zur Tür.

»Paul – warten Sie!«

Ian war ihrer Meinung: Jetzt ging alles zu schnell. *»Mitchell –!«*

Mitchell drehte sich um. »Hier ist doch Ihr Geheimtreff – oder?«

Jenny holte tief Luft. »Was können wir aushandeln?«

»Wie soll ich das wissen?« Er zuckte die Achseln. Dann antwortete er ruhig und überlegt: »Nun . . . angenommen, ich muß David Audley den Wölfen vorwerfen . . . dann können *Sie* die Wölfe sein – wie wäre das für den Anfang –?« Er schwieg eine Sekunde – zwei Sekunden –, während sich Ians Mund öffnete, bevor er aber dazu kam, Jenny anzusehen. Dann zog er die Tür auf und war durch sie verschwunden, ehe sie sich durch Blicke verständigen konnten. Und dann war es zu spät.

Ian starrte auf die Tür. *»Puh!«*

»Scheiße!« murmelte die Ehrenwerte Miss Jennifer Fielding-ffulke.

»Was?« Er konnte es nicht ausstehen, wenn sie fluchte.

»Hat er dir wirklich das Leben gerettet?« Sie war wütend.

Ian drückte seine Videotasten, spulte das Band schnell zurück und bemühte sich, beim Rückwärtslauf nicht hinzusehen, der die Wirklichkeit immer zur Komödie werden ließ; doch als er dann Bild für Bild langsam, ohne Ton wieder abspielte, gefror die Wirklichkeit zu einer Folge von Unwirklichkeiten und verwandelte den Horrorfilm, den er durchlebt hatte, in Einzelaufnahmen wie die Standfotos im Kinoaushang.

»Ich weiß es nicht.« Er versuchte Mitchell auf die Reihe zu bringen – *Kampfjacke* und *Dr. Paul Mitchell.* »Aber ich glaube, er selber glaubt, daß er's getan hat, Jenny.«

»Er hat gelogen.«

»Was?« Er kam zu keinem Schluß. Aber bestimmte Bilder gingen ihm nicht aus dem Kopf. »Ich weiß nicht. Aber ... mir kommt es nicht so vor, Jenny.«

»Ich meine, er weiß eine ganze Menge mehr, als er sagt, Ian.«

Das stimmte! Sie war nicht dabeigewesen, weder auf dem Friedhof noch hinterher. *Aber Paul Mitchell wußte eine Unmenge mehr über Mrs. Frances Fitzgibbon – das stimmte!*

»Über Audley – bei Gott, verlaß dich drauf!« Sie ging zu den schweren Vorhängen am Fenster hinüber. »Scheren wir uns nicht um Philly – Audley –!«

Das war etwas anderes – *Audley* war etwas anderes. Und ... sie wußte auch mehr über *Mitchell* – sogar mehr, als sie gegenüber Mitchell selbst hatte durchblicken lassen.

»Was ist denn mit ihm, Jenny – mit Mitchell, meine ich –?« Es fuchste ihn, daß sie die paar Minuten, die sie allein gewesen waren, verschenkt hatten, anstatt sich zu verständigen, so daß sie gezwungen waren, das Spiel vorhin aus dem Stegreif zu spielen.

»Er ist schon lange bei F & E.« Sie berührte den Vorhang, wandte sich dann aber wieder ihm zu. »›P. L. Mitchell‹ – sagt dir der Name nichts, Ian? Du bist doch angeblich der Literat – der Gebildete? Jeder zweite von denen macht in seiner Freizeit auf Autor – *P. L. Mitchell*?« Sie schüttelte gereizt den Kopf. »Vielmehr

Neville Macready? Du bist zwar kein Ökonom ... aber ›*Hayek und Keynes*‹ – bestimmt hast du Rezensionen von Macreadys Büchern in der *Financial Times* oder der *Sunday Times* oder sonstwo gesehen. Das hab' ich ja sogar ... wenn auch ohne die Besprechungen zu lesen. Aber Macready ist bei F & E – er ist ihr Nationalökonom, genau gesagt. Und Audley ist ihr Mediärist ... was immer die nun davon haben!« Sie berührte wieder den Vorhang. »Und P. L. Mitchell« – sie schaute durch den Spalt – »*Dr. Paul Mitchell* –«

»Wonach guckst du?« Was sie wußte und er nicht, ärgerte ihn mehr, als was sie tat – denn das lag auf der Hand, jetzt wo er darüber nachdachte. »Ein großer silberner Volvo, Jenny. Und er steht direkt vor der Tür, auf gelben Doppelstreifen ... Aber er könnte noch mal in die Telefonzelle sein –«

Er sah, wie sich der Vorhang jäh, fast krampfhaft straffte, als sie sich daran festhielt. Und eine belämmerte halbe Sekunde lang begriff er nicht, wieso. Dann wurde ihm klar, daß sie sich daran festhielt, um nicht hinzufallen, da ihre Knie nachgaben –

»*Jenny* –« In der nächsten halben Sekunde hielt er sie auch schon, und sie sackte zusammen, als sie den Vorhang losließ und er sie auffing. Das Gewicht zählte nicht – sie war federleicht mit ihrem Haar in seinem Gesicht und ihrem schmächtigen Körper in seinen Armen; viel mehr als er das kindliche Gewicht spürte, konnte er sie *riechen*. Er hatte schon früher gesehen, daß sie, wie alle rothaarigen Mädchen, leicht schwitzte, mit diesen dunklen Flecken unter den Armen, als sie ihre Sachen nicht gewechselt hatte im Libanon – damals, als ihr Kleid verschwitzt und schmutzig gewesen war ... Aber jetzt, als sie in seinen Armen lag und so nah bei ihm war – sie mochte früher schon geschwitzt haben, doch jetzt verströmte sie es wie ein Tier, vermischt mit ihrem teuren Parfüm, das er an ihr kannte. »*Langsam, Jenny!*«

Sie erstarrte, stieß mit plötzlich wieder ihrem Willen gehorchenden Beinen ihren Körper hoch und ließ sich von ihm zum nächsten Stuhl führen.

Dann, ohne Vorwarnung, widersetzte sie sich ihm und versuchte seine Arme wegzustoßen. »Nein! Laß mich los –«

Das sah ihr ähnlicher: Jenny fiel nie in Ohnmacht, wie sie selber prahlte. Dennoch war sie nie näher daran gewesen, diese stolze Behauptung Lügen zu strafen, als jetzt.

»Ich will raussehen – laß mich, Ian!« Sie wehrte sich schwach. »Ich will –«

»Nein!« Er drückte schwer auf ihre Schulter und zwang sie in den Lehnstuhl. »Ich sehe raus, zum Donnerwetter!« Er drängte sich an ihr vorbei, um mit dem Rücken zur Wand zu kommen, als er den Vorhang von der Seite anhob, und war sich bewußt, daß er zugleich nachsehen und nicht nachsehen wollte – und daß dies auf jeden Fall die falsche Art war, nachzusehen: ohne erst das Licht zu löschen. Aber zum Teufel damit!

»Nun?« Sie flüsterte die Frage.

Um das Beste aus dem unfachmännischen Beginn zu machen und um die Cody Street nach beiden Seiten zu überblicken, schob er sich ganz hinein und ließ den Vorhang wie ein Cape über seine Schultern fallen. Es hatte geregnet, seit er aus dem vorzeitigen Halbdunkel des Abends hereingekommen war, und die Straßenlaternen reflektierten eine Million Lichtpunkte in jedem Wassertropfen, der auf der unebenen Straßenfläche liegengeblieben war. Dann blickte er stirnrunzelnd wieder zu ihr.

»Nun?« Ihr Gesicht war kreideweiß, so daß die dunklen Schmierflecke unter ihren Augen und die Reste ihres Lippenstifts hervortraten: Mit ihren wie üblich aufgelösten Haaren sah sie jetzt noch mehr als sonst wie das Wrack der *Hesperus* aus. Und für ihn schöner denn je.

»Da ist nichts – oder?« Etwas von der echten Jenny kehrte zurück, als sie ihr Kinn straffte.

»Da ist nichts, Jenny.« Er konnte ihre Demütigung nicht mildern. Was immer sie glaubte gesehen zu haben, jetzt sah man nichts in der Cody Street – nicht nur das blutige Gemetzel nicht, das er beim Anheben des Vorhangs halb erwartet hatte . . . sondern effektiv nichts als den Widerschein der Nässe auf der Straße und den Autos, die in ihr parkten; und vor allem keinen Mitchell und keinen Volvo – der Mann und der Wagen waren schnell und ohne Aufhebens in die Nacht entschlüpft, übertönt von der Geräuschkulisse des Taj Mahal.

»Nein. Das war ja auch nicht anzunehmen.« Sie ließ sich in den Stuhl sinken und umklammerte die Armlehnen. »Ich hab' Hunger« – sie stieß sich mit geradem Rücken hoch und nahm ihr Glas vom Tisch – »ich hab' seit dem Frühstück nichts mehr gegessen. Du sagst mir ja dauernd, daß ich nicht genug esse. Tatsache ist, ich komme fast um vor Hunger, Ian. Bestellen wir doch eine von Abduls Spezialitäten, ja –? Läute mal, Schatz.«

Ausflüchte? Aber . . . *Ausflüchte* – von Jenny? »Was hast du gesehen, Jen?«

»Nichts hab' ich gesehen, Liebling. Läute doch.« Sie wies auf den Klingelknopf neben den Lichtschaltern an der Tür. Dann nahm sie sein Bier, das er neben ihrem Glas abgestellt hatte, und hielt es ihm hin. »Du hast noch gar nichts getrunken, Liebling. Und wie ich dich kenne . . . hast du überhaupt zu Mittag gegessen –?« Er griff automatisch nach dem Glas. Doch als er das tat, ertönte ein Geräusch hinter ihnen: weniger ein Klopfen als das kratzig dünne Trommeln von Fingerspitzen gegen die Türfüllung – ziemlich unnatürlich, da es ganz anders klang als Mr. Maliks knöchelhartes Signal.

Jenny schüttete ihm Bier über die Hand, als sich die Tür öffnete und eine gräßliche Erscheinung im Spalt auftauchte.

»Hallo!« sagte Reg Buller.

7

An Reg Bullers Anblick war so viel Aberwitziges, daß die Tatsache, daß er ganz offensichtlich nicht gestorben war, fast noch am wenigsten zählte. Am offensichtlichsten war er schon deshalb nicht gestorben, weil die jüngst Dahingegangenen keine Verwendung für dicke Theaterbärte hatten. Oder wenn doch, hatten sie es nicht nötig, solche Bärte langzuziehen, um ihr Antlitz zu enthüllen, wenn sie die Lebenden heimsuchen kamen. Oder falls eine solche Enthüllung mit zu der Heimsuchung gehörte, waren sie nicht zu einem derart fröhlichen Grinsen berechtigt, ehe sie die lächerliche Tracht losließen, so daß sie etwas schief unter das eine Ohr zurückschnellte.

Und im nächsten Moment war Reg Buller ohnehin allzusehr Fleisch-und-Blut, als er den ebenso lächerlichen Filzhut vom Kopf nahm, den Bart loshakte und schließlich den weiten Sherlock-Holmes-Umhang zu beidem auf den Stuhl neben der Tür legte.

»So ist es besser!« Reg Buller nickte Jenny zu, marschierte dann überlebensgroß und plump auf Ian los und nahm ihm das Glas aus der Hand, um es einen Augenblick hochzuhalten. »Und das ist noch besser! Von keines Menschen Lippe noch berührt –?« Er trank geräuschvoll. »Fliegenpisse! Aber wie sagte der Bischof zu der Schauspielerin? ›Ich hab's nötiger als du!‹« Er trank das Bier aus und gab Ian übertrieben höflich das Glas zurück. »Gibt es hier einen Hinterausgang?«

»Mr. Buller« – Jenny lenkte Ians Aufmerksamkeit auf sich und nickte zur Bar in der Nische hin, bevor er sich ihr wieder zuwandte. »Sie sind da am Fenster gewesen, ja –? Sehr vorsichtig, so was . . . Aber – Sie wußten, daß ich es war?« Er wischte sich den Mund am Ärmel ab und winkte dann nach dem Bündel auf dem Stuhl. »Das ist nämlich eine Verkleidung, was da liegt – für fünfundzwanzig Pfund . . . jedenfalls, wenn ich sie bis morgen zurückbringe. Und das ist noch billig – bedenkt man, was ich dazu bekommen habe.«

Ian bemerkte, wie sie schwach wurde. Von allen Männern, die Jenny kannte, ob arm oder reich, konnte sie Reg Buller am wenigsten widerstehen. »Was haben Sie dazu bekommen, Reg?«

»Fachlichen Rat, Mr. Robinson. Der ist mehr wert als Goldstaub.« Buller nickte noch einmal hoffnungsvoll zur Bar hin. »Und auch die Dame, die mir den Rat gab, habe ich gratis bekommen.«

»Welche Dame, Mr. Buller? Welchen Rat?« Die Farbe kehrte in Jennys Gesicht zurück. »Ich dachte, Sie kennen nur Barmädchen?«

»Theaterschneiderin – ›*Kostüm*bildnerin‹ –?« Buller versuchte Ian per Willenskraft zur Bar zu lenken. »Sie ist nur halbtags Barmädchen, an den Abenden . . . Und sie sagte: ›Sie, Mr. Buller, sind unauffällig – Sie bewegen sich wie ein Schatten in der Nacht . . . Die werden sich also nach Schatten-in-der-Nacht umsehen, die Polypen. Deshalb flotten wir Sie mal ein bißchen auf – wie einen Schauspieler vom Varieté unten in der Straße, wo das Kabarett spielt . . . Und ich gehe mit Ihnen, Arm in Arm, da wird man nicht Sie, sondern mich ansehen!‹ – die hat ein Herz aus Gold, die Frau.« Er konzentrierte sich auf Jenny. »Aber woher wußten Sie, daß ich es war?«

Doch Jenny sah Buller nicht an. »Gibt es hier einen Hinterausgang, Ian?«

Ihr starrer Blick überraschte ihn beim Kampf mit wichtigeren Angelegenheiten. Andererseits waren sie vielleicht nicht unmittelbar wichtiger, dachte er. »Ich weiß es nicht, Jenny. Wir haben ja hier noch nie abhauen müssen –« Und das wiederum half ihm, sich zu konzentrieren. »Ich läute nach Mr. Malik.«

»Tu das, Liebling.« Da sie ihm das schon zweimal vorgeschlagen hatte, kam sie jetzt auf Reg Buller zurück. »Sie sollen angeblich tot sein, Reg. Wieso sind Sie nicht tot?«

»Wieso ich nicht tot bin? Das ist eine gute Frage, Lady.« Buller kratzte sich geistesabwesend die Nase. »Nun . . . man könnte wohl sagen, daß ich nicht tot bin, weil Mr. John Tully für mich eingesprungen ist –«

»*John* –« Jenny wankte plötzlich.

»Es kann aber auch sein, daß sie's von vornherein auf den armen alten Johnnie abgesehen hatten, nicht auf mich. Ich weiß das eben nicht genau, Lady –«

»Um Gottes willen, Reg!« Als Ian sie am Arm packte, wurde ihm erst voll bewußt, was Buller da sagte: Sie waren wieder mitten in einem Alpdruck.

»Ach herrje.« Buller war ohne Reue. »Das hätte man auch schonender eröffnen können, ja? Jetzt, wo ich es nicht bin?«

»Es geht schon.« Jennys Gesicht war wieder blaß, doch ihre Stimme war fest, als sie Ian abschüttelte. »Was ist passiert, Mr. Buller?«

»Sie wissen also . . . noch gar nichts?«

Sie schüttelte den Kopf. »Es ging nur das Gerücht, daß Sie es wären, Mr. Buller. Ein Mann in der Menge draußen sagte das.«

»Und Sie haben nicht abgewartet?« Diesmal klang Buller verständnisvoller. »Tja, das kann ich Ihnen nicht verdenken.« Er nickte Ian zu. »Ich könnte noch was zu trinken gebrauchen, mein Alter – mit einem Schluck zum Nachspülen diesmal, wenn's in der Bar so was gibt. Am liebsten Whisky.«

John Tully war tot: Die Erleichterung, Buller am Leben zu sehen, kam ihm bereits wie ein Traum vor: *Buller lebend gleich John Tully tot* – das war die entsetzliche Realität, mit der er sich jetzt abzufinden hatte. Und wichtiger auch, er mußte Buller etwas zu trinken holen.

»Ich habe auch nicht erst gefragt.« Buller schüttelte den Kopf, nachdem er sich vergewissert hatte, daß Ian in Bewegung war. »Die haben klugen Polizeinachwuchs darauf trainiert, sich Leute zu merken, die Fragen stellen, wenn irgendwo ein Menschenauflauf ist . . . Und ich habe keine wirklichen Freunde mehr bei der Stadtpolizei – keine, die mich nicht ins Kittchen brächten, um befördert zu werden.« Er schüttelte nochmals den Kopf, als Ian, der sich mühte, ihn ihm Auge zu behalten, während er nach etwas Besserem als »Fliegenpisse« Ausschau hielt, mit den Flaschen klimperte. »Aber was die Verwechslung angeht . . .« Er schniefte verächtlich. »Ich hab' gestern abend den BMW genommen, um in den Norden zu fahren. Und John – der hatte meinen kleinen Metro mit dem Behinderten-Aufkleber – da sind sie nich' so hinterher, für den Fall, daß die Zeitungen 'nen Skandal draus machen. Deshalb tauschen wir immer, wenn ich aus der Stadt fahre.« Bullers Gesichtsausdruck wurde hart. »Und wenn ich aller Wahrscheinlichkeit nach woanders war, und er hatte was vor . . . dann ließ er seine Kreditkarten zu Hause und steckte nur Bargeld ein – Bares verlieren ist kein Problem, das nehmen sie dir einfach ab, wenn sie Lust haben . . . Aber vielleicht hatte er meine Visitenkarten bei sich. Und das Haus da läuft auch auf meinen Namen . . . das heißt, falls es da passiert ist.«

»Hier bitte, Reg.« Nachdem er das Glas und die geöffnete Flasche auf die Tischkante gestellt hatte, fand Ian gerade noch Zeit, in Ermangelung von etwas Schnellerem, wenn nicht Besserem Mitchells halb getrunkenen Whisky danebenzurücken, bevor Reg ihn ansah. »Wollen Sie damit sagen, die haben den Falschen erwischt?«

Buller schnappte sich das kleinere Glas und trank es leer.

Dann goß er sorgfältig die »Fliegenpisse« ein. Und dann blickte er ihn über den Schaum hinweg an. »Den Falschen –? Vielleicht den Falschen, ja. Vielleicht aber auch *nicht* den Falschen.« Er kippte die halbe Pisse hinunter. »Sie haben John Tully erwischt, so wie es aussieht. Und trotz all seiner Fehler ... deren es viele gab ... war *Mister* John Tully kein übler Kerl. Denn ... er hat seine Schulden zwar nicht auf Heller und Pfennig bezahlt ... aber wenigstens drei Viertel davon. Das ist besser als der Durchschnitt.« Er wechselte von Ian zu Jenny, als er die restliche Pisse schluckte. »Jetzt sind wir also neben Ihrem Toten auch *ihm* etwas schuldig, Lady.«

Diesmal kam ein richtiges Klopfen von der Tür, kein geisterhaftes Kratzen.

»Herein.« Jenny, die das Klopfen erkannte, reagierte jetzt auch schneller darauf.

»Madam!« Abdul betrachtete sie alle beinahe ebenso schnell, zuerst halb lächelnd und dann breit grinsend, als er Reg mit dem Glas in der Hand sah. »Mr. Buller – Sie kennen Mr. Buller – *ich* kenne Mr. Buller: Es war doch nicht verkehrt, ihn einzulassen?«

»Nein, Mr. Malik.« Jenny berührte ihr Haar. »Können wir bitte dreimal Ihr Spezialgedeck zum Mitnehmen haben, Mr. Malik.«

»Und danach Ihren Spezialfluchtweg«, ergänzte Buller.

»Bitte?«

»Den Hinterausgang. Hinten raus – und dann verschwindibus ... *ab durch die Mitte* –?«

»*Ah!* Der Lieferanteneingang? Unser Notausgang? Ist beides im Flur – an der Seite, Mr. Buller – Gemeindeverfügung: Verdammt geordneter Abzug, ohne Panik, innerhalb einer Minute.« Dann starrte der kleine Mann Buller an. »Sie können aber doch vorne wieder rausgehen.« Das Starren wurde zu einem Stirnrunzeln. »Vorne ist nichts, sagt mein Cousin. Ich kann ihn aber noch mal losschicken –«

»Nein.« Buller schüttelte den Kopf. »Was ist hinten raus – Gärten?«

»Keine Gärten.« Ebensolches Kopfschütteln. »Ein Hinterhof – Hinterhofmauer. Verdammt hohe Hinterhofmauer mit Glasscherben obendrauf. Kein Hinter*aus*gang, Mr. Buller, Sir.«

»Hinterausgang über besagte Mauer, Kumpel.« Diesmal nickte Buller. »Ham Sie 'ne Leiter da? Und 'n paar Säcke –?« Er grinste Jenny an. »Kein Problem.«

»Großes Problem.« Mr. Malik schüttelte den Kopf. »Auf der anderen Seite – verdammte Bahngleise, Mr. Buller.«

»Bahngleise? Ausgezeichnet! Man sagt uns ja dauernd, wir sollen öfter die Bahn benutzen.« Buller senkte seine dicke Nase ins Glas. »Und ich hab' den Wagen auf der Straße unterhalb der Brücke beim Einschnitt stehen. Falls ihn keiner geklaut hat.« Er wandte sich wieder an Mr. Malik. »Leiter an die Mauer. Und jede Menge Säcke aufs Glas, bitte schön ... Und jede Menge scharfe Lemon- und Chilli Pickle als Beilage. Und 'n paar Eßbestecke für alle Fälle – und sechs Flaschen Tiger, mein Alter. Mit Öffner ... und alles auf der Lady ihren Deckel – ham Sie das?« Er stiefelte beim Sprechen auf Mr. Malik zu und drängte ihn zur Tür. »Verdammt geordneter Abzug – ohne Panik – in fünf Minuten – *vier* Minuten *neunundfünfzig* Sekunden – und Ihnen werden hinterher keine unangenehmen Fragen gestellt ... klar?«

Als die Tür sich hinter dem kleinen Mann schloß, strebte Reg Buller bereits wieder auf die Bar zu. »Ist ein gutes Auto, der BMW – fährt sich kinderleicht.« Diese Auskunft erteilte er Ian über die Schulter hinweg. »Sie können sich also ans Steuer setzen.« Er überblickte den Flaschenbestand. »Wir haben schon genug Scherereien, auch ohne daß irgend so ein Blaufrosch mich in Ausübung seines Dienstes anhält, bevor wir die Kurve kriegen und die Karre abstellen können.« Er sah Jenny schräg an. »Das Kennzeichen wird ziemlich bald auf der Suchliste stehen. Aber bis morgen früh dürften wir sicher sein. Und Ihre Pässe und Euroschecks haben Sie ja wohl bei sich, wie immer? Sie haben doch seit dem letzten Mal nicht Ihre Regeln geändert? Ich möchte mir nämlich nicht noch mal den Bart da umbinden und meinen Hals riskieren müssen, indem wir erst zu Ihnen fahren!«

Ian sah Jenny unglücklich an, als er hörte, wie ihre Chancen in dieser bestürzenden mathematischen Reihe so ganz nebenbei minimalisiert wurden.

»Sind Sie etwa dafür, daß wir aus dem Land flüchten, Mr. Buller?« Selbst Jenny hörte sich nach Bullers unmißverständlichem Vorschlag ein wenig betreten an.

»Na, Sie wollen die Suppe hier doch wohl nicht auslöffeln, oder?« Da er sich von der Notwendigkeit entbunden hatte, mit viel zu hohem Alkoholspiegel sein – oder des verstorbenen John Tullys – »gutes Auto« fahren zu müssen, genehmigte Buller sich noch ein Bier mit Nachspüler. »Glauben Sie vielleicht, daß Mitchell mit sich spielen läßt?« Er goß geschickt, mit ruhiger Hand das Bier ein. »›P. L. Mitchell‹ – *Dr. Paul Lefevre Mitchell* von Hause aus – ›einer unserer führenden jungen Militärhistoriker‹, kein Geringerer –«, er hielt prüfend das Glas hoch und schnupperte. Dann trank er. Dann blickte er sie beide an. »Wie zum Teufel konnten Sie sich *den* bloß aufladen?« Der Blick wurde vorwurfsvoll.

Der Blick kränkte Ian. »Mitchell hat mir heute nachmittag das Leben gerettet, Reg.«

»Hat er das?« Noch ein Schluck – noch ein Schnuppern. »Oder war's wie bei dem Mann, der ein Mädchen vor 'nem schlimmeren Schicksal als dem Tod bewahrt hat – er hat sich's anders überlegt?«

Das war der Haken bei der Sache: Alles hing davon ab, ob Mitchell die Wahrheit sagte. »Sagt Ihnen der Name ›MacManus‹ irgendwas, Reg, ›Paddy MacManus‹ –?«

»Nie gehört. Allerdings hatte ich von Dr. Paul Lefevre Mitchell bis heute morgen auch noch nie gehört. Das will also nix heißen. Was is'n das für einer? MacManus?«

»Er ist Profikiller, Mr. Buller. Ehemaliger IRA-Mann –?« Auch Jenny hatte den Haken bemerkt. »Sagt Paul Mitchell.«

»Tatsächlich? Nun ... er muß es wohl wissen.« Ebenso bedeutsam wie der Haken bei der Sache war, daß Reg Buller aufhörte, Cockney zu reden: Der Ernst ihrer Lage und das Getränk ließen ihn vorübergehend in sein gebildeteres Selbst zurückrollen. »Mitchell ... hmm ...«

Ian sah Jenny an. »Er ist sowohl Historiker ... wie auch –?«

»O ja.« Buller übernahm die Beantwortung. »Und er war in Irland stationiert, in Dublin. *Wacht an der Liffey* – ›Die Geschichte der Irischen Garde im Ersten Weltkrieg‹ ... und ich wette, er hat nicht bloß die Garde recherchiert, als er die Liffey bewacht hat.« Er sah Ian an. »Und dann *Der vergessene Sieg* – selber Krieg, anderer Fluß. Die Ancre in Frankreich. Aber das können Sie sich im Wagen ansehen – und damit kommen noch mal 14.95 Pfund auf Ihre Rechnung. Das fällt unter ›notwendige Unkosten‹. Ich mußte die Leinenausgabe kaufen.« Bullers Gesichtszüge knitterten. »Was meinen Sie wohl, wie ich ihn erkannt hab'? Sein Foto ist auf der hinteren Klappe. ›P. L. Mitchell‹ unterschrieben, für jedermann sichtbar.«

Da steckte doch mehr dahinter. In Bullers Gesicht war etwas, das er nicht zu deuten verstand – wie in allem, was er seit seiner Ankunft gesagt und getan hatte. Und schließlich – und vor allem – in seinem Beharren darauf, daß sie das Taj Mahal durch den »Hinterausgang« verlassen sollten.

»›P. L. Mitchell‹, Reg –?«

»Komisch, das – sein Foto da reinzubringen.« Buller nickte. »Irgendwie ... leichtfertig? Aber andererseits tun die alle, was ihnen paßt bei ›F & E‹. Anscheinend stellt da jeder seine eigenen Regeln auf.«

»Im Moment sucht er angeblich ein sicheres Haus für uns, Reg.« Auch Jenny hatte begonnen, die Anzeichen zu deuten. »Er meinte, hier wären wir nicht sicher.«

»So?« Buller wirkte beinahe gedankenverloren. »Nun, ich würde sagen, damit hat er recht. Wenn *ich* Sie hier vermutet habe ... da Sie nicht zu Ihrem Vater gegangen sind – was Sie vielleicht hätten tun sollen ...« Er ging zur Tür hinüber, legte einen dicken, stumpfen Finger auf die Klingel und drückte unbarmherzig drauf. »Dort wäre er nicht an Sie rangekommen.«

Ian schaute sie nicht an. »Was wissen Sie von Mitchell, was wir nicht wissen, Reg?« Dann sah er sie doch an. »Oder was weißt du, Jen?« Er sortierte einen Moment lang sein eigenes Wissen. »Er ist ein Kollege von Audley – vielleicht sogar ein Freund?«

Sie starrte Reg an. »Er ist ein Aufsteiger – stimmt's? Jack Butler und St. John Latimer – gehört er nicht zu ihren Lieblingen?« Jetzt wandte sie sich Ian zu. »Ich glaube fast, wir sollten uns geschmeichelt fühlen – jedenfalls du, Schatz: Sie haben heute einen ihrer Top-Leute auf dich angesetzt.«

»Haha!« Buller stürzte mit einer Hand den letzten Rest Bier hinunter und drückte erneut auf die Klingel. »›Top-Schützen‹ eher, Lady! *Komm schon! Komm!*« Er verschloß sein Gesicht, als er es ihnen wieder zuwandte. »Man sollte doch meinen, der kleine Abdul wäre froh, uns loszuwerden!« Er warf Ian einen leicht fragenden Blick zu. »Und was ist aus diesem Iren geworden – Paddy MacSoundso –? Haben Sie den wirklich zu sehen gekriegt?«

»Ja.« In einer Situation, wo Jenny schwitzte, wurde ihm dagegen kalt. Und jetzt war ihm eiskalt. »Aber nur von weitem –«

»Und jetzt zupft er seine irische Harfe – wie auf den Guiness-Etiketten –?« Der fragende Ausdruck wurde strenger. »Sie sehen aber gar nicht so verängstigt aus, muß ich sagen!«

Die Tür ging auf, bevor Ian antworten konnte, gerade als das, was Buller offensichtlich andeutete, verwirrend von dem abzuweichen begann, was tatsächlich in Lower Buckland passiert war, und Buller selbst sprang mit erstaunlicher Behendigkeit vom Eingang weg.

»Madam –« Mr. Malik wandte sich an Jenny und zuckte dann zurück, als er Reg Buller neben sich gewahrte. »Madam – Sie kommen, ja?«

»Wir kommen.« Buller gestikulierte ihnen beiden. »Wir eilen.« Und im Eiltempo gingen sie, da Reg Bullers Dringlichkeit sich auf sie übertrug, hinaus in die warmen, satten Currydüfte auf dem Flur, um die Geländerpfosten herum und die Treppe hinunter.

»Ihr Mantel, Sir – Ihr Hut . . . Ihr –« Der falsche Bart verblüffte Mr. Malik. »Mr. Buller, Sir –!«

»Eine Dame kommt das abholen«, Buller trieb sie bereits weiter, »also, wo geht's zum Hinterausgang –?«

»Den Mantel der Dame – es regnet doch – verdammte Bindfäden schüttet's –« Der kleine Mann rief plötzlich nicht mehr verzweifelnd, sondern befehlend etwas in seiner Muttersprache.

Einer von seinen weniger großen Kellnern, der am Fuß der Treppe ermutigend gelächelt hatte, hörte zu lächeln auf und begann fieberhaft zwischen den über ihm aufgehängten Mänteln zu suchen.

»Ihr Dinner, Sir –« Ein anderer Kellner zeigte Ian mit einem ähnlichen, fest verankerten Lächeln nacheinander zwei große Plastiktüten. »Dreimal Spezial *Extra* – Doppelportion Lemon scharf, Doppelportion Chilli« – er hielt Ian die Tüten hin – »kommen Sie bitte hier entlang –«

»Wo ist das Bier?« Von hinten hatte Reg Buller die Prioritäten gesetzt und entriß Ian die Tüte mit dem klirrenden Inhalt. »Lady – nehmen Sie einfach den erstbesten Mantel – die sind doch alle gleich –«

Der Rest des Wortwechsels entging Ian, als er in die Küche trat, halb benommen von der Hitze, dem Dampf, dem Gebrutzel und den auf ihn einstürmenden Gerüchen: dazu helles Licht und Edelstahl, gewaltige Schüsseln und Bratpfannen – *und am anderen Ende stand eine Tür offen, eine Fluchtmöglichkeit – aber wovor flüchtete er nur?*

»Los doch, Ian, mein Alter.« Bullers Stimme rief von hinten und drängte ihn vorwärts, zwischen den riesigen Tischen und den Kochherden hindurch, während die Frage sich von selbst beantwortete und dabei doch wieder unbeantwortet blieb: *Er lief vor Paul Mitchell davon – vor Paul Mitchell, der um seine Sicherheit besorgt war . . .?*

Er kam aus der Küche heraus, an einer Reihe provisorisch gestrichener Türen vorbei auf einen kleinen Hof, beleuchtet von einer einzigen Glühbirne, die durch den riesigen Schirm aus Dunkelheit, der über ihr hing, um so trüber wirkte. Ein dünner Nieselregen schimmerte im gelben Licht, weit entfernt von Mr. Maliks Bindfäden.

Dann sah er die »verdammt hohe Mauer«: Sie war zweifellos gut mit einbetonierten Glasscherben bestückt, sonst aber noch übertriebener dargestellt worden als das Wetter, denn sie reichte dem Kellner, der eben dabei war, Säcke über die Glaszacken auf ihrer Oberkante zu breiten, gerade bis zur Taille. Dahinter konnte er durch dünne Sträucher Lichter der Häuser sehen, die an die andere Seite der unsichtbaren Bahngleise grenzten.

»Das ist doch lächerlich, Mr. Buller.« Jenny gab seine eigenen unausgesprochenen Gedanken wörtlich wieder. »Warum müssen wir da draußen im Dunkeln herumkrauchen –?« Sie machte eine Handbewegung zu der Mauer und dem neuesten grinsenden Kellner hin, dessen weiße Zähne im Licht der von der Hauswand herabscheinenden Glühbirne gelb leuchteten. »Was ist denn vorn heraus so Schreckliches, Herrgott noch mal?«

»Sagen Sie's mir, Lady.« Reg Buller klang unbußfertig fröhlich. »Ich bin am Arm meiner gütigen Freundin einmal ganz die Straße längsspaziert und hab' ihr, als wir oben waren, mit Bart und allem einen Gutenachtkuß gegeben. Dann komme ich den halben Weg zurück, und Abdul sagt mir, daß Sie Gesellschaft haben – Gesellschaft, der *ich* momentan nicht begegnen möchte. Also bin ich noch ein bißchen von Schaufenster zu Schaufenster gebummelt, bis Dr. Mitchell sich entfernt hat –« Er hielt plötzlich inne. »Woher wußten Sie, daß ich es war?«

»Hab' Ihren Gang erkannt.« Sie schüttelte gereizt den Kopf. »Aber er ist doch fort, Mr. Buller – *Reg* –« Sie blickte ihn finster im Sprühregen an, die ersten Haarsträhnen klebten ihr schon im Gesicht. *»Zum Donnerwetter, Reg!«*

»Isser das? Oder wartet er bloß drauf, daß Sie abhaun?« Buller spielte wieder Theater. »Es kann natürlich sein, daß die Kerle, die grad frech wie Oskar an beiden Ausgängen der Straße mit ihren Wagen auf dem gelben Doppelstreifen stehn, daß das nich' seine Kerle sind, zugegeben. Vielleicht sind's Schurken aus'm Viertel, die ein Ding drehen wollen? Oder Schurken auf der einen Seite und Zivis auf der andern, die sie schnappen wollen? Soll ich vielleicht hingehn und die fragen? Denn ich kann Ihnen versichern, daß werd' ich nich' tun –« Er deutete in die Dunkelheit, wobei die Flaschen in der Tüte, die er in seiner anderen Hand hielt, gegeneinanderklirrten. »Weil ich nämlich über die Mauer steigen werde.« Er drehte sich um, und es klirrte noch einmal. »Wir brauchen Ihre Leiter nicht – die Kiste da genügt, mein Alter!« Er nickte nach der Lattenkiste, die praktischerweise unter die Säcke gestellt worden war.

»O nein! Leiter verdammt nötig!« Mr. Malik hopste an ihnen vorbei zur Mauer und auf die Kiste hinauf und redete die Dunkelheit auf der anderen Seite in seiner Muttersprache an.

»Was –?« Reg Buller lief vor und spähte hinüber. »Himmel Arsch!«

»Mauern haben zwei Seiten, sehn Sie?« Diesmal redete Mr. Malik Ian an. »Auf dieser Seite – kleine Mauer. Auf der andern – verdammt große Mauer. Alles dieselbe Mauer, aber wer drüberspringt, bricht sich den Hals, wenn er nicht aufpaßt. Leiter *verdammt* notwendig!«

»Also gut!« Buller trat zurück und winkte Ian. »Rüber mit Ihnen. Da unten steht ein Kerlchen und hält die Leiter fest, also fallen Sie nicht auf ihn, ja?«

Auf die Mauer zu steigen war auch mit nur einer Tüte unbequem und beschwerlich. Die andere Seite aber war das Fegefeuer, einhändig die glitschignassen Sprossen hinunter, gestreift von triefenden Zweigen – die »Sträucher«, die er von oben beobachtet hatte, waren in Wirklichkeit die Kronen ausgewachsener Bäume –, und das Ganze in fast völliger Dunkelheit . . . einer Dunkelheit aber, die zweimal beängstigend von vorüberfahrenden Zügen durchbrochen und in einen Alptraum von Lärm und laubdurchblitzendem Licht verwandelt wurde. Und die elende Leiter schien immer weiter zu gehen: Der kleine Mann hatte die Höhe seiner Mauer allenfalls noch untertrieben.

Doch als Jenny dann nach ihm wie auf Katzenpfoten herunterkletterte, doppelt so schnell wie er, kam er sich schwach und schlapp vor. Und selbst Reg Buller nahm den Abstieg auf die leichte Schulter, besorgt nur um die Sicherheit seines Biers.

»So, das war mal was zum Auflockern!« Buller keuchte ein wenig, als er sich dem wartenden Kellner zuwandte, dessen weißes Jackett in der Dunkelheit strahlte. »Sie machen das oft, was?«

»Bitte –?« Das einzelne Wort klang seltsam unindisch: londonindisch in der zweiten Generation, fremd nicht so sehr wegen der Aussprache, als wegen der schlichten Höflichkeit . . .

»Schon gut, Alter. Wir sind ja unten. Wie kommen wir jetzt raus? Sind die Lichter, die ich da oben sehen kann, die von der Brücke?«

Ein Schniefen kam aus Jennys Richtung. »Das fragen Sie jetzt!«

»Keine Bange, Lady. Ich war schon öfter auf Bahngleisen als Sie warm zu Abend gegessen haben – als Lausbub *und* als Bulle, auf der Jagd nach Lausbuben. Man kommt immer rauf, und man kommt immer runter.« Buller holte Luft. »Nun, Alter?«

»O ja, Sir. Das ist die Brückenbeleuchtung, klar. Gehen Sie einfach der Mauer nach – ich lasse Ihnen meine kleine Taschenlampe, okay? Die Leute werfen Müll runter – sehr schmutzige Leute – und Sie könnten stolpern, ja? Aber keine Probleme ... nur der Abfall.«

»Und dann klettern wir die Mauer wieder hoch?« Jennys Stimme war bewundernswert ruhig.

»Nein, Miss. Zur Brücke hin steigt die Trasse an. Die Mauer ist da sehr klein – Sie kommen ganz leicht rauf. Bloß auf die Flaschenscherben von den schmutzigen Leuten müssen Sie unterwegs achten. Die Mauern sind dann wie gesagt nur klein. Keine Schwierigkeit, Miss.«

»Gut ... danke.« Sie knuffte Ian ungezielt in der Beinahe-Dunkelheit. »In deiner Brieftasche, Schatz – für erwiesene Dienste?« Sie zischte den Befehl.

»Aber nein, Miss.« Der junge Kellner glitt wie ein Geist auf die Leiter zu. »Alle Trinkgelder in der Rechnung inbegriffen, sagt mein Vater. Ich muß jetzt gehen – wir sollen die Leiter jetzt verdammt schnell hochziehen, sagt er – okay?«

»Okay. Nichts wie rauf, Alter«, stimmte Buller zu. »Und verstecken Sie das Scheißding für alle Fälle – wenn's geht –?«

»Keine Sorge, Sir«, die Stimme kam bereits von oben, durch die Zweige, »wir machen diese Feuerleiter wieder mit einem Vorhängeschloß im Flur fest. Dann verliert mein Vater, glaub' ich, den Schlüssel ... Gute Nacht, Sir – Miss –« Die Stimme verklang.

»Fixer kleiner Kerl!« murmelte Buller bewundernd.

»Aber gut erzogen«, meinte Jenny.

»Ah ... na ja, die erziehen die noch, was? Würden wahre Musterbürger sein, wenn nicht ihre Religionen wären, für die einer den anderen haßt –« Buller unterbrach sich jäh. »Aber wir sollten hier nicht rumstehn und gepflegte Reden führen –«

Während er sprach, donnerte wieder ein Zug heran und verschluckte im Näherkommen den Rest seiner Worte, bis er den Einschnitt mit ohrenbetäubendem Lärm erfüllte. Doch mehr als der Lärm, der ringsum widerhallte, erfüllte Ian von innen her ein fast panisches Gefühl der Unwirklichkeit, das noch schlimmer wurde, als er die Fahrgäste sicher und bequem in ihren hellerleuchteten Abteilen sitzen oder stehen sah – verspätete Pendler, die nach Hause zu ihren Ehepartnern, Liebsten, Familien und Freunden in der Vorstadt fuhren . . . oder auch (da er nicht mal wußte, ob er stadtein- oder auswärts schaute) einem vergnügten Abend im Westend entgegenrollten, unbekümmert um ihre Lebenswirklichkeit . . . *wogegen er gesetzwidrig im Dunkeln auf Eisenbahngelände kauerte, weiß Gott welchen knirschenden Unrat unter den Füßen!*

Der Lärm zerfiel in Echos, die der Sog des Zuges mitzunehmen schien. *Und schlimmer noch –*

»Kommen Sie schon!« Reg Buller trat in die lähmende, von dem verschwundenen Zug in den Einschnitt gesogene Stille hinein, die das ungeheure Raunen eben dieser wirklichen Welt über ihnen und rings um sie ausblendete. »Wir müssen raus hier, Lady – Ian, mein Alter –?«

Und schlimmer! (Der Sprühregen, der sich durch die Blätter über ihm hindurchfädelte, klatschte ihm jetzt in größeren einzelnen Tropfen unregelmäßig ins Gesicht.) *Schlimmer noch: Diese ganze Welt, ob wirklich oder unwirklich, hatte sich gegen ihn gewandt, seit sich mit der schlimmen Nachricht über Reg Buller sämtliche Regeln geändert hatten . . . vor so wenigen Stunden erst, aber jetzt schien das schon eine Ewigkeit her –*

»Kommen Sie!«

Er wollte nicht weiter. Der Tag hatte wenig verheißungsvoll angefangen, dann aber trügerisch seinem Ego geschmeichelt, als er sich so klug vorgekommen war. Doch von dem Moment an, wo er Jenny angerufen hatte, war das wahre Wesen dieses Tages sichtbar geworden, wenn auch in einem dunklen Spiegel: Die ganze Welt da draußen war feindlich gesinnt und voller Gefahren, die er nicht länger als Einbildung abtun konnte.

»Kommen Sie –« Buller war losgegangen, hatte sich zuerst selbst mit der funzeligen Taschenlampe des Jungen geleuchtet und dann Jenny geholfen, als sie ihm folgte, so daß Ian allein in dem Dunkel hier draußen wie auch in seiner inneren Finsternis zurückgeblieben war. Daher kam die Stimme jetzt von weiter weg. »*Mister* Robinson!«

»Ich komme ja.« Der dünne Strahl beleuchtete einen schweren

Stützpfeiler, schwarz auf seiner Seite und schmutzig gelbbraun auf der Schienenseite: viktorianische Ziegel, einige von ungezählten Milliarden, mit denen London sich in seiner Glanzzeit ausgebreitet hatte; doch jetzt knarrten und rutschten seine Füße über neuzeitlichen Schutt aus Flaschen und Dosen und Plastik, der längs der Mauer und dem Stützpfeiler lag, vermischt mit dem Laubkompost von hundert Jahren.

»Was'n los?« Buller leuchtete ihm herausfordernd in die Augen. »Wir ham doch nich' die ganze Nacht Zeit . . . Das Essen ham Sie, ja?«

Das war's! Ian spürte, wie ihm der letzte Geduldsfaden riß, als jetzt noch die Tüte mit kalt werdendem Curryfleisch und Reis und Soßen hinzukam zu Bullers aufgesetzter Proletarier-Schnauze, die dazu gedacht war, ihn bei Laune zu halten, und an den Offizier und Gentleman in ihm appellierte, sich nicht hängenzulassen.

»Nein.« Er ging um den Stützpfeiler herum und stellte sich mit dem Rücken dagegen, als wäre er erschöpft. »Bis hierher und nicht weiter.«

»Was?« Die Taschenlampe richtete sich wieder auf ihn.

»Liebling, wenn wir erst am Wagen sind . . .« Jenny unterstützte die Taschenlampe – »und ich werd' doch ganz naß!«

»Der Wagen kann mich!« Wenn sie den BMW erreichten, würde er ihn steuern. Und dann würde es zu spät sein, da er sich dann aufs Fahren konzentrieren mußte. Und . . . darauf bauten die beiden vielleicht. »Ich will wissen, woran ich bin.« Als er das sagte, war ihm klar, daß er die Oberhand hatte: Ganz abgesehen von Jennys mangelnder Bereitschaft zu fahren und Reg Bullers leichtsinnigem Alkoholgenuß (und folglich noch geringerer Bereitschaft) konnten sie ihn jetzt nicht zurücklassen, egal wie ihre jeweiligen Pläne aussahen – nicht, wo Paul Mitchell da draußen war . . . wer immer sonst noch da draußen sein mochte.

Das Licht blendete ihn weiter. Doch dahinter, in der totalen Dunkelheit, kamen die beiden sicher zu demselben Schluß. Also lehnte er sich zurück und ließ sich von der ungeheuren Ziegelsteinmasse stützen, genau wie sie seit hundert Jahren schon die ganze Cody Street stützte über all den Zügen, die diesen Einschnitt passierten.

»Ja Sch . . .« Buller platzte zuerst heraus, erinnerte sich dann aber an Jenny.

»Was soll denn das, Ian?« Jenny hatte weniger Hemmungen, daher hörte sie sich unnatürlich schrill an. »Mein Gott! Ist nicht schon alles schlimm genug? Ohne –« Die restlichen Worte schluckte das Gerumpel eines weiteren Zuges, der langsamer herankam, so daß Ian den Zorn und die Anspannung in ihrem bisher wie in einer Disko nur flackernd erhellten Gesicht sah, als der Lärm sie wieder umfing.

»Nein . . . nein!« meldete sich Buller anschließend. »Er hat recht. Sie müssen ehrlich zu ihm sein, Lady – das ist nur fair. Und jetzt ist der geeignete Moment dafür.«

»Was?« Sie klang sowohl ungläubig wie zornig.

»In bezug auf Mitchell, Lady.« *Klirr.*

»Was –?« Von ungläubigem Ärger zu Unsicherheit. »Aber . . . ich habe ihm doch von Mitchell erzählt, Mr. Buller: daß er deren Liebling ist – und daß er Audley kennt –?«

»Ach! Und dann –?« Buller hielt inne. Die Taschenlampe erlosch, und die Stille dehnte sich.

»Ich weiß nicht, wovon Sie reden, Mr. Buller.« Ihr Tonfall duldete keine Entgegnung. »Ian – *Ian* . . . wir hatten heute morgen ein Dreiergespräch per Konferenzschaltung – Reg, John Tully und ich, auf Johns Apparat da – dem Telefondings –?«

»Ich war noch auf der Autobahn, auf dem Rückweg vom Norden«, ergänzte Reg Buller, »und nach dem, was ich ihnen erzählt hatte, wollte die Lady dann Dr. Mitchell überprüfen.«

»Ja. Und soweit es ging, hab' ich das auch getan.« Jennys Stimme wurde ruhiger. »Und du warst unterwegs, um dieser Frau nachzuspüren – der, die erschossen wurde . . . deshalb konnten wir dich nicht auf Mitchell hinweisen. Und es wäre uns nie eingefallen, daß er hinter *dir* her sein könnte, Schatz.«

»Ja.« Ian fiel ein, daß Jenny, als sie sich gestern abend unterhielten, »der Frau, die erschossen wurde« nicht allzuviel Bedeutung beigemessen hatte. Aber vielleicht war es nicht bloß die unwichtige Arbeit gewesen, die sie ihm überlassen hatten; vielleicht hatten sie ihn schlicht und einfach aus der Stadt haben wollen, so daß ihm nicht viel passieren konnte, während er mit seiner aussichtslosen Sache ein paar ihrer Beschatter abzog. »Weiter, Jenny.«

»Tja . . . das war's schon, was mich betrifft, Liebling. Ich *habe* etwas mehr rausgekriegt über sie alle. Einschließlich Dr. Paul Mitchell. Einschließlich der Ansicht Willy Arkenshaws, daß er die Liebe einer netten Frau braucht, die ihm Halt gibt – oder sich auch nur um ihn kümmert wie Paddington Bär: ›*Bitte kümmert euch um diesen Mitchell*‹ –«

»Ha!« Reg Buller stieß ein unpaddingtonbärenhaftes Brummen aus seiner dunklen Ecke hervor . . .

»Und das habe ich auch nur aus ihr rausgeholt, weil sie mit dem nächsten kleinen Baronet Arkenshaw *hoch*schwanger geht und ganz auf Ehe und Mutterschaft schwört. Danach sagte sie trotzdem nicht mehr und wollte von mir wissen, woher ich ihn kenne . . . Sie nahm an, ich hätte ihn auf irgendeiner Party kennengelernt und ihn interessant gefunden. Also mußte ich mir eine verwickelte Geschichte ausdenken, von der ich keineswegs sicher bin, ob sie sie überzeugt hat. Nicht, daß das noch eine Rolle spielt.« Sie hielt inne. »Jedenfalls ist das alles, was ich seit unserem Telefongespräch über Mitchell erfahren habe, Reg. Aber Sie haben jetzt offensichtlich mehr –?«

»Nein.« Reg Buller schwieg einen Moment lang. »Ich hatte schon bei dem Anruf mehr. Ich wollte euch das nur nicht am Telefon sagen, wo es jeder hören konnte.« Das nächste Schweigen wurde von einem *Klirr* unterbrochen. »Sehr viel mehr.«

Noch ein *Klirr*. Dann ein leises kratzendes Geräusch. Und dann ein *Gluck*: Reg Buller nahm bereits das Tiger-Bier in Angriff.

»Können wir denn nicht weitergehen?« Jenny versuchte es mit einem Appell an die Vernunft. »Ich meine . . . wir könnten uns im Auto doch bequemer unterhalten, Ian – findest du nicht?«

»Nein.« Buller klang, als hätte er es bequem genug: Bullers Hauptsorge im Kampf galt jederzeit – und auch jetzt – der Quelle seiner nächsten flüssigen Erfrischung. »Ich glaube . . . wir sollten den Wagen vielleicht lassen, wo er ist, und ein Taxi rufen. Das könnte sicherer sein. Und ich kenne eine Kneipe nicht weit von hier. Und von da aus kann ich einen Kerl anrufen, der in Sofortreisen macht und auch keine Fragen stellt.« Noch ein *Gluck.* »Ich schätze, im Moment sind wir gut weg vom Schuß. Und egal, wer da draußen ist . . . bis die dazu kommen, da oben Fragen zu stellen, und die falschen Antworten kriegen«, Buller kicherte leise, ». . . denn der kleine Abdul wird sie mit falschen Antworten eindecken, daß sie die Wände hochgehen –« noch ein Kichern. Dann wieder ein *Gluck.* Und danach ein leises, leeres *Kloing,* als er die Flasche fallen ließ und sich zu den »sehr schmutzigen Leuten« hinzugesellte. »Aber nicht unsere *Mauer* . . . seine *Wände,* he?«

»Und dann?« Jenny brachte die Frage gerade noch vor dem nächsten Zug an.

Buller wartete, bis der Lärm seiner Ursache nachgeeilt war. »Dann werden sie ihre Rollschuhe anziehn. Weil ihnen klar sein dürfte, daß wir ihnen auf die Sprünge gekommen sind. Und sie werden annehmen, wir seien längst weg . . . Und für Ausschußsitzungen bleibt dann keine Zeit: Sie werden die Hosen voll haben und schleunigst nach Hampstead düsen – oder zu Ihrem Vater höchstwahrscheinlich. Und das wird ihnen *wirklich* Sorgen machen, Menschenskind!«

»Ja?« Jenny klang auf einmal unsicher.

»Und ob!« Buller fing ihren Zweifel auf. »Denn dahin können Sie doch geflohen sein, nicht? Heim zu Daddy – raus aus allem? Und dann vielleicht ein Telefongespräch mit einem von Daddys Freunden in der Regierung? Oder ein Anruf aus dem Oberhaus beim Innenminister –?«

»Sie wissen genau, daß ich das nicht tun würde.« Jenny schnaubte vor Empörung.

»Nein? Aber *ich* würd's tun – an Ihrer Stelle. Darauf können Sie Gift nehmen!« Buller wartete nur einen Sekundenbruchteil. »Na schön – *Sie* verzichten darauf. Aber die kennen *Sie* nicht, Lady: die wissen nur, daß sie nicht wissen, aus welcher Richtung es Ärger gibt, während sie rauszufinden versuchen, wo Sie geblieben sind – denn offensichtlich sind Sie ihnen ja draufgekommen – klar?« Wieder eine Pause. »Sollte es Mitchell sein . . . dann wird er's wohl auch mit der Angst zu tun kriegen. Wo doch Audley außer Landes ist?«

»Er kann doch zu Jack Butler laufen.«

»Wirklich?« Buller schwieg, als wäre er unschlüssig. »Das ist auch so eine Sache, die nicht hinkommt – *meiner* Ansicht nach.«

»Wieso nicht?«

»Weil Jack Butler – *Sir* Jack Butler, wie er seit den letzten Geburtstagsehrungen heißt ... das ist kein falscher Hund, sagt man.«

»Ja«, fiel Jenny rasch ein. »Das sagt man – ja! Aber –?«

»Aber Mitchell?« gab Buller noch schneller zurück. »Aha! Jetzt sind wir wieder bei Mr. Peter Wright und seinen faulen Tricks und seinen jungen Türken.« Buller hielt inne. »Und ... bei Philip Masson vielleicht.«

Diesmal war es Jenny, die schwieg, und kein Zug kam, und nur das ferne, unaufhörliche Raunen der Stadt über ihnen durchdrang die Stille in dem Einschnitt.

»Philly gehörte damals nicht zu F & E«, sagte sie schließlich. »Und Philly hätte sich nie auf faule Tricks eingelassen.«

»Nein?« stachelte Buller sie auf. »Im Gegensatz zu Audley? Im Gegensatz zu Mitchell?«

»Wir reden nicht mehr über Philly.« Sie ließ sich nicht provozieren. »Mitchell ist doch der, vor dem wir weglaufen, oder?«

»Ach ja?« Buller räusperte sich spöttisch. »Nun, er genügt für den Anfang, Lady. Aber –«

»Aber er hat Ian das Leben gerettet, Mr. Buller. Wie steht's denn damit – für den Anfang?«

Ian begann sein eigensinniges Stehenbleiben schon zu bereuen. Vor allem hatte er den Wunsch, Buller nach Frances Fitzgibbon zu fragen. Doch wollte er das nicht vor Jenny tun, wenn er auch nicht wußte, warum. Dann aber, während er versuchte, sich das Mädchen im Geiste vorzustellen, zündeten plötzlich seine Gedanken. »Er war dort, Reg – nicht wahr?«

»Dort? Wo denn?« Buller suchte Zeit zu gewinnen. »Wer denn?«

»In Thornervaulx. Verkaufen Sie uns nicht für dumm, Reg. '78 – Mitchell war '78 dabei – stimmt's?«

Jetzt, wo es am wenigsten erwünscht war, kündigte sich ein Zug aus der entgegengesetzten Richtung an, und der brauchte (einer Spielart des ominösen »verdammten Gesetzes« gehorchend, dem zufolge ja immer der ungünstigste Fall eintritt) dann auch noch unglaublich lange, um an ihnen vorbeizukommen, da er im Gegensatz zu seinen Vorgängern direkt vor ihnen in krampfhaften Zuckungen stehenblieb und wieder anfuhr.

»War Mitchell in Thornervaulx, Reg?«

»Ich hab' Sie schon beim erstenmal verstanden, alter Junge.« Buller hatte die Unterbrechung besser genutzt. »Sie waren alle dort – in Thornervaulx. Außer Masson natürlich.« Schweigen – gnädigerweise nicht wieder von einem *Klirr* gestört. »Der hat wohl sein' neuen Anzug bestellt, mit den neuen Rangabzeichen für die Beförderung zum Chef von Forschung und Entwicklung höchstwahrscheinlich.« Schweigen. »Aber die andern waren alle da – jawoll!«

Verachtung von Jenny war ganz normal. Aber von Reg Buller – das ging dann doch zu weit. »Und Marilyn Francis –? Mrs. Frances Fitzgibbon –? Schließen Sie die mit ein, Reg?«

»Sie meinen die Frau?« Buller klang überrascht von einer so scharfen Reaktion seinerseits, wie ein von einem Karnickel gebissenes Frettchen.

»Ja – die Frau.« Es war Zeit, daß Frances Fitzgibbon auch außerhalb von Lower Buckland zu ihrem Recht kam. »›Die Frau, die in der Woche davor umgebracht wurde‹, Jenny –? Die ›unschuldige Zuschauerin‹?«

»Ja.« Buller fing sich wieder. »Ja . . . die, die es vermasselt hat – die auch, jawohl!«

»Vermasselt?«

»Sie hat sich umbringen lassen. Für mich ist das vermasselt.« Diesmal gab ihm Buller keine Zeit zurückzubeißen. »Sie hätte sich nicht von ›Mad Dog‹ O'Leary umbringen lassen dürfen – von wegen ›tollwütiger Hund‹!«

»Er war nicht tollwütig?« warf Jenny rasch ein.

»O doch . . . war er schon. Der war so tollwütig, daß er in der Gegend blieb, nachdem seine Bombe hochgegangen war, und ihm gelang die Flucht. Aber er *blieb* eben . . . und damit hat er sie alle überrumpelt – daß er blieb und es noch mal probierte . . . Zumindest mal hat er die Polizei überrumpelt. Aber die hatten's da ohnehin schon satt – wie die Nachrichtendienstler mit ihnen umgesprungen sind, erst den Laden allein schmeißen wollten, und als es dann schiefging, O'Leary plötzlich auf sie abgewälzt ham.« Buller schwieg. »Allerdings nich' Colonel Butler – ›Sir Jack‹, wie er jetzt heißt. Auf den halten sie große Stücke.«

Reg hatte mit der Polizei gesprochen. Zumindest mit einem Verbindungsmann bei der Polizei oben im Norden: Reg schien immer irgendeinen alten Kumpel oder den Kumpel eines alten Kumpels zu haben, egal, bei welcher Polizeibehörde er sich einfand. »Und wie kommt das, Reg?«

»Er wurde erst spät eingeschaltet an der Universität – wo die Bombe losging. Und ... es heißt, er war nicht grad erbaut über das, was er da vorfand. Aber er verlor keine Zeit mit Klagen. Und er hat auch keinen, der da an der Uni war, verantwortlich gemacht. Aber dann haben sie – *seine* Vorgesetzten – ihm O'Leary mehr oder weniger abgenommen, wie es scheint. Im letzten Teil, nach der Bombe und vor der Schießerei in Thornervaulx ... na ja, da ging's nach allem, was man hört, ziemlich drunter und drüber.« Buller schwieg, doch Ian kannte die Mischung aus Resignation und Zynismus, die er jetzt nicht sehen konnte, von früher. »Zwar wurden dann alle mit Lob überschüttet, aber nur, damit sie den Mund hielten. Denn nachdem O'Leary von der ›Meistgesuchten‹-Liste gestrichen war, konnten die ganzen hohen Tiere – die Kabinettsminister, die Richter und so weiter – nachts wieder etwas ruhiger schlafen. Und auch das schwerverdiente Geld der Steuerzahler mußte nicht mehr geopfert werden: *›Effiziente Polizeiarbeit verhindert Flucht des Verdächtigen aus abgesperrtem Bereich‹* – obwohl sie keinen Schimmer hatten, wo er steckte. Und *›Wachsamkeit seitens der Sicherheitsdienste und der Antiterrorgruppe‹* ... soll heißen: ›Vielen Dank, daß ihr das Arschloch totgeschossen habt. Da wollen wir uns doch jetzt nicht mit Querelen die gute Reklame verderben, was?‹« Buller schniefte. »Zank dich niemals mit dem Kerl, der dir den Orden anhängt – nicht nach einem guten Ausgang: Das ist die Regel.«

»Aber für Mrs. Fitzgibbon war es kein guter Ausgang, Reg«, Ian konnte die Bitterkeit nicht aus seiner Stimme heraushalten.

Einen Moment lang sagte Buller nichts. »›Fitzgibbon‹, ja?« Wieder ein Schweigen. »Sie haben wohl einen interessanten Tag gehabt, Ian, mein Alter?«

Er mußte die Ruhe bewahren. »Aber *sie* hatte einen schlechten Tag – am 11. November 1978?«

Wieder Schweigen. »Was hat sie denn in Rickmansworth gemacht?«

»Und was wollte sie in . . . wie hieß das noch?« Überraschenderweise war es Jenny, die ihm beisprang. »In Thornervaulx – in der verfallenen Abtei dort, nicht wahr?«

»Sie kennen den Ort, ja?« Buller war offensichtlich zu dem Schluß gelangt, daß er zuviel gab und zuwenig dafür bekam.

»Ich kenne den Ort. Daddy hat in der Nähe von Thornervaulx immer geschossen – oder gejagt oder so was.« Auch Jenny kannte Bullers Spiel. »Vielleicht waren's auch Pferderennen in Catterick . . . Was hat sie in Thornervaulx gemacht, Reg – diese Mrs. FitzPatrick?«

»Ah . . .« Bei Jenny kapitulierte Buller meistens etwas schneller. »Na ja, das is', wie man beim Omelettmachen zu sagen pflegt: Ein paar Eier muß man schon reinhauen. Bloß . . . es sind immer die Köche und die Omelettesser, die da reden, nich'? Nie die Eier und die Hühner.«

»Sie hat also schlicht ihre Arbeit getan.« Es war unmöglich zu sagen, ob Jenny sich mehr über Bullers Starrsinn ärgerte oder über die extremen Akzentschwankungen, zu denen er ihr gegenüber neigte. »Aber war sie von der Polizei, Mr. Buller? Oder vom Nachrichtendienst? Und . . . falls vom Nachrichtendienst, war sie bei F & E? Die tun nämlich ganz so, als hätten sie da ›Chancengleichheit‹, wie es scheint.«

Gleiche Chancen auf den Tod in diesem Fall, ergänzte Ian im stillen.

»Das eine kann ich Ihnen versichern, Lady . . .« Buller brach aufreizenderweise ab, als der Lärm eines weiteren Zuges über den Schienenstrang auf sie zukam.

»Das eine –?« drängte ihn Jenny, ihre Stimme gegen den Lärm erhebend.

»Ja. Sie war . . . *mutig, Lady* –« Den Rest seines Brüllens übertönte der Zug, dessen Getöse die Worte wieder schluckte und mitnahm.

Diesmal wartete sie, bis der Lärm verebbt war und das Raunen der Stadt sich von neuem als Kulisse über der Stille des Einschnitts behauptete. »Mutig, Mr. Buller?«

»Sie selber hat die verfluchte Bombe an der Universität aufgehoben.«

Frances? dachte Ian. *Frances!* »Woher wissen Sie das, Reg?«

»Ich dachte erst, es sei Audley gewesen. Aber er war nicht dort – an der Universität.« Buller wandte sich in der Dunkelheit direkt an ihn. »Und dann dachte ich, es müsse Mitchell gewesen sein. Aber *sie* war's –«

»Woher wissen Sie das?« Daß ihm der Gedanke nie gekommen war, erschien ihm fast als Verrat: Wie Buller hatte er nicht im Traum daran gedacht, den »heldenhaften Geheimdienstoffizier« aus Regs liebstem Sensationsblatt gleichzusetzen mit seiner »unschuldigen Zuschauerin« von Thornervaulx, wenige Tage darauf. *»Woher wissen Sie das, Mann?«*

»Ich hab' mit einem Kerl geredet, der dabei war – was denn sonst?« Buller schirmte wieder einmal seine Polizeikontakte ab. »Und ich hab zwei und zwei zusammengezählt. Und raus kommt vier, genau wie immer.«

»Für mich hört sie sich ein bißchen blöd an.« Jenny sprach zu niemand Bestimmten. »Aber . . . sie war also F & E – wollen Sie das damit sagen, Mr. Buller?«

Plötzlich wollte Ian nicht mehr über Frances reden. Und er wollte auch nicht, daß Jenny von ihr redete. »Ich dachte, wir unterhalten uns über Mitchell, nicht über Mrs. Fitzgibbon.«

»Und daß der von F & E ist, wissen wir«, stimmte Jenny bei. »Aber . . . was hat Thornervaulx mit Philip Masson zu tun, Mr. Buller?« Unsicherheit lag in ihrer Stimme, und sie stritt jetzt nicht: Sie gab in einem Punkt nach, während sie scheinbar eine Erklärung verlangte.

Aber Thornervaulx war Frances Fitzgibbon für Ian. »Er war nicht dort – sagten Sie, Reg?« (Hätte auch nur die geringste Möglichkeit bestanden, daß er dort war, würde Jenny ihre Frage nicht gestellt haben: Dann hätte sich alles um Thornervaulx gedreht!)

»Nein, der war nich' da.« Buller tat den Gedanken voll Verachtung ab. »Die Herrn Generäle stellen sich nich' an die Front, Alter –«

»Mr. Buller!« herrschte ihn Jenny an. »Beantworten Sie doch bitte nur die Frage.«

Buller zertrat den Abfall der schmutzigen Leute unter seinen Füßen. »Es wird Zeit, daß wir hier rauskommen, Lady. Bis zu der Kneipe, die ich kenne, isses gar nich' so weit. Und von dort kann ich anrufen –«

»Mr. Buller!«

»Schon gut, schon gut.« Er holte geräuschvoll Luft. »Ich weiß es nicht genau. Aber wenn ich recht habe . . . dann war Thornervaulx nicht nur der Tod für O'Leary und die Frau: Es war auch für Ihren Kerl der Tod, Lady.«

8

Reg Buller gingen die Kneipen nie aus: Ian war es ein Rätsel, wie der Mann sein Lebtag genug Schankstunden zusammenbekommen hatte, um sich mit so vielen Wirten und Wirtinnen, Barmädchen und Barmännern so eng anzufreunden, daß sie ihn anstandslos in ihre kleinen Hinterzimmer ließen, wo man vor neugierigen Blicken sicher war.

»Keine meiner üblichen Tränken – nich', seit die Brauerei sie aufgemöbelt hat«, hatte ihm Reg ins Ohr gemurmelt, als er sie durch Lärm und Qualm zu einer Tür am Ende des Schankraums scheuchte. »Aber der Kerl hier schuldet mir noch 'n Gefallen . . . Die Treppe hoch, gradaus durch die Tür, und ich komm' sofort nach, wenn ich unsere Reisevorkehrungen getroffen hab' – okay?« Damit stürzte er sich zurück in den Trubel und ließ sie beide verdutzt stehen.

»Was für Reisevorkehrungen, Jen?« Ian kam es vor, als hätte er die nasse äußere Dunkelheit der Straße gegen eine hellerleuchtete, aber größere innere Dunkelheit eingetauscht.

»Frag mich nicht, Liebling.« Sie zuckte die Achseln, während sie versuchte, die Ruine dessen instand zu setzen, was wahrscheinlich einmal eine teure Frisur gewesen war. »Mr. Buller hat offenbar das Ruder übernommen, sonst weiß ich nichts. Du auch nicht?«

»Du hast heute nachmittag mit ihm gesprochen, Jen.«

»Doch nur am Telefon, Schatz. Und da hat er nicht viel gesagt, außer daß ich mich nach Paul Mitchell umhören sollte . . . und damit hatte ich schon auf eigene Rechnung angefangen . . . Aber ich dachte, *du* wüßtest über seine Fahrt in den Norden Bescheid –?« Sie gab die Instandsetzungsbemühungen auf. »Ich will das jetzt nicht hier mit dir in der Öffentlichkeit diskutieren, Schatz. Tu also, was der elende Mensch gesagt hat – geh die Treppe rauf.«

Das einzige, was er wußte – oder vielmehr das einzige, was er *sonst* noch wußte, dachte Ian müde –, war, daß die Angst, mit der Paul Mitchell und andere es jetzt oder demnächst vielleicht zu tun bekamen, Reg Buller bereits gepackt hatte. Und nach John Tully, nicht zu reden von dem, was heute nachmittag in Lower Buckland passiert war, lag Sinn darin. Also war es auch sinnvoll, die Treppe hinaufzugehen.

Doch das Zimmer am Kopf der Treppe glich in keiner Weise dem Shah-Jahan-Raum: Es hatte scheußliche, mit rotem Plastik bespannte Tische und den noch dazugehörigen Geruch abgestandenen Tabakqualms mit den dazugehörigen überquellenden Aschenbechern; es war irgendein Clubzimmer, und sein einziger Vorzug bestand darin, daß es leer war.

»Was ist mit Mitchell?« Er wandte sich ihr wieder zu.

»Liebling, den kennst du doch besser als wir.« Sie kehrte zu ihrer Instandsetzungsarbeit zurück und ließ die ganze kunstvolle Ruine als Kaskade in Rot herunterkommen. »Wenn ich doch bloß ein Gummiband hätte! Du hast nicht zufällig eins bei dir, Schatz?« Sie warf ihm einen etwas zu beiläufigen Blick zu. »Nein – natürlich nicht! Aber . . . er hat dir das Leben gerettet – nicht wahr? Mitchell, meine ich . . . Nein . . . also genau wissen wir das natürlich nicht, oder? Und du warst ja mit deiner Frau da beschäftigt . . .«

Er mußte ihr Kontra geben. »Die du nicht für wichtig hieltest?«

»Ich halte sie noch immer nicht für wichtig.« Sie sprach durch mehrere Haarnadeln.

»Und Reg Bullers Tour nach Norden –?« Buller war mit Informationen über Mitchell zurückgekommen. Das konnte sie ja nun wirklich nicht abstreiten. »Was –«

Die Tür flog auf, und eine dicke junge Frau mit einem Tablett kam hereingerauscht. »Ein großer Gin-Tonic – ein leichtes Lager –?«

Jenny ließ ihr Haar los. »Der Gin ist für mich –« Sie schnappte sich das Glas vom Tablett, und ihre Haare gingen wieder auf.

»Vielen Dank –« Er nahm eins von den drei Gläsern, die übrig waren – nicht die Halbe in dem Standardglas und nicht den großen Whisky – und blickte fragend zu dem Barmädchen auf.

»Die sind für Mr. Buller – wenn's recht ist, Sir.« Sie sah ihn nicht einmal an.

Ian nahm Bullers Gläser herunter und wartete, bis sich die Tür wieder geschlossen hatte. »Du bist doch wohl nicht der Meinung, daß die Tour nichts gebracht hat, Jen?«

»Nein.« Sie trank einen kräftigen Schluck, wie Reg Buller. Dann setzte sie ihr Glas auf dem nächsten Tisch ab und widmete sich wieder ihren Haaren. »Ich glaube, das gehörte alles mit zum Rahmen – im Vorfeld von Phillys Ermordung. Aber da war deine Frau schon draußen.«

Das haßte er – und beinahe haßte er Jenny dafür. »Sie ist nicht ›meine‹ Frau.« Doch das haßte er genauso: Er hörte den Hahn krähen, als er es sagte. »Aber ich glaube, du irrst dich, Jen. Und . . . mir scheint sie interessant . . . Ich meine, sie ist vielleicht doch wichtig –« Aber er wollte nicht über Frances Fitzgibbon diskutieren. »Welcher ›Rahmen‹, Jen –?«

Die Tür öffnete sich wieder, diesmal trat Reg Buller ein.

»Er ruft mich zurück.« Buller schaute sie kurz an, nachdem sein Radar angezeigt hatte, wo die Getränke waren. »Der weiß, daß irgend was Heikles im Gang is' . . .« Er trank. »Vielleicht hat er von dem armen alten Johnny gehört. Aber ich hab' ihn unter Druck gesetzt, also spurt er auch, verlaßt euch drauf . . .« Noch ein Schluck. »Kidlington höchstwahrscheinlich – wenn er den Papierkram geregelt kriegt. Vielleicht hat er's aber lieber, wenn wir das Hovercraft von Ramsgate nehmen, und setzt erst drüben einen Flieger ein, verstehn Sie –?« Er wischte sich den Mund ab. »Um was für einen ›Rahmen‹ ging es grade?«

»1978, Mr. Buller«, antwortete Jenny ihm kühl. »Wohin fahren wir denn ... von *wo* aus?« Sie runzelte die Stirn. »Ramsgate ist klar ... Aber ›Kidlington‹ –?«

»1978!« Buller stürzte seinen Whisky ex hinunter. »Ein sauschlechtes Jahr für die Labour Party. '78-'79 brachte Mrs. Thatcher an die Macht. Und seitdem hat sie ständig zugelegt, was?«

»Wo ist Kidlington, Mr. Buller?«

»Direkt bei Oxford, Lady.« Buller grinste sie ernst an. »Es ist das größte Dorf in England, sagt man. Deshalb hat es einen eigenen Flugplatz.« Das ernste Grinsen verschwand. »Aber Sie haben recht mit 1978: Das ist natürlich der Schlüssel zur Tür.«

Daran war nichts besonders Schlaues. Aber wenn sie sich entschied, nicht besonders schlau zu sein, mußte er ihr Spiel mitspielen. »Was ist denn 1978 eigentlich passiert, Reg?«

Buller blickte Jenny an. Aber Jenny tat plötzlich, als konzentriere sie sich wieder ausschließlich auf ihre Haare.

»Reg –?«

»Na schön.« Buller ließ Jenny links liegen und trank noch etwas Bier. »Die hatten einen ihrer internen Kräche damals ... der Kerl, der F & E leitete, wollte wohl gehen, weil er krank war ... und seine Nummer zwei war grad in den Sielen gestorben, an 'nem Herzanfall – wie hieß der noch, Lady –?«

»Stocker –« Der Name pfiff zwischen den Haarnadeln durch.

»Ah! Ganz recht ...« Buller tat den Namen mit einem Achselzucken ab. »Die versuchten also alle, das so hinzubiegen, daß es gut für sie ausging und daß ihnen künftig der Kerl, den sie ham wollten, ihre Spesen genehmigt – okay?«

Jenny wandte sich halb von ihm ab, als bedaure sie, ihm auch nur einen Namen genannt zu haben, und tat, als kämpfe sie wieder mit ihrer Frisur.

»Okay.« Buller wandte sich an Ian. »Audley und der ganze Rest der Bande wollten also Jack Butler. Weil der Teufel, den man kennt, besser is' als der, den man nich' kennt ... Und der, den sie *nich'* kannten, war der Kerl von der Lady – Mr. Philip Masson – verstehn Sie?«

Das hatte er längst verstanden. »Und –?«

»Und Butler war ihr Favorit. Weil er schon dort war – er kannte den Betrieb.« Buller vergaß, *Cockney* zu reden. Das war ein sicheres Zeichen dafür, daß ihm das, was er sagte, jetzt wichtiger war, als wie er es sagte. »Und Butler war geschickt gewählt, weil er aus der Arbeiterklasse kam – nicht von Eton und von der Marine ... sondern Gymnasialstipendium, und '45 in irgendeinem zweitrangigen nordenglischen Infanterieregiment zum Offizier ernannt ... Und sein Paps war ein hoher Gewerkschafter, ein Kumpel von Ernie Bevin bei TUC seinerzeit, bevor sein Junge lernte, ein Offizier und Gentleman zu sein« – er drehte sich zu Jenny um – »Sie dürfen also ruhig der Meinung sein, daß Ihr Kerl einfach Klasse war, Lady ... Aber Jack Butler war ein Spitzenkandidat, als Oberbootsmann Jim Callaghan noch Premierminister war und den Laden schmiß – stimmt's?«

Jenny warf ihr Haar zur Seite. »Philly war der Mann für den Posten, Mr. Buller.«

»Ach ja?« Reg Bullers Lippe kräuselte sich. »Sagen wir lieber ... ›Philly‹ war der Mann im Staatsdienst, der dafür sorgen konnte, daß Butler auf die Nase fiel – was halten Sie denn davon?«

Jenny hielt mit einer Hand ihr Haar hoch, während sie mit der anderen ihren Gin austrank. »Was wollen Sie damit sagen, Mr. Buller?«

»Was ich damit sagen will?« Buller hatte genug Alkohol konsumiert, um keine Angst mehr vor ihr zu haben, einmal abgesehen davon, daß er im Moment den Laden hier zu schmeißen schien, sei es auch vorübergehend. »Ich will damit sagen, bis jetzt haben wir lediglich die Steine dieses Puzzles auf den Tisch geschüttet. Dabei wissen wir noch nicht mal, ob es schon alle Steine sind. Tatsache ist, wir ham bestimmt noch nich' alle ... Das heißt aber nicht, daß wir nicht versuchen können, die Steine, die aussehen, als ob sie passen, aneinanderzulegen, oder?«

»Verstehe.« Ihre Lippen wurden schmal. »Sie haben also irgendein schmutziges kleines Gerücht über Philip Masson aufgeschnappt – ist es das?«

»Ach ja? Und Sie haben nicht etwa ein schmutziges kleines Gerücht über David Audley aufgeschnappt, Lady? Ich dachte, das hätte uns auf die ganze Sache gebracht. Berichtigen Sie mich, wenn ich irre, Lady –?«

»Aber wir haben doch schon bestätigt bekommen, daß an dem Gerücht, Audley hätte 1978 im trüben gefischt, was dran ist, Mr. Buller. John Tully und ich haben das ganz unabhängig voneinander gehört: Auf F & E kam eine große Umwälzung zu. Fred Clinton stand vor der Pensionierung, und sein Stellvertreter war schon weg. Und Audley unterstützte Jack Butler. Aber der Kabinettssekretär und andere unterstützten Philip Masson.«

»Aha?« Buller leerte sein Bierglas und stampfte im selben Moment fest auf den Fußboden wie ein Zauberer, der Geister aus der Unterwelt herbeiruft. »Ihr Kerl war also der Geheimtip. Aber Audley ist ein Mann, der gern seinen Willen durchsetzt –«

»Das ist genau der Punkt, Mr. Buller: Audley setzt gern seinen Willen durch. Also hatte Philly einen Unfall – und Audley bekam seinen Willen, nicht wahr?«

Buller starrte sie kurz an. Dann stampfte er noch einmal auf, fester als vorher. Dann schniefte er. »Ihm zuzutrauen, daß er einen von der eigenen Seite umbringt . . . oder umbringen läßt . . . finden Sie das nich'n bißchen stark – selbst für ihn?«

Jennys Lippe verzog sich. »Audley? Werden Sie da nicht ein bißchen sentimental, Mr. Buller? Seine Seite – *unsere* Seite . . . wir tun so böse Sachen nicht? Nur die anderen, die Minderwertigen – das KGB und die CIA . . . und die Israelis machen böse Sachen?« Die Lippen wurden schiefer. »Es heißt, daß Audley im Lauf der Jahre seinen Weg mit Leichen gepflastert hat – erinnern Sie sich?«

»Aber das waren seine Feinde, Lady, nach allem, was man hört.«

Oder unschuldige Zuschauer, dachte Ian bitter.

»Wäre Masson etwa ein Verräter gewesen –« begann Buller unklug seine These zu entwickeln.

»Machen Sie sich nicht lächerlich, Mr. Buller. Wenn Sie das glauben, begleichen wir Ihre Rechnung am besten auf der Stelle. Ich habe mein Scheckbuch dabei, nicht nur den Reisepaß. Sie können auch einen Euroscheck haben, wenn Ihnen das lieber ist.«

»Das wollte ich jetzt nicht sagen, Lady. Ihr Kerl war sauber. Hätte daran irgendein Zweifel bestanden – auch nur der geringste Zweifel . . . das geb' ich zu.« Buller versuchte es rasch anders. »Ich meine vielmehr . . . ihn zu töten, wäre normaler Mord gewesen. Und wenn man's recht bedenkt: Die haben ja noch nich' mal dafür gesorgt, daß der alte Peter Wright 'n Unfall hat, obwohl sie wußten, was der ihnen für Scherereien machen würde – oder? Und warum nich'?« Er hielt inne. »Weil man für einen Privatmord einen Privatmörder braucht. Audley hätte sich also einen Mann suchen müssen, und zwar einen guten – genaugenommen jemand wie ›Mad Dog‹ O'Leary« – er nickte Ian zu – »oder wie Ihren MacManus. Und es ist tatsächlich riskant, ein Talent dieser Art zu engagieren. Man braucht da wirklich jemand, dem man trauen kann. Und einem Privatmörder, glaube ich, kann man niemals trauen.«

Jenny schüttelte den Kopf. »Das ist aber ein ziemlich fadenscheiniges Argument, Mr. Buller.«

Buller schnitt ein Gesicht. »Ich wollte ja eigentlich auch nicht davon reden – jedenfalls noch nicht.«

»Nein. Sie sprachen von Philip Masson. Und von irgendeiner schmutzigen kleinen Verleumdung.« Jenny war wie ein Terrier, der eine tote Ratte zugunsten einer größeren fallen läßt, um auch dieser das Genick zu brechen, bevor sie Land gewinnt. »Was hat es denn damit auf sich?«

Plötzlich wurde die Tür geöffnet, und die dicke junge Frau kam wieder herein, mit weiteren Getränken. Buller hatte tatsächlich Geister aus der Tiefe herbeizitiert.

Sie warteten, bis das Auftanken erledigt war, und dann wandte sich Buller wieder Jenny zu. »Der ganze Ärger, den sie da im Norden hatten, an der Uni mit der Bombe und mit O'Learys anschließendem Auftauchen in Thornervaulx, als Jack Butler mit was anderem befaßt war . . . Es gibt Leute, die behaupten würden, daß da ein ›Unfall‹ für Jack Butler maßgeschneidert wurde. Nur hat die Frau, die ums Leben kam, gemeinsam mit Dr. P. L. Mitchell diesen Unfall verpatzt –«

»Mitchell?« Jenny interessierte sich nicht für »die Frau«.

»Aber ja.« Buller nickte. »Der alte ›Mad Dog‹ war ein Meister seines Faches – er war gut, Lady . . . Auch wie er nach Thornervaulx rauf ist, was ja verrückt zu sein schien . . . Aber 'ne Meile weg, inner Scheune hinterm Klosterberg, hatte er 'nen Wagen abgestellt, mitsamt Polizeiuniform und Ausweispapieren. Und fünf Meilen weiter dann noch 'n Wagen, mit 'nem andern Ausweis – und mit der Uniform eines Majors der Fernmeldetruppe von Catterick. Und zwar eines echten Majors – nur war der damals beurlaubt. Und das Kennzeichen des zweiten Wagens stimmte mit der Autonummer des Majors überein. Die Wagen wurden auch erst nach vierzehn Tagen gefunden. Man kann also annehmen, daß ihm die Flucht geglückt wäre.«

»Ich dachte, Sie wollten von Mitchell reden, Mr. Buller.«

»Ich *rede* auch von Mitchell, Lady. Weil der alte ›Mad Dog‹ nämlich ein echter Profi war. Aber Dr. P. L. Mitchell ist auch einer. Und vielleicht sogar ein noch besserer.«

»Wieso? Was erzählen Sie uns da, Mr. Buller?«

Buller holte Luft. »Nach allem, was man hört, hatte er nich' mehr als zwei Sekunden an dem Tag in Thornervaulx, nachdem O'Leary zu ballern angefangen hatte. Und O'Leary hatte eine lange Kanone – irgendein Gewehr. Und Mitchell – *Doktor* Mitchell . . . der hatte 'ne kleine Kanone. 'ne Faustfeuerwaffe, heißt das. So eine automatische Pistole wahrscheinlich, die unterm Jakkett nich' aufträgt . . . Aber es spielt eigentlich keine Rolle – daß es 'ne *kleine* Kanone war. Denn für den Zweck war sie groß genug, verstehn Sie?« Er blickte beide nacheinander an. »O'Leary gibt 'n Schuß ab – *peng*!« Seine freie Hand hob sich, ein Finger zielte auf Jenny. »Und *peng-peng – peng* macht die kleine Kanone. Und zu 'nem zweiten Schuß ist er nich' mehr gekommen – der fiel um wie ein mit der Axt erschlagener Stier, und . . . wie's in den alten Western heißt, ›er steht nie wieder auf‹. Ein richtiger kleiner Wyatt Earp ist das, unser *Doktor* Mitchell. Vielleicht auch eher ein Doc Holiday.«

Während Jenny das alles stumm verarbeitete, spürte Ian, wie ihm wegen der von Buller benutzten Bilder ein Schauer über den Rücken lief. Ganz ähnlich hätte vielleicht Gary Redwood diese Schießerei geschildert, bei der seine bewunderte und geliebte Marilyn Francis nach dem ersten und letzten Schuß O'Learys ihr Leben im Staub – im nassen Farn der Hügel – von Thornervaulx aushauchte.

»Wer hat Ihnen das alles erzählt?« Jenny war in der Tat die merkwürdige Ungenauigkeit von Bullers Bericht aufgefallen, die seine Polizeikontakte als Quelle ausschloß ... auch wenn man annahm, er könnte mit Glück und Verstand einen gefunden haben, der unvorsichtig genug war, so viel zu sagen. Und selbst dann –

»Ha! Das wäre ja nun aus der Schule geplaudert!« Buller schwelgte einen Moment lang in seinen Erinnerungen. »Sie wissen schon, was ich hab' – ja?«

»Einen Augenzeugen.« Ian stieß das Wort spontan hervor, sobald ihm Bullers Fähigkeit zur Wiedergabe direkter Rede einfiel, die sich bei früheren Gelegenheiten, wo ein Vergleich mit Tonbandaufzeichnungen möglich war, schon herausgestellt hatte.

»Und Kunden, die für Ihre Zeit bezahlen«, fügte Jenny spitz, aber seltsam untypisch hinzu. »Nun mal los, Mr. Buller – verarschen Sie uns nicht: Sie haben einen Augenzeugen.«

»Strenggenommen ... *nein,* Lady.« Buller trank einen kräftigen Schluck. »Das heißt ... Sie werden das niemals in einen Ihrer schönen Dialoge umsetzen können, Ian, mein Alter – wie bei dem Yankee, den wir damals in den Bergen fanden ... wissen Sie noch?«

»Wieso nicht, Mr. Buller?« Jenny wurde weniger von unauslöschlichen Erinnerungen an die Grand Tetons in Wyoming behindert, ganz zu schweigen von den Schrecken Vietnams.

»Weil meine Augenzeugin tot und begraben ist. Ich konnte also nicht mehr mit ihr ...«

»Was?« Ian schnappte nach Luft.

»Langsam, Alter!« unterbrach ihn Buller. »Mit einundneunzig Jahren hat sie absolut das Recht, tot zu sein – und ordentlich begraben auch! Ich kann nichts dafür: Es war Lungenentzündung nach einem Hüftbruch, als sie vom Bett aufstehn wollte und hinfiel, verstehn Sie? Und ... sie stand dauernd auf – davon konnten sie das alte Mädchen einfach nicht abbringen, meinte ihre Tochter ... Und die Tochter ist jetzt auch schon näher an den Siebzig als den Sechzig ... Aber sie hatte den ganzen Tumult gehört, deshalb stieg sie aus ihrem Bett und ging ans Fenster – verstehn Sie?«

Das wiederholte *verstehn Sie?* war zum Verrücktwerden. »Wollen Sie damit sagen, Reg . . . eine Frau von einundneunzig Jahren hat gesehen . . . wie Mitchell O'Leary erschossen hat? In Thornervaulx –?«

»Damals war sie nicht einundneunzig. Sie war . . . was ist einundneunzig weniger acht?«

»Dreiundachtzig«, antwortete Jenny unwillkürlich, ehe sie sich bremsen konnte. »Sie verarschen uns schon wieder, Mr. Buller. Und auf unsere Kosten.« Sie fing wieder an, sich zu ärgern. »Sie war . . . bettlägerig. Aber sie war eine Augenzeugin. Und . . . jetzt ist sie tot?«

»Genau – Sie ham's erfaßt, Lady.« Niemand konnte Jenny so gut mit einem Achselzucken abtun wie Reg Buller. Aber andererseits wagte niemand außer Reg Buller, sie mit einem Achselzukken abzutun.

»Was hab' ich erfaßt, Mr. Buller?«

Buller grunzte halb, seufzte halb. »Das Ganze. Die Geschichte Ihres Lebens und meines Lebens – wie wir uns unsere Brötchen verdienen und was zu trinken dazu. Denn . . . egal, wie clever die sind oder wie vorsichtig . . . immer gibt es etwas, an das sie gedacht *haben.* Aber es entgeht ihnen trotzdem – verstehn Sie?«

Ian verstand nicht. Und er wußte, daß Jenny es auch nicht verstehen konnte. Im nächsten Moment wußte er dennoch, was Reg Buller meinte – im allgemeinen wie auch in Thornervaulx, am 11. November 1978: das »verdammte Gesetz vom Schiefgehen« verschaffte sich Geltung, es lauerte auf jeden.

»Waren Sie mal in Thornervaulx?« Als Jenny stumm blieb, nickte Reg ihr einfach zu. »Ein Haufen alter Ruinen, die Heinrich dem Achten in die Finger kamen? Er warf die alten Mönche raus – privatisierte die Abtei und zog ihre sämtlichen Ersparnisse ein . . . Und jetzt verlangen sie 'nen Dollar, wenn man sehen will, was noch davon übrig ist, alles sauber und hübsch aufgeräumt. Und einen halben Dollar für den Führer – stimmt's?«

Jenny sollte ihn nicht unterbrechen, und sie tat es auch nicht.

»Man geht vom Parkplatz aus die Treppe und den Weg rauf – am ›Thor Brook‹, dem kleinen Fluß dort – wenn man den Eintritt bezahlt und die Karte bekommen hat . . . und die kleinen Häuser auf der andern Seite vom Weg, neben den Ruinen, bemerkt man überhaupt nicht.« Pause. »Landarbeiterhäuser sind das – Gott weiß wie alt ... Jedenfalls gelten sie alle als ›historische Gebäude‹, weil sie aus den Steinen der alten Abtei gebaut sind. Aber kein Mensch achtet auf sie.«

Ein Bild entstand in Ians Kopf.

»An dem Tag waren sie also alle dort.« Buller erwärmte sich für seine eigene Geschichte. »Es schiffte in Strömen – es war ein Samstag, und es war November, und es schiffte in Strömen. Und dann trafen die ersten Wagen ein.« Pause. »Und dann trafen *sie* ein – zuerst Butler und Mitchell und Audley – *Dr. David Audley* ... und einige mehr.« Pause. »Und die Frau – die schließlich auch.«

Ian machte den Mund auf, schloß ihn dann aber fest.

»Und natürlich war auch der alte ›Mad Dog‹ da irgendwo ... Auf dem Hang oben, im Farn und in den Bäumen – da ist gute Deckung.« Pause. »Er war also auch da.« Pause. »Und dann kommt ein Polizeiwagen über die Brücke gepest – mit jaulender Sirene, der Dummbeutel, bloß so zum Angeben.« Pause. »Die *bringen* das, egal, wie oft man ihnen sagt, sie sollen's bleiben lassen, wenn's nicht nötig ist – die Dummbeutel!«

»Weshalb war Audley da?« Die Frage brach aus Jenny hervor, als könnte sie sie einfach nicht zurückhalten.

»Weiß der Himmel.« Buller schien die Frage als unerheblich abzutun. »Butler hatte die Leitung. Der Kerl, mit dem ich zuerst gesprochen hab', wußte überhaupt nichts von Audley. Auch nicht von Mitchell ... Nicht mal ihre Namen kriegte ich von ihm.« Pause. »Aber gute Beschreibungen. Und von der alten Dame auch, aus zweiter Hand ... Jammerschade ist das. Aber sogar aus zweiter Hand war die noch gut.« Pause. »Der Anführer hatte eine Jägermütze auf und einen Golfschirm in der Hand, und er hatte Sommersprossen und ein rotes Gesicht – na, ist das ein Gedächtnis?« Buller grinste. »Wenn's darum geht, sich in die Angelegenheiten andrer Leute zu mischen und durch die Gardine zu spinksen und Fremde zu entdecken, die nix Gutes im Schilde führen, ist die Frau vom Land unschlagbar – zumal die Nordengländerin. Und das wußten die natürlich.«

»Die?«

»Die Ortspolizei. Butler vielleicht auch – er kommt aus Nordengland, daher dürfte er's gewußt haben ... Als alles vorbei war, sind sie also in die Häuser gegangen und haben den Frauen dort einen heiligen Schrecken eingejagt. Die Männer und die Jungs waren alle bei den Spielen – Fußball und Rugby lief, es war ja Samstagnachmittag. Also waren nur die Frauen und Mädchen daheim. Und die Polizei hat sie sich vorgeknöpft.«

»Was wollte sie denn wissen?«

»Was sie gesehen hatten. *Wen* sie gesehen hatten. Alles bis ins kleinste.« Buller holte Luft. »Eine Heidenangst haben die denen gemacht – und zwar zweimal. Das erste Mal war's ein Uniformierter, sagte Mrs. Row – Mrs. Row ist die Tochter der alten Frau ... Aber nich' der Schutzmann aus'm Ort. Ein höherer Beamter mit lauter silbernen Tressen an der Uniform, und hat piekfein geredet. Später kam dann noch ein Ziviler, begleitet von ihrem zuständigen Bobby. Die gleichen Fragen ... nur hat der noch vornehmer geredet. Und er trug einen wunderschönen Anzug, entsann sie sich – die Mrs. Row. Sie hat als Mädchen in einer der Fabriken in Bradford gearbeitet, daher weiß sie, was gutes Tuch ist. Ich glaube, der Anzug hat sie mehr eingeschüchtert als der Mann. Aber zu der Zeit war ihr natürlich auch schon himmelangst.«

»Wieso?« Jenny hatte sich entschlossen, der Hauptfragesteller zu sein.

»Ha! Weil sie wußte, daß sie die beim erstenmal schändlich irregeführt hatte, Lady.« Buller kicherte grimmig. »Zusammen mit der alten Hexe.«

»Wie denn das?«

»Sie hatte ihnen gesagt, sie hätte nichts gesehen. Nur den Polizeiwagen jedenfalls ... Und dann hätte ein Polizist ihr befohlen, im Haus zu bleiben. Und die Mauer beim Haus ist zu hoch, als daß man, jedenfalls im Erdgeschoß, direkt an die Ruinen sehen könnte. Daher glaubten sie ihr beim erstenmal halb. Trotzdem sagten sie ihr gleich, sie solle mit keinem sprechen – nicht mit der Presse, hieß das natürlich.«

»Aber sie *hat* was gesehen –?« Jenny krauste die Stirn.

»Nein. *Sie* hatte nichts gesehen. Aber als sie gefragt wurde, ob sonst noch jemand im Haus sei, hatte sie gesagt: ›Nur meine alte Mama, die krank oben im Bett liegt.‹ Daraufhin sei der Kerl mit den vielen Silbertressen raufgegangen, um nachzuschauen. Und *das* machte ihr auch angst . . . Aber er bekam eben nichts zu sehen als eine gebrechliche alte Dame, die sich das Bettuch bis unters Kinn gezogen hatte und so tat, als wäre sie schon halb im Paradies. Das überzeugte ihn dann jedenfalls.« Buller kicherte wieder. »Dummbeutel!«

Ian wurde lebhaft an seine eigene Großmutter erinnert. »Sie hat alles gesehen, Reg – von ihrem Schlafzimmerfenster aus?«

»Fast, mein Alter. Fast!« Kein Kichern diesmal. »Als die Tochter wieder rauf ist, nachdem der Silbertressenmensch gegangen war . . . fing sie an, der alten Hexe von ihm zu erzählen. Aber sie kam nicht weit, da fing die alte Hexe an, *ihr* zu erzählen . . . so gut wie alles – ja!«

»Und davon hat sie dem zweiten Mann nichts gesagt – dem Mann im Anzug –?«

Buller schniefte. »Zuviel Angst gehabt.« Noch ein Schniefen. »Der erste hatte ihr erklärt, wenn sie die Unwahrheit gesagt oder etwas verschwiegen hätte, bekäme sie ernste Schwierigkeiten. Und ihr ältester Sohn war damals Gefängnisaufseher in Northallerton oder sonst irgendwo. Da dachte sie, er könnte womöglich rausfliegen und seine Pension verlieren. Deshalb blieb sie bei ihrer Version, wie gehabt. Und glücklicherweise war das alte Mädchen noch im Bett. Also blieb's bei der ganzen Geschichte, wie gehabt.«

Das Gesetz vom Schiefgehen: Du kannst noch so clever sein, irgend etwas wartet immer darauf, dir ein Bein zu stellen. Frances Fitzgibbons Buch hatte im Regal von Mrs. Champeney-Smythe Staub angesetzt, während es auf den geeigneten Augenblick wartete. Und jetzt hatte auch der Augenzeugenbericht einer alten Frau seinen großen Moment erlebt – sogar nach dem Tod der Augenzeugin.

»Aber sie hat doch mit *Ihnen* gesprochen, Mr. Buller – die Tochter.«

»Ja, hat sie, aber ich bin zufällig auch kein Dummbeutel in

Uniform. Und mein Anzug kommt von Marks & Spencer, von der Stange.«

Und auch Philip Masson hatte in seinem flachen Grab auf den geeigneten Moment gewartet, jemandem – Audley? Mitchell? Jedenfalls irgend jemandem – ein Bein zu stellen . . .

»Sehr wahr, Mr. Buller.« Jenny dachte nicht daran, Bullers Überheblichkeit unangetastet zu lassen. »Aber Sie haben ihr wohl auch ein paar von den hübschen neuen Banknoten zugesteckt, die Sie immer dabeihaben, um ehrliche Zungen zu lösen? Was Sie als Spesen verbuchen.«

»Der Mann mit den Sommersprossen im Gesicht hatte einen Golfschirm.« Buller schrieb seine Verluste ab. »Rot, weiß und blau . . . oder rot, *grün* und weiß – die alte Frau sagte das. Und sie hatte noch nie einen Golfschirm gesehen. Aber sie hatte ein Fernrohr zum Leutebeobachten, die alte Hexe, und ein gutes Gedächtnis. Denn Sir Jack Butler, KBE, MC . . . der hat rotblonde Haare und 'n knallrotes Gesicht und Sommersprossen. Und er golft.«

»Ja?« Buller war dabei, seinen Standpunkt klarzumachen. Aber Jenny war auf etwas anderes aus. »Was ist mit Audley?«

»Großer Bursche. Wie . . . wie ihr Oller, der längst tot war . . . er spielte in der Rugby-Liga. Sie sagte also, einer von ihnen war gebaut wie ihr Oller: einsfünfundachtzig und mehr, mit breiten Schultern, langen Beinen und 'ner Nase, die er sich mal gebrochen hat . . .« Buller schwieg, um diese Beschreibung wirken zu lassen. »Und das ist aufs Haar Audley, nach allem, was man hört.« Kürzere Pause. »Rugby Union hat er gespielt – nicht Rugby-Liga . . . Aber das ist *Audley.*« Noch kürzere Pause. »Er kam aber zu spät: Es war alles vorbei, als er eintraf. Der erste war Butler, mit seinem Schirm –«

»*Weshalb?*« Jenny fauchte die Frage, ehe Buller weiterreden konnte. »Was machte er denn da?«

»Was er da machte?« Buller schnaubte höhnisch. »Ich will Ihnen sagen, was er *nicht* machte: Er rechnete nicht damit, O'Leary zu begegnen.«

»Wieso nicht?«

»Sch . . .!« Buller schluckte den Kraftausdruck hinunter.

»Wenn Sie einem Scharfschützen der IRA gegenübertreten . . . würden Sie dann Ihren bunten Golfschirm mitnehmen, damit er besser zielen kann? Und außerdem . . . nach dem Bombenanschlag an der Universität war Butler angewiesen worden, O'Leary der Antiterrorgruppe zu überlassen – und dem Special Branch: Die waren hinter O'Leary her. Und sie dachten auch, er wäre längst verschwunden.«

»Sie wissen nicht, weshalb Butler dort war?«

»Herr mein Heiland!« Buller mimte Empörung. »Vierundzwanzig Stunden – sechsunddreißig Stunden . . . und Sie erwarten von mir, daß ich weiß, was der britische Nachrichtendienst 1978 getrieben hat? Und nicht bloß MI5 – auch noch Forschung und Entwicklung? Dabei weiß meistens nicht mal MI5, was F & E so treibt. Lady – Sie verlangen gar nicht viel, was?«

»Entschuldigung, Mr. Buller. Ich hatte nur etwas gefragt, nicht erwartet.« Jenny fing sich rasch. »Erzählen Sie mir von Mitchell.«

»Ja.« Buller nahm den Namen bereitwillig an, stockte dann aber. Denn »Mitchell« war nicht mehr nur irgendein Name: Er ließ jetzt ferne Schüsse widerhallen – und vielleicht noch mehr.

»Er war bei Audley?«

»Nein. Audley kam später – ich sagte es schon. Die Frau war bei ihm.«

»Ja – natürlich! Ians Frau.« Jenny schob Frances Fitzgibbon schon wieder beiseite. »Also . . . Mitchell war mit Butler dort, ja?«

Ians Frau, dachte Ian: Auf merkwürdige Weise war sie das jetzt geworden – genau das. Und wieder ergriff das Bedürfnis, mehr über sie zu erfahren, plötzlich von ihm Besitz.

»Weiter, Mr. Buller.« Jenny ging erneut die Geduld aus.

»Was . . .«

»Erzählen Sie mir von der Frau, Reg«, Ian setzte sich über sie hinweg. »Von Mrs. Fitzgibbon.«

»Ian! Um Himmels willen!«

»Erzählen Sie mir von der Frau, Reg.«

»Ja.« Buller ignorierte Jenny. »›Ein ganz schmächtiges Mädchen‹, meinte die alte Hexe – laut Mrs. Rowe. Und ein hübsches kleines Ding –«

»Die hatte aber gute Augen, was? Mit einundneunzig?« fuhr Jenny auf.

»Vierundachtzig. Und sie konnte noch gut sehen, ja.« Bullers Stimme erstarkte. »Aber wie schon gesagt, sie hatte so ein altes Fernrohr. Und sie saß immer in ihrem Zimmer am Fenster und spähte alles aus – alle Leute, die die verfallene Abtei besuchten. Das war so etwas wie ihr Hobby: zuzusehen, wie die Busse über die schmale Brücke unten an der Straße kamen, wo sie meistens steckenblieben. Und dann die Kinder, die auf den Ruinen herumkletterten, und ihre Mütter, die sie runterzerrten und versohlten –« Er brach plötzlich ab. »Ein hübsches kleines Ding. Und sie sah sie gleich, als der Wagen kam. Wie ein Rennwagen schlitterte der über den gekiesten Parkplatz. Und sie schoß raus wie der Blitz – warf nicht mal die Tür hinter sich zu, bevor sie loslief: Das war das erste, was die alte Frau sah, das fiel ihr auf – wie sie losrannte.«

Dann schwieg Buller, und einen Augenblick lang dachte Ian, er fordere Jenny heraus, ihn erneut zu unterbrechen. Aber Jenny sagte nichts, und im nächsten Moment begriff er auch, warum – und warum Buller verstummt war, denn die Schlußszene, die er in Worten für sie malte, nahm jetzt in seinem Kopf wieder Gestalt an – und geriet in Bewegung wie ein plötzlich ablaufender Film.

»Es regnete. Es hatte schon den ganzen Tag mit Unterbrechungen geregnet. So waren bis dahin kaum Besucher erschienen. Und es war ja auch November.«

Der 11. November. Tags darauf würden die Sonntagsparaden zum Jahrestag des Waffenstillstands von 1918 stattfinden, bei denen jeder im ganzen Land die rote Mohnblüte trug, und um elf kam die Queen im Fernsehen, die ihren Kranz am Ehrenmal niederlegte, vor dem Vorbeimarsch der Veteranen.

»Und dann war es . . . die Art, wie sie rannte.« Bullers Tonfall war sachlich wie immer, wenn er genau wiedergab, was man ihm gesagt hatte. »Wie ein Junge, meinte die alte Frau: auch die Haare so kurz, und wenn sie nicht ihren Rock gesehen hätte beim Aussteigen, hätte sie geglaubt, es *wäre* ein Junge, als sie den Weg an der Mauer entlanglief . . . Bis sie oben ankam, wo man durch das kleine Tor in die Ruine tritt – entsinnen Sie sich?«

Buller wandte sich an Jenny als eine, die wußte, wovon er

sprach, und vergaß Ian jetzt ganz. So mußte Ian sich selbst ein Bild entwerfen aus einem Mosaik von anderen Teilen, aus anderen Orten, anderen Ruinen: Tintern und Bylands, Fountains und Rievaulx – all die alten, verfallenen Abteien ... Und am ehesten *Rievaulx* ... denn waren dort nicht auch Häuser in der Nähe gewesen –?

»Wissen Sie, daß die alte Frau sogar O'Leary gesehen hat – ihn *gesehen*?« Einen Moment lang wurde Bullers Sachlichkeit ungläubig. »Der muß spät dahin gekommen sein – wie Audley ... Oder vielmehr *nicht* wie Audley. Denn Audley war ja wohl ein VIP, und nach O'Leary fahndete inzwischen die halbe Polizei von England, da wird er's nicht leicht gehabt haben, bei Gott!« Der nächste Atemzug war Unglauben, vermischt mit Bewunderung. »Die müssen ihm Spitzenknete geboten haben für das, was er da tun sollte – auch wenn er die ganzen Fluchtmittel schon bereitgestellt hatte. Denn bei diesem letzten Streich hat er wirklich Kopf und Kragen riskiert – fährt nach Thornervaulx, spaziert über das Moor dort ... Der Dummbeutel!«

»Ja.« Jenny wurde schwach. »Aber ... was wollte er da, Mr. Buller?« Die Logik bestärkte sie. »Es muß doch wohl Butler gewesen sein –?« Dann stellten sich Zweifel ein. »Oder ... wer dort mit ihm verabredet war –?«

»Ja. Das schon eher. Denn auf Butler hätte er wohl ungehindert schießen können – mindestens einmal.« Buller klang, als habe er auch schon daran gedacht, sei jedoch immer noch unsicher. »Aber wie steht's mit ihrem Philip Masson?«

»Nein.« Jenny war entschieden. »Philly war in der Woche nicht hier. Er war im Ausland« – ihre Stimme ging von Buller zu Ian – »er sprach in Paris mit den Franzosen. Und seine Einstellungsgespräche bei F & E dürften da schon abgeschlossen gewesen sein. Glaube ich jedenfalls.«

»Er hatte also den Posten – Stellvertreter erst ... und dann Chef, wenn Sir Frederick Clinton in den Ruhestand trat –?« Buller hielt inne, doch eine Spur zu unschuldig.

»Das habe ich nicht gesagt.« Auch Jenny faßte sich kurz. Die Sache war nämlich die, daß sie beide damit beschäftigt gewesen waren, ihre Schulden bei ihren besten Informationsquellen einzufordern – Jenny bei ihren Freunden und bei »Daddys Freunden« oder auch bei Daddy selbst, wogegen Buller seine »Kerle« in der Fleet Street oder beim Special Branch ausgeholt hatte, die ihm dies oder jenes verdankten (und die hofften, ihm auch künftig etwas zu verdanken); aber durch den Tod John Tullys sahen sie sich vor eine völlig neue Situation gestellt: Jetzt, wo es ums Überleben ging, gab es für beide dringendere Notwendigkeiten.

»Sie wissen zuviel, Reg Buller«, sagte Jenny.

»Zuviel?« herrschte Buller sie an. »Lady, ich weiß noch längst nicht genug.« Tiefer Atemzug. »Aber Audley war in derselben Woche in Washington – soviel weiß ich. Also hat ihm jemand einen Wink gegeben, daß Butler in Schwierigkeiten war – stimmt's?«

»Trotzdem kam er noch rechtzeitig, um bei dem Spaß dabeizusein – stimmt's?« Jenny ahnte immer noch nicht, wieviel Buller wußte, aber sie wollte alles, was er hatte.

Rechtzeitig für »Mad Dog« O'Leary! dachte Ian. *Aber nicht rechtzeitig für Frances Fitzgibbon.* »Mrs. Fitzgibbon hat die Ruinen erreicht, Reg? Sie hat sie doch erreicht, Reg –?«

»*Ahh*« – Buller atmete in der Stille zwischen seinen beiden Fragen wieder aus –, »ja, das hat sie, Alter – Ihr ›schmächtiges Mädchen‹ – ja! Sie kam oben durch das Tor – das Tor dort –?«

»Wo war Mitchell in dem Moment? Paul Mitchell –?« Jennys Interesse an der Schlußszene konzentrierte sich immer noch auf Mitchell.

»Er war direkt da oben«, Buller nickte. »Er guckte sich im Hauptteil um, unter dem Hang, wo der Hochaltar war und das große Fenster am Ende – das große runde Fenster, das sie alle bewundern –? Das auf allen Ansichtskarten ist?«

»Die Fensterrose.« Jenny lieferte den Rest der Toristeninformation.

»Genau. Aber jetzt ist da kein Glas mehr drin –«

»*Reg!*« Er verlor die Geduld mit Buller. »Was geschah dann?«

»Es ging alles ziemlich schnell, Alter.« Buller schniefte. »Mitchell war da – deckte Butler höchstwahrscheinlich. Und Butler war da . . . unten im tieferliegenden Teil der Ruinen, und hielt sich den Regen vom Leib unter seinem großen Schirm. Und

O'Leary – der kam den Hang herunter, durch den Farn und durch die Bäume ... Und sie schreit ihn an – die Frau –«

»Was schreit sie?« platzte Jenny heraus, Mitchell plötzlich vergessend.

»Wer weiß.« Butler hielt inne. »Aber da hat er sie erschossen – als sie ihn anschrie. Und darauf fährt Mitchell, der Butler gesichert hat, herum ... und *peng-peng-peng!* – mit seiner kleinen Knarre! Und bügelt ihn um, den O'Leary, als hätte er eins mit der Axt gekriegt.« Pause. »Was auf die Entfernung – und ich kann's ihnen versichern, ich war da – auf die Entfernung, da ist das Präzisionsschießen: zwei ins Schwarze quasi und einer dicht dran, auf dreißig Meter oder mehr, bevor O'Leary reagieren konnte – wie der Blitz ging das!«

Ian dachte an die beiden leeren Läufe der Flinte in Lower Buckland; und an Mitchells kaum unterdrückte Wut hinterher, die er nicht verstanden hatte.

»Und dann?« Jenny war wiederum unbelastet von diesem heutigen Erleben Paul Mitchells. »*Wie ging's weiter* ... Reg?«

Immer noch keine Antwort. Es mußte da etwas geben, womit Reg Buller nicht ganz fertig wurde. Und das kam Ian seltsam vor, sogar beunruhigend seltsam, fast besorgniserregend. Denn Reg Buller, ob betrunken oder nüchtern (oder, wie es mehr oder minder sein Dauerzustand war, in der Mitte zwischen beiden Extremen), war niemals um Worte verlegen.

»Das war jetzt, was die alte Frau *gesehen* hat? Was sie ihrer Tochter erzählt hat?« Jenny mußte die gleichen Zweifel empfinden wie er; ihre Fragen waren eigentlich eher ein ermutigendes Murmeln, um Buller mit der Anerkennung dessen, was er sagte, bei Laune zu halten. »Sagen Sie's uns, Reg.«

»Ja. Was sie gesehen hat.« Widerstrebend stimmte Buller ihr zu. »Natürlich ... ist es noch zu zeitig. Wir sollten also keine voreiligen Schlüsse ziehen und uns dann darauf versteifen. Jedenfalls haben Sie das noch nie getan.« Schniefen. »Deshalb ist es auch besser, für Sie zu arbeiten als für manche andern, die ich nennen könnte.«

Das Widerstreben des Mannes und sein Themenwechsel brachten Ian für ein paar Augenblicke völlig durcheinander –

und Jenny offensichtlich auch: Ihre Verblüffung mündete in gemeinsames Schweigen.

»Reg –« Jenny brach zuerst los, wenn auch leise.

»Jenny –« Ian streckte den Arm aus, um sie zurückzuhalten, verschätzte sich aber im Abstand und griff ins Leere.

»Schon gut, Schatz.« Sie verstand trotzdem. »Natürlich ist es noch zu zeitig. Aber wir . . . es sieht doch bald so aus, als ob wir nicht viel Zeit haben. Bitte ziehen Sie also einen voreiligen Schluß für uns, Reg, mein Lieber.« Noch nie hatte Ian erlebt, daß sie so nahe daran war zu flehen – viel näher als irgendwann in Beirut –, um zu bekommen, was sie wollte. *»Bitte,* ja –?«

»Na schön.« Reg konnte ihr sowenig widerstehen wie jeder andere Mann, wenn sie so sehr drängte. »O'Leary fiel also um – als wäre er mit der Axt erschlagen worden . . . und wahrscheinlich hat die alte Frau das genau so gesagt, denn sie war auf dem Land aufgewachsen, hat also gesehen, wie die ihre Viecher schlachten, ein Schlag und nur die Beine zucken noch . . . Aber was sie damit meinte, war wohl, daß Mitchell wußte, er hatte nicht vorbeigeschossen, nehme ich an. Jedenfalls kümmerte er sich nicht darum – nicht um O'Leary.« Reg Buller trank, und sie warteten auf ihn. »Er lief zu der Frau – lief dahin, wo sie zu Boden gegangen war, als sie getroffen wurde.«

Ian spürte, daß sein Mund trocken war. Er hatte sein fades Lagerbier kaum angerührt. Und ein weiteres Glas stand für ihn bereit.

»Inzwischen schiffte es in Strömen. Aber . . . Jack Butler kam hinzu . . . und er hatte seinen Schirm zusammengeklappt, sagte sie. Und er versuchte Mitchell daran zu hindern, daß er die Frau – das Mädchen – aufhebt . . . Aber Mitchell stößt ihn weg, und er drückt sie an sich und hält sie fest. Da spannt dann Butler seinen Schirm wieder auf und hält ihn über sie beide, während die andern alle angerannt kommen.«

Frances! dachte Ian. Und dann . . . *Mitchell –?*

»Und er ließ sie nicht mehr los, der Mitchell – nicht, als die Polizei hinkam und 'n paar andere, Nicht-Uniformierte. Und auch nicht, als schließlich die Sanitäter mit Tragbahren kamen: Er hat sie weggeschubst, und Butler springt ihm bei und deutet dahin, wo O'Leary liegt« – Buller wechselte von der Vergangenheit zum historischen Präsens – »also gehen sie den holen. Und schaffen ihn zuerst runter, mit 'nem Laken drüber oder 'ner Decke, und sein Arm baumelt raus wie 'n Stück Fleisch« – Buller schniefte – »keine ordnungsgemäße Tatortbefundsaufnahme durch die Polizei für ihn, mit Fotos: Nur schnell weg mit dem Vogel und Strich drunter! Okay –?«

Ian begriff, daß er irgendeinen Laut von sich gegeben hatte, da Buller ihn auf einmal stirnrunzelnd ansah. »Weiter, Reg.«

Buller starrte ihn an. »Was ist denn?«

»Nichts ist. Reden Sie weiter!«

»Okay ... Zum Schluß geht also ein Polizist hin, weil Mitchell sie nicht loslassen will – so haben wir das bei Verkehrsunfällen auch immer gemacht ... Hab' ich selbst erlebt, daß sie sie einfach nicht loslassen ... obwohl sie wissen, daß es zu spät ist.« Buller nickte ihm zu. »Aber Jack Butler – der hält den Polypen auf und spricht mit ihm. Und dann spricht er mit Mitchell – es schifft immer noch, und Mitchell und das Mädchen sind naß geworden wie zwei Mäuse in der Badewanne, während Butler mit dem Polypen geredet hat ... Mitchell nimmt sie also schließlich selbst und trägt sie auf seinen Armen runter ... hinter ihm geht Audley und dahinter ein Polyp, der hat O'Learys Gewehr aufgehoben und trägt es, als ob's Goldstaub wäre, um die Fingerabdrücke nicht zu verwischen, mit 'nem Bleistift im Lauf und 'ner Schnur am Abzugsbügel – sogar *daran* entsann sie sich, die alte Frau.«

Ian sah das Ganze vor sich, sah es in allen Einzelheiten auf dem Hügelhang, den er noch nicht gesehen hatte, zwischen den Ruinen der Abtei, die er ebenfalls noch nicht gesehen hatte – *noch nicht! Aber bei Gott, er würde sie sehen, sobald er sich wieder frei bewegen konnte!*

»Ja?« Fast hätte er für Jenny hinzugefügt ... *das Buch müssen wir schreiben, Jen*! Doch dann war er plötzlich nicht mehr so sicher. »Bitte weiter, Reg – weiter!«

Wieder ein Stirnrunzeln. »Nun, das ist alles, Alter: Sie brachten sie weg – und O'Leary auch ... Und dann fingen sie an, rigoros dafür zu sorgen, daß niemand je die Wahrheit über das, was da passiert ist, veröffentlicht.« Buller beobachtete ihn. »Was wollen Sie denn noch mehr?«

Ian konnte im Grunde nichts sagen. Doch Jenny bewahrte ihn davor, das zuzugeben. »Aber . . . Sie haben uns doch nicht wirklich das Ende erzählt – stimmt's, Reg?«

Buller griff nach seinem Whisky, trank jedoch nicht. »Ja . . . Aber das ist vielleicht der Teil, der Ihnen nicht gefällt, Lady. Und ich würde ohnehin nur raten. Und vielleicht ist es zu früh, um mit Raten anzufangen? Wenn Sie schon Ihr Scheckbuch parat haben?« Er blickte zu Ian.

Dieses eine Mal wußte Ian, daß er nicht nur mehr wußte als Jenny, sondern das Gewußte auch besser verstand: Er wußte, er hatte für immer verloren, was er sowieso nie hätte erlangen können – *wußte ein für allemal, daß sein bestes Buch nicht geschrieben werden konnte.*

»Weiter, Reg.« Sein Wissen machte ihn nicht frei: Es legte ihn in Ketten. Aber er wollte, daß Jenny das Gewicht dieser Ketten spürte.

»Okay.« Buller ließ ihn fallen. »Ihr Masson, Lady – es mag sein, daß er einfach Klasse war. Trotzdem dürfte er sein Spiel auf die einzige Art gespielt haben, die er kannte – so wie die Schlaumeier im Staatsdienst es immer spielen. Was ja auch nur die Methode ist, nach der jeder spielt, wenn er schlau ist: Man nutzt die Waffen, die man hat und die der andere nicht hat – okay?«

Der Mann war bemüht, seine Büchse-voll-Würmer nett zu verpacken. »Um Gottes willen, Reg – *sagen Sie's ihr*!«

»Schon gut – schon gut!«

Jenny blickte gebannt von einem zum anderen. »Sagen? Was denn –?«

Mit einem Mal begriff Ian, weshalb Buller Zeit zu gewinnen suchte. Und das war ihm hoch anzurechnen, wo er doch solchen Bammel vor ›Dr. P. L. Mitchell‹ hatte – derart, daß sie vorhin mit ihm bei Nacht und Regen so mühsam über die Mauer in den Eisenbahneinschnitt klettern mußten. Aber er für sein Teil durfte sich nicht so hundertprozentig mit Dr. Mitchell identifizieren – noch nicht!

Er schaute Jenny an. »Philip Masson wollte den Posten haben, Jen. Und ... vielleicht hielt er Jack Butler nicht für geeignet« – teils aus einem Impuls heraus und teils, um ihr zu helfen, das, was er sagte, zu akzeptieren, versüßte er die bittere Pille – »das wird's wohl gewesen sein ... Also hat er eine Prüfung angesetzt, damit Butler sich bewähren konnte – er sollte den vielfältigen Druck im Norden meistern: nicht nur O'Leary, auch den Special Branch, MI 5 und die Ortspolizei da oben – und den Polizeichef – richtig, Reg?«

Buller nickte dankbar. Dann sah er der Wahrheit ins Auge. »Es war vielleicht ein fairer Test« – dann schaute er seinerseits Jenny an, um seine Dankesschuld zurückzuzahlen – »aber es war eine beschissen linke Tour, Lady – wenn Sie mir den Kraftausdruck verzeihen!«

»Es war ein fairer Test.« Ian beschloß, nicht zuzustimmen. »Denn an der Universität hat Butler ihn durchaus bestanden: Er hat zwar O'Leary nicht geschnappt ... aber O'Learys Bombe hat niemanden getötet.« Er versuchte immer noch, die Pille zu versüßen – auch nach Reg Bullers Kraftausdruck. »Aber dann ging O'Leary rauf nach Thornervaulx. Und ... deswegen ist Frances Fitzgibbon gestorben – verstehst du –?«

»Sie ham's erfaßt, Alter!« Noch mehr wollte ihm Buller nicht verdanken. »Aber da müssen wir dann zu raten anfangen, Lady. Denn es könnte immer noch Audley sein, der ihn danach umgebracht hat. Oder ... könnte auch sein, er hat einfach bewußt weggeguckt – sehn Sie?«

Das wegguckende Sehen verwirrte sie einen Moment lang. »Audley?«

»Er könnte bewußt weggeguckt haben«, unterstrich Buller. »Er könnte Mitchell einfach nur die richtige Richtung gewiesen haben. Oder er könnte direkt zu Mitchell gegangen sein und gesagt haben: ›Der Masson, dieser Vogel, wenn der jetzt unter einen Bus liefe ... oder meinetwegen aus seinem Boot fallen und ertrinken würde, ohne daß einer Fragen stellt ... wär' das nicht fein?‹ Und nach dem, was mit der Frau passiert war, hätte er nicht zweimal zu bitten brauchen: Er hatte den perfekten Mörder. Den beinah perfekten.«

Jenny starrte sie beide an. »Mitchell?«

»Der hat das Zeug dazu, Lady.« Buller nickte. *»Und sie war seine Frau, seine Freundin, Lady – verstehn Sie nicht?«*

Mit schrecklicher Gewißheit begriff Ian, warum sie, die sonst so schnell war, jetzt so lange brauchte. Und dann wurde ihm klar, wie er es ihr beibringen konnte. »Du willst Rache für Philip Masson, Jen. Genauso wollte Paul Mitchell die Rechnung für Frances Fitzgibbon begleichen.«

Sie sah ihn stirnrunzelnd an. »Aber Philly hat sie doch nicht umgebracht.« Sie blickte zu Reg Buller.

»›Mad Dog‹ O'Leary?« Buller schüttelte den Kopf. »Der hat bloß einen Schuß abgefeuert – das hätte jeden treffen können – hätte Mitchell treffen können . . . hätte Butler treffen können . . . oder irgend'nen armen Bullen, Lady: Die kriegen meistens die Kugel ab.« Noch ein Kopfschütteln. »Es traf aber *sie* . . . und wenn's Ihr Masson war, der das Ganze angezettelt hat, dann hat *er* sie umgebracht – so hätte ich's vielleicht gesehen, wenn sie meine Braut gewesen wäre, das sag' ich ihnen offen.« Er legte den Kopf schräg. »Ham Sie schon mal jemand geliebt? Ihre Eltern vielleicht? Oder diesen Kerl, Ihren Philly –?«

Jenny hatte kapiert. Es stand ihr im Gesicht, aus dem alle Farbe wich.

»Jedenfalls, wenn's meine Braut gewesen wäre, hätte ich's vielleicht getan«, wiederholte Buller einfach. »Oder . . . wenn ich ›Dr. P. L. Mitchell‹ wäre, mal bestimmt. Denn dann hätte ich gewußt, wie man's macht – besonders, wenn mir ein ›Dr. D. L. Audley‹ noch dabei helfen konnte.« Er starrte Jenny an. »Allerdings bin ich mir, um die Wahrheit zu sagen, bei Audley nicht sicher. Denn nachdem ich so einiges über ihn gehört habe, glaube ich, er hätte Masson auf andere Weise erledigt als durch Mord.« Er blickte sie schräg an. »Sagten Sie mir nicht heute am Telefon, daß er die Leute gern überlistet? Daß ihm das mehr Vergnügen bereitet als alles andere? Und sie war ja schließlich nicht *seine* Braut – oder?« Er schüttelte entschieden den Kopf. »Nein . . . wenn ich zu wetten hätte, würd' ich sagen, er hat schlimmstenfalls weggeschaut. Und ich würd' mein ganzes Geld auf Mitchell setzen, Lady.«

Jenny sah Ian an. Sie hatte ihn unentwegt angesehen, seit sie kapiert hatte, wurde ihm jetzt bewußt. »Ian –?«

Auch er kam nicht daran vorbei. »Sie war schon was Besonderes, Jen. Jeder, der sie kannte« – er dachte einen Moment lang an Mrs. Simmonds – »der sie kannte – wie sie wirklich war . . . sie muß eine tolle Frau gewesen sein, Jen.«

»Ich meine nicht *sie*«, gereizt faßte sie an ihr Haar – »ich meine *Mitchell*, Ian.«

»Ja.« Auch daran kam Ian nicht vorbei. Und mit Paul Mitchell verband ihn sowohl die Geschichte mit der leeren Jagdflinte wie auch Frances Fitzgibbon. Aber Frances war es, die ihm die Entscheidung leichtmachte. »An sich glaube ich, daß Mr. Buller falsch liegt, Jen. Es ist zwar durchdacht . . . aber er irrt sich. Obwohl . . . natürlich ist es noch zu zeitig.«

»Ach ja?« Buller blickte ihn mit einem überraschten Stirnrunzeln an.

»Ja.« Niemals dieses wundervolle Buch zu schreiben war schlimm genug. Aber Paul Mitchell zu helfen, daß er davonkam, war ein dringenderes Problem. Und dann, ganz plötzlich, sah er die einfache Lösung. »Oder ist Mitchell ein Heiliger, Reg?«

»Ein –?« Die Stirnfalten wurden tiefer.

»Nur Heilige besitzen die Gabe der Bilokation, Reg: Sie können an zwei Orten gleichzeitig sein. Wir anderen können das nicht.« Reg Buller zu ärgern war ebenfalls hilfreich. »Selbst wenn Mitchell mir heute nachmittag nicht das Leben gerettet hat: Ich sehe wirklich nicht, wie er John Tully getötet haben soll – Sie etwa?« Dabei enthielt diese Beweisführung einen sehr schwachen Punkt: Er wußte im Grunde nicht, ob Mitchell schon vor dem späten Nachmittag hinter ihm her gewesen war und ihn beobachtet hatte. Aber das konnte Reg Buller nicht ahnen. »Ich bin sein Alibi, Reg.«

»Ach ja?« Buller starrte ihn streitlustig an, während sie sich beide mit John Tullys Tod auseinandersetzten, über den sie so gut wie nichts wußten. Nur . . . wenn das auch Mitchell gewesen war, vermehrten sich seine eigenen ethischen Probleme ins Ungeheuerliche. Aber darüber würde er später nachdenken: Es war noch zu zeitig – darin schienen sich alle einig zu sein.

Buller grinste plötzlich. »Sie könnten sogar recht haben, Alter – für '78.«

Jetzt war es an Ian, die Stirn zu runzeln. »Was?«

»Irgend jemand hat O'Leary engagiert. Also hatte jemand was vor.« Buller ließ ihn fast verächtlich zugunsten Jennys fallen. »Und jetzt ist Masson wieder aufgetaucht, und eine große Dose Würmer wird aufgemacht . . . Und wenn Sie mich fragen, was da eigentlich los ist – Lady, ich habe nicht den leisesten Schimmer.« Er schnitt ihr ein Gesicht. Dann entsann er sich des Whiskys neben ihm auf dem Tisch, ergriff ihn und kippte ihn runter. »Aber eins sage ich Ihnen: Außer Mitchell versuchen noch andere, die Rattenlöcher zu stopfen. Und die Ratten rennen kopflos hin und her und beißen alles, was ihnen in die Quere kommt – wie uns zum Beispiel?« Er warf Jenny einen Blick zu und nickte dann. »Also renne ich auch weg. Und zwar nicht nur vor Dr. P. L. Mitchell, Lady.«

Mitchell selbst hatte es gesagt, dachte Ian mit aufkommender Panik: *Sie hatten den Teufel heraufbeschworen! Und jetzt saß ihnen der Teufel im Nacken!*

Jetzt merkte er, daß er Jenny ansah – sie ansah und bemüht war, es ohne Bitterkeit, ohne Vorwurf zu tun. Denn Jenny war es gewesen, die Rache für ihren geliebten Philly Masson haben wollte, wider seine bessere Einsicht, und das hatte sie alle dazu gebracht, sich in dieses unbesonnene Abenteuer zu stürzen. Und von ihrer gegenwärtigen Erfahrung aus kam er nachträglich auf eine unangenehme Wahrheit, die sein Urteilsvermögen und sein Instinkt nicht auf eine Formel hatten bringen können, ehe es zu spät war –

Die Tür wurde ohne Anklopfen geöffnet, wie zuvor –

O Gott! dachte er. *Nicht noch mehr Alkohol! Reg Bullers rote Knollennase schien ohnehin noch größer als sonst zu sein, und sie brauchten ihn stocknüchtern wie noch nie!*

Das dicke Barmädchen war etwas außer Atem, und diesmal lächelte sie Buller nicht an. »Telefon für Sie, Mr. Buller – unten.«

»Danke, Liebes –« Buller sagte das zur Tür, die sich schon wieder schloß. Dann blickte er sie nacheinander an. »Nun, ›die Glocke ruft mich‹, wie der Barde spricht – ja?«

Das war typisch Buller, dachte Ian: all die schnoddrigen Töne und die halb echte, halb aufgesetzte Mundart. Aber Reg Buller war schon immer mehr gewesen, als er zu sein schien. Jenny hatte sie mit *Macbeth* auf den Weg geschickt, also zitierte Reg Buller ihnen jetzt aus *Macbeth*: Entweder kannte er das Stück von früher, oder er hatte es sich angesehen, nachdem Jenny ihm daraus zitiert hatte. Und in der mittlerweile brenzlig gewordenen Situation warf er ihnen sein Gegenzitat an den Kopf.

»Warten Sie!« Jenny faßte sich zuerst. Jenny war niemals besser als in der Gefahr. »Wenn wir davonlaufen, Mr. Buller – *Reg* –?« Sie blickte halb zu Ian, wie um ihn daran zu erinnern, daß sogar Paul Mitchell gewollt hatte, daß sie davonliefen.

Das war ihre alte Technik: Einer griff die unausgesprochene Frage des anderen auf: »Wo gehen wir hin, Reg?« Er bewegte sich leicht, um Buller den Weg zur Tür zu versperren. »Wohin . . . fliehen wir, Reg?«

Buller grinste ihn an. »Wir fliehen nicht direkt, Ian, mein Alter.« Er stellte das leere Bierglas auf den Tisch, neben das leere Whiskyglas. »Ich glaub' nämlich nicht, daß wir jetzt noch ein genügend tiefes Schlupfloch finden – nicht mal, wenn wir zum Herrn Papa der Lady gehen –« Er trat auf Ian zu.

»Wohin, Mr. Buller?« Auch Jenny stand auf, sie trat neben Ian.

»Nicht ›wohin‹, Lady.« Buller blieb stehen. »*Zu wem* ist jetzt die Frage, schätze ich. *Wohin* führt uns nur zu ihm. Und wir wissen, wo er ist.«

Jetzt standen sie Schulter an Schulter, wie in alten Zeiten. Nur war Frances Fitzgibbon irgendwie zwischen ihnen, dachte Ian: Sie waren lediglich Geschäftspartner und Verbündete in der Not.

»Spanien, Mr. Buller?« Jenny holte Luft.

»Audley, Lady.« Bullers Gesichtsausdruck wurde hart. »Der einzige Kerl, der uns da rausreißen kann, ist Audley. Wenn er Bescheid weiß, können wir vielleicht einen Deal mit ihm machen. Und . . . wenn er nichts weiß . . . dann wird er Bescheid wissen, wenn wir's ihm erzählt haben. Und dann wird er sich auf unsre Seite schlagen müssen, um die eigene Haut zu retten.« Er kam auf sie zu. »Okay?«

Ian wußte nicht, wer von ihnen zuerst Platz machte. Aber sie machten beide Platz.

Und da formulierte er für sich die verspätete Wahrheit: *Was für die Lüge gilt und für alle Sünden, große und kleine, gilt auch für die Rache und Vergeltung: Man ahnt nicht, wie schwer die Arbeit ist, auf die man sich eingelassen hat – bis es zu spät ist.*

ZWEITER TEIL

Jennifer Fielding
und
die Geister von Salamanca

1

Obwohl die Sonne noch längst nicht ihre volle Kraft entfaltet hatte, spürte Jenny bereits das Prickeln von Schweiß zwischen ihren Schulterblättern. Und kaum spürte sie das, stach ihr ein weiterer spitzer Getreidestoppel schmerzhaft ins Fußgelenk, um sie erneut daran zu erinnern, daß sie heute morgen die falschen Schuhe ausgesucht hatte. Sie hatte sich vorgenommen, kühl und elegant auszusehen für diese Begegnung, und sie würde völlig runter sein, verschwitzt, verletzt und wütend. Und alles war Ians Schuld – verflixter, blöder Ian!

»Au!« Sie blieb stehen, um den Schaden zu begutachten. Ein dunkelrot schimmerndes Tröpfchen markierte die Wunde, nicht weit von dem unansehnlichen Fleck ihrer Vorgängerin, die mit rotem Staub vermischt war. Verschwitzt, verletzt, wütend und auch noch schmutzig – verflixt-verfluchter blöder Ian! »Warte doch mal. Ich hab' mir weh getan, Ian – Ian?«

Er war nicht einmal stehengeblieben. Er lief voran, ohne sie überhaupt zu beachten. Und jetzt konnte sie das Felsenplateau nicht einmal mehr *sehen*, das er angepeilt hatte, als sie am Rand des von Fliegen verseuchten Dorfes aus dem Auto gestiegen waren: Langgezogene Hügel mit lebensgefährlichen Stoppeln versperrten die Sicht. Und sie trug die falschen Schuhe.

»Ian!« (Eigentlich waren es nicht die falschen Schuhe: Es waren sogar ihre aller*besten* Schuhe ... Jedenfalls waren sie das gewesen; nur weil er darauf bestanden hatte, daß sie das Auto da stehenließen, kilometerweit von ihrem Ziel entfernt – dadurch waren sie es jetzt nicht mehr. *»Ich kann seinen Wagen sehen«,* hatte er gesagt, als er das Fernglas runternahm, und er hatte es mit seiner seltsamen neuen Stimme gesagt. *»Er steht oben am Feldweg, direkt bei der Hütte – ein silberner Rover Sterling. Aber wir gehen das Stück. Ich will laufen ... Ich will nachdenken. Wir haben reichlich Zeit. Also komm.«*)

Endlich war er doch stehengeblieben, auf dem gleißenden Kamm der Anhöhe hob er sich gegen den klaren, wolkenlos blauen Himmel ab. Doch er schaute immer noch nicht her: Er klebte wieder mit den Augen am Fernglas, war immer noch blind für sie.

Schön, jetzt ist's endgültig aus, dachte Jenny. Das war der neue Ian – ein problematischer Ian und ein schwieriger; und um so problematischer und schwieriger, als der alte immer einfach und unkompliziert gewesen war und nur auf die übliche, durchsichtige Art ermüdend, wie ein dummschlauer Bruder –

»Ian! Zum Teufel mit dir!« schrie sie seinen Rücken an.

Jetzt endlich, nachdem er überprüft hatte, was er prüfen wollte, wandte er sich ihr zu. »Was ist denn?«

»Schon gut, Liebling.« Als er sich umdrehte, sah sie ein, daß es der größte Fehler wäre, jetzt zu quengeln wie ein Mann. Genau gesagt, zu quengeln, wie Ian es selber tat (beziehungsweise früher getan hatte; aber dies hier war ein anderer Ian, das durfte sie nicht vergessen). »Es ist nur ... deine Beine sind eben länger als meine ... Hast du ihn entdeckt?«

»Ja.« Schon wandte er sich von ihr weg und hob wieder das Fernglas.

»Ja?« Sie merkte, daß sie den neuen Ian mit neuen Augen ansah, jetzt, wo er nicht mehr daran interessiert war, sie anzusehen. Das Weichlings-Image war natürlich immer schon unfair gewesen: In Beirut damals war er sehr weit davon entfernt, das hatten hinterher alle gesagt; eher ein Held, hieß es da, aber das hatte sie nicht für bare Münze genommen (oder zumindest mal für selbstverständlich gehalten: Im Krieg und in Notfällen fand man Dichter und Gelehrte durch die Jahrhunderte selten unter den Drükkebergern . . . und ein Dichter und Gelehrter, das war der Ärmste im Grunde – jedenfalls hätte er es in einer besseren Welt sein können). »Wo denn?«

»Auf dem Großen Arapil.« Er ließ das Fernglas sinken und zeigte. »Siehst du, wo sein Auto steht – der Rover? Gleich hinter der Hütte. Stell dir vor, das ist die Mitte eines Zifferblatts, und der Stundenzeiger weist auf elf – dieser Linie folgst du bis obenhin, Jenny. Er steht gleich rechts von dem Denkmal. Das muß so ein Kriegerdenkmal sein.«

Jenny beschirmte ihre Augen und starrte.

»›Der Große Arapil‹.« Das Fernglas ging wieder hoch. »Da standen die Franzosen, als 1812 die Schlacht losging. Und der Herzog von Wellington kam hinter uns her, vom ›Kleinen Arapil‹ bis zum Dorf. Er muß so ungefähr da zu Mittag gegessen haben, wo wir ausgestiegen sind: Da merkte er auf einmal, daß sie ihre Marschlinie zu weit auseinandergezogen hatten, und er warf sein Hühnerbein über die Schulter und sagte: ›Das genügt!‹ So erzählt man sich jedenfalls.«

Entweder lag es am gleißenden Licht, oder vielleicht brauchte sie eine Brille, aber sie konnte nicht das geringste sehen in der öden, ausgedörrten Landschaft. »Ich muß doch nicht unbedingt was über die Schlacht wissen – oder meinst du, Schatz?«

»Es ist eine interessante Schlacht.« Er sagte es distanziert, wie zu einem Kind. »Wenn die Leute an Wellington denken, denken sie an Waterloo . . . genau wie sie bei Nelson an Trafalgar denken . . . Dabei war Nelsons schönster Sieg derjenige am Nil – oder vielleicht hat er in Saint Vincent am ehesten gezeigt, was in ihm steckte . . . So hatte Wellington seine ›Sternstunde‹ vielleicht hier . . . ja-wohl: *›Das genügt!‹*«

Jenny blinzelte hoffnungslos in ein Geflimmer aus langweiligen Äckern und langweiligen Felsen und wußte, daß es nicht ihre Sternstunde war. Jedenfalls noch nicht. »Ist mir neu, daß wir uns für den Herzog von Wellington interessieren, Schatz. Ich dachte, uns geht's um David Audley.«

»Wir könnten statt dessen ein Spanienbuch schreiben, weißt du.« Der neue Ian war immun gegen Sarkasmus. »Denk an die ganzen Urlauber an der Costa Blanca und der Costa Brava ... und Spanien jetzt im Gemeinsamen Markt. Und die ETA-Verbindung zur IRA ... Und wir könnten die ganze Geschichte behandeln, vom Schwarzen Prinzen an, und den Spanischen Erbfolgekrieg und Wellington ... *und* den Bürgerkrieg, mit den Internationalen Brigaden« – das Fernglas ging runter und gleich wieder hoch – »und das Wunder des friedlichen Übergangs vom Faschismus zur Demokratie ... Ich traf neulich eine Frau, die ist Expertin für die wirtschaftliche Entwicklung Spaniens, und was sie zu erzählen hatte, war ungemein interessant – ahh!«

Der neue Ian wurde außerdem frech, wenn er für andere Projekte als dasjenige, das ihr am Herzen lag, die Trommel rührte. Immerhin, und das war das einzig Positive, schien er einstweilen Mrs. Frances Fitzgibbon alias Marilyn Francis vergessen zu haben, mit der er den armen Reg Buller auf dem ganzen Weg von London nach Madrid fast ausschließlich und wie ein Besessener in den Ohren gelegen hatte.

Reg Buller –? Der Gedanke an Reg (und an Reg, wie er sich über das spanische Bier noch lauter beklagte als über das spanische Essen) lenkte sie für einen Augenblick ab: In Spanien war Reg Buller viel weniger wert als in London; er schien sich irgendwie in sich selbst zurückgezogen zu haben, als wäre er nicht mehr damit einverstanden, daß sie Audley aufsuchten; dabei konnte es nicht Audley sein, was ihm Sorgen machte – eher war er wohl hin und her gerissen zwischen Selbsterhaltung und der Pflicht gegenüber seinen Brötchengebern einerseits und einer heimlichen Identifizierung mit Paul Mitchell, ihrem neuen Verdächtigen, andererseits – konnt es das sein?

»›Ahh?‹« Wahrscheinlich war es das. Denn Reg Buller und die Polizei hatten sich vor langer Zeit nicht so sehr wegen seiner Trinkerei getrennt (die wäre, so wie er es damit hielt, keine große Sünde gewesen), als vielmehr wegen seiner heimlichen Sympathie für die kleinen Gauner und Schurken gegenüber der Obrigkeit. Trotzdem war es eine zusätzliche Belastung, jetzt, wo auch Ian ihr komisch kam. »Was ist denn, Schatz?«

»Ich glaube, ich habe seine Frau entdeckt.« Er konzentrierte sich auf den unteren Teil des Plateaus.

»Wo?« Reg Buller war die einzige Stütze, die sie hatten, irgendwo hinter ihnen im Auto, und wahrscheinlich trank er schon wieder aus seinem Flachmann. Aber Ian war ihr unmittelbares Problem.

»Es kann auch die Tochter sein ... Beide sind groß und dünn und blond ... Aber was macht sie bloß –?« Er versuchte noch einen Moment lang, mehr zu erkennen. Dann ließ er das Fernglas sinken und zeigte. »Direkt da unten ... links vom Wagen – auf dem gepflügten Acker ... Komm, Jen – auf geht's.«

»Warte.« Es war immer noch ein weiter und unbequemer Weg dahin, und es rebellierte in ihr. »Warum laufen wir das alles zu Fuß?«

»Wie?« Das vermaledeite Fernglas war schon wieder oben. »Ich hab's dir doch gesagt, Jen: Ich möchte ein bißchen nachdenken. Außerdem will ich mir das Schlachtfeld ansehen.«

»Du willst dir –?« Sie schluckte ihren Ärger runter und schaute statt dessen um sich, um ruhig bis zehn zu zählen. Es war (so erkannte sie auf einen Blick) ein ganz vorzügliches und rundum geeignetes ... Schlachtfeld: Außer den modernen Eisenbahnschienen, die zwischen den beiden Felsenplateaus quer durch das Tal liefen, mit ein paar häßlichen Bahnhofsgebäuden auf halbem Weg, in der Mitte des freien Feldes, und außer der noch häßlicheren Hütte, bei der Audleys Wagen stand, war überhaupt nichts zu sehen. Da hatten die Briten und die Franzosen sich einst also getrost zu Tausenden umbringen können, ohne irgend jemanden zu stören oder etwas Wertvolles zu beschädigen. Aber mit der Eignung für 1812 war die Frage noch nicht beantwortet. »Warum mußt du das tun, Ian, Liebling?«

»Ich muß nicht. Ich will aber.« Jetzt studierte er einen weiter entfernten Kamm zur Rechten des Großen Arapils. »Es ist das, was Audley heute tut. Ich hab's dir im Auto gesagt – erinnerst du dich?«

Von der kurzen Fahrt aus Salamanca heraus hatte Jenny vor

allem in Erinnerung behalten, daß er irritierend herrisch, sachlich und entschieden gewesen war. Allerdings war er schon seit sechsunddreißig Stunden so – seit Reg Buller ihnen seine Theorie über Paul Mitchell und diese unselige Frau verkauft hatte.

»Na und?« Was sie vorsichtig machte, war, daß er damit auch Erfolg gehabt hatte, indem er einer Reihe von leicht verblüfften Spaniern Auskünfte über David Audleys Aufenthalt entlockte, während sie danebengestanden hatte wie eine schwachsinnige Freundin, deren Hauptfunktion darin bestand, an die Decke einer Serie von Schlafzimmern zu starren.

»Ich sagte es dir, Jen.« Jetzt war er weniger herrisch als vielmehr abscheulich geduldig. »Die Tochter hat mit dem Mann geplaudert, an den uns der Empfangschef im Hotel nach der Anmeldung verwiesen hat – dem, der Englisch sprach? Sie waren gestern schon den ganzen Tag hier, aber da haben sie die englische Seite der Schlacht besichtigt und den Kamm da drüben. Heute wollen sie sich also die französische Seite vornehmen. Und die Franzosen lagen dort oben« – der Zeigefinger ging wieder in Richtung des Großen Arapils – »und da ist jetzt Audley. Ich wünschte nur, ich wüßte, warum.«

»Warum . . . was?« Wenn er gewollt hatte, daß sie sich noch dümmer vorkam, war ihm das gelungen.

Er seufzte. »Warum studiert er die Schlacht von Salamanca?«

Sie durfte nicht aus der Haut fahren. »Spielt das eine Rolle? Er soll doch Historiker sein. Befassen Historiker sich nicht mit Schlachtfeldern?«

»Er ist aber Mediävist. Der Halbinselkrieg fällt einfach nicht in seine Zeit.«

Sie durfte nicht aus der Haut fahren. »Er wird uns den Grund schon sagen, Liebling, wenn wir ihn nett fragen.« Aber jetzt sah er sie schon wieder nicht mehr an, verflucht – *und Fluch über ihn!* »Ich frage ihn nach Philip Masson, Schatz. Du kannst dann ja nach der Schlacht von Salamanca fragen – und auch nach Mrs. Fitzgibbon, wenn du magst –«

Darauf sah er sie an, während sie schon bedauerte, was sie gerade gesagt hatte. Und die Art, wie er sie anschaute, ließ sie die unnötigen Worte erst recht bedauern, so sehr er sie auch herausgefordert hatte. »Tut mir leid, Ian –«

»Du brauchst dich nicht zu entschuldigen, Jennyschatz. Ich werde ihm nur eine Frage über Frances Fitzgibbon stellen. Und ich glaube, die Antwort darauf kenne ich schon.« Er schüttelte langsam den Kopf. »Sie ist aber für dich ohne Bedeutung, das gebe ich zu. Gehen wir also?«

Die gräßlichen Stoppeln hörten schließlich zwar auf, aber mit einem tiefen Entwässerungsgraben (als ob es in dieser ausgedörrten Landschaft jemals regnete!). Und Ian übersprang den Graben und ging weiter, ohne einen Blick zurück, so daß sie bis zum Feldweg umständlich daran entlanglaufen mußte, während er allein davonzog –

Gräßlicher, gräßlicher Ian! Es ist ja nicht so, als ob ich nicht gebetet hätte, daß du auf einem deiner Gemeinde-Christi-Treffen ein nettes Mädchen kennenlernst, anstatt mir hoffnungslos schmachtende Blicke zuzuwerfen! Aber jetzt bringst du es fertig und verliebst dich in eine verrückte Tote, die dich zu Lebzeiten nicht zweimal angesehen hätte – eine elende Geisterfrau! Und die ist jetzt der Tod unserer Partnerschaft. Ich spiele nämlich nicht für alle Zeit die zweite Geige hinter einem elenden Gespenst – der Teufel soll dich holen, Ian Robinson! Und dich auch, Frances Fitzgibbon!

Sie erreichte schließlich den staubigen Feldweg, schwitzend wie ein Pferd und mit aufgehenden Haaren. Und sie erreichte ihn vor ihm, weil er noch einmal zu einem seiner exklusiven Fernglasschwenks angehalten hatte.

Was ging in ihm vor? Besichtigte er das Schlachtfeld wie David Audley – sah er sich als armer verschwitzter Rotrock auf die große, unbesteigbare Felsnase des Hochplateaus zumarschieren, pfiffen ihm französische Kanonenkugeln um die Ohren? Oder war er nicht im Jahre 1812, sondern im

Jahre 1978, bei seiner Geisterfrau – seiner Geisterfrau, die Paul Mitchells leibhaftige Freundin gewesen war – ? Übte er seine Frage ein – die Frage, auf die er die Antwort schon kannte?

Sie ging den Feldweg hinauf, um ihn oben in Empfang zu nehmen, und zwang sich dabei, wieder ruhig zu atmen und einen Funken Würde und Selbstachtung wiederzuerlangen.

Es war die Tochter, nicht die Frau, erkannte sie jetzt: ein hochgewachsenes blondes Kind, das die Furchen eines frischgepflügten Ackers am Rand der Geröllhalde des Großen Arapils auf und ab latschte, den Kopf gesenkt und ganz vertieft in die rote Erde zu seinen Füßen, als suche es etwas, das es verloren hatte.

Sie war töricht gewesen. Ian Robinson zählte nicht mehr, so wenig wie Frances Fitzgibbon je gezählt hatte (ganz zu schweigen von Ian Robinsons Frage über Frances Fitzgibbon). Und Paul Mitchell zählte nicht. Und letztlich zählte nicht einmal David Audley – auch er war nur ein Mittel zum Zweck. Es ging nur um Philly, den lieben, geliebten Philly, der immer dagewesen war, wenn sie ihn brauchte – immer da, bis irgendein Schweinehund es anders beschlossen hatte! Und jetzt würde irgendein Schweinehund dafür bezahlen – das war das einzige, was noch zählte –

Sie hatte einen Plan.

Und sie hatte sogar Zeit, ihre Haare wieder hochzustecken. Und sie blieben sogar oben.

»Ich möchte erst mit dem Kind reden, Liebling. Okay?«

Der neue Ian blickte stirnrunzelnd die alte Jenny an. »Was ist mit Audley?«

Vielleicht hatte sie ihm unrecht getan. Aber jetzt war nicht die Zeit, über Ungerechtigkeit und Ian Robinson nachzudenken: Jetzt war Gerechtigkeitszeit und Phillyzeit. »Audley läuft schon nicht weg. Nicht, solange ich mit seiner Tochter rede.«

»Nein.« Selbst der neue Ian konnte das nicht bestreiten. Aber der neue Ian ließ sich ungern einen Strich durch die Rechnung machen. »Aber was bringt es, mit ihr zu reden?«

»Ich habe Lust dazu.« Die alte Jenny kümmerte das offengestanden einen Dreck. »Du wolltest dir das Schlachtfeld von Salamanca ansehen, Schatz. Und ich möchte mir David Audleys Tochter ansehen.« Sie konnte ihn jetzt sogar anlächeln. »Wir sind doch noch Partner, nicht wahr?«

»Ja – natürlich –« Er hielt plötzlich inne. »Wenn du möchtest . . . na schön.«

Jetzt weißt du also auch Bescheid! dachte Jenny. Und auf seltsame Weise war es wie jener erste Augenblick des Entliebens, wenn das, was man für sich bereits vermutet hat, eher durch den plötzlichen Zweifel in den Augen des Nicht-mehr-Geliebten bestätigt wird als durch eine direkte Lüge.

»Na, dann möchte ich.« Aber jetzt wollte sie auch noch mehr. »Wie heißt sie? Wie alt ist sie?« Es ärgerte sie, daß sie so wenig wußte; daß sie diese Fragen erst jetzt stellte und nicht schon früher, wo sie doch reichlich Zeit gehabt hatten. »Was weißt du von ihr?«

»Sie heißt Catherine, mit ›C‹. Weil er sie ›Cathy‹ nennt.« Er nickte nach seinem Arapil hin. »Wie in *Sturmhöhe*.« Dann zuckte er die Achseln. »Sonst weiß ich nichts. Außer . . . sie unterhält sich mit Spaniern. Also ist sie nicht scheu . . . obwohl sie erst fünfzehn ist – oder vielleicht auch sechzehn –« Eine schwache Erinnerung an den alten schüchternen Ian belebte ihn plötzlich. »Weshalb willst du mit ihr reden, Jen? Audley ist doch da oben« – der sturmhohe Arapil empfing ein weiteres Nicken – »ich glaub' fast, er beobachtet uns.«

Eben, dachte Jenny grausam: *Du willst dich nicht mit einer Fünfzehnjährigen unterhalten, was? Fünfzehnjährige Mädchen machen dir wahrscheinlich angst. Da wirst du mir wenigstens nicht reinfunken!*

Es war leicht, ihn zu ignorieren. Eine klaffende Lücke in der Umzäunung lud sie zu dem Kind ein, das nicht mehr als fünfzig Meter entfernt zwischen den Furchen ging, angestrengt auf den Boden starrte und so tat, als beachte es sie beide nicht.

Aber Ian hatte sie genau richtig beschrieben: ein Teenie, groß und sehr blond . . . und dünn, beinahe flach; sie würde bestimmt niemals ein Pin-up-Girl für die Seite drei sein!

»Hast du was verloren?« Aufgrund ihres eigenen hohen Alters und Catherine Audleys angeblicher »Nichtscheu« rief sie voller Zuversicht.

Das Kind hatte sie beide bereits heimlich beobachtet, während es den Kopf gesenkt hielt. Aber jetzt richtete es sich auf und starrte aus der Deckung einer großen Sonnenbrille, die sein schmales Gesicht betonte, direkt auf sie, zuerst auf Jenny, dann mit einer kleinen Drehung des Kopfes zu Ian hin und schließlich wieder auf Jenny. »Nein.«

Jenny fühlte sich von Frau zu Frau gemustert, vom Haar bis zu den unpassenden Schuhen, über ihr schweißgeflecktes Kleid, und erwiderte das Kompliment automatisch: *Jeans* (aber Designerjeans), *königsblauer Pulli* (mit der Aufschrift »Buffalo Bar – Murdo – South Dakota«, aber ohne jeden Schwitzfleck) *und ein kunstvoll geknoteter Seidenschal von Givenchy*; lediglich die Schuhe waren Durchschnitt – normale Schulmädchenuniformschuhe mit breiter Kappe (doch das erinnerte sie nur an ihre eigenen wunden Füße, verdammt noch mal!)

Das Kind starrte sie weiter an, ohne hinter den getönten Gläsern etwas zu verraten. Und Jenny spürte, wie Schweiß an ihrem Hals hinunterrann, um sich zwischen ihren Brüsten zu verlieren, und änderte »nicht scheu« in »selbstbeherrscht«, so daß ihr Altersvorsprung bedenklich zusammenschrumpfte.

»Suchst du – suchen Sie was?« Zu spät ging ihr auf, daß die Frage dumm war. Denn obwohl es auf der frisch gewendeten rotbraunen Erde rein nichts zu sehen gab, hatte Catherine Audley ganz offensichtlich etwas gesucht. »Was haben Sie verloren, Miss Audley?« Sie warf den Namen absichtlich ein, um die Oberhand zu gewinnen, als wäre es ein Kampf zwischen Gleichgestellten.

Das Kind runzelte die Stirn, verblüfft, daß man es erkannt hatte.

»Sie heißen Catherine, nicht?« Jenny lächelte süß. »Ich bin eine Freundin von Willy Arkenshaw – Lady Arkenshaw?«

»Oh!« Das Stirnrunzeln verschwand. »Willy – ja!«

»Was hast du verloren, Liebes?« Jenny versuchte den Altersunterschied wieder aufzureißen.

»Ich hab' nichts verloren.« Catherine Audley entspannte sich für einen Augenblick merklich. Doch dann krauste sie wieder die Stirn. »Ich suche Kugeln ... Suchen Sie meinen Vater?«

»Kugeln?« Der Gegenstoß traf Jenny unvorbereitet, so daß sie eine Sekunde brauchte, um sich zu fangen. Darauf beschloß sie, die zweite Frage auszuklammern. »Kugeln?«

»Nicht einfach Kugeln – *Musketen*kugeln meine ich.« Catherine Audley berührte mit einer nervösen Geste die Fassung ihrer Sonnenbrille. »Kennen Sie meinen Vater? Ich meine ... wenn Sie Willy kennen –?«

Wenn das die Teenie-Tochter war, wie würde dann der Vater sein? fragte sich Jenny unbehaglich. »Nein, Liebes. Aber – ich hab' schon viel von ihm gehört.« Ein weiteres süßes Lächeln war am Platz. »Musketenkugeln?«

»Ja.« Das Kind schien ihre Halbwahrheit zu akzeptieren; ein, zwei Jahre würden noch hingehen, bis es lernte, daß Erwachsene Lügner waren. »Hier gab es eine Schlacht, Miss –? Miss –?«

Gerettet durch gute Manieren! dachte Jenny. »Ach, entschuldige, Liebes! Ich bin Jennifer Fielding – Jenny?« *Lächle noch mal, Jenny.* »Und du bist ... Catherine? Cathy –?«

»Cathy.« Das Kind nickte. Aber dann legte es den Kopf schräg. »Fielding –«

»›Jenny‹ bitte.« Sie spürte das Lächeln wie angemalt auf ihren Lippen, während sie sich fragte, ob die Kleine fernsah und wie gut sie etwas behalten konnte, was noch nicht gar so lange her war. Denn nach der Beirut-Geschichte, über die im Fernsehen breit berichtet wurde, hatten die Fensehleute viel Wind um »Fielding-ffulke« gemacht, mit scherzhaften Anspielungen auf die Anfänge 1066 und so weiter. »Ja, ich weiß, daß es hier eine Schlacht gab – 1812, nicht wahr? Und hast du schon Musketenkugeln gefunden, Cathy?«

»Nein.« Cathy sah sie mit ruhigem Blick an. »Ich habe wenig Glück. Eigentlich überhaupt keins, um ehrlich zu sein.«

Jenny fühlte festeren Boden unter ihren Füßen. »Hast du denn erwartet, welche zu finden?«

Aber jetzt sah Cathy an ihr vorbei, auf Ian.

»Oh – Cathy, entschuldige!« Sie hatte Ian glatt vergessen. Und das war ihr auch früher schon passiert und hatte ihr Gewissensbisse bereitet; aber jetzt verlangte sie von ihm ja nichts als Höflichkeit. »Das ist Mr. Ian Robinson, Liebes; er ist ein Freund von mir.« Sie blickte hinab auf die gelockerte Erde zu ihren Füßen und konnte keine Kugeln entdecken *(warum, zum Teufel, sucht das Kind bloß . . . Kugeln, um Gottes willen!).* »Ian – Miss Catherine Audley –?«

»Ja.« Seine Stimme kam leise und kalt, und ganz ohne Interesse. »Tag, Miss Audley.«

»Mr. Robinson.« Das Kind starrte ihn an.

Jenny kamen wieder Bedenken. Auch Mr. Robinson war nämlich in der verdammten Fernsehsendung aufgetreten, wenngleich nur kurz: Ian mit der für ihn typischen Zurückhaltung, obwohl doch er der wahre Held gewesen war und sie eigentlich gar nicht die Heldin. *Verdammt!*

Aber wenn Cathy Audley sich an ihn erinnerte und ihn erkannte, so stellte sein Desinteresse sie jetzt kalt – genau wie es Jenny selbst in den letzten Stunden kaltgestellt hatte. Ian interessierte sich nur für eine einzige Frau, und die war nicht hier. Sie war überhaupt nirgendwo.

»Dachtest du, du würdest . . . Musketenkugeln finden, Cathy?« Jenny hielt ihre Befürchtungen sorgfältig im Zaum. Denn Ians *Frances-Fitzgibbon*-Obsession war gut und schön, am rechten Platz, wie krankhaft auch immer. Aber jetzt, wo dieses exzentrische Kind sie geradewegs zu Audley führen konnte, waren Ian und seine Besessenheit lästig – ja, ein ganz unnötiges Hindernis, so daß sie wünschte, er wäre nicht hier bei ihr, sie hatte doch dringendere Fragen im Kopf. Also – *zum Teufel mit Ian!* und aufs Erdreich geblickt. »Musketenkugeln – hier?«

»Aber ja?« Cathy Audley blickte ebenfalls nieder. »An der Somme habe ich jede Menge gefunden. Das heißt, Musketenkugeln nicht – eine Menge Schrapnellkugeln, meine ich. Aber Musketenkugeln sind Schrapnellkugeln wohl ähnlich – auch rund –?« Ihr Kopf neigte sich so dicht zu Jenny, daß sie eine Wolke kindisch überdosierten Parfüms mitbekam. »Und in der

Ecke hier müßten jede Menge sein . . . weil die armen Portugiesen hier heraufgestürmt sind . . . und dann wieder runter . . . und dann sind die Franzosen ihnen nachgestürmt. Und zum Schluß stürmten die Briten. Es müßten also massig dasein. Aber ich finde einfach keine . . .«

Cathy brach ab, und beide konzentrierten sich einen Moment lang ausschließlich darauf, gemeinsam den Acker abzusuchen.

Jenny richtete sich wieder auf. »Nein – ich verstehe, was du meinst. Vielleicht sind sie einfach untergepflügt worden, Cathy?«

»Neinnein! So funktioniert das nicht.« Cathy schüttelte heftig den Kopf. »Ich kenne einen, der Fachmann dafür ist, und er sagt, das Pflügen bringt sie an die Oberfläche, es schüttet sie nicht zu. Und ich bin sicher, hier ist die richtige Stelle.« Sie griff in die Gesäßtasche ihrer Jeans und brachte ein verknittertes Stück Papier zum Vorschein, das sie dann mit schmutzigen Fingern entfaltete. »Hier war praktisch das Zentrum der Schlacht – jedenfalls am Anfang.«

Es war eine Karte, säuberlich von Hand gezeichnet, aber jetzt unüberschaubar geworden vor lauter kleinen roten und blauen Quadraten und diagonal rot-und-weiß und blau-und-weiß unterteilten Rechtecken, die einem Gewirr von Pfeilen folgten, welches die Vorstöße und Rückzüge der angetretenen Armeen rings um den Großen Arapil und darüber hinaus bezeichnete.

»Wir sind hier –« Cathy tippte auf die Karte und schüttelte sodann den Kopf. »Ich versteh' das einfach nicht. Es ist zum Verrücktwerden.«

»Ja.« Es war merkwürdig, wie Cathy Audley, als sie sie angestarrt hatte, erwachsen zu werden schien, aber jetzt wieder ein Kind war. »Sammelst du . . . Kugeln und so, Cathy?«

»Nein . . . eigentlich nicht.« Die Kind-Cathy grinste sie an. »Aber es ist interessant, wenn man Sachen *findet* – nicht wahr? Ich hab' einen Superstacheldraht aus Verdun. Es ist deutscher, sagt mein Vater. Da sind sehr lange Dornen dran, und sie liegen viel dichter zusammen als beim modernen Stacheldraht.«

Jenny merkte, wie ihr die Kinnlade herunterfiel.

»In Amerika sammeln Leute Stacheldraht, wissen Sie.« Cathy

Audley nickte ernst. »Es gibt tausend verschiedene Arten; die gehen zurück bis fast zur Mitte des neunzehnten Jahrhunderts. Manche Stücke sind Hunderte von Dollar wert, sagt mein Vater – wahrscheinlich die ersten, die sie im Wilden Westen gespannt haben.«

Die Wiederholung von »sagt mein Vater« rief Jenny in die Wirklichkeit zurück. Sie hatte eine Beziehung zu dem Kind hergestellt. Und jetzt würde das Kind sie zum Vater führen, es würde sie sogar irgendwie miteinander bekannt machen. »Und dein Vater sammelt Schlachtfelder, nicht wahr?«

Die Augen funkelten plötzlich, und es lachte. »Ach . . . der sammelt alles – er ist wie eine große dicke Elster, sagt Mami: Er wirft nie was weg.« Sie schüttelte ihren Kopf und wurde wieder älter, als sie die Verzweiflung ihrer Mutter teilte. »Aber . . . es stimmt, er sammelt Schlachtfelder. Eigentlich ist das auch ein richtiger ›Schlachtfeldurlaub‹ – zumindest die ersten zwei Wochen.« Sie grinste liebevoll. »Mittelalterliche auf der Herfahrt: Crécy, Poitiers und Chastillon – das ist der Ort, wo die Franzosen uns im Hundertjährigen Krieg endgültig besiegt haben, wissen Sie – haben Sie das gewußt?«

»Nein.« Jenny merkte, daß Ian fuchsig herumstand. Aber Ian fuchste sich zu Unrecht; solange sie die Tochter hatten, konnte ihnen der Vater nicht entgehen.

»Jaja! Da steht sogar ein Denkmal für den armen alten John Talbot, der da am Fluß gefallen ist. Und mein Vater sagt . . . die amerikanischen Kolonien einzubüßen war kein großer Verlust – *die* fehlen keinem. Aber daß wir Bordeaux verloren haben, wo der Wein herkommt – das war wirklich ein Riesenpech. Der ist nämlich viel zu gut für die Franzosen, meint er.« Sie kicherte wieder. »Und das alles hat er zu einem französischen und einem amerikanischen Ehepaar gesagt, die wir im Parador von Ciudad Rodrigo kennengelernt haben – ehrlich, ich dachte, Mami würde ihn *umbringen* . . . Aber das war erst später. Von Chastillon sind wir nämlich über den Paß von Roncesvalles gekommen – wo Roland fiel . . . da war's *super* . . . Und auf der andern Seite dann runter zu einem wunderschönen Parador in einem mittelalterlichen Hospital – damit er uns das Schlachtfeld von Najera zeigen konnte, wo die englischen Langbogenschützen das spanisch-französische Heer in fünf Minuten ausradiert haben – wie MG-Schützen, sagt Vater – *wow!*«

Mit einem Mal verstand Jenny: Dieses arme Kind machte seit bald vierzehn Tagen Ferien mit ihrem übermächtigen Vater und ihrer mißbilligenden Mutter, zwischen denen sie kein Wort anbringen konnte. Aber jetzt hatte sie eine einfühlsame, englischsprechende fremde Frau getroffen, und die Schleusentore des angestauten Redeflusses waren aufgesprungen wie gegenüber den spanischen Kellnern.

»Aber dies ist doch wohl kein mittelalterliches Schlachtfeld, Miss Audley?« mischte Ian sich plötzlich mit der gleichen blöden Frage ein, die er ihr gestellt hatte.

»Nein*nein* –« Cathy Audley fing den Ball geradezu freudig auf. »Aber die mittelalterlichen Schlachten haben wir in der ersten Woche abgeklappert, verstehen Sie – und auf dem Rückweg kriegt Mami eine Woche in Paris« – das Grinsen wurde schief – »und ich auch . . . Vater geht wieder arbeiten, und wir gehen einkaufen, Mami und ich!«

»Mami« war also gar nicht so dumm, dachte Jenny: Audley selbst bezahlte für seine Eigenheiten – und zwar ganz ordentlich!

»Die mittlere Woche ist für den Halbinselkrieg bestimmt«, Cathy Audley konzentrierte sich auf Ian. »Wir kommen gerade aus Ciudad Rodrigo: Auch wieder ein *super* altes Parador . . . bloß, daß Vater das Essen da nicht mochte –« Sie sah ihn plötzlich mit schräg geneigtem Kopf an, beinahe scheu und doch nicht kindhaft. »Wohnen Sie im Salamanca Parador, Mr. – Mr. Robinson?«

Ian nickte ähnlich scheu. »Wir sind erst heute morgen angekommen, Miß Audley.« Dann blickte er erstaunt drein. »Der . . . Halbinselkrieg?«

»Ja.« Nicken. »1812 haben wir Ciudad Rodrigo erstürmt. Und mein Vater . . . der wollte sehen, wo ›Black Bob‹ Crauford gefallen ist – und wo er in dem Graben verscharrt wurde . . . Ich meine, der hat die Leute ausgepeitscht und aufgeknüpft, aber sie haben ihn geliebt, sagt mein Vater . . . Er ist ein großer Bewunderer von General Crauford.« Cathy Audley nickte ernst. »Er wollte mir auch Badajoz zeigen, wo unser Heer im großen vergewaltigt und geplündert hat. Aber Mami meinte, dafür hätten wir nicht Zeit genug.«

»Warum der Halbinselkrieg?« Wenn ihm ein Warum entging, war Ian so hartnäckig wie ein Kind, ungeachtet Vergewaltigung und Plünderung.

»Ach, nicht der gesamte Krieg.« Das Kind akzeptierte seine Neugier als ganz natürlich. »Der hat ja Jahre gedauert. Mein Vater interessiert sich aber nur für 1812. Und eigentlich auch nur für *das hier*, weil Salamanca unser *besonderes* Schlachtfeld ist, Mr. Robinson: Mein Vater sprach schon eine Ewigkeit davon, mal herzufahren.« Sie errötete leicht. »Das ist so eine Art Belohnung für mein Reifezeugnis« – die Röte verband sich mit einem Grinsen – »dies hier . . . und Paris.«

Das Reifezeugnis war ein Schlag unter die Gürtellinie: Sie selbst hatte vor einem Dutzend Jahren endlose Tage hindurch gebangt, ob ihre Prüfungsergebnisse wohl reichten, um von der Universität ihrer Wahl angenommen zu werden, und Philly war dagewesen und hatte, als sie mit Ach und Krach den Numerus clausus schaffte, auf sie gewartet, den Champagner vorgekühlt zum Gratulieren oder Trösten! Philly, o Philly – der Teufel hol sie alle!

»Du hast also . . . bestanden?« Jetzt war es an ihr, die Zähne zusammenzubeißen und sich auf die vorliegende Angelegenheit zu konzentrieren, leicht und locker. *(Die Prüfung war vor einem Monat gewesen, Mitte August; um also ungehindert von Parador zu Parador zu reisen, mußte Audley diese Urlaubsbelohnung geplant und die Zimmer im voraus bestellt haben; hieß das etwa, er hatte sich nicht wohlweislich ins Ausland abgesetzt, um unangenehmen Fragen aus dem Weg zu gehen, nachdem Phillys Leiche entdeckt worden war – ? Oder war es einfach Glück gewesen und nicht nur Vertrauen auf seine gescheite Tochter?)*

»Was ist denn so Besonderes an Salamanca, Miss Audley?« Ian suchte, nachdem er sich einmal zum Mitreden entschlossen hatte, noch zielstrebiger nach Antworten auf ihn bedrängende Fragen – völlig blind für die verlegene Bescheidenheit des Kindes hinsichtlich seiner Noten *(lauter glatte Einser, das kluge kleine Biest, mit Auszeichnung in den Wahlfächern? Aber sie durfte sich mit ihrem Neid nicht ihr Lächeln verderben!).*

»Ach ja!« Wieder griff die Kleine eifrig die Frage auf: Vermutlich bewahrte es sie davor, unbescheiden zu erscheinen; aber man durfte auch vermuten, daß sie sich (wenn sie normal war) jetzt lieber mit Männern als mit Frauen unterhielt. »Mein Ur-Ur-Urgroßvater ist hier gefallen, verstehen Sie? 1812 in Salamanca, Mr. –« Sie kam einen Moment lang ins Schwimmen.

»Ian«, fügte Jenny scharf den Vornamen ein. »Er hört auf ›Ian‹, Cathy. Aber ... dein Ur-Urgroßvater fiel ... *hier*?«

»Bitte?« Das Kind sah sie noch einen Moment verständnislos an. Doch als sie Jenny dann musterte und ihre leicht lädierte Verfassung in die Bilanz mit einbezog, nahm ihr Alter wieder zu. Und kühl wandte sie sich wieder an Ian. »Nicht direkt hier, meine ich.« Sie lächelte Ian zu, drehte sich dann auf dem Absatz herum und wies an der felsigen Anhöhe des Großen Arapils vorbei auf den weiter entfernten Kamm, wo eine lange Reihe von verkümmerten Bäumen den Horizont markierte. »Dort griff die britische Reiterei an. Und mein Ur-Ur-Urgroßvater war bei dem Angriff dabei: Er ist mitten durch zwei französische Divisionen gestürmt ... bis er ganz zum Schluß fiel. Daher ist das unser besonderes Familienschlachtfeld, verstehen Sie?«

Wow! dachte Jenny: Ian hatte eine Antwort auf sein Warum haben wollen, und er hatte sie bis aufs letzte Tüpfelchen bekommen. »War das so ... wie ›Die Attacke der Leichten Brigade‹?«

»Nein – überhaupt nicht!« Ians Stimme starrte vor Verachtung. »Er muß bei General Le Marchants Angriff gewesen sein –« Er redete erst zu ihr, ließ sie dann aber fallen, um sich wieder an Cathy Audley zu wenden. »Und General Le Marchant fiel auch da oben – im Augenblick des Sieges –?«

»Stimmt genau – mein Gott!« Das Kind war ganz hingerissen von dieser höchst unnützen Information. »Sie kennen die Schlacht, Mr. Robinson?«

»Ich weiß von Le Marchant, Miss Audley.« Ob Ian wirklich

über »General Le Marchant« Bescheid wußte, hing einen Moment in der Schwebe: Es konnte sein, daß er das immer gewußt hatte, weil er so etwas eben wußte; doch es konnte auch sein, daß er gestern abend nur schnell seine Hausaufgaben gemacht hatte, um gerade die nötigsten Fakten zu kennen, mehr aber nicht. »Er war der einzige Mann im Heer, der die Kriegführung als Wissenschaft betrieb –? Ein Mann aus Guernsey – von den Kanalinseln?«

»Stimmt *genau*!« Cathy Audley jauchzte richtig vor Vergnügen. »Sie kennen die Schlacht aber wirklich, was!« Dann zog sie die Stirn kraus. »Aber das ist ja albern!«

»Albern?«

Nicht albern, dachte Jenny und rückte niedergeschlagen von ihrer bisherigen Verachtung ab, als sie begriff, was Ian da machte – und was er getan hatte, während sie nicht mal auf die Idee gekommen war –

»Ich meine *Sie* doch nicht – Gott! Ich meine *mich*.« Cathy zog ihre Schultern hoch. »Ich meine, Sie würden ja hier nicht so rumzotteln, wenn Sie sich nicht für die Schlacht interessierten. Also . . . sind Sie wahrscheinlich ein Historiker – sind Sie Historiker?« Sie blickte Ian mit schräggelegtem Kopf an, aber nicht kokett: Es war eine einfache, direkte Frage, so unfeminin, wie sie unscheu war, aber mit Logik dahinter. »Oder sind Sie ein Dragoner?«

»Ein –?« Ian war gut, da er seine Hausaufgaben gemacht hatte. Aber so gut war er auch wieder nicht. »Ein . . . Dragoner, Miss Audley?«

»Mein Vater war im Krieg bei der Panzertruppe . . . Nicht im Halbinselkrieg, meine ich . . . sondern in *seinem* Krieg.« Cathy warf sich mit Tochterstolz in die unzureichende Brust. »Er ritt also kein Pferd – er saß in einem Panzer . . . Er mag Pferde nicht mal . . . Allerdings mag er Panzer auch nicht besonders. Selbst wenn er dauernd von ihnen redet.« Der Stolz verschwand völlig unter Aufrichtigkeit. »Aber mein Ur-Ur-Urgroßvater war ein echter Dragoner, ein leichter Reiter. Und er wurde direkt neben General Le Marchant erschossen – im ›Augenblick des Sieges‹, wie Sie sagten . . . Und mein Vater sagt, alle britischen Dragoner von heute, die Angehörigen der Panzertruppe, sollten hierherkommen, weil das hier einer der besten Angriffe war, den ihre Vorgänger je geführt haben. Aber ich sollte es natürlich wegen Ur-Ur-Urgroßvater sehen ... Sind Sie Historiker, Mr. Robinson?«

»Kein Historiker, Miss Audley. Auch kein Dragoner. Aber wir sind Schriftsteller, Miss Fielding und ich.« Ian lächelte und nickte dem Kind zu. »Und wir denken daran, ein Buch über Spanien zu schreiben – nicht wahr, Miss Fielding?«

»Eventuell, Mr. Robinson.«

»Und wenn wir es tun, erwähnen wir bestimmt die Schlacht von Salamanca, Miss Audley – General Le Marchants Angriff.«

»Und die Dragoner, Cathy.« Jetzt war es an Jenny, zu lächeln. »Zumindest erwähnen wir sie, wenn dein Vater uns von ihnen erzählt – ob er das wohl tut, was meinst du?«

»Oh ... ja –« Cathy blickte zum Großen Arapil hinauf. »Nun, warum eigentlich nicht.« Sie wandte sich wieder Jenny zu. »Solange Sie drüber wegsehen, daß er nicht sonderlich gut aufgelegt ist, meine ich.« Sie schnitt ihnen beiden ein Gesicht. »So ist er schon, seitdem ...« Sie unterbrach sich jäh.

»Seitdem –?« *Seit er den Wink bekommen hat, daß es zu Hause Ärger gibt,* dachte Jenny. Das war nur zu erwarten. Und da Fielding und Robinson frei herumliefen, war es doppelt zu erwarten. »Er kriegte nur einen Anruf von zu Hause. Und er haßt es, vom Büro belästigt zu werden, wenn wir in Urlaub sind, verstehen Sie.«

»Kennen wir, Liebes!« Jenny lachte. »Aber ... ist er das da oben, der zu uns herschaut? Oben an dem ... was soll das sein? Es sieht wie eine Art Denkmal aus –?«

»Ja.« Cathy folgte ihrem Blick. Dann winkte sie plötzlich. »Also gut – gehen wir doch mal zu ihm –«

Nachdem sie wieder zu Atem gekommen war, war der Aufstieg eigentlich gar nicht so schwer; besser als die Stoppeln war er allemal, solange sie darauf achtete, hier und da einer Distel auszuweichen.

»Siehst du die Mauer da, Jenny?« Ian war stehengeblieben, damit sie ihn einholen konnte, während das Kind voraushüpfte.

»Die müssen das Land früher bis hier herauf kultiviert haben –« Er sprach laut, senkte aber seine Stimme, als sie zu ihm aufschloß. »Wenn Mitchell ihn angerufen hat, wird er wissen, wer wir sind und was wir vorhaben. Es kann also sein, daß er uns schon erwartet, Jen.«

Sie winkte Cathy zu, die jetzt auch stehengeblieben war. »Na, so eine Überraschung! Dann erwartet er uns eben.« Sie drehte sich um, als wolle sie die Aussicht bewundern, und sah, daß die trügerischen Bodenwellen der Äcker tief unter ihr bereits flach geworden waren. Es war schwer, sich vorzustellen, daß Menschen aus Fleisch und Blut jemals so tapfer (oder so dumm) gewesen sein konnten, den ganzen Weg, den sie gekommen war, im Marsch zurückzulegen, stramm zugeknöpft und eingezwängt in lächerliche Uniformen, niedergedrückt von Waffen und Ausrüstung, mitten durch ein Gestöber von Cathy Audleys unauffindbaren Muskentenkugeln. Aber andererseits war auch der Prozeß, der sie so weit fort von zu Hause an diesen unwahrscheinlichen Ort geführt hatte, denkbar ungewöhnlich: Sie war hier, weil Philly einmal im fernen Korea (noch so ein unwahrscheinlicher Ort, bei Gott!) Daddy auf dem Rücken getragen hatte – und weil ein Vorfahre Audleys einst hier in einen ruhmvollen Tod gestürzt war und sein unbezeichnetes Grab fand.

Auch Philly hätte beinah ein unbezeichnetes Grab bekommen, dachte sie. Und bei dem Gedanken drehte sie sich wieder um. »Komm schon, Ian. Wir haben zu tun.«

Cathy wartete auf sie.

»Sehen Sie mal, Miss Fielding – Jenny –?« Sie zeigte auf den Boden.

»Was denn?« Hinter dem Kind stieg der letzte Abschnitt des Großen Arapils steiler an, mit einem Wust von Steinen. Aber es würde nicht anstrengender sein, als wenn man ohne Rolltreppe von der U-Bahn zum Piccadilly hinaufkletterte.

»Herbstzeitlose, Miss Fielding.« Das Kind zeigte noch einmal.

Jenny blickte nieder. Und da, zu ihren Füßen, war eine winzige, zarte, hell lilafarbene Blüte mit gelblich weißer Mitte, die aus dem dürren Gras heraussproß wie die Verheißung neuen Lebens im Tod.

»Ist die nicht schön, Miss Fielding?«

»Ja, Liebes.« Jenny trat vorsichtig um die Herbstzeitlose herum. Und dann sah sie noch eine und noch eine . . . und manche von ihnen welkten schon in der glühenden spanischen Sonne, ephemer wie Schmetterlinge. »Sehr schön.«

»Hier, Jen –« Er langte hinunter, um ihr über eine steilere Stelle heraufzuhelfen, fast wie der alte Ian.

Sie waren jetzt am Rand des Gipfels, umgeben von Grundgestein und abgebröckeltem Fels.

Ihre Hände und ihre Augen trafen sich. Und es war nicht seltsam, daß er dabei traurig aussah: Sie standen am Beginn ihres langen Abschieds, der unausweichlich eines Tages hatte kommen müssen; doch das machte es jetzt auch nicht trauriger, wo sie es beide vor sich liegen sahen: Vielleicht würden sie ja zusammen ein Spanienbuch schreiben, aber es würde ihr letztes Buch sein; vielleicht schrieb er es auch allein, während sie sich mit etwas ganz anderem und ihr Wichtigerem befaßte.

Heute jedenfalls war Phillys Tag für sie –

Sie spürte seine Kraft, als er sie heraufzog, und trauerte bereits um ihren Verlust. Doch dann sah sie Audley, der auf sie wartete.

Und dies war Phillys Stunde.

Die Sonne brannte ihr auf den Kopf, heißer denn je, so wie Jenny es vorausgesehen hatte, jetzt, wo sie ihr näher kamen; ihre Glut ließ sie zerschmelzen, wie sie das Wachs geschmolzen hatte, das die gefiederten Flügel des Ikarus zusammenhielt. Aber in ihrem Innersten war ein Kern von eiskalter Entschlossenheit, der der Hitze widerstand – der sich sogar auszudehnen schien, als sie an den anderen vorbei auf Audley starrte –

Audley wartete auf sie: Er wußte, wer sie waren und was sie waren und weshalb sie hier waren. So saß er dort, auf dem Sockel des Denkmals, auf seiner kühleren, schattigen Seite: Audley, heute morgen noch unglücklich wegen des Anrufs von gestern abend, jetzt aber kühl, ruhig und gefaßt und auf sie vorbereitet –

»Wartet einen Moment, Ian.« Sie legte das letzte Gran ihres schwindenden Einflusses auf ihn in ihre Stimme. »Warte bitte!«

Er blieb stehen. »Was gibt's?«

»Es hat doch keine Eile. Er läuft nicht weg.» Sie blickte aufmerksam umher und ließ sich Zeit dabei; zuerst sah sie nichts, dann sah sie alles mit plötzlicher Klarheit in der kristallenen Luft.

Das Plateau des Großen Arapils war wie ein Schiff geformt: lang und flach und kaum ein Dutzend Meter breit. Und sie standen in der Mitte des Decks, zwischen dem Supertanker-Bug und dem leichten Anstieg zum Denkmal; und das Deck selbst war mit einem Teppich aus dürrem Gras bedeckt, braun und welk, aus dem eine erstaunliche Fülle von Cathy Audleys zarten Herbstzeitlosen trotzig hervorsprühte.

»Was für ein fantastischer Ort!« So fantastisch war er eigentlich gar nicht; er war auch nur ein Stück von der großen gelben Weite, die soviel von Spanien ausmachte, und nichts deutete auf das große und schreckliche Ereignis hin, das er einmal erlebt hatte. Tatsächlich war hier *nichts* geschehen seit dem Augenblick, als die hügeligen Felder drunten schwarz gewesen waren von Angriffslinien und Marschkolonnen, von wiehernden Pferden und donnernden Kanonen. Doch jetzt gab es nicht den leisesten Widerhall von der Vergangenheit hier oben, so wenig wie von der Zukunft.

Aber sie mußte irgend etwas sagen.

Und bei Gott, irgend etwas würde jetzt hier passieren!

»Schau!« Sie sah eine jähe, schnelle Bewegung in einem Steinhaufen an der Seite des Kammes.

»Was denn –?«

»Dort –« Sie zeigte. »Es ist ein Fuchs – mit langen spitzen Ohren – *sieh doch!*«

Entgegenkommend bewegte sich der Fuchs noch einmal und wurde für einen Augenblick sichtbar, bevor er im Hang verschwand.

»Ja –!« In demselben Augenblick leuchtete Ians Gesicht vor reinem Vergnügen auf, und er war ganz wie der alte Ian, wenn er irgendeine interessante Kleinigkeit zu sehen bekam, sei es eine neue Briefmarke auf einem Brief oder ein altes Gebäude, das seine Aufmerksamkeit erregte. (Hatte er sich am Anblick dieser ersten Herbstzeitlosen gefreut? Oder hatte er nur Augen gehabt für Audley und nur seine Frances Fitzgibbon im Kopf?) Dann aber sah er sie stirnrunzelnd an und war wieder der neue Ian. »Was soll das, Jen?«

Jetzt standen sie sich endlich im Angesicht des Feindes gegenüber, und sie standen vor ihrem Augenblick der Wahrheit. »Audley gehört mir, Ian – du bekommst ihn nicht. Ich will ihn haben.«

Er stieß die Luft aus. »Wegen Philip Masson?«

»Wegen Philip Masson. Und weil das Ganze meine Idee war, nicht deine. *Meine* Wahrheit ... nicht deine, Ian.«

»Deine Rache wohl eher. Und das ist der falsche Weg, die Wahrheit zu suchen, Jen – ein *schlechter* Weg, Jen.«

Er hatte natürlich recht. Er hatte immer so *beschissen* recht – sonntags in die Kirche, Spenden für wohltätige Zwecke, samstagsabends nie besoffen und auch sonst an keinem Abend! Aber sie wollte ihm weh tun, nicht mit ihm über Moral diskutieren. »Und du suchst die Wahrheit über eine alberne Frau, die vergessen hat, ihre Pistole einzupacken, als sie einen Terroristen verhaften ging? Eine Frau, der du nie begegnet bist – die dich nicht mal gegrüßt hätte, wenn du ihr begegnet wärst? Das ist doch hirnrissig –« Das Bild von Philly erstand wieder vor ihr: *Philly mit seinem breiten, langsamen Lächeln, wenn sie sich trafen – Philly, der sie patenhaft an sich drückte – der Duft seines Pfeifentabaks und seines Malt-Whiskys, Philly, stark und sicher – Philly, der sie lobte, Philly, wie er lachte, als der Champagnerkorken knallte ... auch Philly in jenem seltenen unbewachten Moment, als er sie überhaupt nicht patenhaft ansah, sondern mit dem Ausdruck nackter, wenngleich wohlgezügelter Begier-*

de . . . die auch sie selbst empfunden hatte – oh, wie sehr empfunden! –, die sie aber nicht wirklich verstand, bis es zu spät war –

Zu spät! Zu spät!

Aber sie hatte ihn schwer getroffen. Und nur darauf kam es an. »Er gehört mir, Ian. Auch wenn wir das Buch nicht schreiben . . . er gehört *mir.*« Sie berichtigte ihren eigenen Gedanken: Das einzige, worauf es ankam, war, *daß jemand auf Heller und Pfennig bezahlte,* nur darum ging es. »Du kannst dafür dein verfluchtes Spanienbuch haben.« Sie winkte über den Großen Arapil hin. *»Aber ich will Audley, Ian!«*

Ian biß sich auf die Lippe. Bei Ian – jedenfalls beim alten Ian – war es mitunter vorgekommen, daß gesunder Menschenverstand, verwirrte Zuneigung und altmodischer Journalismus (ganz zu schweigen von Selbstzweifeln!) mit seinen christlichen Imperativen Schindluder getrieben hatten! »Nun . . . wir werden sehen, Jen – wir werden sehen!«

»Ja – wir werden sehen, Liebling.« Wenn sie das erreicht hatte, nämlich daß er seine irrationale Besessenheit von der Fitzgibbon in Frage stellte, so war das besser als nichts.

»Miss Fielding –?«

»Ach –?« Jenny wandte sich rasch der Frage zu: Sie hatte Ian zwar zum Stehen gebracht, aber Cathy Audley war weiter auf ihren Vater zugegangen, ehe sie bemerkte, daß sie allein war, und hatte sich nach ihnen umdrehen müssen. »Wir kommen schon, Liebes . . . Fantastisch ist das hier – nicht wahr? All die süßen kleinen Blümchen!« Sie grinste das Kind an. »Wir haben einen Fuchs gesehen, Cathy – dort unten«, sie zeigte, »mit so großen Ohren . . . er sitzt unten in den Felsen irgendwo –«

»Wirklich? Mensch!« Das Kind suchte den Hang ab. »Ein Fuchs?«

»Er ist weg, Liebes –«

Audley wartete immer noch. Da sie aber so lange gebraucht hatten, um ihn zu erreichen, hatte er sich inzwischen aufgerafft und war aus dem Schatten des Denkmals in das volle Sonnenlicht hinausgetreten, so daß sie ihn endlich deutlich sehen konnten.

»Daddy –!«

Wie er aussah, Länge-Breite-und-Gesicht, war keine große Überraschung: hatte John Tully doch so ein Foto ausgegraben, das David Audley in einer Rugby-Gasse zeigte – *Cardiff* gegen die *Westgoten* an irgendeinem schauderhaften Spieltag, wo sie alle ausschauten, als hätten sie eine Schlammschlacht absolviert, und Audley hatte ein schmutziges Stirnband umgehabt und einen Ausdruck erregter Brutalität im Gesicht, wie ein kampfeifriger Sachse auf den Schutzwällen von Hastings.

(Aber – *Gott!* das Bild des Mannes in Natur versetzte ihr einen Schock, als hätte sie einen stromführenden Draht berührt –)

»Tochter?« Unter dem Denkmal stehend, konnte Audley auf sie herabsehen, den weiten Himmel hinter sich: ein Himmel, der von reinstem Blau allmählich überging in blassestes Blaugrau dort, wo die ferne grüne Linie der Bäume auf dem nächsten Kamm ihn gegen die gelben Kornfelder abgrenzte, und einen Augenblick lang wirkte der Mann über ihnen drei Meter groß. »Was gibt es denn?«

Aber das war es nicht –

»Was gibt's denn?« Audley lächelte seine Tochter an, als er die Frage wiederholte. Und dann sah er direkt auf Jenny. »Hallo!«

Das machte es noch schlimmer. Nein ... nicht einfach schlimmer – viel schlimmer!

»Daddy – das ist Mr. Robinson ... und Miss Fielding. Sie kennen Willy Arkenshaw. Und sie schreiben Bücher, Daddy. Und sie möchten mit dir reden.«

»Ja.« Audley starrte Jenny an. »Ich weiß.«

»Dr. Audley –« Der jähe Schock war noch da; ihre Stimme zitterte davon wie ihre Hände damals, nachdem sie den Draht neben dem alten viktorianischen Lichtschalter daheim im Keller berührt hatte. »Dr. Audley.« Die heisere, bibberige Wiederholung war fast noch schlimmer; es war so weit entfernt davon, wie sie vorgehabt hatte, ihm entgegenzutreten, daß es beinahe zum Lachen war. Sie befürchtete nur, wenn sie anfinge zu lachen, könnte sie einen hysterischen Anfall bekomen.

»Daddy –?« Als Audley fortfuhr, sie anzustarren – als sie beide fortfuhren, einander anzustarren, bekam das Kind mit, daß etwas Merkwürdiges vor sich ging.

»Miss Fielding.« Endlich sagte Audley etwas. »Ich erkenne Sie sogar. Ich sah Sie mal im Fernsehen. Nach Ihrer Rettung in Beirut damals. Und natürlich habe ich Ihre Bücher gelesen.«

Er hatte eine angenehme Stimme. Und obgleich die Fotos von diesem ziemlich angeschlagenen Gesicht in den faktischen Einzelheiten nicht gelogen hatten, wirkte er doch viel jünger, als Willy Arkenshaw hatte durchblicken lassen: *Alt* war bei David Audley ebensosehr üble Nachrede wie seinerzeit bei Philly: *Alt* war relativ –

Gott! Jetzt verriet sie Philly –

»O *Daddy*!« platzte Cathy Audley heraus.

Jenny merkte, daß ihre Haare wieder aufgingen; und Schweißperlen krochen an der Seite ihres Gesichts herab und anderswo –

Aber er hatte solche Ähnlichkeit – soviel Ähnlichkeit, wenn er auch ganz anders war – soviel Ähnlichkeit mit Philly! Und wahrhaftig, sie mochte ihn! Und – was letztlich schlimmer war, was diesen Verrat ins Unvorstellbare steigerte – er mochte sie auch!

»Mr. Robinson kennt sich mit der Schlacht aus, Daddy.« Cathy Audleys Geduld ging zu Ende. »Er möchte sich mit dir über General Le Marchant unterhalten.«

»So?« Audley löste sich widerwillig von Jenny. »Möchte er das?« Das Loslösen zog sich, bis es zum Losreißen wurde. »Mr. Robinson . . . Sie sind also der Schriftsteller.« Er lächelte Ian an. »Ich muß sagen, Sie haben ein seltenes Gespür, wenn Sie den Ausdruck gestatten –?« Alles Lächeln verschwand aus Audleys Gesicht. »Aber das kommt wohl daher, daß Sie auf Princess Mary's Grammar School waren und an den Klassikern geschult worden sind? Wie man Gibbon die Bibel eingetrichtert hat?«

Jenny blickte zu Ian und überraschte ihn dabei, daß sein Mund offenstand.

Audley nickte. »Hennessey – Henworth –? *Henworthy* . . . der war natürlich Ihr Rektor. Und er wurde als blutiger Anfänger von meinem alten Lateinlehrer unterrichtet, bevor er nach Höherem strebte.« Er nickte noch einmal. »So etwas überträgt sich unter den Schullehrern. Vielleicht nicht ganz so gut wie bei der Züchtung durch Zuchtbullen . . . aber seine Spuren hinterläßt es trotzdem, möchte ich meinen.« Wieder ein Nicken, jedoch diesmal begleitet von einem fürchterlichen kalten Lächeln. »Besonders angetan war ich von Ihrem Buch über den Nahen Osten. Es enthält einige interessante Einsichten, allerdings auch etliche ziemlich beklagenswerte Fantastereien.«

Jenny merkte, wie ihr selbst der Mund aufklappte – *Audley war nicht vollkommen: Das »seltene Gespür fürs Englische« und der Hennessey/Henwood-Dünkel wären auf einer schicken Cocktailparty ganz in Ordnung; wenn Audley aber meinte, Ian Robinson herablassend behandeln zu können, hatte er sich schwer geirrt!* Aber jetzt war es zu spät, da Ian bereits reagierte –

Genau gesagt, Ian lächelte. »Ihre Tochter hat uns von Ihrem Ahnen erzählt, Dr. Audley – der bei dem Angriff hier fiel.« Er gab Audley ein Nicken zurück. »Aber . . . war das bloß so ein dickköpfiger englischer Dragoner? Oder war er einer von Wellingtons ›Forschungs- und Entwicklungs‹-Offizieren – den ›Erkundungs‹-Offizieren, wie man sie nannte? Andrew Laith Hay –? Oder John Waters, oder Somers Cocks? Oder Colquhoun Grant? Oder Dr. Paul Mitchell?«

Himmel! Das war wohl ein Schuß aus beiden Rohren! dachte Jenny. *Ian, da er nun mal Ian war, hatte wirklich seine Hausaufgaben gemacht.*

»Sie interessieren sich für die Schlacht von Salamanca, Mr. Robinson?« Audley, da er nun mal Audley war, schätzte Ian jetzt ab.

»Nicht im mindesten, Dr. Audley.« Ian lächelte Audley an. »Aber –«

»Tochter!« Audley unterbrach Ian barsch. »Geh und sieh mal nach deiner Mutter –« Er nickte am Denkmal vorbei in einen mit Steinen verschütteten Spalt, der den Supertanker *Großer Arapil* auf der Backbordseite hier unterhalb der hohen Steinsäule von vorn nach achtern in zwei Teile schied. »Sie liest in ihrem Buch . . . oder nimmt ein Sonnenbad oder so was . . . dort unten, ja?«

Cathy Audley starrte ihren Vater an, und die riesengroße Sonnenbrille verbarg dabei zweifellos ein Stirnrunzeln.

»Geh schon, Cathy.« Audleys Stimme war jetzt leise und neutral, weder bittend noch befehlend.

Die Sonnenbrille wandte sich einen Moment lang Ian zu. Doch jetzt sprachen die zusammengepreßten Lippen und die Zornlinien um den Mund für sich.

»Ab mit dir.« Diesmal lächelte er sogar. »Es besteht kein Grund zur Beunruhigung.«

Cathy kehrte zu ihm zurück. »Ich sagte ihnen, daß du einen Anruf bekommen hast, und die haben wohl nur so getan, als ob sie sich dafür nicht interessieren. Tut mir leid.«

Audley zuckte die Achseln. »Gut, ich habe einen Anruf bekommen, Schatz. Dafür braucht man sich doch nicht zu schämen, Schatz. Also –«

»Jaja – ›ab mit mir‹.« Das Kind ging los, blieb dann jedoch stehen. »Aber ich benehme mich daneben, was?!« Sie fegte zu Jenny herum. »Alle sagen einem: ›Sprich nicht mit Fremden – egal, ob sich's gehört!‹ Aber die Lektion hatte ich vergessen, nicht wahr, Miss Fielding?« Kein Kind jetzt – weder für sie noch für Ian anschließend: Für Ian einen Blick, der ihn, wäre er ein britischer Dragoner gewesen und Cathy Audley ein mit ihrer Muskete auf ihn zielender Franzose, mausetot aus dem Sattel gefegt hätte, neben ihren Vorfahren und General Le Marchant. »Und auf Wiedersehn, Mr. Robinson.«

Klugerweise (obwohl sie ihm auch gar keine Zeit dazu ließ) versuchte Ian nicht zu antworten, als sie sich wieder umdrehte und leichtfüßig in die Felsen unterhalb des Denkmals hinabsprang, so daß nur das Echo seines Namens auf ihrer Kugel in der Stille zurückblieb.

»Ja . . . nun, darüber brauche ich mich ja wirklich nicht noch auszulassen – oder?« Audley schaute ihr nach und wandte sich dann wieder zu ihnen um, eine Spur lächelnd noch, aber mit einer Beimischung von Stolz und Verachtung. »Andererseits bin ich Ihnen beiden vielleicht zu Dank verpflichtet – weil Sie ihr eine Lektion über die ruhmreiche britische Presse erteilt haben, zusätzlich zu ›Mit Fremden spricht man nicht‹?«

Jetzt hieß es Kampf bis aufs Messer! dachte Jenny. »Wir sind nicht die ruhmreiche britische Presse, Dr. Audley. Wir sind . . . *wir* ganz allein.«

»›Wir?‹« Während er sie anschaute (mehr als Ian), verzogen

sich seine Gesichtszüge. Und das Verflixte daran war, daß sie diesen Ausdruck kannte, ihn bei anderen Männern schon gesehen hatte, die ähnlich zwischen Argwohn und Begehren schwankten; aber bei denen hatte sie nicht empfunden, was sie bei ihm empfand – *und sie mußte aufhören, das zu empfinden, aber sofort!*

»Wir sind in Schwierigkeiten, Dr. Audley.« Der Selbsterhaltungstrieb steuerte zu ihrem Entschluß die Taktik bei. »Wir brauchen Ihre Hilfe.«

»Meine . . . Hilfe . . .?« Seine Verwirrung half ihr. »Aber . . . ich dachte, ich wäre derjenige, der in Schwierigkeiten ist. Stellen Sie nicht angeblich Nachforschungen über mich an, Miss Fielding-ffulke?«

»›Fielding‹ –« Jeder, der auf sie scheißen wollte, rieb ihr diesen lächerlichen Namen unter die Nase. »Einfach ›Fielding‹ bitte, Dr. Audley.«

»Kein ›ffulke‹?« Er sah sie mit hochgezogener Braue an. »Das ist doch ein prächtiger alter Name, Miss Fielding-ffulke: Rudyard Kipling hat ihn in *Puck vom Buchsberg* verwandt – und das ist eines unserer beliebtesten Bücher. ›ffulke‹ – Fulke . . . er war der Doppelagent – der Verräter. Er war derjenige, den der Lord von Pevensey ›umdrehte‹, um England vor Robert von der Normandie zu retten, Miss – Fielding-*ffulke*!« Die Augenbraue senkte sich. »Also . . . auf wessen Seite stehen Sie denn nun?«

Ian baute sich neben ihr auf – wie der alte Ian bei Bedarf: wie der *ältere* Ian, als sie noch zusammenarbeiteten. »Hat Ihr Anrufer von gestern abend Ihnen nicht alles über uns erzählt, Dr. Audley?« Typisch Ian, daß er nicht versuchte, eine gescheite Antwort auf eine dumme Frage zu geben.

»Doch – hat er.« Kein Wimpernzucken für Ian. »Er sagte, Sie würden Nachforschungen über mich anstellen. Und er war auch nicht der Ansicht, daß ich mich deshalb geschmeichelt fühlen sollte.«

»Wir bemühen uns nur, die Wahrheit über Philip Massons Tod herauszufinden, Dr. Audley.«

»Nur die Wahrheit? Soso!« Audley spottete ebenso über das Wort, wie Mitchell es getan hatte. »Dann wünsche ich Ihnen viel Pech, Mr. Robinson.«

»Mögen Sie die Wahrheit nicht?« Trotz Audleys plötzlicher Unfreundlichkeit und der Bedeutung und Schlagkraft seiner eigenen Frage war Ian so ehrerbietig wie ein Kurat gegenüber einem Bischof.

»Mein Lieber! Ich habe zwei Drittel meines Lebens damit verbracht, die Wahrheit zu suchen. Aber selbstverständlich nur im Verhältnis zu anderen Leuten – genau wie Sie. Die Wahrheit über mich selbst ... und meine vielen bösen Taten ... das ist etwas ganz anderes.« Indem er seine Verluste abschrieb, wurde Audley wieder freundlich. »Sie müssen aber meine schlechte Laune verzeihen – oder sie mir wenigsten nachsehen. Denn ich bin im Urlaub. Und mit Familie«, er hob eine große Hand mit plumpen Fingern, »und jawohl, mir ist durchaus klar, daß Dr. Goebbels und viele andere Schurken – wahrscheinlich auch Attila der Hunne – gute Familienväter waren, die ihre Kinder und Frauen geliebt haben und ebenfalls in Urlaub gegangen sind ... Das ist mir klar, Mr. Robinson!« Er lächelte ein furchtbar häßliches Lächeln, ganz und gar nicht liebenswürdig, obwohl er sich alle Mühe gab. »Aber ... sähen Sie es gern, wenn all Ihre kleinen Geheimnisse ans Licht gezerrt würden? Oder veröffentlicht würden – in irgendeinem Buch oder einem Revolverblatt?«

»Nein.« Ian schüttelte immer noch kuratig-ehrerbietig den Kopf. »Zumal, wenn es dabei um Verwicklungen in den Tod – oder die Ermordung – eines anderen Menschen ginge, Dr. Audley ... Nein – das sähe ich bestimmt nicht gern.«

»Das meinte ich nicht, Mr. Robinson. Ich meinte genau, was ich sagte.« Audley drehte sich ein wenig und spähte am Denkmal vorbei nach dem Durchbruch im Fels, als wolle er sich vergewissern, daß Frau und Tochter nicht in Hörweite waren. »Zufälligerweise war ich im Lauf der Jahre in den Tod einer Reihe von Menschen ›verwickelt‹, wie Sie es so zart andeuten. Sogar schon vor Ihrer Geburt, Mr. Robinson.« Das spöttische Lächeln war wieder da. »Ich fing jung an, als ich es gar nicht besser wußte: mit namenlosen Deutschen in der Normandie, indem ich meinem Richtschützen ›Feuer‹ zurief – indirekte Arbeit schon damals, könnte man sagen.«

Er war doch so alt! dachte Jenny. Aber natürlich war er das, und

Cathy Audley hatte es an sich ja schon gesagt; und auch Philly hatte ja Chinesen umgebracht – namenlose Chinesen in Korea, nur eine Handvoll Jahre nach Audleys Krieg; und Audley sah kaum älter aus als Philly damals, jenes letzte Mal, als er am Ende ihrer Abschlußprüfungen aus heiterem Himmel aufgetaucht war – *Philly!* O Philly!

»Ian – Mr. Robinson – spricht nicht von Alter Geschichte, Dr. Audley«, sagte sie scharf.

»Ich auch nicht, Miss Fielding.« Audley hörte sich fast an, als hätte ihre Schärfe ihn verletzt. »Aber ... alte Männer haben die Gewohnheit, sich lang zurückliegender Wunden zu entsinnen.« Er zuckte die Achseln. »Ebenso zufällig trifft es sich, daß ich beim Tod Ihres Patenonkels nicht die Finger im Spiel hatte, sei dem, wie es will« – er hob seine Hand, als sich ihr Mund öffnete – »o ja, ich weiß alles über ihn ... Und wenn ich ›alles‹ sage, meine ich alles, Miss Fielding. Denn ich habe ihn einmal überprüft ... Beziehungsweise zweimal: erst, bevor er starb, da wir wissen mußten, wer er wirklich war ... und dann hinterher, als wir wissen wollten, warum ... oder was ... und schließlich, wer und wie, neben dem Warum.« Er starrte sie einen Moment an. »Er war ein erstaunlicher Mann, Ihr Patenonkel ... Aber das wissen Sie ja bereits.«

Er war selber ein erstaunlicher Mann! ging es ihr durch den Kopf. Doch dann lehnte sie sich gegen den Gedanken auf und korrigierte ihn meuterisch: *Was immer er sein mochte, er war auch ein gerissener Mann – und selbst jener Augenblick des gegenseitigen Erkennens konnte Teil seiner Gerissenheit sein, wie bei einem Python, der seine Beute hypnotisiert, bevor er sie verschlingt! So versuchte er jetzt vielleicht, ihr die Gedanken, die sie denken sollte, einzugeben?*

»Ich weiß, daß sein Tod Ihnen zupaß kam, Dr. Audley.«

»So? Nun ... vielleicht ja. Vielleicht nein. Wer kann das sagen?« Wieder zuckte er die Achseln. »Ich weiß nur, daß es mir nicht paßt, jetzt von Ihnen belästigt zu werden. Ich habe nämlich andere Arbeit – wichtigere Arbeit, als mich mit Ihnen herumzuplagen.« Jetzt endlich bekam sie die ganze Häßlichkeit seines Gesichts zu sehen. »Deshalb fragte ich, ›auf wessen Seite‹ Sie stehen, Miss Fielding.«

»Aber Sie sind doch jetzt im Urlaub, Dr. Audley. Wir vergeuden also nicht Ihre Dienstzeit, oder?« fiel Ian mit einem uncharakteristisch gemeinen Dreh wieder ein.

»Es hätte wohl keinen Zweck, Ihnen zu sagen, daß ich ein Alibi habe?« Audley beachtete Ian nicht. »Ich flog am Dienstag, nachdem wir O'Leary getötet hatten, zurück nach Washington – den Dienstag nach dem Samstag, an dem meine liebe, liebe Frances starb –?« Er wechselte plötzlich zu Ian. »Nein –?«

Es war der falsche Appell, an die falsche Adresse.

»Nein.« Audley nickte. »Ich dachte es mir schon.« Er seufzte. »Und Sie haben natürlich ganz recht! Es ist wie im Matthäus-Evangelium, das ein alter Freund mir immer wieder vorhält, wo der Centurio zu Jesus sagt: ›Auch ich unterstehe höherem Befehl und kann meinen Soldaten Befehle erteilen; und wenn ich zu einem sage: Geh!, dann geht er‹.« Er schenkte ihnen beiden ein schräges Grinsen. »Das nennt er ›einen von den harten Sprüchen‹. Weil es besagt, daß Befehlsgewalt, Handeln und Verantwortung letztlich eins sind. Das genügt also nicht, wie?« Er lächelte sie an. »Folglich haben wir ein Problem. Denn Sie werden mir nicht glauben, bevor ich Ihnen sage, was ich nicht sagen darf. Und wenn ich es sagte, könnten Sie immer noch vorziehen, mir nicht zu glauben. Ich bin also in einer ausweglosen Situation, wie es scheint.«

»Sind wir auch, Dr. Audley.« Wenn Ian das hingeworfene Matthäus-Zitat gefallen hatte, ließ er es sich nicht anmerken. »Hat er das nicht gesagt – am Telefon?«

»O doch.« Audley verbeugte sich leicht. »Sie haben ›den Teufel beschworen‹ –? Und jetzt ist er hinter Ihnen her – meinen Sie das?«

Plötzlich wünschte sich Jenny, Reg Buller wäre jetzt da. Audley spielte mit ihnen, und Ian war noch zu verdreht wegen Frances Fitzgibbon, um so klar zu denken wie er normalerweise dachte. Und auch sie tat sich schwer, da das gestochen scharfe Bild von Audley ihre Erinnerung an Philly überlagerte.

»Wo bleibt Reg, Ian?« Was sie brauchten, war Reg Bullers brutale Sachlichkeit: Reg hatte keine Probleme mit Philly oder Frances, geschweige denn mit Audley.

»Ja«, Ian hob wieder sein Fernglas – »er hat sich ziemlich Zeit gelassen. Aber – ja, jetzt kommt er, Jen – siehst du?« Er ließ das Fernglas sinken und wies auf eine ferne Staubwolke im Tal zwischen dem Großen Arapil und den niedrigeren Hügelkuppen gegenüber, auf der anderen Seite des Ackerlands, das, einst ein Schlachtfeld in der Fremde, nun auf ewig ein Teil Englands war. »Eigentlich . . . glauben wir langsam, daß Sie es vielleicht nicht gewesen sind, Dr. Audley – da drüben, Jen –?«

»Was?« Die beiläufig eingestreute Auskunft nach Ians Hinweis an Jenny, daß Buller endlich anrückte, überraschte Audley völlig. »Was soll das heißen?«

»Mrs. Fitzgibbon« – Ian straffte die Schultern, während er vorgab, sich auf die fremde Front zu konzentrieren wie ein französischer General, der den Vormarsch der britischen Armee beobachtet – »sie war Mitchells Freundin, nicht wahr, Dr. Audley?«

Das konnte nicht die Frage sein – da mußte noch etwas kommen!

»Bitte?« Audley legte die Stirn in Falten.

Es konnte nicht die Frage sein – auch wenn sie das »Die Antwort kenne ich bereits«-Kriterium erfüllte.

»Frances Fitzgibbon war Paul Mitchells Mädchen – stimmt's, Dr. Audley?« Dennoch blieb Ian eisern wie ein tapferer Franzose, den die Dragoner schon umzingelten.

»Nein.« Audley schüttelte langsam den Kopf. »Genaugenommen war sie das nicht. Obwohl er es gern so gehabt hätte. Aber sie gehörte keinem. Nicht einmal ihrem Mann, vermute ich fast . . . Aber . . . ich verstehe nicht ganz, was Frances Fitzgibbon mit Ihnen zu tun hat, Mr. Robinson.«

»Oder Paul Mitchell, Dr. Audley?« fiel ihm Jenny in die Flanke.

»Sie fragten uns, auf welcher Seite wir sind, Dr. Audley.« Ian schaltete sich wieder ein. »Aber wir wissen nicht mehr genau, auf wessen Seite irgend jemand steht. Wir wissen nur, daß wir in Schwierigkeiten sind – wie Miss Fielding sagte. Und wir glauben, Sie sind der einzige Mensch, der uns vielleicht helfen kann.«

Das war nun wirklich die Wahrheit. Und wer eignete sich wohl besser als Ian dafür, sie auszusprechen?

Audley entspannte sich mit einem Mal. *»Mitchell – Paul Mit-*

chell –?« Dann lachte er; aber nicht fröhlich. »O ja – natürlich, das kommt hin! Wir haben die Spur gelegt – und Sie haben sie aufgenommen ... selbst nach so vielen Jahren – ist es das? Jetzt verstehe ich! Sie glauben, daß Mitchell –? Wegen Thornervaulx –?« Er beendete sein unfrohes Kichern. »Das ist, wie meine liebe Frau immer sagt, ›überschlau‹ – und bei weitem nicht schlau genug!« Er sah auf Ian, dann auf Jenny und dann von beiden weg, den Hang hinunter.

Jenny wartete.

»Nun, Miss Fielding – Mr. Robinson« – Audley kehrte mit einem bedächtigen Kopfschütteln zu ihnen zurück – »wenn Sie das glauben, dann, scheint mir, sitzen Sie beide jetzt schwer in der Tinte.« Er wies den Hang hinunter. »Jetzt wird sich's also zeigen.«

Und dann kam auch schon Reg Buller den kargen Boden zwischen den Felsen heraufgestapft.

Und dann war Paul Mitchell bei ihm –

2

Reg Buller schnaufte von seinem Aufstieg wie eine Lokomotive: Reg schwitzte jetzt wohl noch schlimmer als sie, bevor die Sonne sie hier auf dem Gipfel des Großen Arapils getrocknet hatte.

Paul Mitchell dagegen schnaufte nicht: Er schritt locker aus und schwenkte einen langen schwarzen Kasten – halb Aktenkoffer, halb Geigenkasten –, als er über den letzten Felsen stieg.

»Paul.« Audley schien weder überrascht noch erfreut zu sein. »Du hast dir Zeit gelassen.«

»David!« Mitchell trat schändlicherweise mitten in die Herbstzeitlosen, die er gar nicht wahrnahm. »Tut mir leid, David –« Er barg den Nichtgeigenkasten in seinen Armen, an seiner Brust und trampelte immer noch auf den Blumen herum. »Wo ist Faith? Wo ist Cathy, David –?«

»Sie sind weiter unten.« Audley nickte nach hinten zum Denkmal. »Zwischen den Felsen. Sie lesen was und sonnen sich. Und wahrscheinlich oben ohne ... Faith jedenfalls. Soll ich sie rufen?«

»Nein. Sie sind da ganz gut aufgehoben.« Mitchell kletterte auf die unebene Felsenplattform, auf der das Denkmal errichtet war, und setzte den Kasten zu seinen Füßen ab. »Kein Problem, David.«

»Kein Problem«, Audley knurrte die Worte. »Da hast du hoffentlich recht.«

»Aber David ...« Mitchell suchte weiter die Landschaft ab, prüfte sie Abschnitt für Abschnitt, »wann habe ich dich jemals enttäuscht?«

Audley starrte ihn an, schüttelte dann resigniert den Kopf. Und wandte sich schließlich wieder Jenny zu. »Sie haben uns eine Menge Kummer bereitet, Miss Fielding.«

»Berichtigung: Sie hat *mir* eine Menge Kummer bereitet.« Mitchell stieg wieder von der Plattform herab. Er sah unbekümmert aus, aber entschieden rauh und gar nicht wie sein vorheriges, ziemlich gelecktes Selbst, dachte Jenny unglücklich: Unrasiert, mit dem Ansatz eines markanten, modischen Stoppelbartes und einem Hemd mit offenem Kragen, das nachlässig in eine formlose alte Hose gestopft war, hätte er gerade so als Einheimischer durchgehen können. Und merkwürdigerweise ließ ihn das im Endeffekt viel jünger und sexuell anziehender aussehen (zumindest für solche, die auf jüngere Männer standen; aber immer noch kein Vergleich mit Audley). »Sie haben *mir* eine Menge Kummer bereitet, Miss Fielding-ffulke – das steht fest!«

»Tut mir leid, Dr. Mitchell.« Es fiel schwer, an diesen zerlumpten Kerl als *Doktor* Mitchell zu denken. »Aber ... Sie haben uns auch einigen Kummer bereitet. Genau gesagt, Sie haben uns Angst eingejagt.«

»Es scheint so.« Mitchell warf einen Blick auf Reg Buller, der sich mit einem gewaltigen und sehr schmutzigen Taschentuch das Gesicht abwischte. »Es – scheint – so!«

Jenny sah Buller vorwurfsvoll an. »Mr. Buller –?«

»Geben Sie mir nicht die Schuld, Lady!« Buller wischte sein

Gesicht noch heftiger. »Er hat mich auf der Straße erwischt, kurz nachdem Sie weg sind. Und ... er war sehr unangenehm, das kann ich Ihnen sagen.«

»Ah ja?« Von Reg Buller war jetzt keine Hilfe zu erwarten, deutete dieses wunderbar authentische Gewinsel an: Reg wußte, woher der Wind wehte, und er paßte sich stets den Gegebenheiten an, darin lag das Geheimnis seines Überlebens vieler früherer Katastrophen. In seiner neuen Rolle als ihr widerwilliger Arbeitnehmer war also mit ihm nicht mehr zu rechnen. Doch das wiederum befreite sie von ihrer Verantwortung als Arbeitgeber. »Glauben Sie denn immer noch, daß Dr. Mitchell ein Mörder ist, Mr. Buller?«

»Das hab' ich nie behauptet, Lady – niemals!« Buller verdrehte die Augen und überzog angesichts einer so direkten Anschuldigung seine Rolle noch stärker. »Das kam von Mr. Robinson mehr als von mir: Ich habe nur berichtet, was ich herausgefunden habe – wie Sie es wünschten.«

Damit verlagerte sich das ganze Gewicht auf Ian, der noch kein Wort gesagt hatte, seit sich die Welt für sie verändert hatte.

»Das ist nicht wahr, Mr. Buller –«

»Ist schon gut, Jen.« Ian beobachtete Mitchell.

»Es war doch Mr. Buller, Ian –«

»Ist schon gut.« Er überging sie, hatte nur Augen für Mitchell. »Und wahr ist es auch.« Er blinzelte einen Moment. »Vielleicht haben wir uns geirrt. Aber ... *vielleicht auch nicht* –« Er sah Mitchell schamlos ins Gesicht. »Wie war sie wirklich, Dr. Mitchell? Sagen Sie's mir?«

Mitchell starrte ihn an. Dann wandte er sich ab und langte nach dem Kasten.

»Wie war sie wirklich?« Ian setzte Mitchell unbarmherzig zu.

»Lassen Sie ihn, Mr. Robinson.« Audley machte einen Schritt von seiner Erhöhung herab, um zu ihnen zu treten. »Dies ist nicht die Zeit – noch der Ort.«

»Nein?« Ian sah Audley nicht an: Er beobachtete, wie Mitchell seine Daumen an die beiden Verschlüsse des Koffers legte, und konzentrierte sich weiter auf ihn. »Wie war sie?«

»Sie war ein tolles Mädchen – eine tolle Frau.« Audley beantwortete seine Frage sanft, aber bestimmt. »Aber wir haben Philip Masson nicht getötet, Mr. Robinson. Ich gab nicht den Befehl – und Dr. Mitchell hat den Befehl nicht ausgeführt, den ich nicht gegeben habe.«

Dennoch runzelte Audley die Stirn: Audley runzelte die Stirn, und Mitchell arbeitete am Inhalt des Kastens; die matten Metallstücke, die sich zusammensetzen, -schrauben und -stecken ließen, wozu sie sorgfältig geformt und konstruiert waren – die Stücke (die für sich genommen weniger als nichts taugten: bloßes Metall) wurden zu dem bekannten Ding, einzeln gefertigt und empfindlich und häßlich: ein langläufiges Gewehr, schlank und todbringend.

»Aber Sie haben schon recht, sie war etwas Besonderes.« Audley sah, daß er verlor, und erhöhte entsprechend den Einsatz. »Aber woher, zum Teufel, wissen Sie das? Sie sind ihr doch nie begegnet – oder?« Er schüttelte den Kopf. »Nein! Das kann nicht sein.«

Mitchell hatte seine Arbeit beendet. Sie war auf schnelle Erledigung abgestellt, und er verstand seine Sache.

»Nein.« Er hob das fertige Ding hoch und spähte durch das Zielfernrohr, die zuletzt angebrachte Vorrichtung; starrte zunächst in den Himmel und dann übers Tal hin, auf die Bahnstation. »Damit treffe ich im Leben nichts – auf keine Entfernung beim ersten Schuß.« Er warf noch einen Blick durch die Optik, wählte dann einen Schraubenzieher aus dem Kasten und verstellte sie. »Ich brauche ein paar Anschüsse auf fünfhundert und tausend Meter.« Er sah plötzlich auf und lächelte Jenny an. »Aber man kann nicht alles haben, wie?« Er ließ das Gewehr sinken, stützte es vorsichtig auf seinen Oberschenkel, nahm eine lange Patrone mit Stahlspitze und Messingmantel aus einem Fach des Kastens, öffnete das Verschlußstück und schob die Patrone ein. Dann setzte er das Gewehr ab und stand auf.

»Eigentlich war ich der Schuldige«, sagte Audley. »In Thornervaulx.«

»Aber die Kugel hätte mich erwischen sollen.« Mitchell prüfte eingehend das Tal, vom weit entfernten Weißblau des Dorfes über die trügerischen Wellen des dazwischenliegenden Ackerlandes bis dorthin, wo der Feldweg zu ihnen abbog. »Läuft also letztlich alles auf das gleiche raus.« Er sah unvermittelt Reg Buller an. »Sie hatten ganz recht, Mr. Buller: Wenn ich darauf gekommen wäre, hätte ich es vielleicht sogar getan!«

»Nein, hättest du nicht: So blöd bist du nicht«, fuhr Audley auf.

»Nein?« Mitchells Lippen verzogen sich.

»Nein.« Audley blickte von Mitchell zu Jenny und danach zu Ian. Und dann wieder zu Jenny. »Wir waren damals für Fred Clinton tätig, Miss Fielding. Und der hatte einen Grundsatz – einen sehr strengen Grundsatz. Man könnte ihn als unsere ›Einsatzdevise‹ bezeichnen, wie im Falklandkrieg ... Obwohl er viel weiter zurückreicht: Er geht zurück auf Lord Mansfields Urteilsspruch im Fall *Burdett gegen Abbot*, im Jahre 1812.«

»M-hm ... *Burdett gegen Abbot* –« Mitchell drehte sich zu Audley herum. »Weißt du, David, ich habe diesen Fall *nie* aufspüren können – so gern Jack Butler uns auch in regelmäßigen Abständen darauf verweist ... Ich bat eine kluge Bekannte, die im Anwaltsverband arbeitet, ihn für mich ausfindig zu machen ... und sie schaffte es auch nicht. Vielleicht hat Fred ihn sich also einfach ausgedacht – um uns zu ärgern?«

Ian meldete sich. »Was hat – was soll Lord Mansfield denn gesagt haben –? Im Fall ›Burdett gegen Abbot‹, Dr. Audley?«

»Ach, das ist ganz einfach, mein Lieber!« Mitchell zog die Frage rasch an sich. »Es dreht sich darum, was man darf und was man nicht darf – wenn man sich als Soldat der Königin verpflichtet hat, wie David und ich ... Was uns natürlich in ganz unmögliche Situationen bringt –«

»Aber ›wem es in der Küche zu heiß ist‹ – Sie wissen schon, Mr. Robinson, ja?« Audley entspannte sich. »Niemand hat Ihnen befohlen, das Schlachtfeld von Salamanca zu besichtigen, nicht wahr? Sie sind doch wohl aus freien Stücken hergekommen?«

Worauf wollten die beiden hinaus? »Aber wir haben uns nicht ... als ›Soldaten der Königin‹ verpflichtet, Dr. Audley.« Ihr eigener alter Grundsatz trieb Jenny dazu, Ian zu verteidigen. »Wir sind nur ... Journalisten.«

»Macht keinen Unterschied, Miss Fielding.« Ein ähnlicher

Grundsatz ließ Paul Mitchell wieder eingreifen. »Nicht für Sie – nicht für Peter Wright oder Clive Ponting – nicht mal für Kim Philby: Was wir auch sind, was wir auch tun, der gleiche Grundsatz gilt laut Oberrichter Mansfield: ›*Es ist daher sehr wichtig, die falsche Auffassung richtigzustellen, daß ein Engländer, so er die zusätzliche Eigenschaft eines Soldaten annimmt* –‹ (aber es ist egal, welche zusätzliche Eigenschaft Sie annehmen: ob Soldat, Journalist oder Rattenfänger), ›*dadurch von irgendwelchen Rechten und Pflichten eines Engländers entbunden sei.*‹ Was halten Sie denn davon?«

Jenny dachte plötzlich . . . 1812? Denn jetzt waren sie hier, auf dem Großen Arapil, wo auch der Herzog von Wellington im Jahre 1812 ein – militärisches – Urteil gefällt hatte, während Oberrichter Mansfield diese andere, rechtliche Entscheidung traf.

»Das ist der zweite ›harte Spruch‹«, murmelte Audley. »Fred Clinton und Jack Butler, Matthäus und Lord Mansfield . . . sie alle spornen uns zur Aufbietung unserer sämtlichen Kräfte an.«

»Ja.« Mitchell starrte an ihm vorbei. »Und gleich spornt uns Paddy MacManus dazu an, glaube ich fast – was können Sie durch Ihr Fernglas sehen, Ian?« Er wies auf die weite, offene Fläche des Tals. »Was für ein Wagen ist das?«

Ian hob sein Fernglas in Richtung einer fernen Staubwolke auf dem Feldweg.

»Mr. Buller!« Mitchell wartete nicht auf die Antwort. »Sie gehen runter und sagen Mrs. Audley und Miss Audley guten Tag – okay? Und halten Sie sie da unten in den Felsen fest, bis ich Sie rufe . . . Und seien Sie so nett und machen Krach beim Runtergehen, damit Sie Mrs. Audley nicht in Verlegenheit bringen – okay?«

»Es ist ein kleines Auto – ein SEAT oder ein Citroën – oder ein Renault . . . ein Kleinwagen –« Ian gab automatisch wieder, was er sehen konnte.

»Das genügt.« Mitchell nahm jetzt seine »zusätzliche Eigenschaft« an. »Weg mit Ihnen, Mr. Buller.«

»Ich geh' – ich geh' ja schon – Dr. Mitchell!« Reg Buller ging.

»Es ist ein Citroën 2-CV, Dr. Mitchell«, bestätigte Ian seine Beobachtung.

»Ausgezeichnet!« Mitchell war Feldmarschall Montgomery und Alexander von Makedonien. »Sie bleiben hier oben, Mr. Robinson: Sprechen Sie mit Dr. Audley über die Schlacht von Salamanca – sagen Sie ihm, wie Sie die von hier aus geschlagen hätten – okay?«

»Ach – das ist ja wunderbar!« beklagte Audley sich, als er kapitulierte. »Wir laufen auf und ab, um ihm ein Ziel zu bieten –?«

»Dich will er nicht, David. Sein Honorar ist für Mr. Robinson.« Mitchell sah auf Ian. »Sind Sie bereit zu gehen, Mr. Robinson?«

Das war zuviel! »Ian –«

»Sei still, Jen.« Aber er grinste sie an. »Wie der Mann sagte – *›die Rechte und Pflichten eines Engländers‹* –? Und ... zumindest habe ich heute eine bessere Chance als Mrs. Fitzgibbon damals – nicht wahr, Dr. Mitchell?«

Mitchell hob das Gewehr. »Da runter, Miss Fielding – an die Felsplatte und auf den Bauch legen – dort. Sehen Sie?« Er hielt das Gewehr mit einer Hand an seinen Brustkorb und zeigte mit der anderen. »Sobald er aussteigt, habe ich *Carte blanche,* falls er sein Gewehr dabeihat. Und dann können Sie sich hinwerfen, Mr. Robinson. Und wenn Sie unten sind, bleiben Sie unten. Ich bin nämlich keineswegs sicher, ob ich ihn mit dem Gerät auf die Entfernung treffen kann – jedenfalls nicht mit dem ersten Schuß.« Er langte in den offenen Kasten, holte noch eine Handvoll Patronen heraus und steckte sie sich in die Tasche. Dann grinste er Jenny an. »Aber ... kein Problem, ja?«

So kam ihr das überhaupt nicht vor. Allerdings lag es auch völlig außerhalb ihrer Erfahrung.

»Was spielt sich hinter uns ab?« Audleys Stimme war kalt. »MacManus arbeitet doch stets mit einem Partner – einem Helfer? Und ... meine Familie ist da unten, Paul.«

»Sei unbesorgt deswegen.« Mitchell nickte Jenny zu. »*Darf ich bitten, Miss Fielding* –? Gehen Sie!«

In Mitchells Gesicht war etwas, das jeden möglichen Einwand von vornherein unmöglich machte, so sehr sie ihm auch widersprechen wollten, um sich zu behaupten.

Also . . . über das dürre Gras und die verstreuten Herbstzeitlosen zu der Stelle, auf die er gezeigt hatte, und hinter einem sicheren Felsen in Deckung –

Mitchell sagte etwas hinter ihr und Audley ebenfalls – aber sie konnte nicht verstehen, was sie sagten. Dann war er neben ihr – zunächst auf den Knien – auf den Knien, das Gewehr aber behutsam in einer Hand wiegend, um es vom Boden fernzuhalten . . . und dann ließ er sich vorsichtig an ihrer Seite nieder. »Sie brauchen nicht zuzusehen, Miss Fielding. Es wäre mir sogar lieber, Sie würden's lassen – das lenkt mich nur ab.« Er zog ein sandfarbenes Taschentuch hervor, breitete es hinter dem Felsen aus und legte zwei seiner Reservepatronen darauf. »Es gibt sowieso nichts zu sehen. Er hat bloß angehalten, um sich für alle Fälle noch mal umzugucken.«

Sie senkte ihren Kopf, behielt ihn aber im Auge. Denn natürlich gab es etwas zu sehen – etwas, das sie nicht erwartet hatte, überhaupt jemals zu sehen . . . geschweige denn aus so unmittelbarer Nähe: Ein Mann schickte sich an, einen anderen zu töten.

»Und jetzt gibt es noch eine Verzögerung – ein unvorhergesehenes Ereignis.« Mitchell spähte um die Felskante herum, ohne den Kopf zu heben. »Hinter ihm kommt ein Traktor, der irgendwas zieht. Er muß also an die Seite fahren, um ihn vorbeizulassen, und warten, bis er verschwunden ist. Und das wird ihm nicht gefallen – kein bißchen.«

Sie konnte den Traktor hören. »Wieso nicht?«

»Ein Zeuge.« Er schaute sie nicht an. »Nicht, daß er etwa vorhätte, nachher hierzubleiben; man könnte ihn identifizieren. Und sicher wartet auch ein anderer Wagen auf ihn, jedenfalls ein anderes Fahrzeug – vielleicht ein Lkw oder so . . . Fracht für Portugal vielleicht. Wir sind schließlich nur zwei bis drei Stunden von der Grenze weg.« Plötzlich sah er sie an. »Schnell rein – schnell raus: Das ist seine übliche Methode. Wobei man natürlich nie genau weiß – wie bei einem wilden Tier. Aber so hat's bei ihm noch immer geklappt.« Er richtete seine Aufmerksamkeit wieder nach vorn, als der Lärm des Traktormotors lauter wurde. »Und in Spanien will er jedenfalls bestimmt nicht herumhängen. Er hat ohnehin schon wahnsinnig viel riskiert. Allerdings werden seine

Freunde bisher für ihn gesorgt haben ... also haben sie vielleicht noch andere Pläne mit ihm!«

»Seine Freunde?« Der Lärm des Traktors schwoll zu einem Crescendo an, verebbte dann aber jäh, als er den Fuß des Großen Arapils passierte und zu dem hinter ihnen liegenden Kamm weiterfuhr. »Seine Freunde –?«

»Jetzt wartet er wieder. Und wenn er vernünftig ist, kehrt er um und paßt eine andere Gelegenheit ab ... *Los, du Scheißkerl! Kehr um – vor dir ist eine Lücke, wo du leicht drehen kannst! Sei nicht blöd!*« Mitchell holte tief Atem und starrte unverwandt ins Tal, sein Gesicht lag beinah im Dreck. »Nein ... natürlich tust du das nicht! Einmal warst du schon erfolglos – und jetzt kocht's in dir: So was bringt dich in Schwung –« Er hielt plötzlich inne. »Ja ... ›Freunde‹, Miss Fielding. Vor ein paar Jahren hat er für die ETA einen schwierigen Auftrag erledigt – einen Mord, den die Basken aus innenpolitischen Gründen ungern selbst ausführen wollten. Es war eine Autobombe, um genau zu sein. Obwohl ihm Handwaffen eigentlich lieber sind. Aber die Bombe war stark: Sie hat den verflixten Wagen glatt über den Block gepustet ... Dafür sind sie ihm was schuldig.« Ebenso plötzlich wandte er sich wieder zu ihr. »Und jetzt einen Penny für Ihre Gedanken, Miss Fielding.«

Irgend etwas an all dem stimmte nicht. »Ich möchte schon mehr als einen Penny, Dr. Mitchell –« Sie erfaßte einen Zipfel ihres Zweifels: *Warum erzählte er ihr soviel, wo er es doch nicht mußte?*

Er schaute wieder weg. »Nun ... wir werden sehen, ja? Vielleicht zahle ich die Pennies in Raten – *ah! Jetzt fährt er wieder* ... ganz langsam ... *und jetzt hat er wieder gehalten, an der Lücke* ... Soso! Ob er Lunte riecht –?«

»Woher wußte er, daß wir hier sein würden, Dr. Mitchell?«

»Also, *das* nenne ich fragen.« Mitchells Kinn war jetzt am Boden. »Anfangs wußten wir es ja selbst nicht genau. Wir kamen zunächst durch Logik drauf – was hätten wir an Ihrer Stelle getan, wenn wir dumm wären –, bevor es uns gelang, einen Bekannten von Mr. Reginald Buller soweit einzuschüchtern, daß er es bestätigte.« Er brachte das Gewehr nach vorn, legte das Okular des Zielfernrohrs an sein linkes Auge und stellte die Schärfe ein. »Es könnte sein ... daß Ihr Mr. Buller einfach nicht so schlau ist, wie er meint –« Mit einer geschickten kleinen Bewegung, rasch und doch ohne Eile, zog er einen kleinen Schraubenzieher aus der Brusttasche seines Hemdes und stellte das Visier nach. »Aber ... wenn man bedenkt, wie Paddy mit seinem kleinen dikken Kumpel aus England rausgekommen ist ... mit den DC-Plaketten eines gewissen Landes auf dem Gepäck ... dann *könnte* es auch sein, daß der Teufel, den Sie heraufbeschworen haben – Mr. MacManus' Auftraggeber nämlich –, ein ebenso gerissener wie dummer Teufel ist«, wieder hielt er das Okular an sein Auge – »*das genügt*!« Er ließ das Gewehr einen Moment lang sinken und sah sie voll an. »Das erfahren wir aber erst, wenn wir ihn fragen – nicht wahr, Miss Fielding?«

Sie wollte unbedingt ihren Kopf heben. Und ... *wie konnte er nur so kaltblütig sein, verdammt noch mal!* »Wie wollen wir das denn tun, Mr. Mitchell – wenn Sie ihn jetzt umbringen?«

»Ihn umbringen?« Paul Mitchell sah sie nur für den Bruchteil einer Sekunde stirnrunzelnd an, bevor er sich wieder an sein Gewehr rollte, es in die Schulter einzog und sich zurechtlegte – die langen Beine hinter sich gespreizt, Fußinnenseiten flach am Boden (ein Fuß zerdrückte achtlos ein Büschel Herbstzeitlosen). »Was glauben Sie, was ich bin – ein Mörder? ... Nicht, daß es mir nicht das größte Vergnügen bereiten würde – das allergrößte ... und hundertmal einfacher wäre es auch – *nicht gucken, sonst entdeckt er noch Ihr kleines weißes Gesicht überm Rand* –«

Was sie, mehr noch als sein letzter Ruf, davon abhielt zu gukken, war, daß er sie dabei nicht ansah: Er hatte ohne herzusehen gewußt, daß sie zum Schluß einfach nicht widerstehen konnte –

Das Gewehr stieß zurück, jagte einen Schauer durch ihn und betäubte ihr die Ohren, als er im selben Moment feuerte, in dem sein Befehl sie erstarren ließ, so daß sie die unvergeßliche Routiniertheit seines zweiten Schusses miterlebte – *das geübte Verschluß-auf-Patronenhülse-fliegt-raus-neue-Patrone-vom-sandfarbenen-Taschentuch-in-den-Lauf – Verschluß-zu – Gewehr-hoch – zielen* – FEUER!

Und schon fing das Ganze von vorn an –

Doch dann hörte es auf.

Und dann sank Mitchells Gesicht einen Moment lang auf sein Gewehr, entstellt durch seine unrasierte Wange, die Augen fest zusammengekniffen. *Und damit war alles gelaufen – die Kommandorufe galten nicht mehr – und Jenny war auf den Knien, über dem Felsen –*

Der kleine Wagen fuhr wieder: In einer Wolke von Staub setzte er auf dem Feldweg zurück – *er drehte – rutschte und schleuderte im aufwirbelnden Staub zu der Wegbucht hinter ihm, vollführte eine rasende Kehrtwendung, um zu entkommen –*

»Was ist los –?« Während sie sprach, trat Mitchell zu ihr. »Haben Sie vorbeigeschossen?«

»Ja. Ich habe vorbeigeschossen.« Er sah sie nicht an. »Das kommt vor.«

Die Reifen des Citroën wühlten den Weg auf, sein kleiner Motor schrie, sie sollten sich bewegen, schrie so heftig, daß er in jähen Sprüngen hin und her ruckte, bevor Motor und Reifen sich vereint bemühten, dem Fahrer zu gehorchen.

»Mein Gewehr schießt nach rechts und hoch«, fuhr Mitchell fort. »Aber *er* hätte nicht danebengeschossen: Er hat ein ganz besonderes Gewehr, glaube ich – ein Voss Spezial, so heißen die wohl.« Er schüttelte traurig den Kopf. »Gesehen hab' ich noch nie eins – ich hab' nur davon gehört. Sie sind ähnlich wie die alten Büffeltöter, nur besser: An einem windstillen Tag sollen sie zwei Meilen schaffen . . . Es hat ein sehr langes Rohr und eine fantastische Visiereinrichtung.«

Lärm erfüllte das Tal und übertönte den Rest von Mitchells Entschuldigung: Über dem Kornfeld, wo sie mit schmerzenden Füßen hinter Ian hergezuckelt war, lagen Staubwolken, und eine andere kam den Weg vom Dorf herauf, hinter dem ansteigenden Ackerland, das durch die Höhe des Großen Arapils trügerisch flach erschien.

Und – *Gott!* – auch auf dem Bahnhof in dieser gottverlassenen Gegend herrschte Bewegung; von der Lücke zwischen den beiden Gebäuden schwärmten Männer aus – und hinter ihnen flammte mit einem einzelnen *Peng* eine Signalrakete auf, die einen leuchtendroten Rauchstrich nachzog, als sie auf die Staubwolke des fliehenden 2-CV und die anderen, sich diesem nähernden Staubwolken zukurvte –

»Mit dem ersten Schuß hab' ich das Beifahrerfenster zerschmettert.« Mitchells Stimme kam fast im Plauderton wieder. »Ich sollte ihm nur Angst einjagen . . . Aber er kam nicht auf uns zu – er ging ums Auto herum, um über die Haube zu zielen – da sah ich auch die Voss . . . Er wollte auf die Haube auflegen. Also zielte ich beim zweiten Mal auf ihn.«

Die Staubwolken näherten sich immer noch einander – auch als die rote Rauchfahne herunterkam und einen letzten roten Funken warf: Der Funke sprang blitzend noch einmal auf, dann wehte der Rauch von der Stelle fort, wo er erloschen war.

»Ich weiß nicht, wo der zweite Schuß hin ist.« Mitchell hielt inne. »Ich habe . . . links gezielt . . . und leicht nach unten . . . Vielleicht habe ich etwas getroffen – man kann nie wissen . . . Nach dem ersten Schuß konnte ich nicht garantieren, daß ich einen Reifen treffe, Miss Fielding – verstehen Sie? Nicht auf diese Distanz –?«

Die weiter entfernte der beiden Staubwolken endete plötzlich, die beiden Fahrzeuge, die sie verursacht hatten, schwenkten nach links und rechts, um dem herankommenden Citroën den Weg zu versperren. Eins von ihnen war groß, schwarz und zivil, das andere graubraun und offenbar vom Militär; ihre Türen flogen auf, noch ehe sie angehalten hatten, und ihre Insassen stürzten hervor – spanische Guardia Civil aus dem Militärfahrzeug, mit ihren unverwechselbaren schwarzen Dreieckshüten, und barhäuptige Zivilisten aus dem schwarzen Wagen –

Mitchell redete immer noch. Aber sie war so damit beschäftigt, das Drama im Tal zu beobachten, sich möglichst jede Einzelheit davon einzuprägen – *auch das ist eine Sache, die zu sehen ich nie erwartet habe!* –, daß sie es nicht mitbekommen hatte. »Was?«

»Ich sagte ... die haben sich verflucht viel Zeit gelassen.«

Der Citroën war jetzt auch stehengeblieben, jedoch weit vor der Straßensperre – hundert Meter oder mehr von der spanischen Polizei entfernt.

»Sie wußten, daß die kommen würden?« Es war eine dumme Frage.

»Allerdings!« Stirnrunzelnd starrte er auf die Szene. »Sie glauben doch wohl nicht, daß wir in anderer Herren Länder alberne Spielchen treiben? Jedenfalls nicht *so ein* Spiel – *Ahh! Er hat sich's anders überlegt, bei Gott!*«

»Was –?« Etwas in seinem Gesichtsausdruck ließ sie trotz der Hitze frösteln. Doch seine Worte lenkten sie von ihm ab, zurück zum Tal.

Der Citroën bewegte sich wieder, ganz langsam.

»Sein Augenblick der Wahrheit.« Mitchell murmelte die Worte. »Genau wie bei O'Leary ... einmal kommt er für sie alle ... früher oder später ... Aber er wird – *nein!* Bei Gott – NEIN!«

Während er sprach, änderte sich das Motorgeräusch des kleinen Wagens, wurde jäh zu einem Röhren in der tiefen Stille der gelben und roten Felder, als der Citroën beschleunigte – und der rote Staub, der sich hinter ihm gelegt hatte, wirbelte von neuem hoch, als die Reifen den Weg aufwühlten –

»Er will durchbrechen – *ist das ein Typ*!« flüsterte Mitchell.

Die Spanier an der Straßensperre stoben auseinander – suchten Deckung hinter ihren Fahrzeugen.

»Da kommt er nie durch –« Mit einem Panzer vielleicht, dachte Jenny. Aber ein 2-CV war zu klein, zu schwach –

Dann bremste der Citroën – seine kleinen roten Bremslichter waren im Staub und in der Sonne nicht zu sehen, aber er hielt mit einem Ruck und rutschte seitlich weg, bis er quer auf dem Weg stand.

»Er dreht –«

»Nein, tut er nicht«, unterbrach Mitchell sie, als das ferne Geräusch des auf Touren kommenden Motors wieder zu ihnen drang *und der kleine Wagen sich auf den Drahtzaun neben dem Feldweg warf –*

Der Zaun verbog sich zitternd und spannte sich einen Augenblick lang zu beiden Seiten des Wagens, ehe die Pfosten krachten und mitgerissen wurden, als der Wagen in das Stoppelfeld durchbrach, eine noch größere Staubwolke aufwerfend, den Hang hinaufsetzte – den gleichen Hang, den sie heruntergekommen war, dachte Jenny, plötzlich hin und her gerissen zwischen dem, was sie wußte, und dem alten instinktiven Mitleid mit jedem gehetzten Tier, dem die Meute im Nacken sitzt – dem Fuchs, der aus dem Dickicht ins offene Gelände ausbricht und, obwohl er weiß, daß er gestellt ist, sein Heil in der Flucht sucht –

Das Krachen von Schüssen, scharf und widerhallend – ihr Echo flog vom Großen Arapil über das Tal hin zum gegenüberliegenden Felsenplateau –, änderte das Bild: Dies war wieder das sonnenverbrannte Beirut mit demselben *Tock-tock-tock* –

Aber die Staubwolke bewegte sich noch immer. »Jetzt entkommt er –«

»Nein.« Mitchells Stimme war sachlich, völlig emotionslos. »Sehen Sie –?«

Oben auf dem Kornfeld tauchte aus dem kargen Boden, über den die Rotröcke einst gegen die Franzosen marschiert waren, noch so ein unheilkündendes Armeefahrzeug auf, ebenfalls gefolgt von einer Staubwolke. Und dieses hatte einen kleinen Turm, wie ein Miniaturpanzer: Es hielt plötzlich an, während sie es beobachtete, und der Turm begann sich zu drehen.

Der Citroën änderte die Richtung, versuchte nicht mehr, die Anhöhe zu überwinden, sondern war jetzt bestrebt, zwischen zwei Feuern entlang der Biegung des Feldes zu entkommen –

»Nicht hinsehen« – Mitchell packte sie am Arm – *»Miss Fielding –«*

Sie entwand sich ihm – entwand sich gerade, als das lange, schlanke Geschütz auf dem Turm dreimal loskrachte – ein anderer Ton als das vorausgegangene Pochen der Handwaffen . . .

tiefer und lauter – und wahrscheinlich der lauteste Lärm, den dieses friedliche Tal gehört hatte seit –

Der Citroën wurde umgeworfen wie ein Kaninchen, überschlug sich und explodierte im selben Augenblick, seine vier kleinen Reifen und das Fahrgestell waren für den Bruchteil einer Sekunde noch zu sehen, bevor er sich in eine glühende Feuerkugel verwandelte, die Flammen und schwarzen Rauch ausstieß und ihn unkenntlich machte.

»*Nicht hinsehen!*« Diesmal war Mitchells Griff unwiderstehlich; er riß sie herum, so daß sie ihm ins Gesicht blicken mußte. »Er ist jetzt tot. *Er ist jetzt kein Problem mehr* – ›beim Versuch, sich der Verhaftung zu entziehen, erschossen‹ nennt man das, Miss Fielding. Damit . . . *sind auch seine Probleme gelöst: Niemand hat ihn zur Flucht gezwungen, Miss Fielding* . . . verstehen Sie?«

Es war seltsam, wie still es war. Bei der Explosion des Citroën hatte es lauter denn je gekracht. Aber als sie Mitchell jetzt vorwurfsvoll ansah, hörte sie gar nichts. »Sie wußten, daß es so kommen würde.«

»Nein. Das heißt . . . *nein* . . . genau wußte ich es nicht.« Er verzog keine Miene. »Aber Sie brauchen kein Mitgefühl an ihn zu verschwenden, Miss Fielding. Er hat Ihren netten Mr. Robinson, der sonntags in die Kirche geht, überhaupt nicht gekannt. Aber man hatte ihn dafür bezahlt, daß er ihn umbringt, deshalb wollte er das tun – auf vielleicht zweitausend Meter und mit einem Weichkerngeschoß. Und das *hätte* er getan . . . und ich kriegte eine Scheißangst, als er aus seinem Wagen stieg und die Spanier noch nicht zu sehen waren, das kann ich Ihnen flüstern.« Sein Kinn straffte sich. »Denn jetzt mußte ich entscheiden, ob ich schieße, um zu töten, oder nicht . . . Dabei war der Apparat hier« – er hob das Gewehr – »nur als Versicherung gedacht. Die meinten, es wäre eigentlich nicht nötig, denn sie würden hier sein, sobald er sich blicken ließe. Und dann boten sie mir eine Pistole an . . . Aber so nah wollte ich ihn nicht rankommen lassen. Weil er ein Fachmann ist und ich nicht –«

»Nein –?« Sie dachte an das, was Reg Buller gesagt hatte. Und was sie vor wenigen Minuten (so kurz war das erst her?) selbst beobachtet hatte.

»Nein – zum Donnerwetter – nein!« Er bleckte die Zähne. »Sie wissen nicht, wovon Sie reden, Miss Fielding. Egal, was Sie zu wissen glauben ... Sie wissen es nicht –« Er ließ ihren Arm los und richtete sich auf. »Aber ich werde Ihnen nichts erklären.«

Was sie wußte, war, daß sie sich von seiner Offenheit oder seiner gekonnten Schauspielerei nicht verwirren lassen durfte: Aus irgendeinem Grund hatte er ihr bisher viel zuviel erzählt, aber sie wußte nicht, warum. Und das war kein Grund, ihm jetzt zu trauen.

Er wandte den Blick von ihr, ließ sie links liegen.

Das unkenntliche Wrack des Citroën brannte heftig weiter; sein schwarzer Qualm stieg als eine Miniaturpilzwolke in der stillen Luft auf. Und die Männer in Uniform näherten sich ihm ... Aber die Zivilisten setzten sich in ihr Auto – während sie hinsah, schloß sich eine Tür nach der anderen, und schon bog der Wagen auf den Feldweg und kam langsam auf sie zu.

Dann merkte sie, daß sie allein war: Paul Mitchell kehrte zu dem Denkmal zurück und lief über die Herbstzeitlosen, als existierten sie nicht – als existiere *sie* nicht –

»Dr. Mitchell!«

Er blieb stehen und drehte sich um. »Was Sie auch wissen möchten – fragen Sie jetzt Dr. Audley, Miss Fielding. Und viel Spaß dabei.«

Ein Knoten saß ihr im Magen. Genau wie Audley sie so merkwürdig an Philly erinnert hatte, erinnerte Paul Mitchell sie jetzt an Ian – den neuen Ian, für den sie eigentlich auch nicht mehr so existierte wie früher.

Er sah einen Moment lang an ihr vorbei, dann blickte er sie ganz kalt an. »Ich muß gehen und mit den Spaniern Frieden schließen. Wobei ich nicht glaube, daß das allzu schwer wird.« Seine Lippen verzogen sich. »Seien Sie unbesorgt – man wird Ihnen keine Fragen stellen. Vorausgesetzt, Sie fahren jetzt umgehend nach Hause und vergessen, was Sie gesehen haben.«

Ihr Mund stand offen.

»O ja – vergessen Sie's, Miss Fielding.« Die verzogenen Lippen wurden zum Zerrbild eines Lächelns. »Ein steckbrieflich Gesuchter – ein als Terrorist bekannter Ausländer, der schon für die

ETA gearbeitet hat? Und ich möchte auch nicht wissen, wo sein kleiner dicker Kumpel geblieben ist. Es sind also zwei als Terroristen bekannte Männer, die vermutlich für die ETA tätig waren, von den Sicherheitskräften beim Widerstand gegen die Staatsgewalt erschossen worden. Und das hat nichts mit irgendwelchen britischen Touristen zu tun, die da gerade auf der Durchreise gewesen sind: Das wäre nämlich nicht gut für die Fremdenindustrie, oder?« Er blickte kurz an ihr vorbei. »Die Spanier haben lange darauf gewartet, die Akte MacManus zu schließen und einen Strich darunter zu ziehen. Da gibt es nun keine Komplikationen – keinen langwierigen Prozeß oder dergleichen. Aber das nächste Mal fällt es der ETA wohl nicht so leicht, auswärtige Talente anzuheuern.«

Jenny sah zu, wie er sich bückte, um das Gewehr zu zerlegen und jedes Einzelteil wieder an seinem Platz im Kasten zu verstauen – bis hin zu einer letzten Patrone, die er aus seiner Gesäßtasche angelte und mit den leeren Hülsen der beiden verschossenen Patronen zusammen in den Kasten legte.

Dann blickte er wieder auf. »Natürlich kann es sein, daß Sie nicht vergessen wollen – nicht, nachdem Sie ein so marktfähiges Ereignis miterlebt haben, was? Schade, daß Sie keinen Fotoapparat dabeihatten!« Er klappte den Kasten zu und stand auf. »Und Ihnen werden die Spanier auch nichts tun. Denn außer, daß Sie die Tochter Ihres Vaters sind, haben Sie sich ja nichts zuschulden kommen lassen – nicht wahr?« Er starrte sie an. »Und das ist schon komisch, wenn man drüber nachdenkt. Denn all das ist Ihr Werk« – er deutete ins Tal – »dies hier und was mit John Tully passiert ist.«

»John –?«

»Aber auch da sind Sie fein raus. Er hat ›einen Einbrecher überrascht‹ . . . der die Unterlagen in seinem Büro durchwühlte. Ich wette nur, es gibt über die Sache keine Unterlagen; Sie hatten doch gerade erst angefangen, nicht? Und wegen *uns* werden unsre Jungs schon kein Theater machen wollen, glaube ich . . . Und er hatte wohl sowieso noch vieles andere laufen. Die werden also vielleicht mit Ihnen reden wollen, aber ich bezweifle, ob sie kniffflige Fragen stellen. Ich garantiere sogar, daß sie das nicht tun.« Er gab ihr ein scheußlich beruhigendes Lächeln.

Alles mein Werk! Sie schaute einen Moment lang auf das alte und neue Schlachtfeld hinab, plötzlich entgeistert. »Aber warum –?«

»Aber was?« Er erwartete sie, als sie sich wieder zu ihm wandte. »Sie brauchen nicht zu schuldbewußt zu sein, Miss Fielding. Sie müssen schließlich Ihren Lebensunterhalt verdienen, und diesmal haben Sie versucht, eine alte Rechnung zu begleichen – nicht wahr? Und wer kann schon widerstehen, wenn Geschäft und Vergnügen sich miteinander verbinden lassen?

Er konnte es jedenfalls nicht – obwohl er das Risiko kannte. Seinetwegen sind wir eigentlich alle in Ihrer Schuld – auch wenn er nicht derjenige war, den Sie haben wollten.« Er sah plötzlich weg. »Aber ich kann hier nicht herumstehen und über Schuld philosophieren – David!«

»Nein« – sie durfte ihn nicht gehen lassen – »warum – warum war er hinter uns her? Sie müssen es mir sagen, Dr. Mitchell – Sie müssen!«

»Nein, muß ich nicht – David!« Er sah sie nicht einmal an. »Zu der Auskunft bin ich nicht befugt. Wenn Sie das wissen wollen, fragen Sie den alten David – um ihn zu fragen, sind Sie doch hergekommen, ja? David –«

Audley tauchte bereits auf. Aber wo war Ian?

»Mein lieber Paul!« Audley blickte einen Moment lang geistesabwesend zu ihr. »Du hattest recht . . . aber es war knapp, gütiger Himmel! Also . . . tu mir das nie wieder an.« Er sah Jenny jetzt ins Gesicht. »Ich habe Mr. Robinson zu meiner Frau geschickt, damit er sie beruhigt, Miss Fielding. Und sich mit meiner Tochter aussöhnt. Er war wohl ziemlich betrübt darüber, daß er sie getäuscht hat – ich weiß nicht recht, warum, aber er war's.«

Das klang eher nach dem alten Ian, dachte sie. Aber andererseits . . . *worüber hatten sie gesprochen in den letzten aus dem Takt geratenen Minuten –?*

»Entschuldige, David.« Mitchell zuckte unaufrichtig die Achseln. »Recht zu haben nützt mir anscheinend nie was . . . Aber jetzt muß ich gehen und uns mit Aguirre aussöhnen. Dann komme ich wieder und setze dich voll ins Bild – okay?«

»Ja – tu das.« Audley starrte immer noch Jenny an. »Sag ihm, daß ich für morgen abend ein Zimmer im Parador bei Victoria bestellt habe. Cathy soll nämlich das Schlachtfeld dort sehen. Und übermorgen sind wir weg – Hôtel des Basses Pyrenees in Bayonne, das liegt außerhalb seiner Zuständigkeit. Ich möchte, daß sie dort das von Vauban gebaute Festungswerk sieht.«

Mitchells Lippen verzogen sich. »Sag' ich ihm. Aber . . . erzähl du Miss Fielding – die Mr. Buller immer ›die Lady‹ nennt . . . mitunter auch ›diese Lady‹ . . . oder manchmal einfach ›Lady‹ – was immer du ihr erzählen willst, David. Sie steckt voller Fragen.«

»So?« Audley sah im Gegensatz zu ihr nicht einmal hin, wie Mitchell durch die Herbstzeitlosen trampelte; er schien immer noch von ihr fasziniert zu sein. Doch als sie sich ihm zuwandte, konnte sie weder seinen Gesichtsausdruck deuten noch seine Gedanken lesen, hatte aber das beunruhigende Gefühl, daß er die ihren gelesen habe. »War's sehr schlimm mit ihm?«

»Eigentlich nicht.« Mehr denn je erinnerte er sie an Philly: Philly nicht direkt vom Aussehen, von der Größe oder auch nur von der Stimme her, aber dennoch auf undefinierbare Weise an Philly. So mußte sie sich jetzt wirklich vor ihm in acht nehmen. »Sein Gewehr schoß nicht genau. Vielleicht ist er deshalb verstimmt.«

»Das bezweifle ich.« Er sah sie mit ruhigem Blick an. »Paul trifft normalerweise, worauf er zielt. Er hat eine natürliche Begabung dafür. Er zieht nur einfach nicht gern ab.«

»Das habe ich anders gehört. Aber es ist noch zu zeitig. Ich könnte mich also irren.« Philly hätte zur Verteidigung eines seiner Freunde genau das gleiche gesagt.

»Könnten Sie. Und Sie tun es auch.« Er gab ihr ein kleines trauriges Lächeln. »Die Erwähnung von Frances hat ihn durcheinandergebracht. So geht es immer. Und ich fürchte, es wird immer so sein.«

»Er hat sie geliebt – nicht wahr?«

»O ja.« Das Lächeln wurde schief. »Aber das ist nicht sein Problem, meine Liebe. Sein Problem ist, daß er weiß, sie hat ihn nicht geliebt. Und . . . aber wir reden hier ja eigentlich nicht über Frances Fitzgibbon, nicht wahr?« Das traurige Lächeln verschwand. »Wir reden von Vergeltung – und Veröffentlichung?«

Er konnte nicht mehr als fünf Minuten mit Ian gehabt haben – oder hatte die Zeit ihr einen Streich gespielt? Aber auch fünf Minuten hätten dem neuen Ian schon gereicht, um seine Frage zu stellen. Und wenn Audley einen Preis fürs Antworten verlangt hatte, würde der neue Ian ihn prompt gezahlt haben, auch wenn er glaubte, die Antwort schon zu kennen.

»Sie haben mit meinem Partner gesprochen, Dr. Audley?«

Er nickte. »Ich hatte dazu Gelegenheit – ja.« Er starrte sie einen Moment schweigend an. »Und ich muß Ihnen sagen, daß er nicht mehr so erpicht darauf zu sein scheint, über mich zu schreiben, Miss Fielding.«

Na, so eine Überraschung! Aber . . . es gab noch mehr Fische im Ozean, auch wenn es schwer sein würde, einen zu finden, der so elegant schwamm wie Ian. »Ich hoffe, er hat nicht gesagt, er spreche auch für mich?« Sie mußte den echten Philly im Sinn behalten, nicht diese vage Kopie hier.

»Im Gegenteil. Er hat völlig klargestellt, daß er nicht für Sie sprach, Miss Fielding. Und . . . er hat mir Ihr Engagement erklärt.« Plötzlich schaute er einen Augenblick von ihr weg, ins Tal hinunter. Kehrte dann jedoch zu ihr zurück. »Aber was ihn betrifft . . . vielleicht entsinnt er sich des alten chinesischen Sprichwortes über die Rache?«

Jenny sah nicht ins Tal. Wenn er glaubte, sie so leicht erweichen zu können, täuschte er sich sehr. »Wie heißt das Sprichwort?«

»›Geht er – oder in diesem Fall natürlich *sie* –, geht *sie* auf Rache aus, so schaufle sie vorweg zwei Gräber‹, Miss Fielding.«

Er versuchte es wieder mit dem Tal. »In Ihrem Fall sieht es allerdings aus, als ob Sie mehr als zwei brauchten.«

Sie rief Philly zu Hilfe. »Ein Grab war schon geschaufelt, bevor wir anfingen, Dr. Audley. Und das haben wir – habe ich nicht ausgehoben.«

Keine Antwort diesmal: Er starrte sie einfach an, stellte sie auf die Probe.

»Glauben Sie, wir sind dabei, uns selbst ein Grab zu schaufeln?«

Er versuchte es noch einmal, indem er nach dem neuen

Schlachtfeld von Salamanca gestikulierte. »Sie etwa nicht, meine Liebe?«

Jetzt hatte sie ihn. »Ich weiß noch nicht so recht, was ich glauben soll. Außer . . . im Moment sind die einzigen mir bekannten Leute, die uns vielleicht Einhalt gebieten wollen, Sie selbst und Dr. Mitchell.«

»Und der Mann da?« Er wiederholte die Geste. (Große Hand mit plumpen Fingern, ganz anders als Phillys: An diese Unähnlichkeit mußte sie sich klammern!) »MacManus –?«

Sie konnte ehrlich den Kopf schütteln. »Ich weiß nicht, wer ihn geschickt hat. Also . . . könnten Sie's gewesen sein, Dr. Audley.« Jetzt hatte sie wirklich seine Aufmerksamkeit. »Um uns abzuschrecken . . . wenn Dr. Mitchell, wie Sie sagen, nicht gern abzieht . . . Immerhin scheint es Ihnen ja gelungen zu sein, meinen Partner zu verängstigen. Und was mit John Tully passiert ist, hat natürlich mich in Angst versetzt.« Der Gedanke an John Tully kam ihr beschämend spät. Doch einmal gekommen, verband er John mit Philly und härtete endgültig ihr Herz gegen Audley. »John Tully handelte in meinem Auftrag, Dr. Audley. Für das, was ihm zugestoßen ist, bin ich also verantwortlich, würde Matthäus sagen.« Sie biß die Zähne zusammen in dem Bewußtsein, Philly beinahe wegen einer monströsen eingebildeten Ähnlichkeit verraten zu haben, die sie konfus gemacht hatte. Aber das war jetzt Vergangenheit, und sie war wieder sie selbst. »Und *Burdett gegen Abbot* ist auch ein zweischneidiges Schwert, Dr. Audley: Wenn Sie glauben, ich gehe meines Weges und vergesse John Tully, dann haben Sie sich in der Frau geirrt und in der Journalistin.«

Er schien sie eine Ewigkeit anzusehen. Aber schließlich nickte er. »Gut . . . wie wär's, wenn ich Ihnen eine Geschichte erzähle? Was hielten Sie davon?«

»Eine Geschichte?« Vorsicht jetzt. »Dichtung oder Wahrheit?«

»Nur eine Geschichte, Miss Fielding. Eine alte chinesische Geschichte –?«

»Ohne Versprechungen auf beiden Seiten?«

»Ohne Versprechungen auf beiden Seiten – selbstverständlich!«

»Dann würde ich zuhören.« Auf einmal mußte sie fair zu ihm sein: Das war sie ihm von dem ersten Augenblick ihrer Begegnung her schuldig. »Alle meine ›Rechte und Pflichten‹ gegenüber Philip Masson und John Tully bleiben gewahrt, Dr. Audley?«

Er nickte noch einmal, und der Pakt war geschlossen. »Es gab da ein Problem in so einer Abteilung des Nachrichtendienstes, vor neun Jahren – neun Jahre plus oder minus ein paar Monate –«

»Bei Forschung und Entwicklung –«

»*In so einer Abteilung*«, unterbrach er sie scharf, »– weil deren Direktor in den Ruhestand ging ... und sein Stellvertreter gerade infolge Herzschwäche und Überarbeitung tot umgefallen war. Die Frage war also ... *wer sollte den Laden schmeißen?*«

Der Pakt war geschlossen, daher brauchte sie nur zu nicken.

»Es war ein wichtiges Amt. Denn wer immer es auch antrat, es bot ihm Zugang zu vielen geheimen – *sehr* geheimen –, *streng* geheimen Akten – okay?«

Ihm war nicht okay. Aber das mußte sie diesmal durchgehen lassen. Also ... noch ein Nicken.

»Wir mußten also den besten Mann dafür finden –«

Das brauchte sie nicht durchgehen zu lassen. »Aber es gab zwei beste Männer, nicht wahr?« Und dann mußte sie ihn festnageln. »Philip Masson und Jack Butler. Und Sie wollten Jack Butler.«

Er schaute auf sie herunter, und sein Gesicht wurde wunderschön häßlich. »Es ist jetzt wirklich ganz belanglos, wer wen haben wollte, Miss Fielding. Jedenfalls in dem Zusammenhang ganz unwichtig ... darum unterbrechen Sie mich bitte nicht.« Er straffte sein Kinn. »Es gab natürlich die üblichen Schachzüge, Einflußnahmen und Manipulationen, die man bei solchen Anlässen erwartet –« Dann wurde sein Gesicht beinahe ulkig. »Tatsache ist, Fred und ich waren beide für Jack. Und dabei haben wir die Gegenpartei unterschätzt. Und das ist vielleicht nicht belanglos, gebe ich zu! Denn sie fingen an, den armen alten Jack auf die Probe zu stellen, um zu sehen, ob er den Anforderungen gewachsen ist. Und *damit* hatten weder Fred noch ich gerechnet.« Er hielt inne. »Und dann kam Jack, wie es schien, bei der Arbeit fast ums Leben – zweimal in derselben Woche ... Und das zweite Mal hätte nicht knapper sein können, meinten wir.«

»Aber es war der andere Kandidat, der nicht überlebte, Dr. Audley –«

Er starrte sie an, bis sie wegblickte – genau wie Philly es immer getan hatte. »Das hielten wir für einen Unfall. Und es war nicht unsere Sache, ihn zu untersuchen: Es war zunächst eine Angelegenheit der Polizei und dann des Special Branch, mit dem MI 5 in Reserve.« Er holte Atem. »Und sie haben nichts Ungewöhnliches entdeckt – so wenig wie wir späterhin.« Er atmete beim Sprechen aus. »Alle haben ordentliche Arbeit geleistet, glauben Sie mir.« Schließlich nickte er. »Wer das getan hat, war ein echter Profi. Und da Paddy MacManus zu der Zeit O'Learys Helfer und Juniorpartner gewesen ist, war *er* es vielleicht. Aber das wissen wir nun nicht ... Und als damals bescheinigt wurde, es habe alles seine Ordnung, waren wir ziemlich erleichtert. Weil damit der Druck auf Jack Butler wegfiel, so daß er den Posten bekam. Und sehen Sie, unsere ganze Sorge war doch, weshalb man versuchte, ihn umzubringen, ja?«

Jenny sah es nicht. Was sie aber in der nächsten Sekunde sah, war, daß das kleine Auto im Tal noch in Flammen stand: Es war immer wieder erstaunlich, wie lange eine Ansammlung von Metallteilen brannte, wenn sie erst mal Feuer fing. »Weshalb –?«

Er sah sie kopfschüttelnd an. »Hier ist nicht der Nahe Osten, Miss Fielding: Wir ziehen nicht los und killen die anderen Jungs. Und sie ziehen nicht los und killen unsere – das ist schlecht fürs Geschäft.« Seine Lippe kräuselte sich. »Ihr Journalisten klaut Stories voneinander, und damit läßt sich leben. Aber wenn ihr anfangen würdet, euch jedesmal gegenseitig umzubringen, hättet ihr bald Nachwuchsprobleme – besonders, wenn auch noch die Redakteure anfingen, einander umzulegen, was?« Er schüttelte wieder den Kopf. »Nein ... daß O'Leary auf Jack Butler angesetzt wurde, war uns zu stark: Wir mußten uns hinsetzen und herausfinden, warum. Denn Jack ist ein großartiger Kerl. Aber er ist nicht unersetzlich – selbst nach dem ›Unfall‹ -Tod Ihres Patenonkels gab es noch andere Kandidaten« – die Lippe kräuselte sich noch einmal – »mich eingeschlossen, *faute de mieux* ... Nur daß ich nicht willens war. Da mir der Papierkram nicht gefällt – die Führung der Geschäfte, wie man sagt. Da ich im Grunde kein Staatsbeamter bin: Ich bin ein Leopard, der zu alt ist, noch sein Fleckenkleid zu wechseln, Miss Fielding.«

Eingebildeter Knochen! Allerdings war auch Philly ganz schön eingebildet gewesen! Aber ... *sie durfte nicht unterbrechen* –

»Es mußte also einen Grund geben.« Er belohnte ihre Zurückhaltung, indem er weitersprach. »Und sehr bald stießen wir auch auf einen. Denn wenn Jack befördert wurde, bekam er ja Zugang zu vielen geheimen Unterlagen. Also dachten wir ... *bekommt er, wenn er diese Akten erst einsieht, vielleicht etwas zu sehen, was noch niemand gesehen hat? Können sie deshalb nicht zulassen ... daß er es sieht?*«

Er blickte sie an, und sie begriff, daß er jetzt eine Reaktion von ihr wollte, zum Beweis ihres Verstehens. »Als ob ... irgendwo ein Verräter sitzt? Was Mr. Le Carré einen ›Maulwurf‹ nennt –?«

Er zuckte die Achseln. »Ja. Oder ... es war auch möglich, daß sie uns irgendwie mit einer Falschinformation getäuscht hatten. Darin sind sie verdammt gut – sie verkaufen uns einen großen dicken Sack voll Lügen ... oder verkaufen ihn den Yanks, den Franzmännern oder den Krauts ... oder erst dem Mossad und anschließend *uns* ... und alle glauben wir dran und handeln entsprechend –« Fast grinste er sie an, aber er tat es nicht. »Wenn man vom falschen Ort ausgeht, landet man meistens an der Quelle des Nils und glaubt, man hat eine große Entdeckung gemacht. So bemerkt man das Boot gar nicht, das sie an der Themse neben Westminster vertäut haben ...« Er wiederholte das Beinahegrinsen. »Fragen Sie mich nicht, Miss Fielding. Denn ich werde es Ihnen nicht sagen.«

Aber er war selbstzufrieden. Er hatte also eine Antwort parat. Und er wollte nichts weiter als das Dienstgeheimnis gewahrt wissen, um ihr in dem Rahmen dann seine Antwort anzubieten. Deshalb mußte sie gut fragen. »Aber ... danach hatten Sie doch Jack Butler an Ihrer Seite. Wenn er also ... diese Akten gesehen hat –?«

David Audley strahlte sie an. »Völlig richtig, Miss Fielding: Wir hatten ihn an unsere Seite –« Das Strahlen verblaßte.

»Was haben Sie, Dr. Audley?«

»Nichts –« Er wurde einen Moment lang verlegen. Dann war er wieder der alte. »Ihr Mr. Ian Robinson und Ihr Mr. Buller unterhalten sich mit meiner Frau . . . und meiner Tochter. Ich fragte mich nur, was die wohl reden«, er ruckte mit dem Kopf, »da unten in den Felsen –«

Jenny fiel der Fuchs mit den spitzen Lauschern ein, der auch irgendwo in den Felsen war. Doch es überstieg ihre Vorstellungskraft, was sie alle jetzt dort unten so machten: Ian und Reg und der spitzohrige Fuchs, ganz zu schweigen von Audleys Frau und Tochter, nach Paul Mitchells beiden Fehlschüssen, den darauffolgenden Feuerstößen und der abschließenden Breitseite aus dem Turmgeschütz.

Aber in den Felsen war niemand. »Was haben Sie entdeckt, Dr. Audley?«

Er schnitt wieder ein häßliches Gesicht. »Es hat uns viel Zeit gekostet, Miss Fielding. Und Paul Mitchell hat mehr daran gearbeitet als ich.« Er starrte sie an und nickte. »Denn Ihr Mr. Robinson hat recht – O'Leary genügte ihm nicht: Er wollte denjenigen, der hinter dem Geschehen in Thornervaulx steckte.« Nicken. »Und das wollte ich an dem Punkt auch.« Noch ein Nicken. »Aber aus einem ganz anderen Grund.«

»Einem ganz anderen –?«

Er schüttelte wieder den Kopf. »Aber wir konnten nichts finden – nicht mal mit dem alten Jack an unserer Seite: Wir fanden nicht das geringste: kein Ereignis, kein Dokument, keinen Namen, nicht mal eine Andeutung – nichts.«

Jenny warf Paul Mitchell zu Frances Fitzgibbon: Sie hatten als Infanterist und Infanteristin in vorderster Linie unter Einsatz ihres Lebens gekämpft und waren für die tiefere Wahrheit des Historikers ohne Interesse.

»Paul hat gearbeitet bis in die Puppen – von acht Uhr früh bis Mitternacht. Manchmal vermutlich länger.« Audley testete sie. »Ich weiß es nicht . . . ich fuhr jeden Abend nach Hause. Aber wenn ich morgens wiederkam, war er immer schon da, Miss Fielding.«

Wie mit Reg Buller, so mit David Audley. Und wie mit Reg

Buller, so auch mit Ian Robinson: Was immer es für ein Zauber war, den sie die Jahre hindurch seit Thornervaulx ausübte – Frances Fitzgibbon mußte wirklich eine tolle Frau gewesen sein, daß sie sie alle, jeden auf seine Art, so bestrickt hatte, dachte Jenny eifersüchtig.

Nur daß Frances-*Marilyn* Fitzgibbon-*Francis* jetzt tot war: *also zum Teufel mit ihr!*

Und so wartete sie.

»Eines Morgens kam ich ins Büro . . . Und Paul sagte: ›Hier ist nichts, David; die Schweine haben uns besiegt. Jedenfalls fällt Jack nichts ein. Selbst wenn O'Leary also nicht so verdammt unfähig gewesen wäre und saubere Arbeit geleistet hätte . . . sei es an der Universität oder in Thornervaulx . . . es würde nichts ändern. Denn hier ist nichts.‹«

Jenny wartete immer noch.

»Und da war es natürlich einfach.« Audley nickte.

»Einfach?« Er redete jetzt nicht von der Frau.

»O'Leary war der Beste – *der Beste,* Miss Fielding.« Er nickte. »Ihr Paddy MacManus kam da nicht mit; der war nur ein schwacher Abklatsch des Originals.« Er drehte geringschätzig den Kopf nach der sich auflösenden Rauchsäule zwischen dem Großen und dem Kleinen Arapil. »O'Leary könnte *einmal* Mist gebaut haben, wenn er sehr großes Pech gehabt hätte. Und er hatte sehr großes Pech, als Frances Fitzgibbon aus heiterem Himmel in Thornervaulx auftauchte. Aber an der Universität hatte er kein Pech. Und in Thornervaulx muß er Jack Butler genau im Visier gehabt haben.« Er starrte sie an. »Mein alter Lateinlehrer . . . Gott schenke seiner lieben Seele Frieden! . . . pflegte zu sagen: ›Was unsinnig ist, muß falsch sein!‹, Miss Fielding.« Er starrte immer noch. »Was ist, wenn O'Leary gar keinen Mist gebaut hat? Wenn er genau das getan hat, wofür er bezahlt wurde – damit wir uns auf Jack Butler konzentrieren . . . *und nicht auf Philip Masson*?«

»Und da war es einfach«, ganz wie er gesagt hatte: Als ob ihr die Schuppen von den Augen fielen wie in der biblischen Geschichte, die sie einmal auswendig lernen mußte, um ihre Zwischenprüfung in Religion zu schaffen.

Er sah, daß sie verstand. »Das Ironische ist, daß die liebe Frances uns beide irregeführt hat. Ihretwegen trugen wir Scheuklappen. Wir dachten immer nur an sie – und Jack Butler. Und wir bekamen keine Antwort, weil wir die falsche Frage stellten. Aber zum Schluß kamen wir doch drauf.« Er nickte. »Ihr ›Philly‹ war ein Prachtkerl, Miss Fielding. Wir haben ihn danach noch einmal überprüft, angefangen von seiner Geburt bis zu seinem Tod, den wir nun nicht mehr für einen Unfall hielten. Obwohl wir freilich immer noch glaubten, er sei ertrunken – wir hätten nie gedacht, daß er noch einmal auftaucht. Und wir haben lange dafür gebraucht, sage ich Ihnen ... Wir konnten uns ja nicht offen erkundigen – damit hätten wir die andere Seite alarmiert.« Nicken. »Denn so oder so – ob er nun *ihr* Mann war oder nicht –, wir wollten sie nicht wissen lassen, daß wir ihnen auf die Schliche gekommen waren.«

Jenny merkte, wie ihr die Kinnlade herunterfiel.

»Nein, er war nicht auf deren Seite, meine Liebe.« Audley beruhigte sie schnell. »Ihr ›Philly‹ war voll und ganz auf unserer, da können Sie unbesorgt sein.«

Sie war nicht besorgt; es war schon beleidigend, das auch nur anzunehmen.

»Die wollten einfach nicht, daß er eine unserer geheimsten Akten einsieht – das ist alles, Miss Fielding.« Er nahm ihr Schweigen freundlich auf. »Und drei von uns – Mitchell und ich und jemand, den ich von Herzen verabscheue, brauchten vier Monate, um diese Akte zu finden: vier Monate Schwerarbeit zu dritt ... Daher weiß ich über Sie und Ihren Vater ebenso Bescheid wie über Philip Masson – über den Koreakrieg und wie er sein Militärverdienstkreuz errang. Ich weiß alles darüber. Auch über seine anschließende Laufbahn. Und seine Hobbies – und seine Freundinnen ... und die Mädchen, die er auf sein Boot da einlud – die *Jenny III*, nicht wahr? ... Und wie er Sie damals zum Urlaub mit nach Frankreich nahm – in das Häuschen in der Dordogne –« Das nächste Nicken war ausdruckslos. »Denn darüber war Ihr Vater beunruhigt: Sie waren ja erst fünfzehn, und er dachte, seine alten Freunde könnten an Ihnen Gefallen finden – Und ich kenne seine Steuererklärung – alles, Miss Fielding.«

Jenny fühlte die Sonne auf ihren Kopf brennen, aber eine entsetzliche Kälte tief im Innern, wo es weh tat. »Das ist doch lächerlich –«

Sein Mund verzog sich wieder. »Das fanden wir seinerzeit auch, Miss Fielding.«

Gott! Sie hatten es nicht ganz durchschaut, obwohl sie schlau waren – und obwohl Daddy damals aus heiterem Himmel aufgetaucht war! Denn sie selbst – Jenny mit fast sechzehn – war leidenschaftlich in ihn verliebt gewesen, ohne zu wissen, wie ihr Begehren sich erfüllen ließe, nachdem er sie entmutigt hatte – Gott!

Aber sie wollte jetzt gar nicht daran denken. »Wer hat ihn umgebracht, Dr. Audley?« Sie fühlte sich leer, als sie ihm die Frage an den Kopf knallte. »Wer hat ihn umgebracht?«

Er entspannte sich. »Na, na, Miss Fielding! Sie wissen doch, daß ich das nicht beantworten kann!«

Er war auch wie Mitchell: Natürlich war er wie Mitchell! Aber . . . eine bessere Gelegenheit als jetzt würde sie nie bekommen. »Dann muß ich mich eben mehr anstrengen, Dr. Audley – um es selbst herauszufinden. Mit oder ohne Ian. Ohne ihn wird es vielleicht kein so gutes Buch. Aber es gibt noch andere Schriftsteller, die für mich arbeiten werden.«

»Wie hoch auch das Risiko ist?«

Sie zuckte die Achseln. »Vielleicht schreibe ich es selbst.« Sie setzte ihr eigensinniges Gesicht auf. »Irgend jemand hat ihn umbringen lassen. Und das Schwein werde ich zugrunde richten – wer es auch sein mag.«

Er nickte. »Sie haben ihn wirklich geliebt.« Das Nicken ging weiter. »Und natürlich nicht nur wie ein braves Patenkind!« Das Nicken hörte auf. »Nun, dann muß ich Ihnen wohl auch den Rest der Geschichte erzählen, Miss Fielding.«

Er war irritierend selbstsicher. »Ich höre, Dr. Audley.«

Schweigend starrte er sie einen Moment lang an. »Sie sind noch nicht darauf gekommen, daß Ihre Rache vielleicht schon vollzogen ist?«

Irgendwo in der Stille des Tals sprang ein Motor an. Jenny wurde von dem Geräusch angezogen: Das gepanzerte Mannschaftsfahrzeug mit dem kleinen Geschützturm hatte sich in Bewegung gesetzt; näher zu ihnen, am Fuß des Plateaus, bei der

Lücke im Zaun neben dem Feldweg, unterhielt Paul Mitchell sich ernst mit einem der spanischen Zivilisten; und das formlose Wrack des kleinen 2-CV rauchte jetzt mehr, als es brannte.

Sie fühlte sich völlig leer. Er hatte kein Land genannt, geschweige denn einen Namen. Und natürlich würde er es nie tun. Und es brauchte kein russischer Name zu sein oder einer aus ihrem halben Dutzend Ableger in Osteuropa. Es konnte ein arabischer Name sein. Oder auch ein israelischer. Es war sogar denkbar, daß es sich um einen properen, borstenhaarigen Amerikaner handelte. Oder, als letzte Möglichkeit, um einen in der Saville Row eingekleideten Engländer.

»Wollen Sie damit sagen, er ist tot, Dr. Audley?«

»Nein, Miss Fielding. Ich bin nicht geneigt, Ihnen da etwas vorzulügen. Denn mit dieser Art von Vergeltung haben wir's nicht: Dafür werden wir nicht angestellt.«

Ihr fiel ein, was Reg Buller gesagt hatte. »So etwas Böses tun Sie nicht?«

Ein merkwürdiger Ausdruck huschte über sein Gesicht. »Nein, Miss Fielding. So etwas Böses tun wir nicht. Töten ist uns zu simpel: Wir wollen mehr. Töten gäbe uns nicht die gebührende Genugtuung.«

»Mehr?« Sie konnte in seinem Gesicht überhaupt nichts lesen. »Gebührend –?«

»O ja. Wenn man getäuscht worden ist – wie wir getäuscht *wurden* . . . und zwar schon lange, bevor Philip Masson starb –, dann besteht der Trick darin, die Täuschung aufrechtzuerhalten. Aber man dreht den Spieß um.« Er lächelte, aber nur mit den Lippen. »Es hat wenig Sinn, einen Verräter, den man in den eigenen Reihen findet, festzunehmen. Er bekommt bloß einen Nachfolger – wahrscheinlich jemanden, den keiner kennt. Man läßt ihn also, wo er ist.« Das Nichtlächeln wurde breiter. »Im Idealfall geht man natürlich hin und dreht ihn um – so hat es Masterman im Krieg mit den Deutschen gemacht . . . Aber heutzutage, wo ein Mensch ideologisch programmiert sein kann, ist das sehr riskant . . . Also läßt man ihn gewähren. Oder man befördert ihn sogar: macht ihn noch erfolgreicher, noch wertvoller für die anderen . . . Doch in diesem Fall lief das nicht ganz so« – er hob die

Hand – »nein, Miss Fielding. Weiter kann ich da nicht gehen! Also fragen Sie nicht.« Das Nichtlächeln wurde noch häßlicher. »Unser Hauptproblem im Jahre '78 – und bald darauf '79 – war, sie in dem Glauben zu wiegen, daß wir uns immer noch täuschen ließen ... Deshalb streuten wir das Gerücht aus, der böse Dr. Audley habe vielleicht Ihren Patenonkel, mit dem nötigen Ballast versehen, aus seinem kleinen Boot stoßen lassen. Und anschließend jede Untersuchung abgewürgt, indem er vorgab, die Sache selbst zu untersuchen.« Er nickte. »Natürlich alles nur, um Jack Butlers Beförderung zu sichern ... Und wie es sich gehört, sind Sie dann natürlich auf diese – mit den Jahren hübsch ausgereiften – Gerüchte gestoßen?«

Sie nickte. Aber der Teufel in ihrem Hinterkopf grinste höhnisch über sie. »Aber jetzt soll ich nicht mehr daran glauben – ist es das? Weil ich jetzt *Ihnen* glauben soll?«

»Sie sollen glauben, was Sie überzeugt, Miss Fielding.« Seine Lippen wurden schmal.

Sie hatte ihn sehr gekränkt, ob zu Recht oder nicht. »Ich glaube, daß Philly – daß mein Pate vor neun Jahren ermordet worden ist, Dr. Audley. Ebenso glaube ich, daß John Tully tot ist. Und ich brauche eine viel bessere Antwort auf John Tully.«

»Ach ... das ist verständlich.« Er stimmte bereitwillig zu, fast wie ein Richter, der einem Einspruch stattgibt. »Was den armen Mr. Tully betrifft, kann ich Ihnen nicht mit Gewißheit antworten – da kann ich nur eine Vermutung wagen, Miss Fielding.«

»Eine Vermutung?« Der Teufel schüttelte warnend den Kopf.

»Ja ... Ich glaube, wir waren vielleicht nicht so klug ... beziehungsweise nicht so lange so klug ... wie wir dachten.« Er schnitt ein Gesicht. »Nichts währt ewig. Und ... unser Masson-Täuschungsmanöver läuft jetzt schon lange Zeit.« Philosophisch hob er eine massige Schulter. »Die haben es vielleicht spitzgekriegt ... Oder sie schöpfen Verdacht, ich weiß es ehrlich nicht. Aber ich fürchte fast, ich muß mich darum kümmern, wenn ich zurück nach London komme – während meine liebe Frau und Tochter in Paris mein Geld ausgeben –« Die wuchtige, einst rugbyspielende Schulter hob sich noch einmal. »Haben Sie in Roedean die Poesie des 17. Jahrhunderts studiert, Miss Fielding?«

»Poesie –?« Der Mann war gefährlich.

»Nein! Biologie war's!« Audley grinste. »Jetzt entsinne ich mich ... Nein ... es gab da einen Lyriker im 17. Jahrhundert, der hat ein Liebesgedicht geschrieben, um so ein Mädchen zu umgarnen – Andrew Marvell meine ich ... Und er schrieb, wenn man eine Sache nicht aufhalten könne, dann solle man sie beschleunigen: ›Und ist nicht zu hemmen der Sonne Lauf ... so treiben wir ihn an‹ – oder so ähnlich –?« Er blinzelte entwaffnend. »Es könnte sein, daß sie jetzt einen großen, schmutzigen Skandal daraus machen wollen, mit Fragen im Unterhaus – Wir werden nämlich niemals enthüllen, was wir getan haben – auch in hundert Jahren nicht. Also ... Ihr Mr. Tully war ein zahlendes Mitglied der National Union of Journalists. Nun kann man Soldaten töten, oder man kann ›unschuldige Zuschauer‹ töten ... Aber wenn man anfängt, *Journalisten* umzubringen – beitragszahlende Freischaffende von der Gewerkschaft, niemand Geringeres! –, dann sorgt man wirklich für helle Aufregung, Miss Fielding.« Er zog eine Braue hoch. »Und Ihr Ian wäre noch schlimmer gewesen als Tully. Denn er ist recht beliebt ... Kurz gesagt, ›bei Kopf gewinnen wir nicht – bei Zahl verlieren wir‹. Auch die Medien werden sich über einen neuen Geheimdienstskandal freuen, nach Peter Wright und *Spycatcher.* Und die Desinformationsköche der Gegenseite wissen durchaus, wie man ein Häppchen echten Skandal gekonnt serviert. Plus unsere ursprünglichen Gerüchte. Und natürlich wird es sich herumsprechen, daß Jennifer Fielding an einem Enthüllungsschocker arbeitet – ja? Aber nicht Ian Robinson –?«

Jetzt spielte er unsauber. Das konnte sie auch. »Obwohl Sie doch eigentlich sehr schlau gewesen sind? Soll ich das jetzt sagen?«

Er sah geradezu stolz auf sie herunter. »Nicht *sehr* schlau, Miss Fielding. Aber gerächt haben wir uns an Ihrer Stelle, auch wenn wir ihn nicht getötet haben. Denn wir haben ihn einige Jahre lang zum Narren gehalten. Und als seine Oberen dahinterkamen – wie es entweder gerade geschehen ist ... oder auch vor ein, zwei Jahren ... dürfte er in ihrer Achtung tief gesunken sein.« Er zuckte die Achseln. »Wir können niemals tun, was wir am liebsten möchten. Daher ist unsere Genugtuung meist etwas gedämpft, verstehen Sie? Aber zugrunde gerichtet – darauf können Sie sich verlassen – haben wir ihn sicher. Und vielleicht noch Schlimmeres.«

Sie verstand. »Und das alles muß ich glauben –?«

»Sie müssen glauben, was Ihnen paßt. Oder ... Sie können ja Mr. Robinson fragen, was er glaubt, wenn Ihnen das lieber ist?«

Jenny dachte plötzlich an Ian. »Ian hat Ihnen eine Frage gestellt, nicht wahr? Über Mrs. Fitzgibbon –?«

»Ja.« Sie wurde mit einer von seinen Grimassen belohnt. »Ich muß sagen, da haben Sie sehr gute Arbeit geleistet: Ich bin überrascht – und ein wenig beunruhigt –, daß Sie nach all der Zeit so nah an sie herangekommen sind. Denn von Paul haben Sie das alles nicht ... dessen bin ich sicher.« Er runzelte die Stirn. »Aber ... jedenfalls sind Sie im richtigen Beruf.«

Er schmeichelte dem falschen Partner, dachte Jenny grimmig. »Wie lautete die Frage?«

»Die Frage?« Wieder runzelte er die Stirn. »Wissen Sie denn nicht ...« Ein leises Geräusch, als ob irgendwo hinter ihr sich ein Stein löste, unterbrach ihn. »Ach! Ich glaube, da kommt meine Frau –«

»Wie lautete die Frage, Dr. Audley?«

Audley blickte sie an. »Er wollte wissen, wen Frances Fitzgibbon an dem Tag in Thornervaulx angeschrien hat: ob es O'Leary war oder Paul Mitchell, Miss Fielding.«

»In –?« Das Bild, das Reg Buller beschrieben hatte, stand plötzlich wieder vor ihr, und wegen des Gegensatzes hier auf dem Rücken des Großen Arapils um so lebhafter: kein grelles Sonnenlicht inmitten einer nur von Herbstzeitlosen gemilderten Steinwüste, sondern der strömende Regen, durchnäßtes Gras und gefallenes Laub und die großen grauen Ruinen von Thornervaulx Abbey.

»Ja.« Er legte ihren Gesichtsausdruck falsch aus. »Natürlich kannte er die Antwort. Aber es war dennoch eine gute Frage. Mit einer außergewöhnlichen Antwort.«

Die beiden Orte hatten nichts gemein.

»Als sie O'Leary an dem Tag in Thornervaulx sah, muß sie gedacht haben, er sei im Begriff, einen von ihnen umzubringen – Paul oder Jack Butler . . . Und am ehesten wohl Jack Butler. Aber natürlich wissen wir nicht genau, was sie dachte. Denn sie starb in Pauls Armen, ohne etwas zu sagen.«

Eins gab es vielleicht doch: Es gab den gewaltsamen Tod – heute und vor langer Zeit hier und in Thornervaulx vor neun Jahren, an einem nassen Novembernachmittag.

»Aber auch wenn sie keine Waffe hatte, war sie eigentlich nicht in Gefahr –«

Philly war die Verbindung – Philly und Audley –

»Nur, wenn sie Paul anschrie, hätte ihn das zu spät gewarnt – entweder für ihn selbst zu spät oder für Jack Butler. Denn O'Leary hatte beide schon direkt vor Augen –«

Mrs. David Audley war groß und blond und viel jünger als ihr Mann: Offensichtlich mochte sie ebenfalls ältere Männer, auch wenn sie jetzt Ian zulächelte, der ihr von unten über die Felsen half –

»Also schrie sie O'Leary an, Miss Fielding. Und sie muß gewußt haben, daß er denken würde, sie sei bewaffnet.« Audley blickte eine Sekunde lang zu seiner Frau hinüber, um sich zu vergewissern, daß sie weit genug weg war. »Ich habe nicht selbst gesehen, wie es passiert ist. Aber ich habe einmal was Ähnliches im Krieg erlebt . . . So etwas vergißt man nicht: ein Mensch, der ganz bewußt für einen anderen stirbt.« Langsam nickte er ihr zu. »Sie war eine tolle Frau, die Frances. Aber ich glaube, sie würde es vorziehen, jetzt keine Publicity zu bekommen.«

»David!« Mrs. Audley klang nicht allzu erfreut.

»Tag, Liebes!« Audley sah Jenny noch einen letzten Sekundenbruchteil an, nachdem er auf seinen Namen reagiert hatte. »Sie müssen nun entscheiden, Miss Fielding, was Ihr Pate gewollt hätte, daß Sie tun. Das ist alles.« Er wandte sich wieder seiner Frau zu. »Liebes – ich glaube, du kennst Jenny Fielding noch nicht –? Sie ist eine Freundin von Willy Arkenshaw, und sie brennt darauf, dich kennenzulernen.«

Jenny sah Ian hinter Mrs. David Audley. Und hinter Ian Miss Cathy Audley, munter und spitzohrig wie der Fuchs unten in den Felsen.

Und schließlich Reg Buller.

Und Reg Buller, der alles und nichts wußte, hatte nur Augen für sie. Denn sie würde seine Abrechnung unterschreiben und seine Spesen genehmigen. Und sie waren beide noch am Leben.

»Lady –?«

Morgen war ein neuer Tag, wollte er sagen.

EPILOG

Noch ein Gespräch, das nie stattfand

»Es gefällt mir überhaupt nicht, wie diese elende Sache schließlich ausgegangen ist, Latimer.«

»Ja, da bin ich Ihrer Meinung. Es war ganz unnötig gewalttätig. Aber so sind die Spanier nun mal. Und mit uns sind sie an sich recht zufrieden: Sie wollten mit dem Iren abrechnen, seit ihn die Basken damals angeheuert haben, um ihren General da in die Luft zu sprengen.«

»Sie haben aber sträflich lange damit gewartet. Aguirre hätte den Mann viel früher kassieren können. Schon gleich vom Flugzeug weg – ohne Schießerei. Und ohne Risiko für Audleys Familie – das fand ich wirklich gar nicht gut, Latimer.«

»Ja. Aber wir konnten Aguirre ja nicht sagen, was er tun soll – oder? Und natürlich wollte er wohl auch möglichst viele von MacManus' ETA-Verbindungsleuten haben: Es lag auf der Hand, daß der Mann deren Hilfe anfordern würde, um Audley aufzuspüren, sobald er wußte, wo Fielding und Robinson hinwollten.«

»Und woher, zum Teufel, wußte er das?«

»Da sind wir noch nicht ganz sicher. Aber natürlich standen ihm die Rumänen zur Seite. Und die könnten, genau wie wir, einem von Bullers Freunden auf den Zahn gefühlt haben. Aber Aguirre versicherte mir, es gebe kein Risiko für Audley.«

»Es gibt immer ein Risiko ... Und dann ist da noch der Tod dieses Tully. Darauf hat Special Branch mich schon angesprochen. Die glauben offenbar, MacManus sei dafür verantwortlich.«

»Ja ... nun, das war ein kleines Gerücht, das ich in Umlauf gesetzt habe, Jack. Jetzt, wo er tot ist, werden sie sich höchstwahrscheinlich für ›Täter unbekannt‹ entscheiden; sollte mich nicht wundern.«

»Aber Mitchell sagt, es war nicht MacManus.«

»Nein, da bin ich seiner Meinung. Es war höchstwahrscheinlich einer von den Rumänen – das Departamentul de Informatii Externe bei der Arbeit. Mitchell ist ziemlich sicher, daß MacManus' Aufpasser einer von ihren Offizieren war. Und sie vermissen anscheinend einen ihrer Handelsattachés, das kommt also hin. Außerdem war Masson ja auch seinerzeit ihr Mordopfer: das Ganze war ihr Projekt, *ab initio* ...«

»Und ihretwegen haben wir jetzt den Ärger. Verdammte Rumänen! Da hab ich's fast noch lieber mit den Russen zu tun, denke ich manchmal.«

»Ja ... nun, ich hoffe eigentlich, wir können es den Russen überlassen, das jetzt hinzubügeln. Derzeit sind sie nämlich gar nicht einverstanden mit dem *Departamentul.* Tatsache ist, da werden in absehbarer Zeit ein paar Köpfe rollen. Vielleicht fällt sogar der eine oder andere Überläufer für uns ab – darüber habe ich schon mit Jaggard geredet.«

»Nun, sehen Sie bloß zu, daß es nicht in die Zeitungen kommt. Sonst wird diese verdammte Fielding nur noch neugieriger.«

»Sie weiß nichts von der rumänischen Verbindung, Jack.«

»Aber sie kann zwei und zwei zusammenzählen. Und Audley hat ihr für meinen Geschmack schon viel zuviel erzählt. Ich weiß, offen gesagt, nicht, was das sollte.«

»Oh ... David ist ein kalkuliertes Risiko eingegangen. Und diesmal muß ich ihn unterstützen, Jack. Denn wir können uns wahrhaftig nicht noch eine Buchveröffentlichung leisten. Insbesondere kein Buch über F & E ... Deshalb mußte er sie wirklich irgendwie davon abhalten.«

»Indem er ihr alles erzählt?«

»Er hat ihr nicht direkt alles erzählt ... Aber sehen Sie's mal so, Jack: Die Russen werden die Rumänen jetzt im Zaum halten; *sie* wissen, daß niemand glauben wird, das D.I.E. habe *nicht* in ihrem Auftrag gehandelt. Und es wäre ihnen sicher nicht recht, wenn allgemein bekannt würde, daß die Rumänen Moskau all die Jahre *unsere* Desinformation verkauft haben.«

»Darüber mache ich mir auch keine Gedanken. Die Fielding beunruhigt mich: Sie hat gute Beziehungen. Und sie ist raffiniert wie alle Journalisten. Und dieser Robinson, der ihre Bücher schreibt – dem ist auch nicht zu trauen.«

»Ach, ich glaube, dieses Buch schreibt er nicht, Jack.«

»Nein? Wieso nicht?«

»Er will anscheinend nicht. Und ... er soll einen ziemlich guten Forschungsauftrag am Rylands College in Cambridge angeboten bekommen, wie ich zufällig weiß.«

»Woher wissen Sie das?«

»Ich habe einen Freund dort, der ein Bewunderer seiner Werke ist. Wir haben uns ein wenig unterhalten, und wir meinen beide, daß Mr. Robinson sich in den akademischen Gefilden wohler fühlen wird. Und von Miss Fielding-ffulke hat er sich ziemlich gelöst, sagt Mitchell.«

»Verstehe. Bleibt aber immer noch sie, Latimer.«

»Ja. Aber ... nun, ich glaube, *sie* können wir jetzt David überlassen, Jack.«

»Audley? Aber –?«

»Sie fühlen sich ziemlich zueinander hingezogen. Und David meint, sie könnte uns sehr nützlich sein, am rechten Ort und mit der richtigen Betreuung. Und ...«

»Und?«

»Und David möchte insbesondere auch wissen, wer sie überhaupt auf ihn gebracht hat. Er sagt, daß Masson so wiederaufgetaucht ist ... das war reiner Zufall. Aber daß die ehrenwerte Jennifer Fielding-ffulke einen ganz bestimmten Klatsch über ihren geliebten Paten zu hören bekommt ... *das* war zuviel des Zufalls. Und solche Zufälle mag David nicht. Und ich muß sagen, ich auch nicht.«

»Sie meinen . . . es waren nicht die Rumänen?«

»Wir sind uns nicht sicher. Aber wir haben noch andere Feinde. Und es ist ganz gut, sie zu kennen, oder finden Sie nicht?«

»Na schön. Aber nur unter der strikten Voraussetzung, daß nicht eingeschritten wird – ist das klar, Latimer? Nicht von Ihnen – und nicht von Audley: keine Abrechnung – verstanden? Davon hatten wir in dieser Sache wirklich schon genug.«

»Verstanden, Jack. ›Mein ist die Rache, spricht der Herr.‹ Ich werde das David sagen.«